KB269065

사랑보다
낯선

사랑보다 낯선

박상우 소설

민음사

차 례

삼십 세 비망록

난 절대 오래 살지 않을 거야. 딱 서른이 될 때까지만 살 거란 말이야. 서른이 지나면
아무것도 신선하게 느껴지지 않을 거야. 타성으로 남겨진 인생을 살아간다는 건 차라
리 죽음만 못해. 난 그걸 견디기 싫어. 견디기 싫은 게 아니라 체질적으로 못 견딜 거
야. 그러니까 더 이상 지겨워지고 싫어지기 전에……

연일 영하 16도를 오르내리는 혹한으로 도심은 한산했다. 택시가 서울역 광장 앞을 지나칠 때 나는 새삼스러운 눈빛으로 바깥 풍경을 내다보았다. 고작 저녁 7시 40분인데 역 광장은 새벽 풍경을 닮아 있었다. 도열한 택시, 관광버스, 포장마차, 상가 건물이 영화 촬영을 위한 세트처럼 비현실적으로 보였다. 떠나는 기차도 없고 도착하는 기차도 없는 플랫폼……. 나는 현실과 과거가 교차하는 헛것들의 통로를 떠올렸다. 아득한 과거에서 나를 만나러 오겠다는 사람이 있었기 때문이다. 그것 때문에 나는 현실을 등지고 과거의 공간으로 이동하고 있는 중이었다. 나를 만나러 오겠다는 그는 영화 세트처럼 비현실적으로 보이는 저 역사를 빠져나와 어깨를 한껏 움츠린 채 광장을 빠져나갈 것이다. 그리고 자신이 나에게 일방적으로 지정한 장소로 달려가리라.

밤 8시, 제1한강교로 나와라.

정오 무렵 전화를 걸어온 그는 짧게 말했다. 연초부터 무슨 일인가, 이상하다는 생각이 들어 용건을 물었다. 하지만 만나서 얘기하자, 하고 그는 단호한 어조로 말꼬리를 잘랐다. 나로서는 더 이상 할 말이 없었다. 그를 마지막으로 만난 게 언제였던가. 손을 들어 이마를 짚으며 허공을 올려다보았다. 선뜻 기억나지 않았다. 그보다 그의 여동생에 관한 기억이 훨씬 강렬하게 나를 사로잡았다. 사로잡은 게 아니라 지독한 중독처럼 순식간에 모든 걸 잠식해 버린 것이었다. 때마다 재발하는 고질적인 중독과 아무것도 다를 게 없었다. 곤혹스럽고, 찜찜하고, 안타깝고, 부자연스러운 무엇…… 아주 여러 해 전부터 나는 그것을 악연의 사슬이라고 단정 짓고 있었다.

그는 오후 기차를 타고 서울로 올라오겠다고 했다. 고향 붙박이로 살며 서울로 올라오는 걸 즐기지 않는 그가 그런 식으로 전화를 했다면 나로서는 부담을 느껴야 할 일이 분명할 터였다. 하지만 나를 만나기 위해 굳이 서울로 올라오겠다는 그를 만류할 현실적 근거가 나에겐 없었다. 그의 여동생 문제가 아니라 해도 그는 얼마든지 나를 만나러 올 수 있는 과거의 뿌리를 가지고 있었다. 내가 대학 생활을 위해 서울로 올라오기 전까지 그는 고향에서 나와 가장 절친하게 지낸 친구였으니까.

"근데 손님, 제1한강교 어느 쪽에서 내린다는 겁니까? 지금 우리가 가고 있는 진행 방향인가요, 아니면 노량진 쪽에서 나오는 반대 방향인가요? 다리가 두 개잖아요."

택시가 남영동을 지날 때, 기사가 문득 생각났다는 듯 룸미러로 나를 보았다. 전혀 예상 못한 그의 질문에 나는 갑작스럽게 공간감을 상실하고 말았다. 그래, 어떤 한강교를 말하는 것인가, 그는 그것을 말하지 않았다. 서울에 살지 않는 그는 그렇다 쳐도 고등학교를 졸업한 뒤부터 줄곧 서울에서 살아온 나로서도 전혀 예상 못한 문제였다. 순간, 현실의 다리와 과거의 다리가 겹치고, 들어가는 다리와 나오는

다리가 다중 노출처럼 겹쳤다. 그러자 의식의 틈바구니를 비집고 어두운 기억의 공간이 열렸다.

나는 어느 쪽 한강 다리냐고 묻는 기사에게 아무런 대답도 하지 않았다. 대신 눈을 감고 심호흡을 했다. 미간을 모으고 의식을 집중하자 십 년 전 겨울, 제1한강교 난간을 잡고 울부짖던 갓 스물의 그녀 모습이 너무나도 생생하게 되살아났다. 그날의 기억이 그토록 생생하게 재생될 수 있다는 사실에 나는 등골이 서늘해졌다. 잊기 위한 노력이 결국 각인하기 위한 노력이었다는 게 밝혀지는 순간이었다.

그날, 그녀는 강 남쪽에서 북쪽으로 건너오는 방면의 한강 다리에서 있었다. 용산에서 경사진 길을 올라가 왼쪽 방향으로 접어들어야 하는 다리였다. 그녀는 한강로에 있던 자신의 자취방에서 거기까지 맨발로 달려갔다. 나는 그녀가 금방이라도 강물에 몸을 던질 것 같아 정신없이 그녀를 따라갔다. 하지만 만류하는 나를 밀치며 그녀는 연신 체머리를 흔들어댔다. 눈물로 얼룩진 얼굴에는 머리카락이 제멋대로 들러붙어 있었다. 나는 그녀의 어깨를 흔들어대며 정신 좀 차리라고, 제발 정신 좀 차리라고 소리쳤다. 하지만 그녀는 서리꽃처럼 냉랭한 표정으로 모든 게 끝났다고 말했다. 내가 고개를 숙이자 그녀가 담담한 어조로 이렇게 입을 열었다.

—난 절대 오래 살지 않을 거야. 딱 서른이 될 때까지만 살 거란 말이야. 서른이 지나면 아무것도 신선하게 느껴지지 않을 거야. 타성으로 남겨진 인생을 살아간다는 건 차라리 죽음만 못해. 난 그걸 견디기 싫어. 견디기 싫은 게 아니라 체질적으로 못 견딜 거야. 그러니까 더 이상 지겨워지고 싫어지기 전에…… 오빠와 나는 헤어져야 해. 오빠는 내가 인생에서 겪은 모든 것의 처음이야. 사랑도, 섹스도, 배신도, 이별도…… 다 처음이잖아. 이건 내가 오빠를 배신하는 거야. 내 피가 더럽기 때문에, 내 속에서 이글거리는 이 뜨거운 불덩어리를

나도 어쩔 수가 없어. 갓 스물에 이런 운명적인 힘을 깨닫고 실천해야 한다는 게 얼마나 힘든 건지 알기나 해?

나는 한강으로 건너가기 전의 마지막 횡단보도 옆에 택시를 세웠다. 요금을 지불하자 기사가 거스름돈을 내주며 의아하다는 표정으로 나를 돌아보았다. 이렇게 추운 날 제1한강교를 목적지로 삼은 삼십 대 중반의 남자가 그의 눈에는 도무지 정상으로 보이지 않는 모양이었다. 나는 어깨를 으쓱하고 나서 멋쩍은 표정으로 말했다.

"걱정하지 마세요. 오늘은 자살하기엔 너무 추운 날씨잖아요. 강까지 얼어붙었으니 뛰어들 수도 없을 겁니다. 고향 친구가 저 다리 위에서 만나자고 해서 가는 길이니 걱정하지 마세요. 녀석이 말하는 다리가 반대편인 것 같으니 횡단보도를 건너 걸어가도록 하죠."

밖으로 나서자 매운 칼바람이 단박에 얼굴을 덮었다. 급속 냉동, 그리고 반듯하게 각을 뜬 참치회가 선뜩하게 뇌리를 스쳐갔다. 살을 엔다는 표현은 결코 과장이 아니었다. 나는 검정 모직 코트 깃을 세우고 총총히 횡단보도를 건넜다. 건너고 나서 뒤돌아보니 낯선 풍경이 나를 내려다보고 있었다. 예전과 많이 달라진 풍경이 사뭇 다행스럽게 여겨졌다. 규모가 큰 예식장 건물, 한강을 한눈에 내려다볼 수 있는 거대한 고층 아파트가 과거와의 단절을 웅변으로 대신하고 있었다. 그래, 저곳에 벚꽃이 만개해 눈꽃처럼 흩날리던 시절이 있었다. 내가 그녀에게 목숨을 걸었던 십 년 전, 그녀가 이 동네에서 자취를 하던 십 년 전, 그녀가 맨발로 한강교로 달려 나가던 십 년 전…… 내가 그토록 망각하고 싶어 했던 우중충한 과거 말이다.

나는 경사진 길을 올라가 다시 한 번 횡단보도를 건넜다. 일요일이라 차량의 통행도 비교적 한산한 편이었다. 다리 건너편에서 불어오는 칼바람이 따귀를 후려치듯 치악치악 소리를 내며 귓전을 스쳐갔다. 귀와 코끝이 유난히 얼얼했다. 나는 고개를 숙이고 마지막 횡단보도를 건너 다리로 진입했다. 멀리 강 건너편의 아파트 풍경과 강변의 수상 카페에서 밀려 나오는 현란한 불빛이 가장 먼저 시선을 끌었다. 나는 그곳에서 시선을 거두고 다리 옆으로 난 인도를 곧게 내다보았다. 내가 다리로 진입하자마자 다리 중간 지점쯤에 서 있던 누군가 이쪽을 향해 걸음을 옮겨놓기 시작했다. 나는 그가 과거로부터 온 사람이라는 걸 직감적으로 알아차릴 수 있었다.

나는 다소 긴장한 표정으로 과거를 향해 걸음을 옮겼다. 내가 한 걸음 한 걸음 앞으로 나아갈수록 현실은 나의 등 뒤로 빠르게 멀어져 갔다. 이윽고 과거의 실체가 완연하게 모습을 드러내고, 이목구비까지 식별이 가능한 거리에 이르자 그가 먼저 걸음을 멈추었다. 그는 후드에 갈색 털이 달린 검정 오리털 파카를 입고 있었다. 예전에 비해 많이 야윈 얼굴이었다. 양쪽 뺨이 꺼져 우뚝한 콧날이 더욱 강조되고, 퀭하게 가라앉은 두 눈에는 말을 잊은 지 오래된 사람에게서 나타나는 침잠의 기운이 역력했다. 순간, 내가 그를 마지막으로 만나던 장면이 재생됐다.

삼 년 전 겨울, 밀레니엄이라는 말이 세상을 뒤덮고 있던 20세기의 마지막 연말이었다. 그와 나는 고향에서 열린 초등학교 동창들의 모임에서 우연히 조우했다. 그날 그는 반가운 표정으로 나에게 손을 내밀었다. 하지만 나는 의도적으로 그에게 손을 주지 않았다. 아예 모른 체했다고 해도 과언이 아닐 정도였다. 그가 결혼한 지 육 개월 만에 이혼했다는 얘기도 그날 처음 접했지만 나의 얼어붙은 가슴은 끝내 녹아내리지 않았다. 감정이 복잡해서가 아니었다. 인생의 군더더기를 모조리 털어낸 것처럼 의식이 너무 명료해서 그런 것이었다. 나에게는 더 이상 그의 여동생에 대한 미련이 남아 있지 않았다. 적어도 당시에는 그랬다. 미련은커녕 그런 여자를 알았다는 것 자체를 수치스러워 하고 있었다. 할 수만 있다면 그와 같은 내 감정을 그녀의 오빠인 그에게도 분명하게 전하고 싶었으니까.

"나와줘서 고맙다. 날씨도 추운데…… 그동안 잘 지냈지?"

그가 먼저 입을 열었다. 입술이 얼어 말의 골조가 허물어지는 것 같았다.

"그래, 오랜만이다. 20세기가 끝나던 해 연말에 보고 21세기 들어 처음이구나. 대체 무슨 일로 이렇게 추운 날 굳이 여기서 날 만나자고 한 거냐."

입술이 내 뜻대로 움직여지지 않았다. 말이 입 밖으로 밀려 나가기도 전에 얼어붙어 얼음과자를 깨물어 먹는 기분이었다.

"이게 잘하는 짓인가, 고민 많이 하고 온 거다. 제1한강교에 네 갈래 인도가 있는데 네가 헤매지도 않고 곧장 이리로 온 걸 보니 그래도 인연은 인연인가 싶다. 여기서 널 기다리는 동안 은근히 네가 다른 길로 가길 바랐는데…… 어차피 와야 할 사람이니 기어이 오고야 마는구나."

말을 하고 나서 그는 고개를 돌려 강 아래쪽을 내려다보았다. 강은 이미 얼어붙어 남단과 북단의 불빛이 빙판 위에서 또 다른 야경을 연출하고 있었다.

"그래, 나도 네가 이곳에 서 있으리라는 확신은 하지 못했다. 네가 여기 서 있는 것을 보니 아무래도 너의 배후가 있는 것 같다는 생각이 드는구나. 아닌가?"

"오해하지 마라. 이제 마음의 사슬을 벗어던져도 좋을 때가 된 것 같아서 온 것뿐이다. 내가 만약 잘못 온 것이 아니라면 돌아가는 발길이 지금보다 훨씬 가벼웠으면 좋겠다. 난 오늘 밤 열차를 타고 내려갈 작정이다. 그러니 긴장하지 말고 내가 떠날 때까지만 함께 있어다오."

아무런 저의도 느껴지지 않는 눈빛으로 그는 나를 주시했다. 빌어먹을, 왜 저런 식으로 나오나, 그의 눈빛을 외면하며 나는 머리를 절레절레 흔들었다. 과거에 대한 정신적 중독이 재발할 때마다 나도 모르게 나타나는 신체적 반응이었다. 간단히, 하고 입을 열다 말고 나는 다시 한 번 머리를 흔들었다. 그래, 용건을 간단히 말하지 않아도 이제 달라질 건 아무것도 없다는 생각이 들어서였다. 나는 다만 눈을 가늘게 뜨고 그를 노려보았다. 그러자 포화 상태의 가스를 배출하듯 긴 한숨을 내쉬고 나서 그가 입을 열었다.

“……영주가 죽었다.”

순간, 세상의 모든 것이 다 얼어붙었다. 다른 순간이 아니라 바로 그 순간—영, 주, 가, 죽, 었, 다, 하는 말이 그의 입에서 밀려 나오던 바로 그 순간. 나는 어어, 어떻게든 입을 열려 했으나 그것은 끝내 말이 되어 나오지 않았다. 양손을 들어 흔들거나, 상체를 앞으로 접거나, 머리통을 감싸 쥐고 오열을 터뜨리고 싶었지만 도무지 몸이 말을 듣지 않았다. 나는 기를 쓰듯 두 눈을 부릅뜨고 그를 노려보았다. 그는 심하게 몸을 떨고 있었다. 어쩌면 그보다 내가 더 심하게 떨고 있었는지도 모를 일이었다. 나를 바라보는 그의 눈빛이 그걸 말해 주고 있었다. 타르르, 나는 턱이 문풍지처럼 떨리는 걸 느끼며 물었다.

“영주가 죽었는데 왜 날 이곳으로 나오라고 한 거지?”

“여길 선택한 건 내가 아니라 영주다. 이유는 나보다 네가 더 잘 알겠지.”

“그래, 말해 봐라. 도대체 원하는 게 뭐냐?”

“영주를 위해 마음을 풀어라. 어차피 이젠 다 끝난 일 아니냐.”

“영주가 원한 일이냐?”

“나에게 남긴 마지막 유언이다. 하지만 여긴 너무 추우니 일단 장소를 옮기자.”

“일단?”

“그래, 대화가 되지 않으면 이곳으로 다시 올 거다.”

그와 나는 정신없이 걸어 한강을 벗어났다. 횡단보도를 건너고 경사진 길을 내려가 우측 골목으로 접어들었다. 거기, 그 협소한 십자 골목은 십 년 전에 그녀와 내가 숱하게 누비고 다닌 곳이었다. 호프집, 실내 포장마차, 분식집, 족발집, 만두집, 옷 가게, 통닭집, 지하 카페, 냉면집, 옛날 짜장집, 동네 서점……. 놀랍게도 대로변의 변화와 달리 뒷골목 풍경은 십 년 전 그대로였다. 서프라이즈! 하는 식이었다. 하지만 고스란히 보존된 풍경보다 더욱 기막히고 어처구니없게 여겨진 것은 나도 의식하지 못한 사이에 이루어진 과거로의 완벽한 회귀였다. 도대체 무슨 악연 때문에 내가 이곳으로 다시 돌아왔는가.

그와 나는 창이 넓은 실내 포장마차로 들어갔다. 일요일인 탓인가, 실내에는 손님이 아무도 없었다. 그와 나는 실내 중앙에 놓인 커다란 석유난로 옆에 서서 잠시 몸을 녹였다. 사십 대 중반쯤으로 보이는 수염을 기른 주인 남자가 창가에도 작은 전기 히터가 있다고 말해 주었다. 그와 나는 말없이 그곳으로 가 앉았다. 내가 몸이 녹는 동안의 몽롱 상태에 빠져 있을 때 그가 주인 남자에게 소주, 오뎅, 곰장어를 주문했다.

나는 물끄러미 창밖을 내다보고 그는 담배를 피웠다. 그사이 술과 안주가 나왔다. 우리는 서로에게 술을 따르고 말없이 잔을 비웠다. 그가 오뎅 국물을 떠먹는 동안 나는 두 개의 소주잔에다 다시 술을 따랐다. 그가 잔을 들어 나의 잔에다 갖다 댔다. 나는 가볍게 부딪치고 다시 잔을 비웠다. 크흐, 하는 입소리를 내며 그가 진저리를 쳐댔다. 나는 빈 잔을 손에 들고 그의 동작을 주시했다. 그가 신경 쓰지 말라는 표정으로 힐긋 나를 보았다. 내가 다시 소주병을 집어 들자 이번에는 그가 그것을 빼앗아 나와 자신의 잔에 술을 따랐다. 그와 나는 말없이 다시 잔을 비웠다. 비로소 온몸의 근육이 녹고 숨통이 트이는 것 같았다. 후우, 길게 한숨을 내쉬고 나서 나는 그에게 물었다.

"언제 죽은 거지?"

"지난 연말…… 12월 31일."

고개를 반쯤 숙이고 그는 망연한 표정으로 소주잔을 들여다보았다.

"왜 하필이면 그날?"

"서른을 넘기지 않으려고 선택한 날이겠지."

"서른?"

"그래, 서른에 죽겠다는 말을 노래처럼 입에 달고 살아온 애였잖아."

모르느냐, 하는 표정으로 그는 나를 주시했다. 나는 그의 눈빛을 피하며 빈 소주잔을 손에 들었다. 그가 소주병을 기울여 다시 술을 따랐다. 나는 술을 받으며 혼잣말을 하듯 중얼거렸다.

"설마 했는데…… 기어이 그 말을 실천하고 말았구나."

"애초부터 설마로 끝날 애가 아니었다. 좀 더 일찍 너에게 알리고 싶었지만 이것저것 잡스러운 일들 정리하다 보니 늦었다. 이해해라."

"아주 연락을 안 할 수도 있었을 텐데…… 이걸 고마워해야 할지 원망해야 할지 모르겠구나. 난 솔직히 말해……."

"됐다, 그만 해라. 그리고 할 수만 있다면 이제 마음을 풀어라. 영주가 세상을 떠나며 너에게 나를 보내려 한 이유가 뭐였겠냐. 나보다 네가 더 잘 알 거라고 생각하며 예까지 왔는데…… 산 자도 죽은 자도 너무 박대하는 것 같구나."

말을 하고 나서 그는 분노와 비감이 한데 뒤섞인 듯한 표정으로 돌연 고개를 숙였다. 나는 그의 모습을 외면하며 창밖을 내다보았다. 하지만 다음 순간, 반사적으로 고개를 돌리며 다그치듯 물었다.

"어떻게 죽었지?"

　나는 그녀가 선택한 죽음의 방법이 궁금했다. 서른을 넘기지 않기 위해 선택했을 마지막 삶의 자태, 그것이 나로서는 도무지 연상되지 않았다. 그녀는 지극히 자기중심적이었고, 극단적으로 자기희생을 싫어하는 인물이었다. 투신하는 일, 목을 매는 일, 약을 먹는 일…… 또 뭐가 있나.

　"욕조에서 동맥을 끊었다."

　"집?"

　"아니. 모텔에서…… 대낮에, 혼자."

　갓 스물이었을 때, 그녀가 자신의 자취방에서 자살에 관해 언급한 적이 있었다. 요지는 간단했다. 따뜻하게 죽고 싶다는 것이었다. 그때, 어리석었던 나는, 아니 그녀의 정체를 파악하지 못했던 나는, 자살 같은 걸 도대체 왜 생각하느냐며 그녀를 철없는 아이 보듯 했다. 하지만 그녀는 여전히 몽롱한 눈빛으로 자취방 천장을 올려다보며 중얼거렸다.

　—따뜻하고 부드럽게 죽어야 해. 차갑고, 아프고, 고통스러운 죽음은 싫어. 어쩌면 인생에서 가장 중요한 게 생명이 끝나는 마지막 순간의 느낌일지도 몰라. 세상을 떠나는 마당인데 그보다 더 중요한 게 뭐가 있겠어…… 아, 따뜻하고 부드러운 죽음!

　갓 스물이었던 그때 이미 그녀는 서른의 자살을 꿈꾸고 있었는지 모른다. 나와의 사랑이 꿈처럼 진행되는 동안에도 그녀는 자주 그런 말을 했었다.

　—오빠, 난 행복한 순간이 너무 두려워. 행복 같은 건 내 체질에 맞지 않나 봐. 사랑도 필요하지만 너무 사랑하면 그것을 잃게 될까 봐 두려워서 견딜 수가 없어. 이 세상 모든 게 빛처럼 끝없이 변하고, 깃털처럼 너무 가벼워서 금방이라도 폴폴 하늘로 날아가 버릴 것 같단 말이야. 이런 심정 이해할 수 있어?

단언하건대, 그녀와 열애에 빠져 있던 십 개월이 내 인생의 절정이었다. 그녀가 대학 생활을 위해 서울로 올라온 그해 2월부터 12월까지…… 그때 나는 날마다 죽어도 좋다고 생각하며 하루하루를 보냈다. 그랬기 때문에 그녀의 자살 얘기도, 행복에 대한 불안 얘기도 모두 모두 이해한다고 치부했다. 이해할 수 없는 건 아무것도 없었다. 이해받지 못할 것도 아무것도 없었다. 적어도 그 무한한 사랑과 이해에 대한 대가로 그녀가 나를 배신하기 전까지는 그랬다.

"아직도 영주를 저주하냐?"

다시 한 대의 담배를 피워 물며 그가 물었다.

"서른에 죽었으니 저주받을 자격도 없다. 영주가 그토록 싫어한 게 타성이었는데…… 내가 저주한다고 말해 봤자 타성을 지닌 인간의 푸념으로밖에 들리지 않을 거다. 그래, 지금 이 공간에 그녀의 영혼이 머물고 있다면 분명하게 말해 주고 싶다. 서른은 아직 인생이 시작되지도 않은 나이라고."

그렇게 말하자 피식, 나도 모르게 실소가 터졌다. 왠지 그것이 내 진심이 아닌 것 같아서였다. 너무 오랫동안 나는 하고 싶은 말을 하지 못하고 살았다. 너무 오랫동안 나는 해야 할 말을 하지 못하고 살았다. 그녀가 그것을 의도적으로 외면하고, 그녀가 그것을 너무 쉽게 간파해 버린 때문이었다. 하지만 지금 이 순간, 그녀가 아니라 그에게조차 진실을 말하지 못하는 이유가 무엇인가.

"그녀가 살아낸 서른은 도대체 무엇이냐?"

나는 감정이 배제된 표정으로 물었다.

"아무리 내가 오빠라지만, 그런 걸 어떻게 한마디로 정리할 수 있겠냐. 나는 다만 영주가 끝장내려 한 서른을 연장시키기 위해 내가 가진 모든 걸 바쳤을 뿐이다. 그것 때문에 이혼도 했고, 그것 때문에 직장까지 버렸으니 길게 말해 뭣 하겠냐. 그런데도 나는 그 아이를 끝끝내 지키지 못했다. 세 번째 자살 시도에서 성공했으니 앞선 두 번의 방지가 고스란히 무위가 되어버린 셈이다. 그런 내가 서른의 의미에 대해 무슨 말을 할 수 있겠냐.”

그는 고개를 모로 돌리고 잔을 비웠다. 가슴이 메케해지는 것 같아 나도 잔을 비웠다.

“서른…… 그래, 네가 오빠라고 기분 나쁘게 듣진 마라. 난 영주의 서른 인생에 아무런 의미도 부여하고 싶지 않다. 인생이 알에서 시작되는 거라는 비유가 가능하다면, 영주는 알을 깨고 나오지도 못한 채 끝나버렸다는 뜻이다. 외부의 힘이나 방해 때문이 아니라 스스로 그것에 의미를 부여하지 않았으니 달리 무슨 말을 할 수 있겠냐.”

두 병의 소주가 더 날라져 왔다. 내가 빈 잔에 술을 따르자 그가 물었다.

“한심한 놈, 넌 정말 영주를 모르고 살았구나. 예전이나 지금이나 여전히…… 그래, 언제인들 네가 그 애를 제대로 알았던 적이 있었겠냐.”

“자식아, 내가 뭘 모른다는 거야? 알아도 너무 잘 알아서 끔찍스러울 뿐이지. 이제 와서 이런 식으로 죽음을 미화하고, 그녀가 남기고 간 서른이라는 나이에 색다른 의미를 부여하기 위해 날 찾아온 거냐?”

나도 모르게 언성이 높아졌다.

“넌 영주가 얼마나 불쌍한 인생을 살다 간 줄 아냐? 내가 왜 그렇게 그 애의 자살을 막으려 한 줄 아냐고. 십 대에는 아버지의 사업 실패 때문에 날마다 이리저리 쫓겨 다니며 살고, 이십 대 접어들어서는 자신에게 만성 신부전증이 있다는 걸 알았어. 그걸 견디며 살다가 스스로 삶을 정리한 애다. 어느 날 갑자기 인생이 얼마 남지 않았다는 걸 알게 된다면 넌 어쩌겠냐. 자신에게 주어진 인생이 애초부터 짧다는 걸 알게 된다면 넌 어떻게 살겠는가 말이다. 너, 그런 것에 대해 딱 부러지게 대답할 수 있어!"

쾅, 그의 주먹이 원탁에 내리꽂혔다. 텔레비전을 보고 있던 주인 남자가 반사적으로 고개를 돌렸다. 미간에 깊은 골이 파인 게 처음 들어왔을 때의 얼굴이 아니었다. 불온한 기운이 사방에서 굼실거렸다. 나는 입속으로 만성 신부전증, 만성 신부전증, 하는 말을 연해 되뇌었다. 그건 나로서도 처음 듣는 말이었다. 그녀와 함께 자고 난 다음 날 아침마다 얼굴이 찐빵 귀신이 됐네, 어쩌면 좋아, 하고 울상을 짓곤 하던 기억이 고작이었다. 그렇다면 얼굴이 자주 부어오른 이유가 그것 때문이었단 말인가.

"십 대의 가정적 불행과 이십 대의 만성 신부전증……? 웃기지 마. 그런 건 인생을 막 살아도 된다는 면책 특권이 아니야. 육십에 죽는 사람도 구십에 죽는 사람도 어차피 시한부 인생이긴 마찬가지라고. 그런 걸 핑계 삼아 막 살아도 된다면 인생을 제대로 살 사람이 누가 있겠냐."

"그럼 영주가 인생을 막 살았다는 얘기냐?"

그의 손에 들린 소주잔이 떨리고, 잔에 채워졌던 술이 철철 소리를 내며 밖으로 흘러넘쳤다.

"내 입장에서 하는 말이니까 그렇게 감정적으로 받아들이지 마. 내 입장이란, 적어도 네가 참견할 수 없는…… 그러니까 영주와 나만의 영역으로 남겨진 어쩔 수 없는 문제가 있다는 거야."

"후, 어쩔 수 없는 문제……? 자식아, 십 년 전 그때 넌 스물여섯이었고 걘 고작 갓 스물이었어. 네가 내 친구이고, 너도 걔한테 오빠 노릇을 해야 할 도의적 책임이 있다는 생각을 했다면 그렇게 불나방 같은 사랑에 함께 뛰어들진 않았을 거다. 그것이 어째서 모조리 영주의 잘못이라고 지금껏 그 애를 저주하는 거냐?"

그래, 모든 게 내 잘못이었는지 모른다. 철없던 갓 스물이 찾아와 오래전부터 오빠를 사랑했다는 말을 꺼낼 때에도 단호하게 그것을 물리쳤어야 했는지 모른다. 그랬다면 친구도 잃지 않고 그녀도 잃지 않았을 것이다. 하지만 당시의 나로서는 도무지 그럴 수 없었다. 그녀가 내게 고백했던 것보다 훨씬 강렬하게 나는 그녀에게 매료당해 있었다. 그것을 물리칠 만한 이성적 힘도 없었지만 어떤 형벌을 감수하더라도 나는 그녀를 끝끝내 포기하고 싶지 않았다. 그 검은 머릿결, 그 깊은 눈동자, 그 우울한 표정에 깃들인 치명적인 매혹을 무슨 수로 물리칠 수 있었으랴.

그녀와 함께 보낸 열 달은 압축 파일처럼 나의 영혼에 각인되었다. 죽어 영혼이 몸에서 빠져나간다 해도, 전생의 기억이 모조리 지워진다 해도, 그것의 형질은 고스란히 남아 다음 생을 녹록하게 살지 못하게 할 터였다. 치명적인 상처가 되어버린 사랑…… 그녀를 너무 사랑했기 때문에 나는 그녀를 용서할 수 없었다. 내가 그녀에게 저지른 죄는 오직 한 가지, 그녀를 너무 사랑했다는 것뿐이었다. 그런 나에게 그녀가 되돌려 준 것은 권태를 핑계 삼은 배신이었다. 대학 생활에 익숙해지자 그녀는 어느덧 자신의 혈관 속에서 꿈틀거리는 불온한 기운을 의식하기 시작했고, 그것 때문에 나와 함께 있는 동안에도 불안한 기색을 감추지 못했다.

─오빠, 우리 죽으면 다음 생에도 만나게 되겠지?

─그걸 어떻게 장담해?

─뭐든 아주 간절히 기원하면 이루어지는 거야. 두고 봐.

그녀는 보란 듯 자취방 벽에 걸린 둥근 시계를 내렸다. 그리고 작은 메모지 한 장에다 자신만 알아볼 수 있는 글씨를 깨알같이 적더니 그것을 시계 뒷면의 배터리 저장 공간 밑바닥에 넣었다. 도대체 무슨 짓을 하는 거냐고 내가 묻자 그녀가 심각한 표정으로 입을 열었다.

─시간의 신에게 비는 거야. 다음 생에도 오빠를 맨 처음 만나게

해달라고.

그해 여름, 그녀와 나는 지리산으로 캠핑을 갔다. 한적한 계곡에다 텐트를 치고 그곳에서 사흘 동안 야영을 했다. 마지막 날 밤, 그녀와 나는 계곡에 발을 담그고 노래를 부르며 술을 마셨다. 어느 정도 취기가 오른 뒤, 그녀가 소주병 마개를 손바닥에 올려놓고 골똘한 표정으로 들여다보았다. 뭐 하느냐고 내가 묻자 그녀가 텐트 옆의 소나무를 올려다보며 나에게 물었다.

—오빠, 지금 이 자리 기억할 수 있겠어?

—지금 이 자리?

—이 소나무.

—그걸 왜 기억해?

—우리 중 누군가 먼저 죽거나 헤어지게 되면 혼자 찾아와야 하니까.

—혼자 찾아와서 뭘 해?

—다음 생에서 또 만나게 될 테니까 너무 아파하지 말라고.

그녀는 자신의 손에 들려 있던 소주병 마개를 나에게 내밀었다. 이걸로 뭘 어쩌라는 거냐, 하는 표정으로 나는 그녀를 보았다. 그러자 병마개 안쪽에다 내 이름과 자신의 이름을 새겨달라고 했다. 영주와 건우. 어처구니없는 소꿉장난 같다는 생각이 들었지만 나는 돌과 스위스 군용칼을 동원해 그녀의 요구를 들어주었다. 소주병 마개를 납작하게 펴고, 그 안쪽 부분에다 그녀와 나의 이름을 겹쳐 새긴 것이다. 그녀는 목말을 타고 올라가 그것을 소나무 가지와 가지 사이의 틈새에다 박아 넣었다. 누군가 혼자 남게 되면 그곳으로 찾아와 우리 두 사람의 사랑을 반추하라고, 다음 생에서 또 만나게 될 테니까 너무 아파하지 말라고.

"그때 영주가 널 떠난 게 정말 배신이었을까?"

등을 굽히고 다시 한 대의 담배를 피워 물며 그가 자조적인 표정
으로 물었다.

"그게 배신이었다는 걸 근원적으로 부정하지 말고, 차라리 그녀가
날 배신한 이유가 뭐냐고 물어라. 그렇게 물어야 나도 할 말이 있으
니까."

두 눈을 부릅뜨고 나는 그를 노려보았다.

"그게 정말 배신이었다면 영주가 서른이 될 때까지 그렇게 힘들게
살지 않았을 거다. 진정 남을 배신할 수 있는 사람이라면 과거를 그
렇게 소중하게 부둥켜안고 죽지 않았을 거라는 말이다. 갓 스물 이
후, 갠 널 잊은 적이 한번도 없다. 다만 네가 그걸 끝끝내 부정하고
싶어 하는 것뿐이지…… 졸렬한 자식!"

"억지스러운 궤변 늘어놓지 마라. 난 영주의 죽음을 애도할 수 있
지만 그 삶과 죽음의 의미까지 미화하지는 못한다. 십 년 전 그때 난
그녀와 결혼까지 생각했던 몸이다. 도대체 날 배신하는 이유가 뭐냐
고 내가 물었을 때 그녀가 뭐라고 한 줄 아냐? 더 이상 지겨워지고
싫어지기 전에 헤어져야 나를 영원히 사랑할 수 있다고 했다. 말이
되는 얘기냐?"

대답해 보라, 하는 표정으로 나는 그를 보았다.

"갓 스물이었던 그때에도 영주가 너보다 훨씬 현명했다는 증거다.
도대체 그걸 어떻게 설명해야 알아듣겠냐? 그 아이가 지니고 있던 본
능적 지혜를 넌 죽었다 깨어나도 이해하지 못할 거다. 만약 그 애하
고 네가 지금껏 헤어지지 않았다면 어떤 일이 벌어졌을까? 또한 네가
그 애를 배신할 가능성은 전혀 없었을까?"

"……."

예상 못한 그의 질문에 나는 등골이 서늘해지는 걸 느꼈다. 정말
장담할 수 없는 일이었다. 그때 헤어지지 않았다고 해서 그녀와 내가

지금껏 행복하게 살았으리라, 어느 누구도 장담할 수 없을 터였다. 요컨대 배신의 반대급부는 행복이 아니라 의문이었다. 하지만 나는 흔들리고 싶지 않았다. 그녀가 나를 배신한 결정적 이유가 끝없이 새로운 것을 찾아 헤매는 본능적 갈망 때문이었다는 내 주관을 수정하고 싶지 않아서였다. 그녀는 다만 한 남자와의 지고지순한 사랑이 체질에 맞지 않는 사람일 뿐이었다. 십 년 전 그때, 내가 그녀의 면전에 대고 악다구니를 쓴 적도 있지 않았던가.

—더러운 피의 소유자, 넌 타고난 창녀야!

그녀와의 사랑이 끝난 직후부터 나는 미쳐가기 시작했다. 다니던 의류 회사도 그만두고 날이면 날마다 술에 절어 비탄의 시간을 보냈다. 맨 정신이 견디기 어려워 술을 마시고, 술을 마시면 그녀가 보고 싶고, 그녀가 보고 싶으면 시도 때도 없이 그녀가 사는 동네로 미친 듯 달려가곤 했다. 하지만 그녀는 좀체 집으로 들어오지 않았다. 골목 어귀가 보이는 맞은편 건물 계단에 앉아 있다가 잠이 든 적이 한두 번이 아니었다.

어느 날, 새로 3시가 넘은 시각에 나는 집으로 들어오는 그녀를 보았다. 혼자가 아니었다. 모자를 쓰고 벤치 코트를 입은 키가 큰 남자와 함께였다. 언뜻 보아 그녀 또래의 학생인 것 같았다. 둘은 손을 잡고 조심스럽게 대문을 열고 안으로 들어갔다. 그녀의 자취방에 불이 켜지고 다시 꺼질 때까지 나는 어둠 속에 서서 모든 걸 지켜보았다. 입으로 비상을 씹어 삼키는 기분이었다. 살인자가 될까, 완전 범죄를 저지를까. 밤새도록 나를 사로잡은 악마적 상상력이 우주를 덮어 새벽녘에는 폭설이 내리기 시작했다. 눈이라도 내리지 않았다면 세상은 나의 저주로 영원히 암흑에 빠져버리고 말았을 것이다. 눈길을 떠나며 나는 아무도 죽이지 않는 대신 나 자신을 죽이기로 맹세했다. 내가 알았던 그녀의 이름을 창녀라고 기억한다, 어떤 일이 있어도 그녀를 용서하지 않는다, 죽는 날까지 다시는 여자를 사랑하지 않는다…… 저주받을 인연이여.

"서른은 모든 것에 대해 진실할 수 있는 나이다. 무엇에도 구애받지 않을 수 있는 마지막 나이가 서른이 아닌가…… 그러니 제발, 이제 그만 영주에 대한 마음의 응어리를 풀어라. 그 아이의 오빠로서, 그리고 너의 친구로서 부탁하마."

이제 모든 걸 훌훌 털어버리자는 표정으로 그가 건배를 제안했다. 하지만 나는 잔을 들지도 않고 그의 제안을 거부했다.

"웃기지 마. 진실은 입이 더럽고, 더럽기 때문에 가치가 있는 거야. 연꽃이 어째서 진흙 속에서 꽃을 피우겠냐. 하지만 서른은 절대 진실에 접근할 수 있는 나이가 아니다. 자살을 꿈꿀 수 있는 마지막 나이가 될 수 있을 뿐이다. 그걸 넘어가면 비로소 인생이 시작되고, 그게 두려우니까 서른을 바리케이드로 삼는다는 얘기다. 아니냐?"

"네놈이 아무리 부정하고 불신해도 난 영주가 간직하고 떠난 서른의 순수를 믿는다. 영주 같은 사람들의 영혼이 쌓이고 쌓여 연꽃을 피우는 진흙이 되는 거다. 너 같은 놈들은 오직 눈에 보이는 화사한 연꽃에만 눈이 팔리니까 그런 보이지 않는 희생을 이해하지 못하는 거다. 사랑으로든 인생으로든 누군가를 위해 널 희생해 본 적 있냐?"

머리를 절레절레 흔들고 나서 그는 손에 들고 있던 소주잔을 단숨에 비웠다.

"서른은 연꽃도 아니고 진흙도 아니다. 서른으로 모든 걸 미화하려 하지 마라. 서른은 고작 서른일 뿐이고, 아무리 살았다 해도 기껏 서른일 뿐이다. 진흙이 되고 연꽃이 되려면 서른을 서른 번도 더 살아야 할지 모르는데 그깟 서른을 두고 희생 운운하다니…… 서른이 왜 서른이어야 하는지 제대로 설명할 수 있는 사람은 아무도 없다. 서른이 특별해야 할 이유가 털끝만큼도 없기 때문이다. 서른 이외,

다른 나이는 모두 서른의 들러리인가?"

나의 발악적인 언사에 그는 더 이상 대꾸하지 않았다. 가끔 머리를 절레절레 흔들고, 어쩌다 길게 한숨을 내쉬고, 난감하다는 표정으로 담배 연기를 빨아들이고, 허공을 올려다보며 길게 연기를 내뿜는 동작……. 하지만 나는 그의 속내를 이해하고 싶지 않았다. 이해가 아니라 그를 설득하고 싶었다. 죽음의 의미가 아니라 삶의 의미에 대해, 서른의 의미가 아니라 인생의 의미에 대해.

"영주하고 끝났을 때, 내가 널 만나러 고향에 내려간 적 있었지? 회사까지 때려치우고 자살하고 싶다며 너에게 구원을 요청하던 그때…… 네 동생과 나 사이에 있었던 일을 모두 털어놓고 도와달라고 했잖아. 그때 네가 나에게 했던 말 기억나나?"

대답해 보라는 표정으로 나는 그에게 손가락질을 했다.

"희미하게…… 아주 희미하게."

"웃기는 자식, 그때 넌 영주가 근본이 그런 아이가 아니니까 기다려보라고 했다. 기다려보라고…… 아직도 그런 말 하고 싶냐?"

"물론이다. 그때나 지금이나 달라진 건 아무것도 없다. 삶과 죽음은 나뉜다 해도 그 아이의 근본은 달라지지 않는다. 그러니 넌 멀어도 한참 멀었다. 영주의 진실을 이해하려면 아직도 많은 시간을 기다려야 할 거라는 말이다."

바보 같은 자식, 하고 중얼거리고 나서 그는 단숨에 잔을 비웠다. 목이 타는 것 같아 나도 단숨에 잔을 비웠다. 고개를 돌리고 창밖을 보자 허공의 오렌지 빛 조명권 속으로 탐스러운 눈송이 몇 개가 밀려들고 있었다. 나는 무감동한 눈빛으로 그것을 올려다보았다. 갑자기 모든 것이 허망하게 느껴졌다. 이 깊은 겨울밤, 여기 앉아서 도대체 무슨 짓을 하고 있는가…… 한마디, 딱 한마디만 그에게 하고 싶었다. 내가 왜 이럴 수밖에 없는지, 내가 왜 이렇게 버틸 수밖에 없는

지에 대하여.

"영주는 자기 인생을 사랑하지 않았어. 자기 인생을 사랑했다면 그렇게 함부로 살지 않았을 거다. 영주가 찾아 헤맨 게 진정 사랑이었을까? 영주가 찾아 헤맨 게 진정 인생의 진실이었을까……? 그 아이는 자기 삶으로부터 끝없이 도피하고 싶었던 거야. 그래서 나의 사랑이 부담스러워진 거고, 어느 누구든 자신을 사랑하면 부담스러워한 거야. 그녀의 삶이 서른에 끝났다는 건 서른을 넘어서도 그렇게 살 만한 자신이 없어졌다는 얘기일 뿐이다. 버텨봤자 타락한 인생을 살 수밖에 없으니까…… 다른 게 뭐가 있겠냐."

"개새끼!"

번쩍, 눈앞에서 불꽃이 튀었다. 반사적으로 손을 뻗어 허공을 짚었다. 하지만 나의 몸은 이미 차가운 시멘트 바닥으로 나동그라진 뒤였다. 내가 손을 들어 턱을 만질 때 주인 남자가 주방에서 나와 이런, 이런, 비싼 술 마시고 이게 뭐 하는 짓들이여, 하고 소리쳤다. 주인 남자가 나를 부축하자 죄송합니다, 하고 머리를 숙이며 그가 자리에서 일어나 나의 손을 잡았다. 내가 자리에 앉자 미안하다, 하고 그가 속삭이듯 말했다. 나는 아무런 대꾸도 하지 않고 소주잔을 비웠다. 그리고 고개를 돌려 창밖의 허공을 올려다보았다. 이제는 이루 헤아릴 수도 없을 정도로 탐스러운 눈꽃 송이가 오렌지 빛 허공에 가득 들어차 있었다. 키힝, 나도 모르게 입에서 이상한 탄성이 터져 나왔다. 거의 동시에 하악골과 눈두덩이 뻐근해지며 뜨거운 눈물이 쏟아지기 시작했다. 그때 그가 고개를 숙이고 참담한 표정으로 중얼거렸다.

"젠장, 이러기 위해 널 만나러 온 게 아니었는데…… 정말 미안하다. 난 그저…… 난 그냥…… 내가 영주의 오빠니까 이럴 수밖에 없다. 그거…… 그건 네가 이해해 다오. 같은 남자로서 널 이해 못하는 게 아니라…… 내가 영주의 오빠니까 어쩔 수 없는 거다. 누가 뭐라고 해도, 걔가 아무리 그릇된 인생을 살고 갔다고 해도…… 걘 돌이킬 수 없는 내 동생 아니냐…… 그리고 서른은 인생을 마감하기엔 너무 아까운 나이가 아니냐…… 아무리 밉더라도 이제 그 아이 영혼이 편히 쉴 수 있도록 네가 마음을 풀어다오. 이게 오빠인 내가…… 이 못난 오빠가 불쌍하게 세상 버린 동생을 위해 할 수 있는 마지막 일이다.”

말을 하면서 그는 치밀어 오르는 오열을 참지 못하고 진저리를 쳐댔다. 고개를 숙이고 어깨를 들썩이는 그의 배경으로 목화꽃처럼 탐스러운 함박눈이 쉼 없이 내려앉고 있었다. 상가 지붕, 골목길, 간판, 진열대…… 사람들이 쓰고 가는 우산 위에도, 우산을 쓰고 가지 않는 사람들의 머리 위에도 하얗게 눈이 덮여 있었다. 그가 고개를 들고 나를 보았지만 나는 쏟아지는 폭설에서 좀체 눈길을 뗄 수 없었다. 그가 부스럭거리며 파카 주머니에서 뭔가를 꺼내 자, 하며 내 앞으로 밀어놓았다. 하지만 그때에도 나는 고개를 돌리지 않고 수직으로 쏟아지는 눈을 내다보았다. 그가 모든 걸 체념한 듯 담담한 어조로 입을 열기 시작했다.

“영주가 마지막으로 남긴 유품과 유서이다. 유품은 네 앞으로 남기고 유서는 내 앞으로 남긴 것이지만 유서에 쓰인 내용이 전부 너에 관한 것이니 너에게 전해 주는 게 낫겠다는 생각이 들어 가져왔다. 서른에 모든 걸 다 접고, 서른에 모든 걸 다 잊고 떠나려는데…… 단 하나, 죄처럼 마음을 무겁게 하는 존재가 바로 너라고 썼더라. 너에게 무수히 돌아가려 했지만 그게 뜻대로 되지 않았다고…… 그래서 이렇게 죽어서라도 너에게 돌아갔으면 좋겠다고 썼더라. 그래서 자신이 죽은 뒤…… 제1한강교에서 널 만나 이걸 전해 주라고 썼더라. 시간을 주관하는 신을 만나면 다음 생에 반드시 널 처음으로 만나 다시 사랑하게 해달라고 빌겠다고…… 그러니 자신의 부끄러운 서른을 용서하고 이걸 잘 간직해 달라고 썼더라. 만약 그게 부담스럽다면…… 이걸 한강에 던져달라고도 썼더라. 그럼 자신을 아주 잊은 걸로 알겠다고…… 그렇게 썼더라. 난 밤 기차를 타고 내려가야 하니 먼저 자리를 뜨마. 부디 죽은 사람이 마지막으로 남긴 것들이니 매몰차게 물리치지 말고 그 뜻을 새겨다오…… 잘 있어라."

그는 술값을 계산하고 눈이 장대비처럼 쏟아지는 골목을 빠져나갔다. 고개를 숙이고 어깨를 늘어뜨린 채 걷는 걸음에 천근만근의 무게가 실려 있는 것 같았다. 그가 골목을 다 빠져나가기도 전에 그의 머리와 어깨와 등판에 눈이 덮였다. 나는 초점이 흐려져 막막한 눈빛으로 그의 뒷모습을 지켜보았다. 지켜보다가 문득, 그가 사라져버리기 전에 그가 남기고 간 것을 확인해야 한다는 초조감으로 정신없이 포장 박스를 풀어헤쳤다.

포장을 벗기자 붉은 주단을 입힌 직사각형의 나무 상자가 나타났다. 그것을 열자 그녀가 남긴 유서와 기이한 모양의 목걸이가 모습을 드러냈다. 나는 그녀가 그에게 남긴 유서를 먼저 읽고, 그녀가 나에게 남긴 기이한 모양의 목걸이를 꺼내 들었다. 납작하게 펴진 소주병 마개에 구멍을 뚫고, 그곳에다 검은 줄을 넣어 만든 목걸이였다. 병마개 안쪽에 그녀와 나의 이름이 새겨져 있었다. 겹쳐진 채, 두 번 다시 분리할 수 없는 운명처럼 패어 있었다. 유서에 적힌바, 그것은 그녀가 죽기 직전까지 목에 걸고 있었다는 목걸이, 그녀가 지상에 남기고 가는 마지막 진실이었다. 그해 여름, 지리산 계곡의 소나무 가지 사이에 박아두었던 그것을 그녀가 언제부터 목에 걸고 다닌 것일까.

—오빠, 지금 이 자리 기억할 수 있겠어?

두 사람 중 누군가 혼자 남게 되면 그곳으로 찾아와 사랑을 반추하라고, 다음 생에서 또 만나게 될 테니까 너무 아파하지 말라고 이름을 새겨 넣었던 소주병 마개. 나는 그것을 들고 넋이 나간 사람처럼 골목을 빠져나갔다. 집중적인 폭설로 도로는 이미 난장판이 되어 있었다. 한강을 건너온 차량도, 한강으로 건너가려는 차량도 제멋대로 미끄러져 경사진 도로 곳곳에서 헛바퀴 질을 해대고 있었다. 나는 주변 풍경을 아랑곳하지 않고 경사진 길을 올라가 횡단보도를 건넜다. 그리고 몇 시간 전에 그를 만나던 자리, 십 년 전 그녀가 나에게 결별을 선언하던 자리로 걸어갔다. 그를 만나던 몇 시간 전과 달리 이제는 추위가 느껴지지 않았다.

목걸이를 손에 들고 나는 얼어붙은 강을 내려다보았다. 무엇을 어디서부터 어떻게 풀어야 할지 막막해서 견딜 수가 없었다. 나를 지탱하게 만들던 오기도 스러지고, 나를 분노하게 만들던 증오도 스러지고, 나를 체념하게 만들던 불신도 이미 스러진 뒤였다. 이렇게 짧은 동안 허망하게 스러질 자존심으로 나는 그녀의 가슴에 수도 없이 비수를 꽂은 것이었다. 나와 헤어진 뒤 네 번, 다섯 번, 여섯 번, 일곱 번…… 그녀는 나에게 돌아왔었다. 돌아와서 자신을 용서해 달라고, 예전의 사랑을 되찾고 싶다고 했었다. 초췌한 몰골로 온 적도 있었고, 남루한 몰골로 온 적도 있었다. 술에 취해 울면서 온 적도 있었고, 깊은 밤 전화를 걸어 하소연한 적도 있었다. 하지만 나는 빙벽처럼 얼어붙어 단 한번도 그녀를 따뜻하게 맞이한 적 없었다. 그녀와 헤어진 뒤, 내가 정신적으로 육체적으로 불구가 되었다는 걸 어느 누가 알까.

그녀 이외의 다른 어떤 여자 앞에서도 나는 정상인일 수 없었다. 정신적으로도 불구였고 신체적으로도 불구였다. 다른 여자를 만날 수도 없었고, 다른 여자를 안을 수도 없었다. 그녀가 아닌 한 나는 어떤 방면으로도 온전해질 수 없었다. 그때부터 나는 미움과 증오와 저주로 그녀에 대한 사랑을 대신했다. 그것이 독이라는 걸 알았지만 그렇게 강한 것이 아니면 도무지 버틸 재간이 없어서였다.

—오빠, 이 목걸이가 지상에 남기는 나의 마지막 진실이야.

유서를 생각하며 눈을 감자 그녀의 십 년 전 모습이 고스란히 재생됐다. 이제 성인이 되었으니까 오빠를 마음껏 사랑하고 싶다고 손뼉을 치며 깔깔거리던 갓 스물. 사랑하지 않을 수 없는 순수, 사랑하지 않는 것이 죄악이 될 것 같은 치명적인 매혹이 여전히 느껴지는 모습이었다. 그때로부터 십 년, 그리고 그녀가 버리고 간 서른 해 동안의 세상…… 나는 이를 데 없이 담담한 심정으로 그녀를 지우고 또한 재생했다. 사랑도 스러지고 미움도 스러진 자리에 그녀가 유서에 남긴 마지막 문장이 스며들었다. 오빠, 인생에 사랑은 단 한 번뿐인가 봐…… 손에 들고 있던 병마개 목걸이를 목에 걸며 나는 확신했다. 십 년 전처럼 지금 다시 그녀가 나에게 온다고 해도 나는 또다시 사랑에 빠질 수밖에 없으리라.

서른에 세상 버린 어린 영혼아, 인생은 서른한 살부터 다시 한 살이다. 비로소 한 살이고, 이윽고 한 살이고, 드디어 한 살이다, 서른에 세상을 버렸으니 너는 태어나기도 전에 죽은 것이다. 태아 같은 영혼으로 바람처럼 떠돌고, 태풍처럼 소용돌이치고, 돌개바람처럼 회오리치다 스스로 스러진 것이다. 그 기운, 이 우주의 어느 변방에 남아 있을지라도 다음 생에서는 반드시 서른을 넘겨 다시 태어나기를. 그리하여 인생의 서른을, 서른의 인생을 참으로 맞이할 수 있기를 나는 빌고 싶다.

병마개 목걸이를 목에 걸며,
사랑의 이름으로 내가 너에게.

마천야록

어느 순간, 깜빡 정신을 놓자 사박사박, 하는 발소리가 들린다. 언니가 갈보리 교회 마당으로 눈을 밟고 들어가는 소리가 분명하다. 그 소리를 듣고 나서야 나는 비로소 희미한 미소를 지으며 깊은 잠의 나락으로 빠져 든다. 모든 게 하얗게 변하는 꿈, 그래서 아무것도 안 보이는 꿈……. 표백제처럼 하얗게 탈색된 언니가 내 손을 잡으며 은밀하게 속삭인다.

─조금만 참아, 조금만 참아.

폭설이 내린 29일 오전 7시경, 서울 송파구 마천동 갈보리교회 마당에 눈에 덮인 채 숨져 있는 윤 모 양(26, 여)을 이 교회 신도인 김 모 씨(57, 여)가 새벽 기도를 마치고 나오다 발견, 경찰에 신고했다. 경찰은 숨진 윤 양이 교회 뒤쪽의 다세대 주택 2층에 여동생과 함께 세 들어 사는 룸살롱 접대부라는 사실을 확인하고 사인을 규명 중이다. 일단 술에 만취한 채 동사했을 가능성이 높은 것으로 보이나 얼굴에 말라붙은 코피와 멍 등으로 미루어 다른 의혹의 소지도 있어 보인다. 경찰은 우범자들의 소행일 가능성도 배제하지 않고 인근 주민을 상대로 목격자를 찾고 있다.

(서울＝연합뉴스 오영도 기자)

그날 일어났던 일에 대해 말하기 전에 나의 인간적 배경에 대해 먼저 말하고 싶다. 배경을 말한다고 해서 무엇이 달라질까만, 앞뒤 맥락도 없이 그날 있었던 일만 얘기하면 문제가 더욱 모호해질 것 같기 때문이다. 무슨 파렴치한 변명을 늘어놓기 위해 이런 너스레를 떠는가, 혹자는 나를 오해할지도 모르겠다. 하지만 부디 이것만은 알아주기 바란다. 내가 나의 인간적 배경을 말하고 싶어 하는 건 오히려 세인들의 이해를 받고 싶지 않기 때문이다. 다시 말해 내가 행한 일에 대해 더욱 욕먹고, 더욱 질타당하고 싶기 때문이다. 그러니 나의 인간적 배경을 듣고 난 뒤에 팔뚝을 걷어붙이거나 발길질을 해대도 늦지는 않으리라. 당신들 내키는 대로 나를 씹고, 때리고, 까고, 짓이겨다오. 피 흘리지 않고서야 이 팔매질 같은 인생을 무슨 수로 견디랴.

아침에 눈을 뜰 때마다 나는 죽음에 대한 공포를 느낀다. 몸이 깨어나는 동안 속 깊은 현기증과 함께 심한 헛구역질이 치밀곤 한다. 자포자기하듯 씨발, 이렇게 살면 뭐 하나, 잠에서 깨어나는 게 원망스러울 때가 많다. 하지만 나는 마누라 등쌀에 아픈 내색도 하지 못한다. 내가 조금이라도 아픈 기색을 보이면 막무가내로 병원에 가자며 핏대를 올리기 때문이다. 그녀의 악다구니는 연극 대사처럼 매번 똑같다.

—네 몸 네가 잘못 건사해서 너 죽는 건 문제도 아냐. 문제는 지금껏 너 하나 쳐다보고 살아온 한솔이랑 나야. 벌어놓은 돈이 있어, 물려줄 재산이 있어? 죽고 싶으면 대책이나 마련해 놓고 죽어. 알겠어?

나는 마누라와 싸우지 않는다. 부부 싸움이란 것도 상대방에 대한 애정과 삶에 대한 의욕이 있을 때 하는 것이다. 그녀와 나는 캠퍼스 커플이었다. 물론 연애 시절에는 지금의 그녀를 도저히 상상할 수 없었다. 차라리 골뱅이가 새가 된다는 애기를 믿는 게 낫지. 하지만 상상할 수 없는 일이 버젓이 현실이 되는 게 인생이다. 그래서 마누라에게 호되게 당하고 베란다에 서서 담배를 피울 때마다 나는 머리를 절레절레 흔들곤 한다. 씨발, 무슨 인생이 이렇게 좆같은가.

하지만 나는 입이 열 개라도 할 말이 없는 인간이다. 내 나이 서른여섯에 남겨진 거라곤 삶에 대한 좌절감뿐이지만 나도 시인할 건 시인할 줄 아는 놈이다. 사업 한답시고 적잖은 아버지 재산을 다 말아먹고, 나 때문에 막내 동생은 대학 진학도 못했다. 뿐만 아니라 강남의 60평형대 아파트에 살던 부모님은 신도시의 20평형대 전세 아파트로 나앉았다.

부모님의 희생으로 한때 나는 잘나가는 일식집 사장 노릇도 하고, 파티 전문 카페의 사장 노릇도 하고, 룸 가라오케의 사장 노릇도 했다. 정말 꿈같은 세월이었다. 하지만 그 세월 동안 나의 몸과 마음은 황무지가 되어버리고 말았다. 솔직히 말해 사업을 한 게 아니라 사업 자금을 모조리 유흥비로 탕진했다고 하는 게 옳을 것이다. 술, 여자, 도박…… 말하긴 싫지만 간혹 마약을 한 적도 있다. 그렇게 여러 해를 보냈으니 몸이 무쇠라도 감당할 재간이 없으리라.

아무려나 나의 개차반 같았던 이력은 더 이상 입에 담고 싶지 않다. 나 같은 인간은 처음부터 사업 같은 걸 하지 말았어야 했다는 원론적인 후회만 못처럼 아프게 가슴에 박혀 있을 뿐이다. 그저 고교 시절부터 십 년 넘게 배워온 검도 도장이나 차려 몸과 마음을 수련하며 살았으면 더없이 좋았을 인생. 신도시의 20평형대 아파트로 이사 가던 날, 칠순의 아버지는 두 눈에 눈물을 글썽이며 내게 이렇게 말했다.

—돈을 탕진한 대가로 네가 사람이 된다면 난 더 이상 바랄 게 없다.

사람이 된다면, 하고 아버지는 가정법으로 말했다. 하지만 칠순 노인네의 가정법은 끝내 현실이 되지 못하고 말았다. 자조적으로 하는 말이 아니라 나는 정말 사람이 되고 싶은 마음이 없다. 그냥 이렇게 망가진 채로 버티다가 어느 날 갑자기 맥없이 고꾸라져 주변 사람들로부터 온갖 험담과 악담을 들으며 지상을 떠나고 싶을 뿐이다. 갑자기 과거를 반성하고 사람 행세 한답시고 주변 사람들을 놀라게 하거나 그들을 불편하게 만들고 싶지 않은 것이다. 나 같은 놈이 있어야 그들의 삶이 더욱 싱싱해지고 더욱 건강해지지 않겠는가.

내가 석구를 만난 건 불행 중 다행이고 다행 중 불행이다. 만나지 않아도 불행하고, 만나도 불행한 기이한 인연이 더러 있는 것이다. 작년 가을, 녀석이 나에게 전화를 걸어오지 않았다면 그로부터 며칠 뒤에 나는 자살을 감행했을 것이다. 사업 실패와 장기간의 실업 생활, 아내와 아이에 대한 스트레스, 부모님에 대한 죄책감이 나도 모르게 우울증으로 깊어져 하루하루 풍전등화와 같은 나날을 보내고 있을 무렵이었다. 쥐약과 소주를 마시고 칵 죽어버려야겠다는 결심을 굳히고 있을 때, 불행인지 다행인지 녀석에게서 전화가 걸려왔다. 대학을 졸업한 이후 처음 걸려온 전화였다.

—야, 너 개털 됐다며?

녀석은 이미 주변의 친구들에게 전해 들어 나의 좌절과 실패를 상세하게 알고 있었다. 아주 고소하다는 어투로 녀석은 비아냥거렸다. 일테면 복수혈전 같은 거였다. 나는 이런 씨발 자식이 있나, 하고 울컥 울화가 치밀었다. 하지만 한순간 뒤, 빙벽 같은 현실이 내 뒤통수를 후려쳤다. 병신 새끼, 넌 개털이야!

치사한 얘기지만 나는 마누라가 마음에 걸렸다. 대학 시절, 석구가 그녀를 좋아했다는 건 같은 과 동기들이 모두 아는 사실이다. 그녀가 나에게 넘어갔을 때, 녀석이 머리 깎고 해병대 자원입대했다는 것 또한 공공연한 사실이다. 때문에 진해에서 근무하는 녀석을 친구 여럿이 면회 갈 때도 나는 가지 않았다. 하지만 면회 다녀온 동기들이 내게 전해 주었다.

─야, 석구가 이경이 잊으려고 특공대 자원했다더라.

나에게 있어 인생은 정말 삼류 드라마 같은 것이다. 만약 인간의 운명을 주관하는 신이 있다면 퍼큐, 퍼큐, 하고 하루 종일 욕을 해주고 싶을 지경이다. 제발 드라마 좀 유치하게 쓰지 말라고 말이다. 나는 가만히 두어도 이미 자멸한 놈인데, 나 같은 놈에게 석구까지 등장시켜 잔혹하게 코를 꿰게 만드는 신의 악의를 도대체 어떤 식으로 해석해야 좋을지 모르겠다. 신의 심성은 악의가 반이고 선의가 반이라고 나는 믿는다. 악의 없는 선의도 똥이고, 선의 없는 악의도 똥이라는 걸 깨달은 결과이다. 석구를 통해 나는 마누라와 아이의 생계를 해결했다. 하지만 그 대가로 나는 그 인간의 노예가 되고 말았다.

인터넷 명품 쇼핑몰 나르시스.

석구는 대한민국 여성들의 허세를 공략해 돈을 번 놈이다. 인터넷 세상이 녀석의 인간성과 기막히게 맞아떨어진 셈이다. 녀석은 하드웨어보다 소프트웨어가 발달한 편이라 잔머리 굴리는 데에는 저승사자도 속아 넘어갈 지경이다. 그만큼 비정하다는 뜻이기도 하다. 잔머리를 굴리는 인간들은 항상 마음에 방패를 품고 있다는 것. 요컨대 녀석은 방패가 아니라 창의 역할을 수행할 인간이 필요했던 것이고, 그 적임자로 나를 선택하는 잔머리를 굴렸던 것이다. 아마 잔머리 역사상 그토록 기막히고 절묘하고 비정한 선택은 두 번 다시 없을 것이다. 회사도 살리고 복수도 할 수 있는 일거양득의 선택.

석구는 나에게 상무이사라는 직함을 주었다. 인터넷 명품 쇼핑몰 나르시스는 동종의 온라인 쇼핑몰 중에서는 가장 먼저 설립돼 매출이 상당한 회사였다. 명품이라면 사족을 못 쓰는 한국 여성들을 상대로 원가의 몇 배에 달하는 정가를 붙여놔도 매출은 날로 늘어만 갔다. 신상품 수입에 있어 기민한 민첩성과 상품의 다양성만 확보하면 일 년 내내 호황을 누릴 수 있는 장사이기도 했다.

나는 속내를 드러내지 않고 석구의 회사에 근무했다. 간단히 말해 내가 개털이라는 걸 인정한 결과였다. 직함이 상무이사였지만 나는 녀석의 개인 비서나 별반 다를 바 없었다. 녀석은 이혼하고 혼자 살고 있었기 때문에 생활이 매우 불규칙했다. 술도 자주 마시고 외박도 잦은 편이었다. 나는 날마다 오전 9시경에 출근해서 간부 회의를 주재하고 상품의 입출고 상황과 영업 실적을 체크했다. 그러다가 정오 무렵에 녀석이 출근하면 사장실로 올라가 이것저것 필요한 회사 상황을 보고했다. 녀석은 지난밤의 향연을 생각하는 표정으로 듣는 둥 마는 둥 멍하니 앉아 있기가 일쑤였다. 간혹 원두커피를 내리라거나 콜라 같은 음료수를 사다 달라고 할 때도 있었다. 나는 말없이 커피를 내리고 말없이 콜라를 사다 주었다. 내가 개털이고 내가 예전에 녀석에게 뿌린 씨앗이 있으니 말없이 거둘 수밖에 없었다. 그 대가로 마누라와 자식을 먹여 살릴 수 있으니 그나마 다행이라고 때마다 자위할 수밖에 없었다.

석구가 나에게 맡기는 일이 점점 더 많아졌다. 심지어 나는 녀석이 처마신 룸살롱 술값을 갚으러 갈 때도 있었고, 녀석이 사귀는 갓 스물 정도의 계집애가 사는 오피스텔에 선물을 가져다주러 갈 때도 있었다. 뿐만 아니라 술 마시고 택시 기사 이빨을 부러뜨린 사건을 합의하러 다니기도 했다. 갓 스물 정도의 계집애 오피스텔에서 자고 나에게 전화를 걸어 편의점에서 양말과 팬티를 사다 달라고 한 적도 있었다. 그런 것 정도야, 하고 나는 속으로 녀석을 비웃었다. 비웃은 게 아니라 나의 인내심을 스스로 대견해했다. 마누라 생일에 녀석이 집으로 샤넬 향수를 배달(대학 시절에 알았던 생일을 지금껏 잊지 않고 있다가 향수를 선물하는 끔찍스러운 기억력!)한 것도 나는 참았다. 회사 망년회 자리에 기혼자들은 아내를 동반하라는 의도적인 지시를 내렸을 때도 나는 참았다. 뿐만 아니라 회식 석상에서 마누라에게 묘한 미소와 눈빛을 보내고, 이차 석상에서 손을 잡고 춤 한번 추자는 추태를 부린 것도 나는 참았다. 내가 참지 못하면 녀석을 죽여야 하고, 녀석을 죽이지 못하면 내가 참아야 하니까.

나라는 인간의 배경은 극심한 환경오염을 떠올리게 한다. 생명체가 살 수 없을 정도로 오염이 심각한 생태계에 기형적으로 살아남은 느낌…… 정말 더럽고 구역질 난다. 살아 있는 게 죽느니만 못하다는 말이 떠오른다. 하지만 종말적으로 오염된 생태계의 중심에 내가 서 있다는 자각은 언제든 나의 두 눈을 부릅뜨게 만든다. 그래, 핏발 선 두 눈을 부릅뜨고 나는 뭇사람들에게 주먹질과 발길질을 당하고 싶다. 살이 찢어지고 피 흘리며 죽는 한이 있더라도 터럭만큼도 동정받고 싶지 않다. 더럽게, 아주 더럽게, 지금보다 더욱 오염되어서 재앙처럼 죽는 게 나의 소원이기 때문이다. 내가 나를 죽이는 방법이 그것 말고 달리 뭐가 있겠는가.

이제 문제의 그날에 대해 얘기해야겠다. 아침에 눈을 떴을 때 마누라가 자다 봉창 두들기듯 나의 어깨를 흔들며 이번 주일부터 성당에 함께 가자고 했다. 내가 사업에 거듭 실패하고 대책 없이 돌아칠 때 그녀는 종교를 위안으로 삼고 견뎠다. 물론 나는 그것을 이해했다. 나 같은 놈하고 사는데 뭔가 믿는 구석이라도 있어야 하지 않겠나, 하는 생각이 들어서였다. 때문에 그녀가 성당 나가는 것에 대해 가타부타 참견하지 않았다. 하지만 나에게까지 종교를 강요한다면 얘기가 달라질 수밖에 없었다. 나는 핏발 선 눈을 치뜨고 마누라를 노려보았다.

─성당은, 왜?

─마리아 수녀님이 당신 데려오래. 데려와서 회개시키래. 그래야 건강도 좋아지고 하는 일도 잘 풀릴 거래.

─씨발, 수녀가 이젠 점도 보냐?

─병신아, 그래야 우리가 산다잖아! 회개하고 성령을 받아야 모든 게 잘된다는데 왜 그걸 마다해? 네가 뭐 하나 변변하게 한 게 있다고 그것마저 거부하느냐고!

그날은 아침부터 재수가 없는 날이었다. 광신도가 되어버린 마누라의 악다구니를 피해 나는 아침도 먹지 않고 출근했다. 그런데 이건 또 무슨 변괴인가. 쓰레기차 피하다 똥차에 치여 죽는다더니, 회사엔 눈에서 술이 뚝뚝 떨어지는 석구가 나와 앉아 독사 같은 표정으로 나를 기다리고 있었다. 나는 순간적으로 이런 씨발, 세상에 종말이 오려나, 왜 이렇게 인간들이 한꺼번에 미쳐 날뛰지? 하고 녀석을 쳐다보았다. 그러자 녀석이 자기 테이블에 놓여 있던 제품 목록을 내게 집어던지며 미친놈처럼 악을 써대기 시작했다.

─야, 씨발놈아! 너 내 말이 말 같지 않아? 지난주에 이 물건 인수 계약서 체결하라고 했는데 아직도 뭉그적거리는 이유가 뭐야! 너 여기서 골통 죽이며 나하고 한번 해보겠다는 거야?

─그건 일부러 처리하지 않았다. 꼭 필요한 일이라면 나를 설득해 봐. 불법을 사주하면서 설명도 안 해주겠다는 거냐?

─그래, 그렇게 요구하면 내가 아주 간단히 말해 주마. 불법도 법이다. 됐나?

─제대로 말해라. 안 그럼 안 한다.

나는 회사에 입사한 이후 처음으로 석구의 요구를 거부했다. 그러자 녀석이 입 언저리를 일그러뜨리며 잠시 나를 노려보았다. 나는 눈도 깜짝하지 않고 녀석을 마주 보았다. 녀석이 끙, 하는 소리를 내며 의자의 등받이에 머리를 얹었다. 그리고 허공을 향해 헛, 하는 소리를 낸 뒤 혼잣말을 하듯 이렇게 중얼거렸다.

——이유는 없다. 싫으면 회사 관둬라.

도리 없겠다는 심정으로 나는 녀석에게 도장을 달라고 했다. 하지만 녀석은 나의 도장과 나의 명의로 계약을 체결하라고 싸늘한 표정으로 말했다. 그 순간, 나는 녀석이 나를 끝장내려 한다는 직감에 사로잡혔다. 잠시, 나는 지옥의 문 앞에서 고뇌했다. 하지만 지옥의 문 앞에 서서도 나의 인간적 조건은 달라지지 않았다. 인간적 배경이 달라지지 않으니 조건이 달라질 리 만무했다. 그 순간에도 나는 여전히 개털이었던 것이다.

그날 오후, 나는 장안동의 한 창고 건물을 방문했다. 거기서 루이뷔통, 프라다, 구찌, 페라가모, 버버리, 베르사체, 로베르타, 셀린느, 스와로브스키, 랄프 로렌, 아르마니, 까르띠에 등등의 명품 상표가 부착된 이천여 점의 물건들을 확인했다. 핸드백, 구두, 스카프, 시계, 바지, 재킷 등등의 샘플은 이미 회사에서 받아본 뒤였으므로 품목과 물량만 확인하면 되는 절차였다.

가짜 명품 밀거래.

그날 밤, 나는 논현동의 한 모텔 객실에서 사십 대 초반쯤으로 보이는 조 사장이라는 인물을 만나 계약을 체결했다. 준비해 간 수표를 선불로 주고, 나머지 대금은 물품 인수 시에 전액 현찰로 지불한다는 조건으로 계약서를 쓰고 도장을 찍은 것이었다. 회사 명의가 인쇄된 정식 계약서가 아니라 백지에 계약 내역을 적고 조 사장과 내가 계약자로 도장을 찍고 서명을 한 것이었다. 나중에 문제가 된다 해도 사장인 석구가 발뺌하면 내가 덤터기를 써야 하는 어처구니없는 계약이었다. 눈 감고 아웅 한다고, 사장 모르게 상무이사가 전횡했다고 버티면 계약 당사자가 처벌되는 게 실정법 아닌가.

계약이 끝난 뒤, 조 사장은 자신이 한잔 사겠다며 나를 룸살롱으로 이끌었다. 그는 사십 대 초반인데도 세상 풍파에 꽤나 닳고 닳은 인간처럼 야무지고 약삭빠르게 행동했다. 하기야 가짜 명품을 만들어 밀거래를 하며 세상을 살아갈 정도이니 불법을 호흡하며 사는 인간이라고 해도 과언이 아닐 터였다. 지하 룸살롱 계단을 내려가며 그는 나의 굳은 표정을 꿰뚫어 보는 듯한 말까지 했다. 밀거래가 적발되면 매입 및 판매업자는 구속, 납품업자는 불구속이 보통이라며 사장에게 사후 처리나 보상을 미리 부탁해 두라는 말까지 했다. 내가 계단에서 우뚝 걸음을 멈추자 하하, 농담이오, 농담, 뭘 그런 걸 가지고 쫀쫀하게, 하며 나의 팔을 잡아끌었다. 불법을 불알처럼 달고 다니는 놈이 멀쩡한 사람 어르고 뺨치는 격 아닌가.

‘반’이라는 지하 룸살롱은 조 사장의 단골인 모양 마담과 지배인이 룸으로 들어와 유난스레 반겼다. 돈깨나 쓴다 이거겠지, 하는 심정으로 나는 돌아가는 정황을 지켜보았다. 술과 안주가 날라져 오고 곧이어 아가씨들이 룸으로 들어왔다. 그런데 어찌된 셈인지 여섯 명이 한꺼번에 우르르 몰려 들어와 출입문 입구에 일렬횡대로 늘어섰다. 그게 무엇을 하는 작태인지 나는 쉽사리 알아차릴 수 있었다. 노예 시장처럼 여자들을 세워놓고 마음에 드는 인물은 골라내고 마음에 들지 않는 인물은 솎아내는 순서.

조 사장은 자신이 먼저 한 명을 고르더니 나보고 뜸 들이지 말고 찍으라고 했다. 찍지 말아야 할 도장을 찍어 마음이 찜찜한데 이번에는 여자를 찍으라니 정말 어처구니가 없다는 생각이 들었다. 그래서 알아서 찍어주쇼, 하고 덤덤한 표정으로 말했다. 그러자 조 사장 왈, 아니 이년들이 맘에 안 들어서 그러는 거라면 지금 말해요, 당장 내보내고 다른 애들 보내라고 하지 뭐, 하고 심각한 표정으로 나를 보았다. 나는 조 사장이라는 인물이 보통 막가파가 아닌 것 같다는 생각을 하며 도리 없이 오른쪽 끝에 검정 니트를 입고 서 있는 여자를 손가락으로 가리켰다. 머리가 길고 고개를 반쯤 숙인 여자였는데, 언뜻 보기에 나이는 이십 대 중반쯤 돼 보였다. 직감적으로 내가 그녀를 선택한 건 다른 여자들의 철딱서니 없는 표정(꼴같잖은 인간들에게 간택당하기 위해 일렬로 늘어서 있는 상황에서도 그녀들은 뭐가 좋은지 연신 키득거리고 있었다.)에 비해 그녀는 왠지 모르게 우울해 보인 때문이었다. 하지만 고르고 나서 피식, 나는 나 자신을 향해 실소했다. 그녀의 우울한 표정에서 언뜻 나를 엿본 것 같다는 생각이 들어서였다. 젠장, 사람이기를 포기해야 하는 술자리에서 동병상련은 따져 뭣 하나.

술을 마시는 대부분의 대한민국 남성들은 사회적 자폐증을 지니고 있다. 그들은 맨 정신인 상태를 견디기 힘들어하고, 대화의 과정을 인내하기 힘들어한다. 그것을 허물기 위해 허둥지둥 폭탄주를 돌리고 단 두서너 잔 만에 천하제일의 의리파가 되고 사나이 중의 사나이로 돌변한다. 맨 정신일 때는 눈도 마주 보지 못하고 대화의 소재도 찾아내지 못해 전전긍긍하는 인간들이 어디서 그렇게 광적인 마초 근성을 이끌어내는지 모를 일이다. 조 사장과 나, 그리고 술만 마시면 다른 사람이 되어버리는 당신들 모두.

조 사장과 나는 자폐증 환자들처럼 술을 마셨다. 몇 차례 폭탄주가 돌고 난 뒤, 나는 비로소 가짜 명품 밀거래 계약서에 도장을 찍었다는 정신적 부담감에서 홀연히 벗어날 수 있었다. 도장뿐 아니라 나를 방패로 삼고자 한 석구, 성당으로 가자며 나를 들볶아대던 마누라까지 모조리 망각할 수 있었다. 망각이 극에 달할 때, 현실은 놀라운 질감을 얻는다. 나는 문득 옆에 앉은 여자를 돌아보았다. 놀랍도록 차분한 얼굴로 그녀는 앉아 있었다. 초장에 언뜻 이름을 들었던 것 같은데 전혀 기억이 나지 않았다. 하지만 마시고 죽자는 판에 이름 따위가 무슨 소용이랴.

—뭐, 불편한 거 있으세요?

—살아 있다는 게 마냥 불편하지. 넌 사는 게 재밌냐?

—저도 불편해요.

—그럼 동병상련인가?

—아뇨, 오빠는 나하곤 달라 보여요.

—뭐가 달라?

—오빠는 마음속으로 뭔가를 자학하며 사는 분 같아요.

—넌?

—난 더 이상 자학할 건더기도 없어요. 다 닳아버려서요.

—그럼 내가 너보다 더 희망적이라는 거냐?

—희망이 있다면 그럴지도 모르죠.

—하지만 희망은 없다는 얘기로구나.

—없는 걸 만들어야 하니까 사는 게 예술이죠.

—후, 너도 겉늙은 모양이로구나. 난 서른여섯이지만 정신적으로 는 삼천육백 살쯤 된 것 같다.

—그럼 난 이천오백 살? 아니, 이백오십 살만 할래요. 그런 건 많 다고 좋은 게 아니잖아요.

—그래, 많다고 좋은 게 아니지. 아직도 한창 구김살 없이 놀아 야 할 나이에 마음에 웬 주름이 이리도 많은가 모르겠다.

—힘내세요. 살다 보면 좋은 날이 오겠죠 뭐.

—야, 그런 말 내 앞에서 하지 마. 난 그따위 알량한 희망의 언사 를 가장 경멸해. 차라리 절망과 액운이 가득한 인생, 그래서 항상 줄 위에 아슬아슬하게 서 있는 듯한 기분으로 살다 죽고 싶어. 좆같은 인생, 희망은 무슨 얼어 뒈질!

그때부터 나는 자학적으로 몇 잔의 양주를 더 마셨다. 천장의 조명등과 벽등이 흔들리며 깊은 현기증이 느껴졌다. 하지만 나는 두 눈을 부릅뜨고 중심을 잡았다. 조 사장이 마담을 부르고 지배인을 불러 뭐라고 말을 하는 장면이 언뜻언뜻 보이다 사라졌다. 다음 장면은 붉은 카펫이 깔린 카운터 앞, 내 옆에 앉았던 여자가 지배인에게 뭔가 애원하는 듯한 장면이 언뜻 보였다. 누군가 나의 팔을 부축하고 계단을 올라갈 때 등 뒤에서 철썩, 하고 따귀를 때리는 소리가 들렸다. 굴리라면 굴려, 씨발년아!

눈을 떴을 때, 나는 붉은 방에 혼자 앉아 있었다. 내가 거기 왜 혼자 앉아 있는지 전후 맥락을 알 수 없었다. 기억 상실인가, 깊은 불안감이 엄습했다. 기억의 실마리를 찾기 위해 연신 주변을 두리번거렸다. 시간은 12시 15분을 가리키고 있었다. 주머니를 뒤져보자 재킷 안주머니에 계약서가 들어 있었다. 그것을 실마리 삼아 나는 비로소 그때까지의 기억을 되살려 낼 수 있었다. 누군가 만취한 나를 모텔 방까지 부축해 준 모양이었다. 시간이 얼마 경과되지 않은 것으로 미루어 깜빡 잠들었다 깨어난 것 같았다. 취기가 다시 살아나 속이 울렁거리기 시작했다.

여기가 어딘가.

나는 의자에서 일어나 방 안을 어슬렁거리기 시작했다. 창가로 가 장막처럼 무겁고 두꺼운 커튼을 걷어보았지만 다른 건물의 벽면에 가려 아무것도 내다보이지 않았다. 호흡이 점점 빨라지고 가슴이 답답해져 걸음을 옮기기도 힘들었다. 벽을 짚고 서서 심호흡을 하다가 다시 의자로 가 앉았다. 주머니에서 다시 한 번 계약서를 꺼내 보았다. 내 도장과 서명이 돌이킬 수 없는 죄악의 근거, 치명적인 형벌의 근거처럼 보여 미칠 것 같았다. 마누라와 아이의 얼굴까지 떠오르자 나도 모르게 분노가 치밀기 시작했다. 누군가 옆에 있다면 야수처럼 달려들어 목을 졸라버리고 싶을 지경이었다. 도장에 찍혀, 도장에 찍혀, 하는 말이 악마의 주문처럼 연해 뇌리에서 맴돌았다. 똑똑, 그때 누군가 방문을 노크했다.

—아, 늦어서 죄송합니다. 다른 건 조 사장님이 다 해결했으니 편히 쉬다 가세요.

출입문 앞에 룸살롱 지배인이 서 있었다. 혼자가 아니었다. 지배인 뒤에 룸살롱 여종업원이 고개를 모로 돌리고 서 있었다. 내 옆에 앉았던 여자였다. 검은 롱코트를 걸치고 있어 전혀 다른 사람처럼 보였다. 그 순간, 나의 뇌리에서 불꽃이 튀었다. 굴리라면 굴려, 씨발 년아! 나는 본능적으로 모든 일의 정황을 알아차렸다. 여자의 거부, 지배인의 강압, 그리고 늦은 방문이 하나의 고리로 연결되는 것 같았다. 여자를 방 안으로 밀어 넣고 지배인은 허리 굽혀 인사하고 돌아 갔다.

방문을 걸며 나는 안도의 한숨을 내쉬었다. 내가 혼자가 아니라는 사실, 내 속에서 여전히 분노의 힘이 느껴진다는 사실, 그리고 아직 밤이라는 사실에 대하여. 내 안에서 악마가 저주의 주문을 외는 것 같았다. 도장에 찍혀, 도장에 찍혀…… 아주 가학적인 힘이 느껴져 온몸의 근육이 욱신거리기 시작했다. 방문을 걸고 등을 돌리자 여자 가 참담한 표정으로 무릎을 꿇고 나의 다리를 잡았다.

—오빠, 나 사정 좀 봐주면 안 돼요?

—무슨 사정?

—나, 지금 좀 보내주세요. 오빠가 싫어서 이러는 거 아니니까 오해하지 마시고, 제발 내 사정 좀 봐주세요.

—그래, 말을 해봐. 무슨 사정?

—제발 이유는 묻지 마세요. 나중에 오빠가 정 원하신다면 따로 만나 잘게요. 오늘 밤은 제발 그냥 좀 보내주세요. 네?

　　―안 돼.

　여자가 무릎을 꿇은 자세로 나를 올려다보았다. 순간, 그녀의 표정에 깃들어 있던 무수한 감정의 기운을 마주할 자신이 없어 나는 고개를 돌리고 말았다. 절망, 슬픔, 체념, 원망, 저주 따위의 온갖 나쁜 기운이 그녀의 표정에는 다 떠올라 있는 것 같았다. 하지만 그것 때문에 나는 더욱 분노했다. 왠지 그녀가 나를 무시하고 기만하는 것 같다는 생각이 들었다. 뿐만 아니라 가증스러운 연기로 나를 희롱하고 있는 것 같다는 생각까지 들었다. 도장에 찍혀, 도장에 찍혀…… 나는 석구를 생각하며 그녀에게 개소리 말고 빨리 옷이나 벗으라고 소리쳤다. 성당에 나가자던 마누라를 떠올리며 씨발년, 하고 욕까지 했다.

　　―너, 내가 그렇게 우습게 보이니?

　　―오빠, 내 이름 기억해요?

　몸을 일으키며 여자가 싸늘한 표정으로 물었다. 그녀의 물음에서 힐난과 비웃음이 느껴졌다. 어떻게 이름도 모르는 여자와 아무런 감정도 없이 섹스할 수 있는가. 그녀가 나를 짐승만도 못한 인간으로 치부하는 것 같았다. 이름 같은 건 알고 싶지도 않아, 하고 나는 말을 짓씹어 뱉었다. 그녀가 허공을 올려다보며 아주 길게 한숨을 내쉬었다. 다시 한 번 손목시계를 보고 나서 그녀는 검은 롱코트의 단추를 풀기 시작했다. 도장에 찍혀, 도장에 찍혀…… 나는 두 눈을 부릅뜨고 허물 벗는 그녀를 노려보았다. 다 닳아버려서 자학할 건더기도 없다는 년.

　내가 행위 하는 동안 여자는 시체처럼 누워 있었다. 당연히 행위가 되지 않았다. 안 되잖아요, 하고 그녀가 몸을 일으켰다. 나는 모멸감을 느끼며 그녀의 뺨을 후려쳤다. 그녀가 무릎을 세우고 나를 노려보았다. 나는 그녀의 어깨를 밀어 뒤로 자빠뜨리며 내가 못하면 너도 못 가, 알았어? 하고 소리쳤다. 그 순간 큭, 하고 그녀가 울음을 터뜨렸다.

여자가 우는 동안 나는 다시 행위를 했다. 당연히 이번에도 행위는 성사되지 않았다. 문제는 술, 아무리 기를 써봐도 행위가 성사되지 않으리라는 걸 나는 이미 알고 있었다. 하지만 내가 감당할 수 없는 분노가 두려워 나는 그녀를 끝끝내 포기할 수 없었다. 그녀에게 집중하는 것, 그것이 내가 지상에서 찾아낼 수 있는 마지막 구원이었으니까.

이제 나의 얘기를 정리해야 할 시간이 왔다. 솔직히 말해 나는 여자가 언제 모텔 방을 빠져나갔는지 알지 못한다. 내가 온갖 변태적인 행위를 다 하고, 온갖 욕설을 다 퍼붓고, 온갖 가학적인 짓을 다 했다는 걸 부정하려는 게 아니다. 인간이 인간에게 가할 수 있는 모든 육체적 고통을 나는 그녀에게 주었다. 때리고, 욕하고, 행위 하며 나는 그녀를 짓이겼다. 그녀가 나빠서가 아니라 나의 인간적 배경과 조건이 달라지지 않았기 때문이다. 도장에 찍혀, 도장에 찍혀…… 나도 어쩔 수가 없었다. 나를 위해서는 그렇게 할 수밖에 없었고, 그렇게 하는 것이 나를 위해 필요한 일이라고 생각했다. 인생이란 게 어차피 팔매질 같은 거 아닌가.

이제 더 이상 할 말이 없다. 나의 팔매질에 그녀가 맞았다고 해도 나로서는 어쩔 수가 없다. 하지만 그것이 의도된 행위가 아니었다는 것만은 분명하게 알아주기 바란다. 순수한 팔매질에는 애초부터 과녁이 없기 때문이다. 만약 그것에 누군가 맞았다면 맞은 놈의 재수에 옴이 붙었기 때문일 터이다. 봐라, 내 영혼에 붉은 도장이 찍힌 것과 하등 다를 바 없는 것이다. 나의 행위를 미화하거나 덧칠할 생각일랑 터럭만큼도 없다. 그러니 나를 동정하는 위선적인 자비 같은 건 지나가는 개에게나 던져주어라.

　지금까지 말한 모든 것이 사실이다. 더 이상 망설이지 말고 나를 심판하라. 나의 말이 사실이라고 해도 당신들은 나를 처단할 것이고, 나의 말이 사실이 아니라고 해도 당신들은 나를 처단할 것이다. 당신들이 내부에 숨기고 있는 무엇인가를 내가 노골적으로 드러내고 있기 때문이다. 설마 그것이 두려워 지금껏 내가 했던 얘기를 모조리 부정하라고 권유하지는 않을 거라고 믿는다. 세상이 아무리 갈 데까지 갔다고 해도, 나 같은 놈도 진실이 뭔지는 알고 산다. 진실이 뭔지 알면서도 악하게 사는 것이다. 그러니 살이 찢어지고 피 흘리며 죽는 한이 있더라도 나는 세상과 타협하지 않을 것이다. 더럽게, 아주 더럽게, 지금보다 더욱 오염되어서 재앙처럼 죽으면 내가 했던 모든 말이 진실이 될 것이다. 불행하게도, 내가 진실이 되면 당신들이 거짓이 될 것이다.

　내가 지금 소설 쓰는 줄 아나?

2 정아영 / 23세 / 룸살롱 접대부

　혹시 '신경쇠약' 이라는 인디 밴드 이름 들어보신 적 있나요?

　물론 들어보신 적 없겠죠. 아마 인디 밴드가 뭔지 모르시는 분들도 많을 거예요. 나도 잘 모르기는 마찬가지인데, 내 경험을 바탕으로 말하자면 '홍대 앞 클럽 밴드'라고 해야 할 거예요. 홍대 앞의 클럽에서 활동하던 밴드들이 이제 하나의 부류로 자리 잡게 된 것인데, 개중에는 클럽 펑크의 일인자인 크라잉넛처럼 성공한 밴드도 더러 있죠. 하지만 저예산으로 활동하는 비주류 밴드들이라 대부분 열악한 악조건 속에서 고군분투하죠. '신경쇠약' 도 역시 그중의 하나로 전혀 이름 없는 무명 밴드인데 앞으로도 유명 밴드가 될 일은 결코 없을 거예요. 밴드 이름이 그 모양이니 유명해질 턱이 있나, 하고 혀를 차실 분이 계실지도 모르겠네요. 하지만 그 판에서 활동하는 밴드 이름은 대부분 그래요. 한마디로 골 때리죠. 허벅지, 오르가즘 부라더스, 삼청교육대, 볼빨간, 새봄에 핀 딸기꽃, 갱톨릭, 비닐, 스푼, 미선이 등등.

난 희망 없는 인디 밴드 '신경쇠약'의 팬이죠. 하지만 인디 콘서트 같은 데 몰려가서 경중경중 뛰며 끼악끼악, 까마귀 같은 소리나 질러대는 단순한 팬은 아니에요. 밴드가 해체될 날을 손꼽아 기다리는 변태적인 팬이라면 이해하시려나. 난 '신경쇠약'이 해체되면 '가스배달'이라는 인디 밴드가 탄생할 거라는 극비 사항도 알고 있어요. 천기를 누설하는 격이지만 그건 엄연히 사실이에요. 팀원들이 한심하다며 날마다 해체를 꿈꾸는 밴드의 일원을 내가 알고 있기 때문이죠. 그 자식은 정말 '신경쇠약'이나 '가스배달'보다 '치사빤쓰고무줄'이라는 밴드를 결성하는 게 훨씬 나을 거예요. '삐삐밴드롱스타킹'도 있었는데 안 될 게 뭐가 있겠어요. 아무튼 '신경쇠약'에서 기타를 치는 오이규이 나와 동거하는 인간이죠.

오, 이, 군.

오이군이 제일 싫어하는 오이군이라는 이름에 대해 잠시 말할게요. 한자로 쓰면 吳利軍, '이로운 군인'이 되라는 뜻으로 이군의 아버지가 지었다는군요. 인디 밴드 결성하기 전, 그러니까 신촌 유흥업소에서 아르바이트할 때는 개나 소나 다 이군아, 이군아, 하고 그의 이름을 불렀대요. 성씨만 알면 당연히 김 군, 정 군, 박 군이 되는 게 그 바닥 생리였으니 굳이 이름을 말하고 자시고 할 필요도 없었다는 거죠.

그럼 이군의 아버지 오 씨는 왜 첫아들의 이름을 그렇게 지었을까요. 거기에도 가슴 아픈 사연이 있다더군요. 이군의 아버지는 고등학교를 졸업하던 해부터 구국간성이 되겠다는 포부를 지니고 이태 연속 육군사관학교에 응시했대요. 하지만 시골에서 날리게 공부를 잘했음에도 불구하고 계속 미역국을 먹었다더군요. 시험 성적으로 미루어 보면 도무지 낙방해야 할 사유가 없는데 무슨 곡절인가, 아버지는 간곡한 어조로 청와대, 국방부, 육군 본부 등등에 탄원서를 내고 낙방 사유를 알려달라고 했대요. 자신의 성적으로는 도무지 떨어질 이유가 없다, 왜 떨어졌는가, 이유를 밝혀라, 하고 탄원한 것이죠. 그랬더니 개인 서신으로 낙방 사유를 알려 왔대요. 1차 필기시험에는 합격했지만 2차 신체검사에서 비중격 만곡증이라는 해괴망측한 사유 때문에 낙방했다고 말이죠. 비중격 만곡증이 도대체 뭐냐고요? 육군사관학교는 지상에서 근무하는 군인—흔히 육군을 땅개라고 말하잖아요—을 양성하는 곳이기 때문에 달리기를 중시하는데, 콧구멍 속에 이상이 있으면 호흡에 곤란이 있다고 해서 무조건 낙방시킨다는 거죠. 요컨대 이군의 아버지는 콧구멍 속이 반듯하지 못하고 한쪽으로 휘거나 튀어나와서 시험에 떨어졌다는 거예요. 정말 웃기죠.

아무튼 불효막심한 이군은 되라는 군인은 안 되고 음습한 지하에서 깨갱거리는 인디 밴드가 돼서 나와 같이 동거하고 있어요. 한마디로 말해 이로운 군인 노릇을 못하고 사는 셈이죠. 이군이 정말 군인처럼 보일 때는 나하고 섹스할 때, 그리고 나하고 싸워서 머리끝까지 화가 치밀 때뿐이에요. 정말 화가 나면 옷장이나 싱크대 같은 데 들어가서 전쟁을 하는 군인처럼 몸을 숨기고 안 나오는 거죠. 난 화가 나면 오이군을 가지군이라고 불러요. 하지만 그 정도는 약과죠. 진짜 화가 날 때, 예를 들어 이 새끼하고 더 이상 못 살겠구나, 하는 생각이 들면 남이군, 하고 불러요. 우리가 남이가? 그래, 남이군. 그런 상황이 되면 짐 싸고 미련 없이 찢어지는 거죠 뭐. 이미 두어 번 그런 적이 있었어요. 하지만 질기고 더러운 정 때문에 다시 들러붙어 지금도 여전히 바퀴벌레처럼 지지고 볶으며 살고 있죠.

　이군의 휴대폰 번호는 01*-240-5288이에요. 자신이 원해서 부여받은 번호를 입에 올리며 그는 때마다 자기 오이가 팔팔하다고 자랑해요. 그가 걸어온 전화를 받으면 나, 팔팔한 오이, 하고 말하는 거죠. 오이가 성기를 상징한다나 어쨌다나. 아무튼 나는 그놈의 팔팔한 오이 때문에 무진장 속을 썩고 살죠. 밴드 한답시고 돌아치면 가는 곳마다 골 빈 계집애들이 몰려와 끼악끼악, 오빠! 하면서 난리 블루스 친다는 거 안 봐도 다 알고 있어요. 나도 그런 장소에서 이군을 만났으니 두말할 필요 없죠. 곱살스럽게 생긴 자식이 머리까지 뒤로 묶고 기타를 쳐대면 끼악끼악, 계집애들이 까마귀 같은 소리를 내며 오줌을 질질 싸는 거예요. 그렇게 난리를 쳐대니 그놈이 팔팔한 오이를 닥치는 대로 휘두르며 여자들을 마구 무찌르고 다니는 거죠. 5288 군번을 지닌 이 대책 없는 군바리를 도대체 어쩌면 좋을까요.

　이군과 나는 동갑내기예요. 이군은 중학교 중퇴, 나는 고등학교 중퇴. 둘 다 가출 출신이라 살아온 이력은 엇비슷해요. 한마디로 말해 어둠의 자식으로 밤의 세계를 살아온 거죠. 어둠을 일용한 양식으로 삼고 살아온 아이들은 과거 같은 거 별로 중요시하지 않아요. 아프고, 무겁고, 숨 막히는 상처가 대부분이기 때문이죠. 처음 한동안은 만나는 아이들의 얘기에 귀를 기울이기도 했는데, 좀 지나고 나니까 그 얘기가 그 얘기 같아서 듣고 싶지 않더군요. 다 부모 잘못 만나고 자기 팔자 더러워서 어둠의 자식이 됐다는 얘기 일색이죠. 사업에 실패한 아버지, 공부하라고 들들 볶는 부모, 애초부터 째지게 가난한 부모, 사기당한 아버지, 해고당한 아버지, 술 마시는 아버지, 바람피우는 엄마, 피 터지게 싸우는 부부, 술만 마시면 자식 때리는 아버지, 자식 꼬집고 쥐어뜯는 엄마, 가출한 엄마, 과부촌에 나가는 엄마, 유부남과 바람피우다 철창신세 진 엄마, 영계하고 원조 교제하다 구속된 아버지 등등…… 등장인물들이 너무 뻔해서 듣고 자시고 할 필요도 없어요. 한마디로 말해 어른들은 다 밥맛이다, 하면 끝나는 거죠 뭐.

이군은 중학교 중퇴하고 가출해서 밑바닥부터 기었어요. 사람 죽이는 거 말고는 안 해본 일이 없을 거예요. 그나마 귀염성 있고 곱살하게 생겨서 잘 풀린 셈이죠. 농담이 아니라 가출 세계에서도 생긴 게 많은 걸 좌우해요. 덜 배고프고 덜 고생하려면 기본적으로 생긴 게 있어야 한다는 거죠. 이군도 나 같은 애 만나 용돈 받아 쓰며 사니까 잘 풀린 거 아닌가요? 이런 세계에서는 외로울 때 등 비빌 상대가 있다는 게 아주 큰 위안이 되죠. 그래서 빠순이나 호스티스 노릇 하면서도 애인을 사귀고 싶어 해요. 돈 뜯기고 얻어터지면서도 그러는 거예요. 왜 그러느냐고 물으면 아주 간단히 대답할 수 있죠. 외로우니까.

일찌감치 공부를 때려치워서 그렇지 이군은 머리가 참 좋아요. 기타도 혼자 배우고, 작사 작곡도 혼자 배웠어요. 그 바닥에서는 나름대로 인정받는 거죠. 말수도 적고 아주 느리게 움직이기 때문에 분위기에 습기가 깔려 있는 것 같지만 나는 그런 게 오히려 매력이라고 생각해요. 잘난 체하지 않고 여자로 하여금 모성 본능을 느끼게 하잖아요. 근데 알고 보니 나만 그렇게 생각하는 게 아니에요. 이 세상에 널린 대부분의 계집애들이 이군에게서 그런 걸 느낀다는 게 정말 심각한 문제라는 거죠.

요즘 이군과 나는 모든 게 아슬아슬해요. 어쩌면 요즘이 아니라 아주 오래전부터 시작된 문제인지도 모르죠. 헤어질 때가 돼서 이러나, 은근히 불안할 때가 참 많아요. 이 년 전 이군을 만나 동거 시작할 때, 만약 헤어질 일이 생기면 함께 자살한다는 각서까지 썼는데 왜 이러는지 모르겠어요. 요즘은 공연이 잦은 것도 아닌데 며칠에 한 번씩 집에 들어와요. 집에 들어오는 횟수가 날이 갈수록 줄어드는 거죠. 콘서트 준비하느라 정신없이 연습할 때도 요즘 같지는 않았어요. 하지만 집에 들어오고 안 들어오는 건 문제도 아니에요. 이군의 마음이 이미 콩밭에 가 있다는 게 훨씬 심각한 문제니까요.

지난주에도 나는 이군과 대판 싸웠어요. 정말 목숨을 걸고 싸웠죠. 이군이 자기 기타를 박살내 버렸으니 어느 정도인지 알겠죠. 하지만 난 물러설 수 없었어요. 세상에 태어나서 그렇게 비참한 배신감을 느껴본 적은 한번도 없었으니까요. 난 다른 건 다 용서해도 배신은 절대 용서 못해요. 그것만 아니었다면 가출도 하지 않았을 거예요. 그런데 다른 사람도 아니고 이군이 날 배신하다니, 그걸 어떻게 참고 견딜 수 있겠어요.

이군과 대판 싸우던 날, 난 새로 2시경에 룸살롱 영업을 마치고 집에 돌아왔죠. 이군이 나흘 만에 집에 들어와 자고 있더군요. 가만히 보니 술을 마시고 곯아떨어진 것 같았어요. 누군가와 통화를 하다가 잠들었는지 손에 휴대폰을 쥐고 있었어요. 나는 옷도 벗지 않고 물끄러미 자고 있는 이군의 얼굴을 들여다보았죠. 얼굴이 초췌하고 창백해 보였어요. 며칠째 면도를 하지 못했는지 수염도 많이 자라 있었죠. 왠지 측은하고 가엾다는 생각이 들었어요. 그 인생이나 나나 불쌍하긴 매일반이었으니까요.

그날은 룸살롱 영업 끝나고 이차까지 나갔다 온 터라 기분이 더 울적했어요. 동거하는 남자가 있는데 돈을 벌기 위해 몸을 팔아야 한다는 게 정신적으로 쉬운 일은 아니잖아요. 그런 여자 심정을 이해할 수 있나요? 몸을 팔지 않으면 돈이 없어서 당장 집세도 못 내고, 생필품도 살 수 없는데 어쩌겠어요. 이군이 나에게 건네받는 용돈도 모두 내가 몸을 굴려서 번 돈이죠. 어처구니없지만 그것이 인생이고, 황당무계하지만 그것이 현실이에요. 그렇게 살면 안 된다, 올바른 길

을 가라, 착하게 살아라 따위, 지나가는 개도 코웃음 칠 훈계는 내
앞에서 하지도 마세요. 미안하지만 그런 거짓 가르침의 세계는 이미
어린 시절에 다 졸업했으니까요. 적어도 난 리얼한 인생에서는 박사
학위 이상의 소유자예요. 이제는 훈계하는 인간들의 속내까지 훤하
게 들여다볼 수 있으니까 말이죠.

울적한 기분으로 나는 자고 있는 이군의 옷을 벗겼죠. 그리고 손
에 들려 있던 휴대폰을 들어 탁자에 올려두었죠. 문득 이상한 직감이
뇌리를 스쳐 휴대폰을 열었죠. 배터리가 완전히 방전돼 있더군요. 그
래서 충전기에 꽂아두고 샤워를 했죠. 샤워를 하고 나와 휴대폰을 다
시 열어보았죠. 문자 메시지 보관함을 열어 저장된 메시지를 읽고 음
성사서함까지 열어 저장된 녹음을 들었죠. 정말 가관이더군요. 나는
도대체 이 특공대 같은 군바리 새끼가 지난 나흘 동안 세상에 나가
몇 명의 여자들을 무찌르고 왔는지 감을 잡을 수가 없었어요.

—오빠, 전화 좀 해줘. 외로워.

—나 지금 오빠하고 찍은 쌩포르노 보고 있당.

—저녁 때 가게로 들러줘. 보고 싶어.

—왜 이렇게 전화가 안 돼? 바람났니?

—개펄 보고 싶다. 용유도 가자.

—오빠, 사라진 라이터 찾아놨어. 전화해.

—주말까지 전화 안 해주면 나 자살할 거야.

—나쁜 놈, 넌 사람도 아냐. 개새끼!

—오빠, 같이 자고 싶다. 오늘 밤에 들러줘. 꼭!

—내일 내 생일이야. 롯데월드 가고 싶다.

—사랑해! 사랑해! 사랑해!

내가 집을 나온 건 고등학교 2학년 여름 방학 때였죠. 아버지와 엄마가 성격 차이를 내세워 이혼한 지 이 년이 지난 뒤였어요. 이혼하고 일 년 이 개월이 지난 뒤에 아버지는 재혼하더군요. 그래, 그럴수도 있겠구나, 하고 참았죠. 하지만 진짜 문제는 스물여덟의 처녀가 새엄마라는 이름으로 우리 집에 들어온 뒤부터 생겨나기 시작했죠. 난 새엄마로 들어온 여자가 미쳤다고 생각했어요. 처녀의 몸으로 마흔아홉씩이나 된 남자와 결혼을 하다니, 그걸 어떻게 제정신이라고 하겠어요. 하지만 얼마 지나지 않아 나는 아버지와 그녀 사이에 숨겨져 있던 놀라운 내막을 알게 됐어요. 그녀가 아버지 회사의 일반 직원이었다는 것, 이미 아버지와 엄마가 이혼하기 훨씬 전부터 은밀한 관계를 지속해 오고 있었다는 걸 알게 된 거죠. 그녀의 앨범에는 아버지와 곳곳에서 찍은 사진들이 가득 들어차 있었어요. 정부였던 여자가 아버지의 정식 아내가 되었던 거예요. 그날 밤 난 가방 하나만 싸 들고 미련 없이 집을 나와버렸죠. 한 지붕 밑에 얼굴 맞대고 살면서 더럽고 치사한 배신감에 시달리기 싫었기 때문이에요. 도대체 그런 걸 왜 견뎌야 하죠?

이군이 나에게 준 충격은 아버지에게서 느꼈던 배신감과는 비교도 되지 않았어요. 나도 내 성격을 알기 때문에 참으려 했지만 달리 어떻게 할 방도가 없더군요. 그래서 아무 생각 없이 옷장에서 스카프를 꺼내 목을 조르기 시작했어요. 죽어라, 여자만 조지고 돌아다니는 천인공노할 군바리 새끼야! 정신이 맑아지며 키득키득 나도 모르게 웃음이 터져 나왔죠. 하지만 목이 조여들자 자고 있던 군바리가 갑자기 눈을 떴어요. 두 눈을 얼마나 크게 부릅뜨던지 나도 모르게 손을 놓고 말았어요. 황소 눈알만 하게 두 눈을 부릅뜬 군바리가 튀듯이 일어나더니 다짜고짜 내 뺨을 후려쳤죠. 나는 힘없이 침대에서 바닥으로 나가떨어졌죠.

이군이 침대에서 뛰어 내려와 출입문 옆에 세워둔 자신의 기타를
집어 들더군요. 순간적으로 판단하건대 그것으로 날 내려칠 기세였
어요. 나는 반사적으로 몸을 날려 미친 군바리 새끼의 허벅지를 물어
버렸죠. 순간, 기타가 방바닥으로 내리꽂히며 쿠당, 티우웅, 하는
소리를 내며 박살이 났어요. 내가 벌떡 몸을 일으키며 발악하듯 소리
쳤죠.

　—개새끼야, 네가 사람이라면 어떻게 나한테 이럴 수 있어!

　—그래, 나 사람 아니다! 어쩔래?

　—개새끼야, 눈깔 까진 년들 닥치는 대로 잡아먹고 다니니까 살
맛 나니?

　—넌 입이 열 개라도 나한테 할 말 없어. 아가리 닥쳐!

　—내가 왜 너한테 할 말이 없니? 내가 너한테 할 말 없으면 도대
체 어떤 년이 너한테 할 말 있어!

　—너 말고도 많으니까 걱정하지 마! 이젠 나도 정말 지긋지긋해!

　—개새끼야, 이제 나한테 빨아먹을 거 다 빨아먹었다 그거니?

　—웃기네, 창녀 같은 년!

그 장면에서 나는 완전히 돌아버렸어요. 그 다음 순간부터는 뭐가
어떻게 돌아갔는지 하나도 모르겠어요. 정말 기억나는 게 아무것도
없었으니까요. 새벽 4시경에 정신을 차렸을 때 내 옆에는 소진 언니
가 앉아 있었죠. 물수건으로 코피가 말라붙은 내 얼굴을 닦아주며 언
니는 혼자 울고 있었어요. 그래서 언니, 왜 우는 거야? 하고 내가 물
었죠. 그러자 언니가 왜들 이렇게 사니, 왜들…… 하며 말끝을 흐렸
어요. 누군 뭐 이렇게 살고 싶어서 사나, 입을 실룩이며 나는 눈을
감아버렸죠. 내가 언니에게 울며 전화를 걸었다는데 도무지 기억이
나지 않았어요. 이군이 집을 뛰쳐나간 뒤, 양주를 병째 벌컥거리며
소진 언니에게 전화를 걸다가 정신을 잃은 것 같았는데…… 기억에

남아 있는 것이라곤 오직 이군의 말 한마디뿐이었어요. 웃기네, 창녀 같은 년!

소진 언니는 이 년 전까지 나와 같이 살던 언니예요. 그러니까 내가 이군을 만나 동거를 시작하면서 언니와 헤어지게 된 거죠. 이군을 만난 뒤에 나는 다른 룸살롱으로 일자리를 옮겼지만 언니와는 자주 연락을 하며 지내요. 왜냐하면 언니는 내가 이 세상에서 만난 인간들 중에 가장 진실하고 인간적인 사람이니까요. 여자라고 말하지 않고 그냥 '사람'이라고 말하고 싶어요. 작년 겨울에 언니 아버지가 돌아가신 뒤부터 마천동에 방을 얻어 여동생과 함께 살고 있죠. 언젠가, 극장 매표원을 하는 여동생에게 대학 입시 준비를 하라고 해도 도무지 말을 안 듣는다며 눈물을 글썽이던 언니의 표정을 잊을 수가 없어요. 나에게도 저런 언니가 있다면…… 마음속으로 언니의 동생을 얼마나 부러워했는지 몰라요.

소진 언니는 내가 이군과 대판 싸운 다음 날 오후까지 내 옆에 있어주었어요. 전복을 사다가 죽을 쑤어주고, 죽을 먹는 동안 이군과 화해하라고 여러 번 타이르기도 했어요. 언니의 말을 듣고 생각해 보니 내가 너무 심했다는 생각이 들기도 했죠. 하지만 나도 자존심이 있다며 버티는 시늉을 했어요. 어느 순간, 나는 죽을 먹다 말고 물끄러미 언니의 얼굴을 바라보았어요. 언니의 심성과 스물여섯이라는 나이가 도무지 맞아떨어지지 않는 것 같다는 생각이 들어서였죠. 스물여섯이 아니라 이백육십 살쯤 된 사람처럼 느껴졌어요. 나는 멍한 표정으로 물었죠.

—언니는 왜 언니 얘기를 안 해?

—무슨 얘기?

—언니는 살아오면서 상처도 없었어?

—무슨 말을 하는 거야.

─갑자기 언니의 인생 전체가 상처였을지도 모른다는 생각이 들
어서 그래.

─몸조리 잘 해. 그만 갈게.

나의 말을 듣고 나서 언니는 자리에서 일어났어요. 말을 잘못했다
는 걸 알았지만 언니는 어차피 가려던 참이었다고 말했죠. 하지만 검
푸른 멍처럼 언니의 얼굴에 떠오르던 어두운 그림자를 나는 분명하
게 읽어낼 수 있었어요. 언니의 아픈 곳을 건드린 것 같다는 미안함
은 있었지만 나의 말이 틀린 것 같다는 생각은 들지 않았죠. 언니의
인생 전체가 상처였을지도 모른다는 생각 말이에요.

며칠 동안 나는 룸살롱 일을 하지 않았어요. 마음이 정리되지 않
아서 아무 일도 하고 싶지 않았거든요. 하지만 이군에게서는 아무런
연락도 오지 않았어요. 기다리다 못해 내가 먼저 전화를 걸었더니 휴
대폰이 아예 꺼져 있더군요. 나쁜 새끼, 오이가 부러져 죽을 새끼,
나는 연신 욕을 해대며 옷을 차려입고 외출을 했어요. 홍대 앞과 대
학로, 연습실이 있는 성북동…… 이군이 갈 만한 곳은 다 뒤지고 다
녔죠. 간신히 ‘신경쇠약’ 멤버 하나를 만날 수 있었는데 그 자식은
사람 염장 지르는 소리만 하더군요.

─이군이 신경쇠약 걸렸나 봐. 여자가 무섭다며 도망 다니고 있어.

─누가 무서워서 도망 다닌다는 거야?

─힝, 그렇게 여자를 좋아하더니 이제는 세상 여자가 다 무섭대.

─도대체 쫓아다니는 년이 누구냐고.

─너!

갈 만한 데를 다 찾아다녔지만 난 끝내 이군을 만나지 못했어요.
어쩌면 이것이 마지막일지도 모르겠구나, 하는 생각이 들더군요. 정
말 기분이 비참했어요. 세상 살아갈 힘이 모조리 빠져나가는 것 같았
어요. 마음 독하게 먹고 세상 살아왔다고 생각했는데…… 나에게 그

렇게 나약한 구석이 있는 줄 처음 알았어요. 그러니까 이군이 더욱 보고 싶어 미칠 것 같더라고요. 이제 다시 만나게 되면 어떤 경우에도 싸우지 않고 죽는 날까지 행복하게 해주겠다는 말을 하고 싶었어요. 하지만 이군이 나타나지 않으면 어쩌나, 불안해서 견딜 수가 없었어요. 다음 날부터 룸살롱 일을 나갔지만 도무지 집중을 할 수 없었죠. 혹시 이군에게서 전화가 걸려오면 어쩌나, 휴대폰을 진동으로 설정해 팬티 속에 넣고 앉아 있기도 했어요. 그런 심정 이해할 수 있나요?

문제의 그날 밤, 난 손님 테이블에 들어가 있었어요. 구청 공무원과 건설업자가 술을 마시는 자리였죠. 보아하니 건설업자가 공무원에게 뇌물을 먹이고 접대를 하는 자리 같았어요. 난 공무원 옆자리에 앉아 술시중을 들고 있었는데 그 인간의 손이 뱀처럼 이곳저곳을 기어 다녀서 죽는 줄 알았죠. 내 팬티 속에 휴대폰이 들어 있는데, 그 인간의 손이 자꾸만 그곳으로 다가오잖아요. 반질거리는 대머리를 후려치며 정신이 번쩍 나게 욕을 해주고 싶었지만 어금니를 악물고 참았죠. 씹새야, 여기가 구청인 줄 아니?

소진 언니의 전화를 받은 건 팬티에서 휴대폰을 꺼낸 뒤였어요. 술자리가 끝난 뒤, 건설업자가 나더러 파트너와 함께 이차를 나가라지 뭐예요. 이제나저제나 이군에게서 전화가 걸려오지 않을까 기다리다가 12시가 넘자 자포자기 심정이 되어 에라 모르겠다, 돈이나 벌자, 하는 심정이 되더군요. 결국 이차를 나가 팬티에서 휴대폰을 꺼냈죠. 하지만 밥맛 떨어지는 인간들하고 이차 나갈 때마다 써먹는 수법을 썼죠. 오빠, 나 샤워하고 올 테니 냉장고에 있는 맥주 꺼내 마시고 있어, 하면 십중팔구는 샤워하는 동안 곯아떨어져 버리니까요.

나는 느긋하게 시간을 끌며 샤워를 했어요. 잠이 들었나 안 들었나, 욕실에서 나오기 전에 살그머니 문을 열고 밖을 내다보았죠. 그런데 이게 무슨 터미네이터인가요. 개기름 번질거리는 얼굴의 뇌물 공무원이 알몸으로 의자에 앉아 만면에 웃음을 짓고 있었어요. 빨리 자기에게 와 안기라는 시늉으로 양팔을 벌리고는 어여 온나, 어여, 그러는 거예요. 우 씨팔, 정말 되는 일이 없네, 인상을 쓰며 밖으로 나갔죠. 그러곤 곧장 침대로 가 몸을 눕히고 빨랑 해요, 하고 김 빼기 작전에 들어갔죠. 심성이 나약한 인간들은 여자가 불친절하게 굴면 오이가 죽어버린다는 거, 오이팔팔한테 들어서 잘 알고 있거든요. 하지만 이 빌어먹을 뇌물 공무원은 그런 게 도무지 통하지 않았어요. 나를 뇌물로 착각하는 건가, 세상만사를 뇌물로 보는 건가. 그 인간은 입가에 침을 질질 흘리며 야금야금 나를 먹어치웠어요. 아, 와 이래 존노…… 니도 존나?

다시 샤워를 하고 있을 때 전화가 걸려왔어요. 샤워하는 동안 이 군이 전화할지도 모른다는 생각에 휴대폰을 들고 욕실로 들어간 거죠. 하지만 전화를 걸어온 사람은 이군이 아니라 소진 언니였어요. 이 시각에 언니가 전화를 하다니, 문득 이상하다는 생각이 들었죠. 내가 먼저 전화를 거는 경우는 많아도 언니가 먼저 걸어오는 경우는 거의 없었거든요. 그래서 샤워기를 끄고 내가 물었죠.

—언니 왜?

—너 지금 어디 있니?

—논현동.

—잘됐구나. 그럼 지금 나 좀 만나줄래?

—왜 그러는데?

—같이 좀 있어줘.

나는 뭔가 안 좋은 일이 있나 보다, 하는 생각을 하며 부랴부랴 씻고 약속 장소로 나갔어요. 언니가 일하는 룸살롱도 논현동이라서 약속 장소인 모텔 앞까지는 걸어갈 만한 거리였죠. 그런데 밖으로 나가자 펑펑 흰 눈이 쏟아지고 있더군요. 한참 전부터 내리기 시작한 모양 지면에도 꽤 많이 쌓여 있었어요. 눈을 보자 기분이 무작정 좋아지기 시작했어요. 하지만 약속 장소로 가 언니 얼굴을 보자 더 이상 기분을 낼 만한 상황이 아니라는 걸 알았죠. 언니는 혼자 서서 울고 있었어요. 왜 우느냐고, 아무리 물어도 대답도 안 하고 그냥 눈물만 줄줄 흘리고 서 있는 거예요. 안 되겠다 싶어 룸살롱 영업 끝내고 가끔 가는 포장마차로 언니를 데려갔죠. 따뜻한 국물과 소주를 시켰는데, 소주가 나오자마자 언니가 거푸거푸 잔을 비우기 시작했어요. 술을 잘 마시는 체질도 아니면서 왜 이래, 하고 내가 언니의 손목을 잡고 만류했죠. 그랬더니 아영아, 오늘은 특별한 날이니까 날 한 번만 용서해 줘, 알겠니? 하고 눈물이 흘러내리는 얼굴로 한없이 맑게 나를 보았어요. 그 표정을 보자 더 이상 아무런 만류도 할 수가 없더군요. 나는 조용히 언니 손목을 놓아주었죠.

포장마차에 앉아 있는 동안 소진 언니는 소주를 세 병이나 비웠어요. 나도 몇 잔 마시긴 했지만 거의 언니 혼자 다 마셨어요. 근데 술을 마시는 동안 언니가 아주 이상한 짓을 했어요. 자기 앞에 다른 소주잔 하나를 채워놓고 자기 잔을 들 때마다 한 번씩 그 잔에다 건배를 했거든요. 언니 도대체 뭐 하는 짓이야, 하고 물었더니 히, 그냥…… 하고 백치 같은 표정으로 코맹맹이 소리를 했어요. 정말 알 수 없는 일이었죠.

눈발은 점점 더 굵어져 포장마차 안에 앉아 있으려니 주홍빛 천막에 거뭇거뭇한 눈 그림자가 연해 빗금을 그으며 떨어졌어요. 언니는 더 이상 눈물을 흘리지 않았지만 넋이 나간 사람처럼 멍한 표정으로 앉아 있었죠. 나는 그때부터 술이 당겨 다시 소주 한 병을 시켜 마시기 시작했어요. 혀가 꼬부라진 소리로 그때 비로소 언니가 입을 열더군요.

　—아영아, 네가 지난번에 내게 물었던 거 있지.

　—뭐?

　—내가 살아온 인생 전체가 상처 같다는 말.

　—그래, 생각나. 근데 갑자기 그건 왜?

　—내가 정말 그렇게 보이니?

　—그래, 그날은 그랬다니까.

　—그럼 그런 건 죽는 날까지 지워지지 않겠지?

　—안 지워지면 어때. 만들고 싶어서 만든 것도 아닌데.

　—그래, 그런 건 팔자인가 봐. 죄를 먹고살아야 하는 팔자 말이야.

　—언니가 무슨 죄를 져? 세상이 언니한테 죄짓는 거지.

　—오늘이 무슨 날인지 아니?

　—몰라. 언니 앞에 놓인 술잔하고 무슨 상관이라도 있어?

　—오늘이 아버지 기일이야. 아니, 12시가 지났으니까 이젠 어제로구나. 첫 번째 기일인데…… 내가 지금 뭘 하고 있는 건지 모르겠다.

　그때부터 언니는 다시 술을 마시고 다시 울기 시작했어요. 나도 왠지 가슴이 답답해서 거푸 잔을 비우기 시작했죠. 그러던 어느 순간, 언니 고개가 푹 꺾이더군요. 안 되겠다 싶어 서둘러 계산을 하고 언니를 부축했어요. 몸이 늘어지는 걸로 보아 아무래도 내가 함께 택시 타고 마천동까지 가야겠다는 생각을 했죠. 데려다 주고 돌아오거나 언니네 집에서 자고 오거나, 아무튼 이군이 집을 나간 뒤부터 난 과부나 다를 바 없었으니까요.

　나는 언니와 함께 택시를 타고 마천동으로 가자고 했어요. 오십 대 중반쯤으로 보이는 아저씨가 언니와 나를 돌아보며 느물거리는 웃음을 짓더군요. 나는 언니의 머리를 내 어깨에 기대게 하고 눈발이 날리는 허공을 올려다보았어요. 적어도 그때까지는 문제 될 게 아무것도 없었던 거죠. 그런데 택시가 잠실역을 지나고 송파구청 앞을 지날 때 갑자기 내 휴대폰 벨이 울리기 시작했어요. 이게 뭔가, 나는 술이 확 깨는 표정으로 휴대폰을 들여다보았죠. 그토록 애타게 기다리던 이군의 전화…… 하느님 감사합니다, 하느님 감사합니다, 나도 모르게 왈칵 눈물이 쏟아질 것 같았어요.

나는 정신없이 휴대폰 플립을 열었죠. 술에 잔뜩 취한 이군이 훌쩍훌쩍 우는 소리로 미안하다는 말부터 꺼내더군요. 그리고 내가 보고 싶다고, 보고 싶어 미치겠다고, 지금 당장 만나지 못하면 손목의 동맥을 끊고 자살할 거라고 말했죠. 그래서 지금 어디 있는 거냐고 나도 울먹이며 물었죠. 그랬더니 논현동 집에서 날 기다리고 있다는 거예요. 지금 당장 오라고, 오지 않으면 자기가 무슨 짓을 저지를지 모른다는 이군의 말에 나는 그만 눈이 뒤집히고 말았죠.

―지금 당장 달려갈게, 기다려. 바보, 병신, 머저리 같은 놈아!

나는 택시 기사에게 차를 세워달라고 말했죠. 그리고 소진 언니의 어깨를 흔들며 언니, 이군이야, 이군! 언니 혼자 갈 수 있겠어? 하고 흥분한 어조로 물었어요. 그랬더니 아주 조금 고개를 끄덕이며 응, 응, 하고 대꾸를 하더군요. 나는 택시 기사에게 3만 원을 집어주며 집까지 잘 좀 데려다 주라고 말했죠. 3만 원에 눈이 휘둥그레진 기사가 네, 네, 걱정 맙쇼, 알아서 모시겠습다, 하며 연신 머리를 조아렸어요. 나는 택시에서 내려 도로 반대편으로 미친 듯 무단 횡단을 했죠. 눈발이 흩날리는 세상, 내가 알지 못하는 불행이 잘게 부서져 온 세상을 뒤덮어오는데도 나는 아무것도 알아차리지 못한 거예요. 어떻게 인간이 그렇게 무책임하고, 이기적이고, 단순할 수가 있는 거죠?

나는 죽는 날까지 '만약'이라는 말의 저주에서 벗어나지 못할 거예요. 앉으나 서나 자나 깨나 만약, 만약, 만약…… 이미 지나간 일들을 아직 일어나지 않은 일들로 가정하느라 나의 뇌는 지쳐가고 있어요. 지쳐가는 게 아니라 미쳐가고 있는 건지도 모르죠. 만약 그날 밤 내가 소진 언니를 집까지 데려다 주었더라면, 만약 그날 밤 이군이 내게 전화를 걸어오지 않았더라면, 만약 그날 밤 내가 구청 공무원하고 이차를 나가지 않았더라면, 만약 그날 밤 내가 욕실로 들어갈 때 휴대폰을 가져가지 않았더라면, 만약 그날 밤 소진 언니가 폭음을 하지 못하게 했더라면, 만약 내가 소진 언니라는 사람을 모르고 살았더라면…… 아, 만약 내가 세상에 태어나지 않았더라면!

3 노정석 / 38세 / 경찰

나는 항상 유혹에 시달리며 산다. 경찰 공무원이 유혹이라니, 말도 안 되는 소리라고 언성을 높일 사람들이 많을 것이다. 그래, 경찰이 아닌 사람들 입장에서는 그렇게 나올 게 뻔하다. 그런 사람들은 이 세상에 딱 두 부류의 인간이 있다고 생각할 것이다. 경찰인 사람과 경찰이 아닌 사람.

내가 말하려는 문제의 핵심은 유혹이다. 유혹은 사람을 현혹되게 만드는 것이다. 요컨대 유혹 앞에 경찰이냐 아니냐는 문제가 되지 않는다는 것이다. 유혹은 세상에 사람이 있기 때문에 생겨난 것이다. 사람이 없다면 당연히 유혹도 없을 것이다. 유혹은 사람들 속에서 생겨나고 사람들 속에서 번식하는 은밀한 음지 식물 같은 것이다. 그것이 양지 식물처럼 노골적으로 번성하면 세상은 멸망할 것이다.

유혹의 종류는 수도 없이 많다. 세분해서 들여다보면 이 지상에 존재하는 인간의 숫자만큼 많을 것이다. 사람마다 다른 유혹에 시달리고, 사람마다 유혹에 반응하는 정도가 다르기 때문이다. 하지만 유혹이라는 것을 인간의 바깥에 있는 것으로 생각하면 얘기가 안 된다. 그것은 안에 있는 동시에 바깥에 있는 것이다. 모든 사람은 유혹에 시달리는 존재인 동시에 유혹하는 주체인 것이다. 사람이 만들고 사람이 시달리는 것—그것이 곧 유혹의 정체이다.

이제 나를 시달리게 만드는 유혹에 대해 말해야겠다. 혹자는 여자나 돈, 뇌물 따위를 생각할지도 모른다. 실제로 경찰 세계에서 그런 일이 심심찮게 일어나니까 변명하고 싶은 생각은 없다. 경찰도 사람이니까 별짓 다 한다고 생각하면 된다. 그들도 저마다의 유혹에 시달리며 산다는 증거일 터이다. 문제를 일으킨 사람들은 자신들이 만들어낸 유혹에 스스로 넘어간 부류일 뿐이다. 그런 짓을 하지 않았다고 해서 그런 짓에 대해 초연한 건 아니라는 뜻이다. 유혹을 억압하고 있는 사람, 유혹을 숨기고 있는 사람, 유혹을 꿈꾸고 있는 사람, 유혹을 후회하고 있는 사람, 유혹을 두려워하고 있는 사람…… 인생을 산다는 것은 곧 유혹과 관계하고 있다는 뜻이 아닌가.

나를 시달리게 만드는 유혹은 돈이나 여자나 뇌물 같은 게 아니다. 그것이 나를 더욱 우울하고 불행하게 만든다. 차라리 그런 것이라면 한두 번 경험해 보고 정리하면 그만이니까. 나를 시달리게 만드는 유혹은 실천하기가 너무 힘든 것이라서 문제가 많다. 문제가 많은 게 아니라 때마다 나를 미치게 만든다. 자기 마음속에 악마가 산다고 생각하는 사람들은 대부분 자기 유혹의 정도가 너무 커서 실천 가능성이 없는 경우, 그래서 유혹이 자기 속에서 일으키는 분열적 망상에 시달리는 사람들일 터이다.

나는 아주 오래전부터 지존(至尊)의 유혹에 시달려왔다. 지존이란 더없이 존귀하다는 뜻이다. 임금을 높이어 이를 때도 지존이라는 말을 쓴다. 「지존무상」이라는 암흑가의 홍콩 영화도 있었다. 지존의 의미가 차츰 일반화되고 있다는 증거이다. 결정적으로 보편화된 것은 지존파가 등장한 이후부터일 것이다. 1994년, 전남 영광군 불갑면 금계리 아파트 지하실에 '살인 공장'을 차려놓고 살인을 밥 먹듯 저지른 희대의 살인 집단 지존파 말이다. 검거된 뒤에 스물일곱 살의 두목은 이렇게 말했다.

—돈 많다고 거들먹거리는 놈들이 싫었다. 압구정동 야타족들, 돈 없는 사람들을 무시하는 인간들은 다 죽이고 싶었다. 시작도 못하고 여기서 끝난 게 안타깝다. 개인적인 원한은 없지만 사회에 복수하기 위해서다. 우리가 그들을 살해한 것이 아니라 불공평한 우리 사회가 호의호식하며 살아온 자들에게 내리는 벌이다.

지존파는 일 년여 동안 전국을 무대로 납치 살인극을 벌여 5명을 살해하고 증거 인멸을 위해 시체를 암매장하거나 소각한 엽기적인 살인 범죄 집단이다. '돈 많은 자들은 저주한다', '돈 많은 자들로부터 10억 원을 강취한다', '조직을 배반한 자는 죽인다'는 등의 행동 강령을 만들고, 지리산에 입산해 일주일간 물만 먹으며 지옥 훈련을 하고, 밤늦게 길 가던 이십 대 여인을 납치해 차례로 성폭행하고 목 졸라 살해한 뒤 담력을 키우기 위해 인육까지 먹으며 살인 예행연습까지 감행한 인간 도살자들. 그들이 거처하며 엽기적인 살인 행각을 일삼던 아지트에는 잔인한 고문과 살인 행위를 위한 감금 시설, 시체를 태우기 위한 소각장까지 갖춰져 있었다. 아지트가 공개되었을 때 시체 소각장에는 유골 2구가 그대로 남아 있었다. 불우한 가정 출신으로 정상적인 교육을 못 받아 고교 중퇴 이하의 학력이 고작인 그들은 공사판을 전전하다 1993년 7월 포커 판에서 만나 범죄 단체를 결성했다. 그리고 일 년여 동안 피비린내 나는 지존 생활을 하다 검거되어 1995년 11월 2일 서울 구치소에서 사형에 처해졌다. 사형에 처해진 6명의 나이는 21세, 21세, 23세, 23세, 24세, 27세.

지존파가 검거되었을 때 세상은 경악했다. 언론은 유례를 찾아보기 힘든 이 살인 집단에 대해 앞 다투어 보도했고, 텔레비전은 그들과의 인터뷰를 여과 없이 방영했다. 나는 그 사건이 보도되는 동안 근원을 알 수 없는 묘한 흥분 상태에 사로잡혀 있었다. 나만 그런가, 은근히 표정 관리를 하며 주변 인물들을 관찰해 보았다. 언론은 극단적으로 경악하는 포즈를 보였지만 개개인들은 흥미진진한 드라마를 볼 때처럼 묘한 집중력을 드러냈다. 심지어는 지존파의 행동을 이해한다고 말하는 사람들까지 있었다. 하지만 그런 거야 가지지 못한 자들과 가진 자들이 숙명적으로 대립할 수밖에 없는 자본주의의 속성이라고 치고 간과하자.

내가 관심을 가졌던 부분은 지존, 더없이 존귀한 존재 의식이었다. 나는 형장의 이슬로 사라진 지존파가 과연 그런 의식을 경험했을까, 하는 게 너무나 궁금했다. 신문 방송의 선정적인 보도보다는 심층적으로 그들이 겪었을 의식의 세계에 나도 모르게 관심이 쏠렸던 것이다. 인간의 탈을 쓰고 어떻게 그런 짓을 할 수 있냐고 사람들은 말했다. 그래, 그 표현이 옳다고 나는 생각했다. 지존파는 인간의 탈을 벗어던진 인간들이었다. 인간을 인간답지 못하게 만드는 탈, 인간을 인간 이상으로 고양되지 못하게 만드는 탈—그것을 벗어던진 그들의 인간 의식은 과연 무엇을 경험했던 것일까.

결국 나에게 남겨진 마지막 단어는 지존이었다. 단어가 아니라 유혹으로 그것이 태를 바꾼 것이었다. 더없이 존귀한 존재 의식—그것은 온갖 인간적인 억압에서 벗어난 의식, 아무것에도 구애받지 않는 불멸의 해방 의식일 터였다. 살아 있는 동안에는 도무지 경험할 수 없는 의식, 인간의 탈을 벗어던져야만 비로소 느낄 수 있는 의식. 나는 온전한 나를 경험하고 싶다는 유혹에 날마다 시달렸다. 날마다 지지고 볶고, 눌리고, 치이고, 끼이고, 깔리고, 짓밟히며 사느라 도무지 나를 지존으로 느낄 겨를이 없었으니까.

나는 범죄자를 볼 때마다 묘한 스릴을 느끼곤 한다. 저 사람이 저지른 범죄에 대한 유혹이 내 속에도 있구나, 하는 걸 확인하기 때문이다. 반은 동일시하고 반은 경원시하는 것이다. 절반의 범죄자와 절반의 경찰관이 내 속에서 동거하고 있는 형국이다. 언젠가, 그 절반의 균형이 허물어지면 용서받기 힘든 범죄자가 되거나 지금보다 훨씬 성실한 경찰관이 될 것이다. 가장 고통스러운 것은 지금처럼 절반의 균형을 유지하며 아슬아슬하게 살아야 하는 것이다. 균형을 유지하고 사는 것도 힘든데 유혹에 시달리게 만드는 일이 수시로 발생하니 미치고 팔짝 뛸 노릇이 아닌가.

팔 개월 전, 아내가 가출했다. 왜 집을 나갔는가, 나는 아직도 이유를 모르고 있다. 내가 사는 아파트 단지에서 비교적 친하게 지냈던 여자들도 하나같이 이유를 모르겠다고 말했다. 어쩌면 알면서도 쉬쉬하는 건지도 모른다. 그런 것을 정식으로 수사할 수도 없는 노릇 아닌가.

초등학교 4학년인 아들은 노모가 키운다. 노모의 나이, 어느덧 칠순이 가까워 온다. 허리가 굽은 노인네가 때마다 아이 밥 챙겨 먹이고 뒤치다꺼리하느라 몰골이 말이 아니다. 그것을 지켜보고 있노라면 나도 모르게 지존파가 된다. 집 나간 여편네, 지구 끝까지라도 쫓아가서 갈가리 찢어 죽이고 싶다. 만약 다른 놈과 눈이 맞아 집을 나간 거라면 그놈도 같이 죽여야 마땅할 것이다. 하지만 세상만사 간단히 해결할 수 있는 더 좋은 방법도 있다. 늙은 노모와 아이를 권총으로 쏴 죽이고 그 자리에서 나도 자살하는 것이다. 그것이 내가 그들에게 베풀 수 있는 마지막 사랑일지도 모른다. 방치하는 것이 오히려 죄가 아닌가.

이 년쯤 전부터 아내는 집 밖으로 나돌기 시작했다. 집 밖이라고 해봤자 같은 아파트 단지 주부들과 어울려 잡담하며 노는 것이라 별달리 신경을 쓰지 않았다. 모여서 차 마셨다, 모여서 칼국수 먹으러 갔다, 모여서 영화 보러 갔다, 모여서 생맥주 한잔했다, 모여서 쇼핑

하러 갔다…… 나중에는 집 안에 있는 것보다 모여서 움직이는 것이 주업인 사람처럼 변했다. 하지만 나는 통제하지 못했다. 통제하고 다스릴 만한 지존이 없었기 때문이다. 지존도 없는 놈이 자존은 내세워 무엇 하랴.

나는 근속 승진으로 십오 년 만에 경장이 된 사람이다. 말단 순경 다음이 경장이다. 경찰에 투신한 이래 살인강도나 주요 수배자 검거를 한 적도 없고, 그런 것으로 특별 승진을 한 적도 없다. 학구파적인 성향이 있어서 경찰 행정 발전에 특별한 공로를 인정받을 만한 논문을 만들어낸 적도 없다. 그저 주어진 일에 매달리고, 경찰 신분으로 지켜야 할 일을 지키고 살면 되는 줄 알았을 뿐이다. 하지만 세상은 그게 아니었다. 공부에 능력이 있는 사람들은 순경 근무 이 년 만에 덜컥 경장 시험에 합격하고, 근무 성적이 우수한 사람들은 어딜 가나 상관에게 밉보이지 않는 교묘한 기술을 발휘했다. 상납받아 상납해라, 그것이 이 바닥에서 너를 살아남게 할 것이다—혀를 차며 나를 훈계한 선배도 있었다. 하지만 나는 아무것도 하지 못했다. 하지 못한 게 아니라 하지 않은 것이다. 오직 지존의 유혹에 시달리며 사는 인간이 되었을 뿐.

나는 요즘 침묵하며 사는 방법을 익히고 있다. 침묵하는 동안은 마음이 편하기 때문이다. 말을 하지 않고 내면으로 침잠하면 유혹의 파장에 나의 의식을 맞출 수 있다. 경찰이 어떻게 말을 하지 않고 사는가, 의아하게 생각할 사람도 있을 것이다. 하지만 그것도 별 문제가 없다. 함께 근무하는 사람들에게 찍히면 된다. 저 인간은 원래 그러니까, 하고 사람들이 접어버리게 만들면 그만인 것이다. 내가 근무하는 파출소 직원들은 이미 나를 접어버린 눈치다. 그래서 요즘은 지존 의식에 초점을 맞추기가 훨씬 수월하다.

파출소는 삼교대 근무를 한다. 갑부는 09시부터 21시까지, 을부는

21시부터 09시까지, 병부는 09시부터 21시까지 12시간씩 교대 근무를 하는 것이다. 소장을 제외한 18명이 근무 인원이라 6명씩 교대 근무를 한다. 6명이 12시간씩 교대로 근무하며 5만여 명이 넘는 관할 구역 주민과 잠재적으로 대치하고 있는 것이다. 2명은 파출소에 근무하고, 2명은 도보 순찰을 하고, 2명은 차량 순찰을 한다. 빈촌이라 음주 폭력, 가정 폭력, 취객 행패가 압도적으로 많다. 만약 관할 구역에서 네다섯 건의 사고가 동시에 터지면 대응 불능 상태에 빠져버리게 될 것이다. 그나마 다행인 것은 출동 거리가 비교적 짧고 범위가 좁다는 것이다.

근무하는 동안 나는 권총을 자주 매만진다. 그것이 나의 위안이고 위악이기 때문이다. 좀 더 그럴듯하게 말하자면 그것이 나의 화두이고 명상이기 때문이다. 총기 분해를 하고 소제를 하는 것도 아니다. 차가운 38구경의 총열과 손잡이, 방아쇠를 만지면 나도 모르게 마음이 편안해진다. 편안해지는 게 아니라 지존 의식이 생겨나는 것이다. 집을 나간 아내, 꼴같잖은 인간들, 모두모두 가증스럽고 우습게 여겨진다. 거짓과 위선에 찌들 대로 찌든 쓰레기 같은 인간들도 내가 권총을 겨누기만 하면 살려달라고 손이 발이 되도록 빌고 또 빌 것이다. 나는 상상한다, 고로 나는 존재하는 것이다.

얼마 전, 근무 시간에 근무지를 이탈한 적이 있었다. 어쩌면 지존 의식이 현실로 튀어나올 수도 있을 만한 상황이었다. 아내가 집에 전화를 걸어 아이와 통화를 했다는 노모의 전화를 받은 때문이었다. 통화만 한 게 아니라 전화를 받고 나서 아이가 집을 나갔다는 것이었다. 오후 4시경, 나는 함께 근무하던 박 경사에게 보고도 하지 않고 허리에 권총을 찬 채 정신없이 파출소를 빠져나왔다.

집이 있는 오금동까지 택시를 타고 갔다. 아파트 단지 입구의 상가 건물 앞에서 내려 휴대폰으로 집에 전화를 걸자 노모가 한없이 상심한 어조로 아직 아이가 안 들어왔다고 했다. 그때부터 나는 눈을 부릅뜨고 주변을 수색하기 시작했다. 피자 가게, 치킨집, 중국집, 아이스크림 전문점, 김밥집, 돈가스 전문점, 심지어는 도서 대여점과 서점까지 뒤졌다. 심장의 박동이 빨라지고 다리가 후들거렸으나 허리에 찬 권총을 의식하며 간신히 버텼다. 하지만 아파트 단지 주변을 이리저리 뛰어다니며 살펴도 아이는 좀체 눈에 띄지 않았다. 어쩌면 아내가 아이를 데려간 것인지도 모르겠다는 생각까지 들었다. 나는 더욱 견딜 수 없는 심정이 되어 허리에 차고 있던 권총을 꺼내 손에 들고 단지 건너편 타운을 정신없이 뛰어다니기 시작했다. 그래, 내 눈앞에 나타나기만 해라, 제발! 나는 눈을 번들거리며 사방을 두리번거렸다. 지나가던 사람들이 놀라 비켜서며 불안한 눈빛으로 나를 돌아보았다.

아이가 집으로 돌아온 것은 두 시간 정도 지난 뒤였다. 노모가 전화를 걸어 아이를 바꿔주었다. 나는 분노가 극에 달해 권총을 손에 든 채 집으로 달려갔다. 거실 바닥에 브랜드 운동화, 오리털 잠바와 모직 바지, 폴로 티셔츠 따위가 놓여 있었다. 노모와 아이가 잔뜩 긴장한 표정으로 거실에 서 있었다. 나는 구두를 벗고 거실로 올라서자마자 아이의 머리통에 권총을 겨누고 포효하듯 소리쳤다.

—병신 같은 새끼야, 너 거지야?

아이가 굵은 눈물방울을 떨어뜨리며 머리를 가로저었다.

—거지가 아닌데 왜 저런 걸 받아 들고 와! 널 버리고 간 여자야, 그 여자는 더 이상 네 엄마가 아니란 말이야! 알겠어?

아이는 고개를 숙인 채 아무런 대꾸도 하지 못했다.

—그 여자가 찾아오면 아빠한테 무조건 전화해! 그걸 어기면 이 권총으로 너, 할머니, 나, 다 같이 죽는다! 알겠어?

아이는 계속 눈물을 흘리며 고개를 끄덕였다.

―지존 의식을 지니고 살아! 그게 없으면 버러지보다 못한 인간 취급을 받는다! 네가 죽기 싫으면 네가 먼저 죽여! 함부로 덤비지 못하게 가차 없이 처단하란 말이야!

그로부터 삼 일 뒤, 그러니까 문제의 그날 오후에 나는 한 통의 전화를 받았다. 102동에 사는 한우 엄마였다. 비번 휴식을 끝내고 밤 9시까지 출근을 해야 하는 날이었다. 집 나간 아내와 가장 절친하게 지낸 여자라 나는 그녀에 대해서도 별로 감정이 좋지 않았다. 무슨 일로 전화를 걸었느냐고 묻자 그녀가 되물었다.

―오늘 쉬시는 날인가요?

―아뇨. 밤 9시까지 출근해야 합니다.

―그럼 지금 4시니까 출근 시간까지는 시간이 좀 있네요.

―무슨 일이죠?

―뵙고 상의드릴 말씀이 좀 있어서요. 사거리 모퉁이에 있는 모란 커피숍 아시죠? 5시에 거기서 뵐게요.

여자는 일방적으로 자신의 용건을 말하고 전화를 끊어버렸다. 그 순간, 나는 권총이 없다는 사실을 사뭇 안타깝게 생각했다. 왜 그랬는지 모르겠지만 이제는 항상 권총을 지니고 있어야겠다는 생각에 사로잡힌 것이었다. 나의 위안이자 위악인 그것, 나의 화두이자 명상인 그것. 날이 갈수록 인간들이 나를 우습게 대하는 것 같고, 지존 의식을 발휘해야 할 상황이 언제 발생할지 모르겠다는 우려감 때문이었다.

개인적으로 소지할 수 있는 권총을 한 자루 마련해야겠다는 생각을 하며 나는 약속 장소로 나갔다. 여자는 짙은 화장을 하고 가장 구석진 창가 자리에 앉아 있었다. 오후의 나른한 햇살이 창으로 밀려들어 여자와 탁자를 덮고 있었다. 덕지덕지 바른 분가루처럼 게저분해 보이는 잔광이었다. 나는 그녀 맞은편, 햇살이 들지 않는 커튼 옆자리에 바투 붙어 앉았다. 커피를 주문하고, 주문한 커피가 날라져 온 뒤에도 그녀는 쉽사리 용건을 꺼내지 않았다. 커피를 한 모금 마시고 나서 내가 먼저 입을 열었다.

—석준 엄마에 관한 얘긴가요?

—네, 그래요. 쉬운 얘기가 아니라서 말문이 열리질 않네요.

—편하게 얘기하세요. 인간 취급 안 한 지 오래됐으니까.

—며칠 전, 석준 엄마가 이 동네 다녀간 건 알고 계시죠?

—알고 있죠. 나도 잡으러 다녔으니까요.

—잡아서 어쩌려고요?

—그건 한우 엄마하고 상관없는 일 아닌가요?

—아무리 석준 엄마가 잘못했다고 해도…… 그래도 그동안 같이 살아온 정이 있는데 석준 아빠가 너그럽게 생각하셔야죠.

—너그럽게?

—그래요. 어차피 이렇게 된 일, 좋은 게 좋은 거잖아요. 마지막까지 서로를 힘들게 할 필요가 뭐가 있겠어요. 기왕지사 갈라져야 할 인연이라면 서로 잘되길 바라는 게 인간의 도리가 아닌가요?

—미안하지만 도리를 저버린 건 석준 엄마죠. 그런데 무슨 이유로 내 앞에서 도리 얘기를 꺼내는 겁니까?

—특별한 이유가 있어서 하는 말은 아니에요. 그저 서로 잘되길 빌라는 거죠. 석준 엄마도 그러고 싶다고 했으니까요.

—그럼, 그 여자가 석준이 만나러 온 날 한우 엄마도 만나고 갔다는 건가요?

—여기서 만나 한 시간 정도 얘기했어요.

—그래서, 날 만나거든 인간의 도리를 지켜달라고 부탁하던가요?

—아뇨. 부탁은 그런 게 아니었어요. 사실은 그것 때문에 만나자고 한 건데…… 막상 석준 아빠를 보니까 말을 꺼내기가 힘드네요.

─난 그 여자가 무슨 짓을 했다고 해도 놀라지 않습니다. 그렇게 집을 뛰쳐나가 가족들에게 엄청난 충격을 줬는데 더 이상 놀라고 말고 할 게 뭐가 있겠어요. 배려하는 게 오히려 우스꽝스러우니까 그냥 편하게 얘기하세요.

─석준 엄마한테 남자가 있다고 해도요?

─당연히 있겠죠. 남자 없이 집 나가는 여자 봤나요? 구십 프로 이상은 남자 때문에 집을 나가는 거죠. 남자 없이 집을 나가는 여자도 결국 새로운 남자를 만나기 위해 집을 나가는 거라고요. 경찰 밥 먹으면 그런 거 절로 알게 됩니다.

─그런 걸 알면서도 석준 엄마에게 왜 그리 무심했나요?

─내가 무심해서 다른 남자를 만났다는 건가요? 지나가는 개도 웃을 소리는 하지도 마세요. 간통죄로 잡혀 온 년들 하나같이 입만 벌리면 남편의 무관심 때문에 바람을 피우게 됐다고 말하죠. 제 밑구멍이 근질거려서 자발적으로 바람피운 거라고 솔직히 말하는 년은 단 한 년도 못 봤습니다. 무슨 말인지 알겠어요?

─석준 아빠, 정말 무서운 분이네요.

─그래요, 세상이 날 이렇게 무섭게 만들었죠. 그래서 난 지존 의식을 지니고 살려고 합니다. 내가 천한 대접을 받지 않으려면 달리 방법이 없잖아요.

─지존…… 의식? 그게 뭐죠?

─남에게 밟히기 전에 내가 먼저 밟는다. 지존파도 모르나요?

─경찰인 분이 어떻게…… 좋아요, 그럼 가감 없이 석준 엄마 부탁만 전해 드릴게요. 석준 엄마는 어차피 자신이 먼저 집을 나갔으니까 다른 건 원치 않는대요. 잘못을 빌고 싶다거나, 다시 집으로 들어오고 싶다는 말은 꺼낼 수도 없으니까…… 그냥 이혼 수속이나 밟아 달라더군요. 실제로 더 이상 결혼 생활을 할 수 없게 됐으니 서류상

으로도 깨끗이 정리를 했으면 좋겠다는 거죠.

——하, 그것 보세요. 처음부터 끝까지 자기가 하고 싶은 대로 다 하겠다는 거 아닌가요. 집도 제멋대로 나가, 이혼도 제멋대로 요구해…… 그럼 나와 석준이는 도대체 뭐죠? 제까짓 게 뭔데 나와 석준이를 이렇게 함부로 대하냐고요.

——그럼 어떻게 하시려고요?

——당연히 그 여자를 만나서 해결해야죠. 이렇게 중간에 사람을 세워 도대체 뭘 어쩌겠다는 겁니까. 나와 석준이가 그 여자한테 한없이 천하게 대접받았으니 지존 의식으로 보답을 해야죠. 아마 상상도 할 수 없는 보답을 받게 될 겁니다. 이혼 수속? 훗, 미안하지만 그런 건 저승에 가서나 하라고 하세요.

그날 저녁 6시경, 나는 남의 일에 감초처럼 끼어든 한심한 여자와 헤어졌다. 병신 같은 게 처먹고 할 일 없으면 낮잠이나 자빠져 잘 것이지 왜 남의 일에 끼어들어 감 놔라 배 놔라 꼴값을 떠나. 다시 한번 나의 위안이자 위악, 나의 화두이자 명상인 권총이 아쉽게 여겨졌다. 기회가 되면 저런 인간들도 지존 의식으로 엄히 다스려야 할 것이다. 나는 울화를 삭히며 일식집으로 들어가 우동 정식과 청주 한 병을 주문했다.

문제의 그날 밤, 자정이 지난 뒤부터 눈이 내리기 시작했다. 나는 도보 순찰을 끝내고 새벽 2시경부터 차 순경과 함께 소내(所內) 근무를 시작했다. 순찰차는 가정 폭력 신고를 받고 출동한 뒤였고, 도보 순찰자들은 단란 주점에서 들어온 소란 신고를 받고 이동 중인 상황이었다. 차 순경이 근무 일지를 쓰고 있을 때 나는 차분한 표정으로 권총을 만지작거리고 있었다. 당연히 나는 침묵했고, 차 순경도 나에게 말을 걸지 않았다. 저녁 무렵 반주로 청주 한 병을 마셔서인가, 눈이 내리는 밤에 권총을 어루만지자 묘한 느낌이 들었다. 총알이 장전된 권총의 총열은 세상을 향해 발기한 성기가 아닌가.

차 순경이 저건 또 뭐야, 하는 말에 나는 성적 상상력에서 깨어났다. 출입문 밖에 택시 한 대가 정차하고 기사가 운전석에서 나와 뒷문을 열고 늘어진 여자 하나를 이끌어내 파출소로 안고 들어왔다. 완전히 늘어져 팔과 다리가 허공에서 제멋대로 흔들거리고 있었다. 오십 줄의 기사는 여자를 피의자들이 앉는 소파에 내려놓고 숨을 헐떡이며 아, 정말 힘들어 못해 먹겠네, 하고 투덜거렸다. 차 순경이 물었다.

—아저씨, 저 여자 뭐예요?

—뭐긴 뭐요. 완전히 맛이 간 고주망태지. 논현동에서 탔는데 여기까지 오는 동안 완전히 곯아떨어져 버렸어. 이 동네가 집이라는데 도무지 깨어나질 못하니 도리가 없잖소. 택시비는 친구한테 받았으니까 깰 때쯤 다시 데리러 오리다. 지금은 나도 영업을 해야 하니까 여기서 좀 보호해 주쇼.

기사가 나가자 차 순경이 에이, 씨발! 하고 자리에서 일어나며 투덜거렸다. 곧이어 파출소 출입문이 열리고 맨발에 내복만 입은 사십 줄의 깡마른 사내가 비틀거리며 안으로 들어왔다. 몸을 가누지 못할 정도로 만취한 몰골이었다. 그때 도보 순찰팀이 무전 보고를 했다.

—단란 주점 신고 처리. 특별한 폭력이나 기물 파괴가 없고, 술값은 이미 계산이 끝난 상태라 상황을 종료한다, 오버.

내가 무전을 접수하는 동안 맨발의 남자는 몸을 흔들거리며 소파로 가 앉았다. 택시 기사가 안고 들어온 여자 옆이었다. 차 순경이 무슨 일이냐고 다가가자 씨발놈아, 너는 뭐야? 하고 욕을 해대며 바닥에다 침을 뱉었다. 그러고 나서 담배 줘, 담배 없어? 하고 차 순경을 올려다보며 혀 꼬부라진 소리를 했다. 인근 주민의 술주정이야 이미 익숙한 풍경이라 나는 눈길도 주지 않았다. 사내가 발악하듯 고래

고래 소리를 질러댔다.

　—씨발놈들아, 내 마누라 잡아 와! 1997년에 칠성슈퍼 사장 놈하고 눈 맞아 달아난 내 마누라 잡아 오란 말이야! 그런 년들은 사형을 시켜야 해. 가랑이를 찢어 죽여야 하는데 왜 안 잡아들여…… 에이 씨팔, 이건 또 뭐야!

　사내가 느닷없이 소파에 누운 여자의 얼굴을 주먹으로 후려쳤다. 차 순경이 사내의 손을 잡자 어, 그래, 이젠 경찰이 사람을 치는구나, 사람을 쳐, 하며 때려보라는 듯 얼굴을 들어 올렸다. 아, 이거 미치겠네, 하며 차 순경이 사내를 잡고 구조를 요청하는 표정으로 나를 돌아보았다. 나는 권총을 허리에 차고 소파가 있는 곳으로 걸어가 다짜고짜 사내의 머리통을 후려쳤다. 그러자 사내가 길길이 날뛰며 개새끼, 너 날 때렸어, 경찰이 사람을 쳤다 이거지, 하며 사지를 버둥거렸다. 여자를 숙직실로 옮기세요, 하고 차 순경이 소리쳤다.

　나는 여자를 안고 파출소 공간과 분리된 건물 뒤쪽의 무기고로 들어갔다. 무기고 뒤편에 예전에 사용하던 숙직실이 있었다. 방바닥에 깔린 삼단 매트리스 위에 여자를 눕히는 순간 아주 이상한 느낌이 나를 사로잡았다. 전류처럼 저릿저릿한 기운이 아랫도리에서 느껴진 때문이었다. 고개를 숙이고 나는 길게 한숨을 내쉬었다. 기막히게도 나의 성기가 한껏 부풀어 폭발 일보 직전의 상태가 되어 있었다. 권총을 만지며 성적 상상력에 빠져 있었기 때문인가, 너무 오래 여자에 굶주려 있었기 때문인가.

　밖에서 차 순경이 티격태격하는 소리를 들으며 나는 여자를 내려다보았다. 술에 취해 완전히 의식을 잃은 상태를 확인하자 나도 모르게 근육이 긴장했다. 성적 흥분이 아니라 분노 때문이었다. 분노가 아니라 지존 의식이 살아나 냉혹한 처단을 주문하는 것 같았다. 의식을 잃은 여자의 얼굴에서 나는 집을 뛰쳐나간 년, 자식을 버리고 도망간 년, 남편을 버리고 도망간 년, 늙은 시어머니를 버리고 도망간 년의 얼굴을 보았다. 도망간 마누라를 잡아 오라며 여자를 후려친 사내와 내가 동일한 심성에 사로잡혀 있다는 사실, 이 세상 모든 여자의 얼굴이 애초부터 하나였다는 깨달음에 나는 소스라치게 놀라고 말았다. 더럽고 천박한 것들, 천박하고 더러운 것들…… 권총을 꺼내 총열을 사타구니에 처박고 싶다는 충동이 솟구쳐 나도 모르게 부르르 몸서리가 쳐졌다.

밖으로 나오자 차 순경이 사내의 팔을 잡아끌며 출입문 근처로 가고 있었다. 나를 보자 사내가 다시 발광하기 시작했다. 씹새끼, 넌 오늘 날 때렸으니까 내일 당장 파면이야, 파면! 너 내가 누군지 알아? 사내는 기를 쓰고 버둥거렸다. 나는 한없이 침잠한 눈빛으로 사내와 차 순경을 지켜보았다. 차 순경이 집까지 데려다 주고 오겠다며 완력으로 사내를 끌었다. 저기 언덕 위에 있는 포장마차 옆이 집이래요, 하고 차 순경이 출입문을 밀며 묻지도 않은 말을 했다. 파출소 입구에서 미끄러져 둘이 함께 눈 위를 나뒹구는 걸 보면서도 나는 꼼짝 않고 서서 그들을 지켜보았다. 눈이 내려 어둠을 덮는 밤, 침묵하며 바라보기에 더없이 성스러운 풍경이었다.

차 순경과 사내가 사라진 뒤에도 나는 꼼짝 않고 서 있었다. 그때 이미 나는 내가 아니었다. 쓰레기 같은 인간들과 멱살잡이나 벌이는 한심한 경찰관이 아니라 냉혹한 의식을 지닌 지존으로 바뀌어 있었다. 더 이상 권총 같은 것에 의존하지 않아도 되는 절대적 존재, 나 자신이 그때 이미 하나의 총이 되어 있었다. 위안과 위악, 화두와 명상, 불멸과 자유가 온전히 하나 되는 눈물겨운 순간——성스러운 세상에 등을 돌리고 나는 여자가 누워 있는 숙직실을 향해 조용히 걸음을 옮겨놓기 시작했다.

지존의 새벽.

젊은 날 내 별명이 뭐였는지 아쇼?

지금 젊은 시절의 별명 같은 걸 말할 때가 아니란 건 물론 알고 있소이다. 하지만 나라는 인간을 모르면 얘기를 풀어가기가 어려울 것 같아서 꺼내는 것이니 속는 셈치고 한번 들어주시구려. 설마하니 이런 정황에 내가 딴청이야 부리겠소. 나는 문제의 속성을 말할 수 있을 뿐이지 문제의 본질을 말할 수는 없으니 나에게 어려운 주문은 하지 말아달라는 것이외다. 문제의 본질에 대해서는 내가 아는 것도 없고 또한 알아야 할 이유도 없으니까 말이오.

한 가지 덧붙이자면, 나는 세상을 즐겁게 살다 죽자는 생각을 지니고 있는 사람이외다. 좀 더 솔직히 까놓고 말해 즐겁게 사는 게 아니라 즐기며 살자! 젠장, 사람이 살면 얼마나 살겠다고 날마다 지지고 볶으며 발광을 떠나, 아침마다 나에게 주문을 걸듯 되풀이하는 말이오. 간단히 말해 난 골치 아픈 걸 체질적으로 싫어하는 사람이라는 말이외다. 지나온 인생을 그렇게 살았고 남겨진 인생을 또한 그렇게 살고자 하는 거요. 그러니 심각하고 골치 아픈 쪽으로 나를 몰아붙일 생각일랑 당최 하지 마쇼. 문제의 본질을 모른다고 욕하거나 무식하다고 손가락질해도 할 수 없는 일이오. 난 유식한 척하며 골치 아프게 사는 것보다 무식한 척하며 즐겁게 사는 게 훨씬 좋으니까 말이오.

하던 얘기 계속하자면, 젊은 날 나에게는 '노래하는 꽃마차'라는 별명이 붙어 있었소이다. 그거야 말하나마나 내가 노래를 잘 불렀기 때문이오. 이십 대 시절에는 전국노래자랑에 나가 주말 장원, 월말 장원도 해보고 연말 결선에 나가 입선도 해봤소이다. 그때 내가 즐겨 불렀던 노래가 차중락의 곡들이었는데, 그건 나의 성대에서 울려 나오는 바이브레이션이 그 가수와 대단히 흡사한 때문이었소. 난이도

가 높아 일반인들은 쉽게 따라 부르기 힘든 노래를 내가 기막히게 부르라치면 듣는 사람들이 벙긋 입을 벌리고 질질 침 흘리는 표정으로 나를 쳐다보곤 했었소. 그런데 왜 가수가 되지 않았느냐?

내 경험을 바탕으로 말하자면, 가수는 하늘에서 내려주는 천직이외다. 아무리 노래를 잘 불러도 가수가 될 팔자는 타고난다는 것이오. 가수가 될 놈은 중국집 주방장을 하거나 목욕탕 때밀이를 하다가도 운명의 힘에 의해 어느 날 갑자기 가수가 된다는 얘기가 아니고 달리 뭐겠소. 가수만 되는 게 아니라 엄청난 인기와 돈까지 누리게 되는 거요. 물론 다 그렇게 되는 건 아니지만 하늘에서 내린 가수들은 대부분 그렇게 탄생합디다. 내가 굳이 누구누구라고 거론하지 않아도 알 만한 사람들은 다 알 거요. 밑바닥 인생으로 살다가 어느 날 갑자기 팔자가 달라져 버린 가수들 말이오.

물론 나도 스물아홉까지는 기를 쓰고 가수가 되려고 했었소. 아직 팔자를 모를 때였으니 당연히 그럴 수밖에 없었던 거요. 꼴같잖은 작곡가 놈들에게 없는 살림 퍼다 주느라 부모 속깨나 썩였소. 논밭 팔아치우고 집까지 저당 잡혔지만 결국 음반 한 장 못 내고 연습만 지치도록 하다 종 쳐버리고 만 거요. 난 그때 내가 여자라면 얼마나 좋을까, 하고 날마다 남자인 나 자신을 원망하곤 했었소. 잘나가는 작곡가에게 돈도 주고 몸도 주면 훨씬 승부가 빨리 나지 않을까, 하는 생각을 했던 거요. 물론 여자가 아니라 인어가 된다 해도 하늘에서 내린 팔자가 아니면 가수가 되기 힘들고, 설령 가수가 된다 해도 정상을 밟기 힘들다는 걸 모르고 있었기 때문에 그런 생각에 시달렸던 것이오.

서른 살 되던 해 봄부터 나는 택시 기사 노릇을 하기 시작했소. 어떻게든 먹고살아야 할 절박한 처지에 놓여 있었기 때문에 달리 선택의 여지가 없었소. 그해 여름, 택시에 손님으로 탄 아가씨를 꼬여 가을에는 결혼도 했소이다. 손님으로 탄 아가씨를 어떻게 꼬였느냐? 하하, 그거야 말하나마나 나의 장기를 십분 발휘한 결과였소. 내가 전국노래자랑 주말 장원과 월말 장원, 연말 대회 본선까지 진출한 사람이다, 아가씨 내 노래를 한번 들어보시려는가? 물론 내 노래를 듣고 난 그 아가씨, 사랑의 묘약에 취한 표정으로 얼굴이 발그레하게 변해버렸소. 바로 그날 난 택시 영업을 접고 아가씨를 태우고 이리저리 돌아다니다가 으슥한 곳에서 기습적으로 키스까지 해버렸소. 당시만 해도 키스 한번 하고 나면 나 이제 어떡해요, 책임져요, 하는 풍조였으니 여자를 꼬이는 내 기술도 타고난 것이라고 해야 할 터요.

결혼을 한 뒤부터 나는 틈틈이 작곡을 배우기 시작했소. 가수의 꿈을 키우는 동안 작곡가들에게 하도 질려버린 터라 전략을 바꿔버린 것이오. 택시를 몰아 생계는 꾸릴 수 있었으니 꿈을 위해 자투리 시간을 투자하는 건 어쨌거나 좋은 일이 아니겠소. 이윽고 나는 나의 노래를 만들기 시작했소. 그리고 외장 마이크를 설치할 수 있는 일제 녹음기를 사 기타로 직접 반주하며 노래를 녹음하기 시작했소. 내 노래를 내가 녹음해서 처음 듣던 순간의 감격은 지금도 생생하오. 젠장, 가수가 못 되고 음반을 못 내도 좋다, 나의 자작곡을 담은 테이프를 내가 운전하는 택시에서 들으며 달릴 수 있다는 게 얼마나 행복한 일이냐. 나는 감격에 겨워 밤새도록 테이프를 듣고 또 들으며 잠을 이루지 못했소.

나는 명실상부하게 '노래하는 꽃마차'의 마부가 됐소. 앞좌석이건 뒷좌석이건 손님이 타기만 하면 내 소개—전국노래자랑 주말 장원과 월말 장원, 연말 대회 본선까지 진출한 사람이라는 것—를 하고 나의 자작곡이 담긴 테이프를 들려준 것이오. 말하나마나 그것을 듣고 난 사람들은 이구동성 나의 실력을 아까워했소. 공부깨나 한 것처럼 보이는 먹물 중에는 간혹 미간을 찌푸리며 좋네요, 하곤 얼른 창

밖으로 고개를 돌리는 놈들도 있었지만 보통 사람들은 하나같이 찬사를 아끼지 않았던 거요. 특히 아줌마들은 아주 죽여준다는 표정으로 신청곡을 들려달라는 사람까지 있었소. 간단히 말해 가수의 길이 묘하게 빗나가 사바사바의 길로 들어서기 시작한 거요.

내가 택시에서 만난 아가씨를 노래로 꼬여 결혼한 건 결코 우연이 아니었소. 누군가 나의 팔자를 간단히 요약하라고 하면 나는 '노래-여자-택시'라고 말할 것이오. 무식해서 정확히는 모르겠지만, 그런 게 바로 삼위일체라는 것 아니겠소. 아무튼 내가 택시에서 들려주거나 부르는 노래는 여자를 꼬이는 결정적인 수단이 되어버리고 말았소. 하지만 내가 처음부터 그런 의도나 계획을 가지고 있었던 게 아니라는 건 이미 말해서 알아들었으리라 믿겠소. 물론 손바닥도 마주쳐야 소리가 나는 것이니 여자 승객들을 탓할 이유도 없소. 그녀들은 다만 내 안에서 잠자고 있던 난봉꾼을 일깨워 주었을 뿐이고, 그것을 바탕으로 나는 즐기는 인생을 살아갈 수 있었기 때문이오. 달리며 즐기는 인생, 즐기며 달리는 인생, 나는야 노래하는 꽃마차.

택시에서 내가 꼬인 첫 번째 여자는 나의 아내가 되었소. 하지만 두 번째 여자부터는 아무런 관계도 성립되지 않았소. 그녀들은 그저 택시에서 만나 잠시 잠깐 즐기는 대상에 불과했으니 관계라고 말할 건더기도 없었던 거요. 노래하는 꽃마차가 변해 흔들리는 오입마차가 된 셈이오. 세상에 성에 굶주린 여자들이 그렇게 많다는 걸 누가 상상이나 했겠소.

바야흐로 나는 프로로 변해 가기 시작했소이다. 예전처럼 아무에게나 무작정 노래를 들려주지 않고, 손님의 표정과 차림새로 미루어 괜찮겠다는 판단이 내려지면 본격적으로 수작을 부리기 시작한 거요. 돈도 있어 보이고 생긴 것도 따져야 했으니 거기에도 나름대로 까탈스러운 구석은 있었소. 조건을 두루 갖춘 여자를 만나는 게 결코 쉬운 일만은 아니었던 것이오. 아무려면 나도 영업하는 놈인데 회사 납입금도 챙기지 않고 무작정 물총질 하러 다닐 수야 없는 일 아니겠소.

심야 영업을 하노라면 주택가 같은 곳에 서서 혼자 손을 흔들어대는 여자들이 더러 있었소이다. 밤에 잠이 오지 않거나 남편에게 울화가 치밀어 집을 나선 여자들이었소. 그녀들은 가방도 들지 않고 차림새도 엉성한 편인데, 택시에 탄 뒤에도 행선지를 물으면 선뜻 대답하지 못하고 그냥 가세요, 하거나 아저씨 맘대로 가세요, 하고 말하는 경우가 대부분이었소. 술을 마시고 타는 여자들은 더욱 노골적이었소. 아저씨 나하고 연애 한번 할래요, 라고 단도직입적으로 말하거나 아저씨 어디 재미난 곳으로 좀 데려가 주세요, 하고 에둘러 말하기도 하는 거요. 주부들만 그러는 게 아니라 멀쩡한 직장 여성들도 술이 많이 취하면 성적 욕구를 노골적으로 드러내는 경우가 심심찮게 있었소이다. 내 경험에는 중학교 교사, 유치원 보모, 심지어 새벽에 굿을 끝내고 하산한 무당도 있었소이다. 룸살롱에서 일하는 아가씨들 중에는 택시비 대신 한 번 하는 걸로 때우자고 말하는 아가씨들도 더러 있었소. 자기는 하루라도 섹스를 하지 못하면 잠을 못 잔다나 어쨌다나.

택시는 밀폐된 공간이오. 사람과 사람 사이를 가장 가깝게 만들어주는 일종의 방인 셈이오. 게다가 달리기 때문에 정체된 느낌에 시달릴 필요도 없소. 그런 공간에 남자와 여자가 단둘이 있게 된다면 도대체 무슨 생각을 할 수 있겠소. 제아무리 교양 있고 학력 높은 사람이라고 해도 어차피 인간은 인간이 아니겠소. 그런 의미에서 택시는 대단히 많은 것을 간단히 해결해 주는 욕망의 회전목마 같은 것이오. 택시라는 밀폐된 공간에 앉아 낯선 섹스를 꿈꿀 때, 나는 내가 살아 있다는 걸 분명하게 확인할 수 있었소. 뿐만 아니라 노래하는 꽃마차의 마부인 내가 즐거운 마음으로 행한 일들이 타인들의 인생에도 많은 활력과 활기를 주었다고 나는 확신하고 있소이다. 나와 즐긴 여자들은 인생의 다른 측면에 눈을 떴을 테니 그 이후에도 인생을 넓고 깊게 살아갔을 거라고 나는 믿고 있소이다. 까짓 인생이 뭐 그리 대단한 거라고 즐기고 싶은 마음까지 숨기며 살아야겠소.

　아무튼 확실하게 프로가 된 뒤부터 나는 손님들에게 노래를 들려주지 않았소. 노래 없이도 얼마든지 여자를 꼬일 수 있는 직관과 기술이 발달한 때문이었소. 기술이랄 것도 없이 슬슬 이야기의 실마리만 풀어주면 스스로 실타래를 풀어낸다는 걸 터득한 것이었소. 내가 겪은 숱한 여자 경험 중 최고령은 내 나이 서른여덟이었을 때 육십대 중반의 여자와 관계를 했던 것이오. 그 여자는 동대문 시장에서 꽤 큰 포목상을 경영하는 여자였는데 나를 만난 뒤부터 며칠에 한 번씩 정기적으로 육체적인 관계를 하자고 했소. 돈은 알아서 준다, 다만 육체가 늙었다고 멸시하지는 마라. 그것이 그녀가 원하는 유일한 조건이었소. 이미 눈치를 챈 사람도 있겠지만, 그녀에게 육체적으로 봉사한 대가로 나는 개인택시 구입 자금을 마련할 수 있었소.

　개인택시를 시작한 뒤부터 노래―여자―택시였던 내 운명에서 노래는 완전히 사라져버렸소. 여자―택시만 남은 것이오. 하지만 개인택시 덕분에 생계에 여유도 생기고 나이도 사십을 넘기게 되자 여자에 대한 관심도 슬슬 바람이 빠지기 시작했소. 물론 그렇다고 해서 하루아침에 제 버릇 개 줄 수는 없는 노릇. 아주 가끔 생겨나는 묘한 경우에 성적으로 흥분하는 나 자신을 발견하기 시작한 거요. 술에 곯아떨어져 인사불성이 된 여자 손님을 흔들어 깨우다가 슬그머니 성욕이 치밀어 구렁이 담 넘어가듯 볼일을 볼 때의 짜릿함! 요컨대 슬슬 변태적인 성향이 나타나기 시작한 거요. 하지만 완벽한 기회가 아닌 경우, 섣불리 굴다가 일생을 망칠 수도 있다는 생각으로 위험한 행동은 절대 하지 않았소. 그게 노래가 사라져버린 내 인생, 여자와 택시만 남은 나의 사십 대였던 것이오.

이제 나는 오십 대 중반이 되었소이다. 물론 아직도 나는 택시 기사 노릇을 하고 있소. 하지만 이제는 내 인생에서 여자도 사라지려 하고 있소이다. 정말 지난 오 년 동안 나는 별다른 재미도 보지 못하고 건조한 오십 대 초반을 보냈소. 즐기면서 살자던 나의 인생관이 황폐해져 가는 것 같아 어떤 날 밤에는 긴긴 한숨을 내쉬곤 했었소. 물을 주지 않아 메말라 가는 정원이나 사막의 풍경이 자꾸만 눈앞에 어른거렸기 때문이오. 젠장, 이렇게 늙는 것인가, 이렇게 늙어 죽는 것인가.

내 인생에 남겨진 거라곤 택시 한 대밖에 없소. 이십 년 가까이 개인택시를 몰았지만 큰돈을 벌지는 못했고, 아들 하나 낳아 기르고 30평형대 아파트 하나 장만한 게 전부요. 피는 못 속인다더니 스물다섯인 아들 녀석은 사귀던 여자애 덜컥 임신시켜 지난봄부터 한 지붕 밑에서 살고 있소. 내가 택시를 몰아 아들 녀석과 며느리까지 먹여 살리는 셈이오. 말년 인생이 왜 이리 꼬이는지 모르겠소이다.

최근 들어 나는 마지막 남은 택시 하나를 놓고 깊이 갈등하고 있소. 군대를 면제받은 아들 녀석이 퓨전 음식점인가 뭔가를 내겠다고 요리 학원을 다니고 법석을 떨더니 이제는 내 개인택시를 팔아 사업 자금을 대달라고 날마다 난리를 쳐대기 때문이오. 사업 자금만 대주면 돈 벌어 부모님 봉양하겠다, 그러니 제발 택시를 처분해 달라—그게 나보고 죽으라는 얘기가 아니고 달리 뭐겠소. 한때 노래하는 꽃마차로 명성을 날리던 내가 어쩌다가 마지막 남은 마차까지 빼앗길 처지에 놓였는지 하늘이 원망스러울 뿐이오.

며칠 전, 내가 밤 11시쯤 영업을 끝내고 집으로 들어가자 아들 녀석이 나를 기다리고 있었소. 나는 또다시 그 얘기로구나, 하고 녀석을 못 본 척 곧장 안방으로 들어가 버렸소. 그랬더니 안방까지 따라

들어와 무릎을 꿇고 기어이 결판을 내자고 덤벼드는 거였소. 나는 피
곤하기도 하고 화도 치밀어 한마디로 녀석의 요구를 거절해 버렸소.
그랬더니 이 배은망덕한 놈, 두 눈을 부릅뜨고 제 아비에게 하는 말
좀 들어보소.

　—아버지 한 가지만 묻겠습니다. 아버지는 택시 기사인 자신이
좋은가요?

　—그래, 좋다.

　—왜 좋은가요?

　—남에게 싫은 소리 안 듣고 먹고살 수 있어서 좋다. 인생에 그
런 일이 흔한 줄 아냐?

　—고작 그건가요?

　—고작이라니! 난 택시 기사 노릇하며 이 아파트 사고 가족 먹여
살렸다. 택시가 없었으면 너도 키울 수 없었을 거라는 얘기다. 알겠
냐?

　—택시가 없었다면 더 좋은 상태가 되었을지도 모르죠. 택시에
만족하니까 그런 생각밖에 못하는 거 아닌가요?

　—너 지금 날 훈계하는 거냐?

　—아버지가 터무니없이 고집을 부리시니까 답답해서 이러는 거
죠. 난 솔직히 말해 어린 시절부터 택시 기사인 아버지를 자랑스럽게
생각한 적이 단 한번도 없었습니다. 아버지 직업란에도 운수 사업이
라고 거짓말을 적어 넣었죠. 왜 우리 아버지는 택시 기사를 할까, 그
것 말고 다른 건 할 줄 아는 게 아무것도 없을까, 그런 생각을 했다
는 겁니다. 그런데도 택시 기사가 좋다고요?

　—그래, 그런데도 난 택시 기사가 좋다. 얼마나 좋은지 너한텐
설명을 해줄 도리가 없다. 택시에 내 인생의 희망과 절망이 다 담겨
있다. 내가 택시를 몰고 달려온 길이 곧 내 인생의 지도란 말이다.

이제 내 인생에 저 택시 하나 달랑 남았는데 넌 기어이 그것을 처분
해야 직성이 풀리겠다는 거냐?

　──저걸 처분해서 훨씬 크고 좋은 것이 생길 수 있다면 당연히 그
래야죠. 이제는 아버지보다 자식의 인생을 생각해야 할 때라는 거죠.
아버지가 일을 하면 얼마나 더하겠어요. 육십 칠십 되어서도 아버지
가 택시를 몬다는 거, 상상만 해도 민망합니다. 사람이 물러날 때가
되면 깨끗이 물러날 줄도 알아야 한다는 거죠. 난 도대체 아버지가
왜 그렇게 택시에 집착을 하는지 모르겠어요. 저 택시가 무슨 사랑의
정표라도 되나요?

　솔직히 말해 난 그 부분에서 가슴이 뜨끔했소. 아들 녀석이 뭔가
를 알고 저런 소리를 하는 건가, 하는 생각이 들었기 때문이오. 물론
아들 녀석은 그런 걸 알 턱이 없을 거요. 택시를 팔게 만들려는 수작
을 부리다 자기도 모르게 그런 말이 나왔을 게 뻔하다는 것이오. 아
무튼 그날 이후 마누라와 며느리까지 가세해서 나를 설득하려 덤비
니 정말 답답해서 미칠 지경이오. 아들이 원하는 대로 택시를 처분하
면 당장 그 다음 날부터 난 앉은뱅이나 다름없는 신세가 될 거요. 직
업도 없고 갈 데도 없으니 죽을 날만 기다리라는 얘기가 아니고 달리
뭐겠소. 뿐만 아니라 아들 녀석이 내 택시를 처분해서 차리겠다는 그
일본식 퓨전 음식이라는 것도 집에서 시식해 봤는데, 난 그거 거저먹
으라고 해도 못 먹을 것 같았소. 집구석 말아먹으려고 뭔가에 홀리지
않고서야 어찌 그리 잡스러운 음식에 정신이 팔렸겠는가 말이오. 아
무튼 노래하는 꽃마차는 이제 마지막 기로에 서 있소이다. 달려야 하
나, 말아야 하나.

　문제의 그날 밤, 나는 충무로에서 논현동까지 손님을 모시고 갔
소. 저녁 무렵부터 일하러 나왔는데 눈이 펑펑 쏟아져 은근히 걱정스
러워지던 참이었소. 하지만 집으로 들어가 봤자 마누라, 자식 놈, 며

느리가 나를 에워싸고 택시를 처분해라, 택시를 처분해라, 시위를 하 듯 덤벼들 게 뻔하니 선뜻 집으로 들어가고 싶은 마음도 생겨나질 않 았소.

택시를 도로변에 세우고 펑펑 쏟아져 내리는 눈을 올려다보니 새 삼스레 옛날 생각이 났소. 이 여자, 저 여자, 주마등처럼 내 인생을 스쳐간 여자들…… 그녀들이 탐스러운 눈송이가 되어 펑펑 쏟아지는 것 같았소. 노래하는 꽃마차에 실려 간 꿈같은 내 인생, 노래하는 꽃 마차를 스쳐간 꿈같은 여자들…… 나는 참으로 오랜만에 노래를 불 렀소. 여자를 꼬일 때나 써먹던 노래를 몇십 년 만에 목적도 없이 부 른 거요. 차중락의 「낙엽 따라 가버린 사랑」까지 부르고 나자 나도 모르게 눈물이 핑 돌아 눈앞이 침침해졌소. 함박눈이 아니라 나를 스 쳐간 여자들이 너울너울 날갯짓을 하며 나에게로 날아오는 환상을 보는 것 같았소.

여자 둘이 눈을 맞으며 택시로 다가오는 게 보였소. 한 여자는 많 이 취한 모양 다른 여자가 부축을 하고 있었소. 룸살롱들이 많은 곳 이니 이제 일을 끝내고 집으로 가는 모양이구나, 하는 생각을 하며 나는 과거의 기억에서 깨어나기 위해 머리를 흔들며 자세를 고쳐 앉 았소. 아무려나 여자 손님이 둘씩이나, 그것도 술을 마시고 타니 나 도 모르게 프로 근성이 발동한 것 아니겠소. 나는 뒷좌석 문을 열고 타는 그녀들에게 웃음을 지어 보이며 어서 오시라고 인사를 했소. 마 천동까지 가자고 하기에 눈 내리는 밤의 드라이브라고 생각하며 기 분 좋게 운전을 시작했소. 그런데 마천동으로 가는 도중 둘 중의 한 여자가 휴대폰을 받더니 갑자기 차를 세우라고 했소. 보아하니 남자 에게서 걸려온 전화를 받고 부랴부랴 남자 품으로 가고 싶어 안달이 난 눈치였소. 그래서 난 그 심정 얼마든지 이해한다, 하는 표정으로 느긋하게 차를 세워주었소. 전화를 받은 여자가 술에 취한 여자에게 언니, 혼자 갈 수 있겠어? 하고 묻고는 나에게 3만 원을 주고 내렸소.

마천 사거리에서부터 나는 뒷좌석의 여자를 깨우기 시작했소. 마천동 다 왔습니다, 가시는 곳이 어딘가요? 하고 물어도 응답이 없어 룸미러로 뒤를 살폈소. 여자가 머리를 뒤로 젖히고 완전히 곯아떨어져 있었소. 물론 그런 손님들을 자주 겪어온 터라 놀라지는 않았소이다. 마천 사거리에서 직진해 언덕길을 올라가며 나는 계속해서 아가씨의 잠을 깨우려 손님, 손님, 하고 불렀소. 보통 술을 마시고 탄 손님들이 깜빡 잠에 빠지면 삼십 분 정도는 깊은 수면 상태를 유지하기 때문에 선뜻 못 깨어나는 경우가 대부분이오. 그래서 나는 도리 없겠다는 생각으로 언덕 끝까지 올라가 571번 버스 종점 앞에 차를 세웠소.

혹시 딴생각이 있어서 세운 게 아닌가, 의심을 할 사람이 있을지도 모르겠소. 솔직히 말해 어떤 게 먼저인지는 나도 잘 모르겠소. 여자가 곯아떨어졌기 때문에 그렇게 으슥한 곳으로 가게 된 것인지, 여자가 깨어나지 않아서 거기까지 가게 된 것인지. 아무려나 택시가 정차한 그 지점에서 나는 긴장하기 시작했소. 모처럼 내가 즐길 만한 상황이 발생했다는 걸 알아차린 때문이었소.

잠시 호흡을 가다듬으며 나는 허공에서 너울거리는 눈발을 내다보았소. 낮은 지대에서 솟아오르는 희미한 조명을 받으며 살아 있는 생명체들이 떼 지어 춤을 추는 것 같았소. 그 순간, 나도 모르게 떠오르는 한마디 말이 있었소. 육십 칠십 되어서도 아버지가 택시를 몬다는 거, 상상만 해도 민망합니다…… 배은망덕한 자식 놈의 말이 어째서 그 순간 떠오른 것인지 나도 모를 일이오. 나는 길게 한숨을 내쉬고 나서 몸을 돌려 뒷자리의 여자를 흔들었소. 하지만 아무리 흔들어도 꿈쩍도 하지 않았소. 나도 모르게 온몸이 긴장하고 심장의 박동이 빨라지는 게 느껴졌소.

잠시 망설이다가 차의 시동을 끄고 도어를 건 뒤에 뒷좌석으로 넘어갔소. 옆으로 기울어진 여자의 몸을 바로 앉히고 다시 한 번 여자를 흔들기 시작했소. 하지만 여자는 죽은 사람처럼 전혀 반응하지 않았소. 슬그머니 손을 뻗어 여자의 코트 자락을 들치고 치마 밑으로 손을 집어넣었소. 부드러운 살의 감촉…… 참으로 오랜만에 접해 보는 느낌이라 정도 이상으로 흥분되는 것 같았소. 하지만 그 순간에 다시 자식 놈의 말이 떠올라 슬그머니 여자에게서 손을 빼고 말았소. 사람이 물러날 때가 되면 깨끗이 물러날 줄도 알아야 한다고요…… 나는 울화가 치밀어 다시 운전석으로 넘어가 밖을 내다보며 혼자 욕을 해댔소. 그래, 너 잘났다! 아비 영업 방해하는 불효막심한 자식아!

나는 시동을 걸고 천천히 언덕길을 내려가기 시작했소. 마천 사거리에서 우회전했다가 다시 유턴, 거여동 쪽으로 내려갔다가 다시 유턴, 한껏 느리게 운행하며 여자가 깨어나길 기다린 거요. 돈을 3만 원씩이나 받았으니 당연히 그 정도는 해주는 게 도리라고 생각했기 때문이오. 하지만 아무리 불러도 여자가 깨어나지 않아 슬슬 불안해지기 시작했소. 만약 여자가 밤새도록 깨어나지 않는다면 어쩌겠소.

이런저런 걱정을 하며 서행하던 어느 순간, 갑자기 눈앞에 파출소 건물이 나타났소. 옳다, 이거로구나, 나는 망설이지 않고 파출소 앞에 차를 세우고 여자를 안고 들어갔소. 두 명의 경관 중 하나는 자리에 앉아 권총을 만지작거리고 있었고, 다른 하나는 서류를 작성하다가 내게 뭐냐고 물었소. 나는 대강 사정 얘기를 하고 나중에 다시 데리러 오겠다는 말을 남긴 뒤에 다시 영업을 하러 갔소. 하지만 밤이 깊어서인가, 폭설이 내려서인가, 마천 사거리에 차를 정차시키고 아무리 기다려도 손님이 타지 않았소. 나트륨 등의 조명권 속으로 하루살이 떼처럼 몰려드는 눈발을 올려다보고 있을 때 핸즈프리 장치에 걸어둔 휴대폰 벨이 울리기 시작했소. 통화 버튼을 누르자 혀가 꼬부라진 아들 녀석의 음성이 스피커폰으로 흘러나왔소.

—아부지, 지금 어디 씀까?

—너 술 처먹었냐?

—네, 술 처먹었씀다. 술 처먹고 아부지한테 꼬장 부릴라고 열라 기둘리고 있씀다.

—헛소리 지껄이지 말고 술 처먹었으면 그만 자라.

—아뇨. 나 아부지하고 결판낼 때까지 절대 못 잠다. 아시겠씀까?

—네놈이 정 이런 식으로 나오면 내가 집을 나가마.

—아부지, 치사하게 왜 이러심까? 자식이 잘되는 게 글케 싫씀까?

—미친 소리 마라!

—아부지, 내 친아버지 맞씀까? 어케 친아버지가 자식의 앞길을 일케 막을 수 있씀까?

—내가 네 앞길 막은 게 뭐냐? 지금껏 먹여주고 키워났더니 고작 한다는 소리가 그거냐?

—먹여주고 키워주는 건 낳은 사람의 의무임다. 권리와 의무를 착각하지 맙쇼. 아부지가 일케 나가면 나도 생각 있씀다. 아부지 눈에 안 띄게 내가 집을 나갈 테니까 죽는 날까지 택시 열라 몰며 부디부디 행복하게 살라 이겁다. 아시겠씀까?

—못난 놈!

—그래, 난 못난 놈임다. 근데 이 못난 놈 도대체 누가 만들었씀까? 못나게 만들었으면 책임을 져야 할 거 아님까, 책임!

참으로 기막히고 어처구니없다는 생각이 들어 나는 일방적으로 전화를 끊어버렸소. 전화를 끊고 한없이 서글픈 심정으로 의자 깊숙이 몸을 묻고 허공을 올려다보았소. 늙어가는 것도 서러워 죽겠는데 자식 놈까지 원수같이 굴어대니 정말이지 의지가지없는 인간이 된 것 같았소. 젊은 날, 저 눈꽃송이처럼 너울너울 춤을 추며 나를 스쳐간 따뜻했던 여자들은 모두 어디로 간 것일까.

그때 불현듯 뇌리를 스쳐가는 게 있어 나는 다시 운행을 시작했소. 영업 끝내기 전에 여자를 데려다 주겠다며 다시 파출소로 갔던 것이오. 그런데 소파에 눕혀놓았던 여자도 보이지 않고 내가 파출소로 갔을 때 근무하던 두 명의 경관도 보이지 않았소. 의자에 앉아 있던 순경이 근무 교대가 이루어져서 그렇다며 잠시 기다리라고 하고는 뒷문을 열고 들어가 여자를 부축해 나왔소. 여자는 부석부석한 얼굴로 거의 눈을 감고 있었지만 괜찮겠냐는 순경의 말에 가볍게 고개를 끄덕였소. 하지만 내가 여자를 인계받아 뒷 좌석에 앉히자마자 여자는 곧바로 중심을 잃었소. 파출소 앞을 떠나기 전, 집이 어디냐고 내가 큰 소리로 묻자 갈보리…… 하고 알아들을 수 없는 말을 중얼거리곤 또다시 곯아떨어져 버린 거요.

나는 여자를 태우고 다시 원점으로 돌아갔소. 버스 종점 근처의 어둠 속으로 진입해 시동을 끄자 장막 같은 어둠이 사방을 에워쌌소. 나는 도어를 잠그자마자 망설이지 않고 뒷좌석으로 넘어갔소. 좌석에 여자를 길게 눕히고 코트를 풀어헤쳤소. 치마를 걷고 팬티를 내린 뒤, 볼일을 볼 준비를 했소. 참으로 오랜만에 노래하는 꽃마차의 마부가 된 기분이 들었소. 그런데 막상 일을 시작하려고 슬그머니 구렁이 담 넘어가듯 그녀에게 들어가려는데 뭐야, 뭐야…… 이게 뭐야, 하고 여자가 이상한 소리를 내기 시작했소. 그래서 내가 조용히 해, 다 알면서 왜 그래, 하고 여자를 타일렀소. 그러자 여자가 갑자기 나의 가슴을 떠밀어 쿵, 하는 소리를 내며 내 머리통이 뒤쪽 창틀에 부딪혔소. 순간 나는 당황했고 다급한 마음에 여자의 입을 손으로 틀어막으려 했소. 하지만 위기감을 느끼고 갑작스럽게 잠에서 깨어난 여자의 저항이 의외로 완강했소. 본능적으로 나는 여자를 제압하지 못하면 내가 끝장난다는 판단을 내렸소. 그래서 나도 모르게 주먹으로 여자의 얼굴을 후려쳤소. 그러자 풍선에서 바람이 빠지듯 여자가 맥없이 가라앉았소. 정말 안타깝고 불행한 일이었지만, 내 인생에 처음으로 주먹을 휘두르며 그런 짓을 한 거요.

볼일을 끝내고 여자의 옷을 대충 추슬러준 뒤에 나는 다시 운전석으로 넘어갔소. 담배 한 대를 피우고 나서 시동을 걸고 실내등을 켰소. 그러자 여자가 좌석에서 일어나 앉아 있는 게 룸미러로 보였소. 나의 주먹에 맞아 코피를 흘린 모양 코 주변에 핏자국이 얼룩져 있었고 머리 모양도 엉망으로 헝클어져 있었소. 하지만 여자는 코피를 닦을 생각도 하지 않았고 매무새를 고치지도 않았소. 룸미러로 보이는 여자의 얼굴이 너무 처참하다는 생각이 들어 나는 티슈를 꺼내 건넸소. 하지만 여자는 꼼짝 않고 앉아 눈물만 흘리고 있었소. 난 조금씩 겁이 나기 시작해 집이 어디야? 하고 물었소. 그러자 여자가 아무런 대꾸도 하지 않고 뒷문을 열고 어둠 속으로 걸어 나갔소. 순간, 중심을 잃고 여자가 눈 위에 무릎을 꿇는 게 보였소. 하지만 나는 빨리 그곳을 뜨는 게 좋겠다는 생가이 들어 밖으로 나가지 않았소. 아마 누구라도 그런 상황에서는 도망치고 싶다는 생각을 했을 거요. 여자가 가까스로 중심을 잡고 일어나 휘청휘청 주택가 골목으로 접어드는 걸 확인하고 나서 나는 재빨리 그곳을 떠났소.

문제의 그날 밤, 마천동을 빠져나오며 나는 결심한 게 한 가지 있었소. 죽이 되든 밥이 되든 이젠 택시를 처분해 자식 놈 사업 자금으로 대줘야겠다고 마음을 굳히게 된 거요. 자식 놈 말처럼 사람이 물러날 때가 되면 깨끗이 물러날 줄도 알아야 한다는 걸 비로소 인정하게 된 거요. 나의 청춘을 싣고 달리던 노래하는 꽃마차, 이제는 인생의 뒤안길에 파묻고 나도 눈 내리는 밤처럼 조용히 깊어져야겠다는 생각을 했던 것이오.

여자가 교회 마당에서 얼어 죽은 것과 내가 무슨 상관 있소이까. 처음부터 말했다시피 나는 문제의 속성은 말할 수 있어도 문제의 본질은 말할 수 없소이다. 왜냐하면 문제의 본질이 뭔지를 내가 모르고 있기 때문이오. 즐기고 사는 게 내 인생관이라고 말했다시피, 난 골치 아픈 걸 체질적으로 싫어하는 인간이오. 이리저리 몸뚱이 굴리고 사는 여자, 술에 곯아떨어졌을 때 내가 좀 탐했기로서니 그게 뭐 그리 대수겠소. 내가 주먹으로 여자를 때린 건 미안한 일이지만 그것 때문에 여자가 죽은 것도 아닌데 왜 이리 사람을 고약하게 만드는가 말이오. 갈보리가 뭔지는 몰라도 제 발로 그곳에 가서 얼어 죽었다면 나름대로 원하던 길을 간 거 아뇨?

노래하는 꽃마차는 이미 처분되었소. 그날 밤의 불미스러운 일이 계기가 되었다는 건 물론 부정하지 않겠소. 평생 노래하는 꽃마차의 마부로 살다가 마지막에 오점을 남긴 게 나도 견딜 수 없이 아쉽고 안타깝소. 정년 퇴임하는 공무원들처럼 나도 그럴듯하게 폼 잡으며 유종의 미를 거두고 싶었는데 재수에 옴이 붙어 망쳐버리고 만 거요. 하지만 그것 한 가지 때문에 내 인생 전체를 후회하고 싶지는 않소이다. 그러니 제발 더 이상 나를 괴롭히지 마시오. 떠날 때가 언제인지도 모르고 똥을 싸고 뭉개듯 하는 인간들에 비하면 나는 양반 중의 양반이오. 유종의 미를 거두지는 못했지만 떠날 때를 분명히 알고 떠났으니 구차스러운 인생을 산 건 아니라고 생각하고 싶다는 거요. 내가 개인택시 처분한 돈을 건넸을 때 자식 놈이 내게 뭐라고 한 줄 아시오?

—장하십니다, 아버님! 존경합니다, 아버님!

언니가 죽었다.

집 앞에 있는 갈보리 교회 마당에서 눈에 덮인 채 발견되었다. 집 주인과 주변 사람들은 교회 뒤가 바로 집인데 도대체 언니가 왜 교회 마당에서 죽었는지 모르겠다고 했다. 교회 담 밑에 등을 기대고 앉은 채 발견되었기 때문에, 처음에는 눈사람 같은 형상을 하고 있었다고 했다. 발견한 사람이 눈을 털어내자 딱딱하게 굳은 주검이 한없이 편안한 표정으로 앉아 있더라는 말도 했다. 죽은 사람의 얼굴이 어쩌면 그렇게 평안할 수 있을까, 교회 사람들은 신기하다는 표정으로 고개를 갸웃거렸다. 어떤 사람은 주님의 은총을 받아서 그럴 거라며 주여, 하고 양손을 모아 기도하는 자세를 보이기도 했다.

언니는 왜 갈보리에서 죽었을까.

언니를 화장한 뒤에 나는 한동안 그런 생각에 사로잡혀 있었다. 처음에는 어떤 의혹이 있을지도 모른다는 생각까지 했었다. 언니의 얼굴에 말라붙은 핏자국과 멍 때문에 의구심은 더욱 커졌다. 하지만 사건을 담당한 형사는 특별한 게 아니라고 심드렁한 표정으로 말했다. 문제의 그날 밤, 언니와 접촉한 인물들을 모두 조사한 결과라고 했다. 언니가 술 시중을 들던 손님과 이차를 나가지 않겠다고 버티다 룸살롱 지배인에게 따귀를 맞았다는 진술, 택시 기사가 파출소에 데려다 눕혔을 때 취객이 파출소로 들어와 행패를 부리며 언니의 얼굴에 주먹을 날렸다는 진술, 언니가 택시에서 내려 넘어지는 걸 봤다는 택시 기사의 진술은 있었지만 그런 것 때문에 언니가 죽은 건 결코 아니라고 형사는 단정했다. 간단히 말해 술을 너무 많이 마시고 아무 데서나 잠들었기 때문에 동사한 것이라는 결론이었다. 요컨대 예수가 십자가를 짊어지고 올라간 갈보리와 언니 사이에는 아무런 연관성도 없다는 결론.

경찰에서 밝힌 언니의 최종 사인은 저체온증에 의한 동사였다. 얼굴의 핏자국과 멍은 지극히 경미한 것으로 직접적 사인과 아무런 관계가 없다고 했다. 나는 언니의 사망 진단서를 확인하고 극장에 전화를 걸어 이틀간 휴가를 냈다. 방학 중이라 매표창구가 바쁘기도 하지만 이틀 이상 휴가를 내야 할 이유도 없을 것 같아서였다. 나는 병원에서 주선해 준 장의사에 연락하고, 그곳에서 보내온 장의버스에 언니의 관을 싣고 가 화장했다. 뼈를 곱게 갈아 날려줄 수도 있고 원하면 용기에 담아줄 수 있다고도 해서 그냥 날려달라고 했다.

언니를 화장하고 집으로 돌아와 아주 긴 잠을 잤다. 깨어나자 어느덧 주변이 어둑어둑해지고 있었다. 언니가 있었다면 일하러 갈 준비를 할 시간이었다. 샤워를 하고, 머리를 말리고, 드라이를 하며 분주하게 움직였을 것이다. 내가 극장 매표원으로 취직하기 전까지, 그러니까 작년 겨울에 아버지가 세상을 떠나고 내가 언니와 같이 살기 시작한 뒤부터 나는 날마다 그 모습을 지켜보았다. 아무 말도 하지 않고 방구석에 등을 기대고 앉아 지켜보기만 하는 나를 언니는 무척이나 불편해하는 눈치였다. 어느 날 언니가 물었다.

—내가 이상해 보이니?

—아니.

—그럼 왜 그렇게 봐.

—궁금해서.

—뭐가 궁금해?

—언니 인생이 지겹지도 않아?

—예전에는 그랬는데 지금은 아냐.

—희망이 있다는 거야?

—아니. 닳게 사는 거야. 그냥 쓰지 않게.

　―그럼 뭐가 달라져?

　―달라지는 게 없으니까 이러는 거지.

　나는 과거가 싫다. 나의 과거도 싫고 언니의 과거도 싫고 우리 가족의 과거도 싫다. 과거가 싫어서 현실도 직시하지 않는다. 오직 미래만 생각하고 싶을 뿐이다. 미래만 꿈꾸며 사는 사람에게 박스 오피스, 다시 말해 극장의 매표창구는 안성맞춤인 일자리이다. 미래를 꿈꾸는 나는 창구 안에 앉아서 현실을 사는 사람들에게 꿈의 티켓을 판다. 나의 현실에 무관심하듯 그들의 현실에도 나는 무관심하다. 현재는 미래를 향한 징검다리이거나 간이역에 불과하기 때문이다. 현실에 목을 매고 사는 사람들에게 나는 체질적으로 염증을 느낀다. 그런 사람들은 고작 하루살이 같은 인생을 살 뿐이다. 언니를 보라.

　언니는 미래가 없는 인생을 살았다. 미래가 없으니까 하루살이처럼 룸살롱 종업원으로 나날을 견딘 것이다. 물론 처음부터 미래가 없었던 건 아니다. 언니가 갓 스물이었을 때 이미 언니의 미래는 산산조각이 나버렸다. 언니의 잘못으로 그렇게 된 게 아니라 아버지 때문에 언니의 미래가 제물이 된 것이다. 내가 끔찍하게 싫어하는 우리 집안의 과거는 모두 아버지에게서 기인한 것이다. 아버지가 없었다면 나에게도 과거와 현재, 그리고 미래가 균형 감각처럼 기억 속에 골고루 안배됐을 것이다. 아버지가 누구인가.

　나의 기억 속에 각인된 아버지는 과거의 원흉이다. 원흉이 아니라면 원수일 것이다. 아버지의 노름 빚 때문에 갓 스물의 언니는 채권자인 육십 대 노인에게 끌려가 일 년에 이천만 원씩 면제한다는 조건으로 삼 년씩이나 볼모살이를 했다. 볼모가 아니라 늙은 영감쟁이의 성적 노리개 노릇을 한 것이다. 언니가 눈물을 흘리며 끌려가던 날도 아버지는 방구석에 처박혀 소주를 마시고 있었다. 말해 뭣 하나.

　내가 중학교 3학년이었을 때 엄마는 자궁암으로 세상을 떠났다.

엄마의 죽음이 곧 우리 집안의 파산 선고였다. 나는 젊은 시절부터 아버지가 제대로 된 직장 생활을 하는 걸 본 적이 없다. 주식 투자를 한다는 둥, 땅 투기를 한다는 둥, 황당무계한 일확천금의 꿈에 사로잡혀 허랑방탕한 나날을 보냈을 뿐이다. 가족의 생계 때문에 엄마가 나서서 생고기 전문점을 운영했지만 그것이 아버지를 더욱 나태하고 한심한 실업자의 길로 내몰았다. 엄마가 식당을 시작한 뒤부터 아버지는 노름을 시작했고, 노름을 시작한 뒤부터 이틀이 멀다 하고 엄마와 피 튀기게 싸웠다. 지금은 과거지만 당시는 현실이었다. 나는 지옥 같은 현실이 빨리 과거가 되게 해달라고 날마다 빌고 또 빌었다. 그것 말고 달리 빌고 싶은 게 아무것도 없었으니까.

엄마가 세상을 떠나고 반년도 지나지 않아 집과 가게가 몽땅 날아갔다. 물론 아버지의 노름빚 때문이었다. 가구와 살림살이에도 노란 압류 딱지가 붙어 생필품 몇 가지만 간신히 챙겨 들고 산동네의 사글셋방으로 이사했다. 방 하나에 부엌 하나, 제대로 씻을 만한 공간도 없는 집이었다. 부엌에 달린 수도 하나로 밥 짓고, 빨래하고, 몸 씻는 일까지 해결해야 했다. 세상만사에 민감한 나이였던 언니와 나는 사춘기 행세도 할 수 없었다. 언니와 나, 아버지가 한방에서 기거한 때문이었다. 셋 중의 하나가 속옷이라도 갈아입으려면 나머지 둘이 밖에 나가 기다려야 하는 참담한 생존의 나날이었다. 하지만 그런 상황에서도 아버지의 노름은 계속되었다.

어느 날, 육십 대의 영감이 아버지를 찾아왔다. 하지만 무슨 이유 때문인지 영감이 나타나자 아버지는 슬그머니 자리를 피했다. 영감은 언니에게 네가 소진이냐? 하고 음충맞은 표정으로 물었다. 언니가 네, 하고 대답하자 그래, 아주 실하게 생겼구나, 하며 언니의 몸을 훑어보았다. 언니가 무슨 일이죠? 하고 묻자 아니, 별일 아니다, 하며 영감은 딴청을 부렸다. 잠시 그렇게 서서 방 안을 힐끔거리던 영감이 다시 언니에게 말했다. 내가 내일 널 데리러 올 테니 준비하고 있어라.

자리를 피했던 아버지는 저녁 무렵에 술에 취해 집으로 돌아왔다. 언니와 내가 영감의 정체를 물었다. 방 한가운데 죄인처럼 죽치고 앉은 아버지는 고개를 숙인 채 아무 말도 하지 못했다. 언니가 아버지의 손을 잡으며 괜찮으니까 말씀해 보세요, 하고 말하자 고개를 숙인 채 내가 죽일 놈이다, 내가 죽일 놈이야, 하고 탄식하는 어조로 말을 뱉었다. 또 무슨 일을 저질렀는데요? 하고 내가 소리치자 아버지가 고개를 옆으로 돌려 우리를 외면하며 노름빚이 육천이다, 하고 말했다. 나는 그때 노름빚 육천 원 때문에 그 영감이 이 높은 산동네까지 찾아왔단 말인가, 하고 어처구니없다는 생각을 했다. 하지만 아버지가 언니의 손을 잡으며 한 삼 년 좋은 집에 가서 살다 오너라, 하고 말했을 때 비로소 아버지가 졌다는 노름빚이 육천 원은 아닌 것 같다는 생각을 했다. 육천 원이 아니라 육천 만원이었던 것이다.

언니는 삼 년 동안 고리대금업을 하는 영감과 살았다. 그동안 언니는 아버지와 나를 먹여 살렸다. 영감이 건네주는 생활비를 조금씩 아껴두었다가 내가 찾아가면 집 밖으로 나와 은밀하게 전해 주는 식이었다. 내가 집 앞으로 찾아갈 때마다 언니는 내 손을 잡고 조금만 참아, 조금만 참아, 하고 말하곤 했다. 나는 뭘 참으라는 얘기인지 도무지 알아들을 수가 없었다. 물론 알고 싶지 않아서 묻지도 않았다. 내가 궁금했던 건 오히려 언니의 눈빛이었다. 조금만 참으라고 말하면서도 언니는 나의 눈을 똑바로 쳐다보지 못했다. 죄를 짓고 사람의 눈길을 피하는 사람처럼 몹시 불안정한 눈빛으로 주변을 두리번거린 것이다. 하지만 그러면 그럴수록 나는 언니의 얼굴을 빤히 쳐다보았다.

삼 년이 지난 뒤, 언니는 육천 만원의 빚을 청산하고 나왔다. 하지만 언니는 집으로 들어오지 않고 돈을 벌겠다며 곧바로 독립했다. 집을 얻을 돈이 없어 함께 일하는 여자의 집에 얹혀산다고 했다. 물론 무슨 일을 한다는 말은 하지 않았다. 어느 일요일에 내가 찾아갔을 때, 언니는 돈이 든 봉투를 내게 건네며 또다시 손을 잡고 조금만 참으라는 말을 했다. 그때 나는 처음으로 언니에게 물었다.

——뭘 참아?

언니가 볼모살이를 하던 삼 년 동안 나는 세상에 등을 돌렸다. 그렇게 하지 않으면 당장이라도 심장이 터져 죽어버릴 것 같아서였다. 나는 아버지를 보살피지도 않았다. 아버지가 밥을 먹거나 말거나 나는 내가 할 일만 하고 살았다. 아버지에게 보살핌을 받은 기억도 없고 아버지를 보살펴야 할 의무감도 나에게는 없었다. 가출하지도 않고 불량스러운 짓을 하지도 않았지만 나에게는 한 가지 목표가 있었다. 이 세상에서 가장 독한 년이 되는 것.

작년 겨울에 아버지가 죽었다. 알코올 중독에 당뇨, 신부전증까지 있었지만 제대로 된 치료도 받지 못하고 세상을 떠났다. 제대로 된 치료를 받지 않고 조금이라도 빨리 세상을 떠난 게 그나마 다행이라고 나는 생각했다. 하지만 언니는 아버지가 제대로 된 치료도 받지 못하고 날마다 술에 취해 이리저리 떠돌다 죽었다는 사실을 자신이 지은 죄처럼 견디기 힘들어했다. 나는 그런 언니가 가증스러워서 견딜 수가 없었다. 그래서 아버지가 죽은 다음 날, 눈물을 질질 짜는 언니에게 말했다.

——언니만 아버지 딸이야. 난 아니니까 혼자 실컷 울어.

아버지가 죽은 뒤에 나는 아주 깊은 안도의 한숨을 내쉬었다. 온몸에 들러붙어 있던 지저분한 허물이 벗겨진 것 같았다. 결국 나는 아버지와 함께 살던 끔찍스러운 과거의 터전을 처분하고 언니와 함께 살기로 했다. 물론 언니와 내가 잘 맞지는 않지만 달리 어떻게 할 도리가 없었기 때문이다. 언니가 하는 일이라는 게 룸살롱 종업원이라는 것도 함께 살게 된 직후에 비로소 알게 되었다. 하지만 천사가 무슨 일을 못하랴, 난 상관하지 않았다. 천사는 시궁창에 나뒹굴어도 어차피 천사 아닌가.

언니는 죽을 때까지 결혼을 하지 않을 거라고 했다. 내가 제대로 시집가는 거 지켜보고, 내가 아이를 낳으면 매주 조카를 보러 다니겠다고 했다. 좀 더 여유가 생기면 고아원 같은 곳에 다니며 봉사 활동도 하겠다고 했다. 일요일마다 집 앞에 있는 갈보리 교회에도 나가고 싶지만 혹시라도 교인들이 룸살롱 종업원이라는 걸 알게 되면 어쩌나, 용기가 나지 않아 못 간다고 했다. 언니가 그런 말을 할 때마다 나는 쐐기를 박았다.

—제발 연극하지 마. 언니가 성녀인 줄 알아?

—그럼 뭐처럼 보여?

—그냥 자연스럽게 살아. 착한 척하는 거 정말 역겨워.

—미친 여자처럼 하고 다닐까?

—미친 척이라도 하란 말이야. 그래야 정상 아냐?

—그럼 뭐가 남니?

—남는 게 없으니까 그러는 거지. 언니는 죽어서 뭘 남기고 싶은데?

—꿈.

—무슨 꿈?

—모든 게 하얗게 변하는 꿈, 그래서 아무것도 안 보이는 꿈.

—그건 꿈이 아니고 망상이야, 망상! 알아?

나는 언니에게 때마다 비수를 꽂았다. 극장 매표원으로 취직하기 전, 같은 집에 살면서도 나는 언니에게 밥 한 번 해준 적 없고 빨래 한 번 해준 적 없다. 언니가 타고난 천사처럼 행동하고, 타고난 성녀처럼 행동하는 게 역겨워서였다. 세상에 대해 모질어지지 못하는 언니의 심성은 정말 견딜 수가 없을 지경이었다. 새벽 3시나 4시에 같은 룸살롱에서 일하는 여자가 전화를 걸어와 신세타령을 하면 날이 훤하게 밝을 때까지 그걸 다 들어주고, 술병이 났다고 하면 쫓아가 해장국 끓여주는 착하고 어진 심성을 탓하는 게 아니다. 어째서 자신이 먼저가 아니고 타인이 먼저인 인생을 사는가, 하는 데 대한 견해 차이로 언니와 나는 이미 오래전부터 심정적으로 남이 되어 있었다.

어느 날, 육십 대 영감에 대해 내가 물었다. 언니로 하여금 삼 년씩이나 볼모살이를 하게 만든 영감에 대해 나는 오래전부터 궁금증을 품어오고 있었다. 하지만 언니가 자신의 속내를 드러내는 일이 거의 없었으므로 기어이 내가 먼저 말을 꺼내고 말았다. 솔직히 말하자면 자신의 상처를 자각하지 않고 얼굴에 천사의 가면을 쓰고 사는 언니를 아프게 일깨워 주고 싶다는 생각이 들어서였다. 당연히 나는 아프게 물었다.

—그 영감탱이하고 사는 건 어땠어?

—혼자 사는 노인네니까 조용히 살았지 뭐.

—그게 아니라 밤에 어떻게 했냐고.

—밤에?

—그래, 성적으로 요구한 게 있었을 거 아냐.

—특별한 건 없었어. 그냥…… 자기가 잘 안 되니까 많이 힘들어했지 뭐. 병원에도 다니고, 먹는 것도 신경 쓰고…… 그러는 거 보니까 불쌍하다는 생각이 들더라.

—언니가 당하는 건 안 억울하고?

—어쩌겠니, 아버지 빚 때문에 간 건데.

—그런 게 빚을 청산하는 정상적인 방법이라고 생각해?

—그때 우린 아무것도 가진 게 없었잖아.

─내 말은 언니 인생이 아깝지 않았냐고.

─그 사람도 나쁜 사람은 아냐. 나한테 잘해 주려고 나름대로 꽤 노력했어. 다들 돈 때문에 그러는 거지 처음부터 나쁜 사람이 누가 있겠니?

─언니는 아무래도 저능아인가 보다. 저능아가 아니라면 정박아, 정박아가 아니라면 똥개!

─똥개?

─그래, 아무한테나 무조건 잘해 주니까!

문제의 그날, 나는 아침부터 언니와 싸웠다. 그날은 아버지가 세상을 떠난 지 일 년째 되는 날이었다. 나는 아버지가 죽어서도 우리를 괴롭힌다는 생각 때문에 도저히 참을 수가 없었다. 아버지도 아버지였지만 직접적으로 나를 건드린 건 언니였다. 나는 언니가 말기 천사증 환자라고 단정했다. 무조건 착한 일을 해야 한다는 강박감에 시달리며 자신이 살아온 어두운 과거를 은폐하기 위해 위선적인 행동을 일삼는 신경증 환자 말이다.

아침 7시, 내가 잠에서 깨어났을 때 언니는 벌써 일어나 앉아 있었다. 2시경에 들어왔는데 왜 이렇게 일찍 일어났느냐고 내가 묻자 너 오늘이 무슨 날인지 아니? 하고 언니가 물었다. 나는 눈을 멀뚱거리며 모르겠다고 대답했다. 그러자 언니가 내게 바투 다가앉으며 손을 잡았다. 그건 자신의 심정을 절박하게 토로할 일이 있을 때마다 언니가 보이는 오래된 습관이었다. 손을 잡는다는 것.

─인애야, 오늘 아버지 기일이야. 정말 모르고 있었니?

─모르고 있었어. 알고 있었다고 해도 별달리 할 것도 없잖아.

─할 게 왜 없어. 아버지 제사를 지내드려야지.

─제사?

─그래, 그렇게 불쌍하게 돌아가셨는데 제사라도 따뜻하게 지내

드려야지.

　―웃기네. 하고 싶으면 언니나 혼자 해. 난 관심 없어.

　―너도 자식인데 어떻게 관심이 없어. 사람이 죽으면 맺힌 것도 다 풀어야 하는 거야. 안 그러면 너만 괴롭잖아. 언제까지 죽은 사람을 미워하며 살려고 그래?

　―그래서 나보고 어쩌라는 거야?

　―너 출근하면 내가 낮 동안 제사 준비 다 해놓을게. 제사는 자정 무렵에 지내면 되니까 늦지 않게 집에 와.

　―언니는?

　―나도 오늘은 안 나갔으면 좋겠는데…… 애들이 별로 없어서 주인하고 지배인이 무척 민감해. 가서 사정 얘기를 하고 그냥 오도록 해볼게. 너나 늦지 않게 와. 알았지?

　―몰라. 난 장담 못해. 오늘 중에 내 마음이 변하면 모르겠지만…… 그런 일은 절대 안 생길 거야. 난 아버지한테 질려서 남자도 안 사귄단 말이야. 물론 결혼도 안 할 거야. 그런데 제사는 왜 지내겠다는 거야? 우리한테 못되게 굴어서 감사하다고, 다음 생에 태어나서 또 괴롭혀 달라고? 이게 연극이 아니라면 언니는 정신 병원으로 가야 해. 그리고 연극이라면 당장 때려치워. 언니, 말기 천사증 환자라는 거 알아?

　달래고 타이르고 눈물로 호소하는 언니를 남겨두고 나는 출근했다. 상쾌하지 못한 아침이었다. 미래를 꿈꾸지 못하게 하는 어두운 그림자가 내 주변에 어른거리는 것 같아 연신 주변을 두리번거렸다. 아버지의 망령이 있다면 당장 담판이라도 짓고 싶은 심정이었다. 하지만 아버지의 망령까지 보살피려는 언니의 지극 정성은 오전과 오후, 밤까지 집요하게 계속되었다. 정오 무렵, 언니에게서 전화가 걸려왔다.

"인애니? 응, 나 지금 가락 시장에 장 보러 와 있어. 오랜만에 시장에 오니까 너무 좋다. 이번 일요일에 너하고 같이 와봐야겠다는 생각이 들어서 전화했어. 내가 장 보고 집에 가서 다시 전화할게. 기분 풀고 즐겁게 일해. 알았지?"

나는 치를 떠는 표정으로 전화를 끊었다. 함께 점심을 먹던 여직원이 눈을 둥그렇게 치뜨며 놀란 표정으로 나에게 물었다.

—인애 씨, 왜 그래? 스토커야?

저녁 6시경, 언니는 다시 전화를 걸어왔다. 제사상 준비가 어느 정도 끝난 것 같은데, 혹시 빠진 게 없나 걱정된다며 제사상에 올리는 음식의 종류를 일일이 내게 불러주었다. 대추, 밤, 감, 배, 사과, 약과, 산자, 북어포, 시금치, 고사리, 도라지, 고기 산적, 육탕, 소탕, 어탕, 탕국, 물김치, 조기, 닭, 두부적, 녹두전, 동태전, 육전, 떡, 식혜, 식혜밥, 양초, 향…… 불러주고 나서 언니는 내게 물었다.

—혹시 뭐 빠진 거 없니?

—몰라. 난 제사상에 뭘 올려놓는지도 모른단 말이야. 그러니까 제발 나 좀 괴롭히지 마. 제발!

—아무튼 일찍 들어와. 언니도 일찍 들어올게. 알았지?

나는 퇴근한 뒤에도 선뜻 집으로 가지 않았다. 아버지 제사를 지낸다는 건 내게 과거의 고통 속으로 다시 들어가라는 얘기와 하등 다를 바 없었다. 그냥 사는 것도 괴로워 죽겠는데 왜 고통을 자발적으로 만들어내는가. 나는 언니가 원망스럽다 못해 저주스럽기까지 했다. 그래서 극장 건물 스카이라운지로 올라가 혼자 스파게티를 먹고, 커피까지 마시며 땡청을 부리듯 시간을 죽여나갔다. 밤 8시 40분경, 언니에게서 다시 전화가 걸려왔다.

—인애야, 언니야. 지금 언니 일하는 가게인데, 내가 조금 늦을 것 같아서 전화했어. 지배인에게 말했더니 딱 한 테이블만 들어갔다

가 가라고 해서 그래. 하지만 아무리 늦어도 12시 전에는 들어갈 거
니까 언니 올 때까지 기다리고 있어. 근데 너 아직도 집에 안 들어갔
니?

　—안 들어갔어. 아니, 안 들어갈 거야.

　—인애야, 제발 언니 한 번만 도와주는 셈 치고 집에 들어가. 응?

　—참견하지 마. 난 내 맘대로 할 거란 말이야.

　—인애야, 제발 그러지 말고 언니 좀 도와줘. 이 세상에 내가 믿
고 의지할 사람은 너 하나뿐이야. 너하고 나, 둘밖에 없단 말이야.

　—나 믿고 의지하지 마. 나도 언니한테 안 그럴 거야. 집에는 들
어가도 난 제사 안 지내. 그것만 알아둬.

　밤 10시경에 나는 집에 들어갔다. 거실에 마련된 제사상 위에는
국과 탕을 제외한 모든 음식들이 차려져 있었다. 나는 길게 한숨을
내쉬며 머리를 절레절레 흔들었다. 제사상을 안 보기 위해 옷을 벗고
대충 씻은 뒤에 곧바로 방으로 들어가 누웠다. 난 제사 안 지낸다고
했으니 언니가 들어오면 알아서 하겠지, 하는 심정이었다. 하지만 언
니는 11시가 지나고 12시가 지나도 오지 않았다. 어찌된 셈인지 전화
도 걸려오지 않았다. 기다리다 지쳐 나는 깜빡 잠이 들고 말았다.

　언니가 깊은 지하 동굴에 갇혀 있었다. 무슨 이유 때문인지 나는
허공에 대롱대롱 매달려 있었다. 언니 주변의 땅이 스멀스멀 움직이
고 있었다. 가만히 내려다보니 땅이 움직이는 게 아니라 수를 헤아릴
수도 없이 많은 뱀들이 굼실거리고 있었다. 나는 뱀에 에워싸인 언니
를 내려다보며 연신 손을 내저었지만 도무지 닿을 만한 거리가 아니
었다. 동굴을 빠져나갈 방도가 없나, 나는 앞뒤를 연신 살폈다. 동굴
앞쪽에서 희미하게 빛이 새어 들고 있었다. 나는 언니에게 앞쪽으로
가라고 소리쳤다. 하지만 언니는 나의 얘기를 들은 체 만 체 어둠이
가득 들어찬 동굴 뒤쪽으로 걸어 들어갔다. 나는 가지 말라고, 그쪽

으로 가면 안 된다고, 미친 듯 소리쳤다. 그러자 언니가 사라진 동굴 안쪽에서 퍽, 하는 소리와 함께 눈을 뜰 수 없을 정도로 부신 빛살이 터져 나왔다. 그 순간, 나는 잠에서 깨어났다.

휴대폰 벨이 울리고 있었다. 나는 눈을 감은 채 플립을 열고 휴대폰을 귀에 갖다 댔다. 네, 하고 응답했지만 상대방이 말을 하지 않았다. 다만 쿨적쿨적, 우는 소리가 귓전으로 밀려들었다. 나는 눈을 뜨고 미간을 찌푸리며 벽시계를 올려다보았다. 새로 1시가 지나 있었다. 휴대폰 창을 들여다보니 언니의 휴대폰 번호가 떠 있었다. 제사를 지내겠다고 아무리 늦어도 자정 전까지는 들어오겠다더니 이게 무슨 일인가. 나는 말없이 쿨적거리기만 하는 언니에게 물었다.

—왜 그래? 제사 지내겠다더니 왜 안 오는 거야. 설마 내가 혼자 제사를 지낼 거라고 생각한 건 아니겠지? 난 지금껏 방에서 자고 있었으니까 쓸데없는 기대 같은 건 하지도 마. 집으로 오거나 말거나, 제사를 지내거나 말거나, 그건 언니가 알아서 하란 말이야.

언니의 울음소리가 높아지다가 갑자기 전화가 끊어졌다. 술에 취한 모양이라고 생각하며 나는 고소하다는 표정을 지었다. 자리에서 일어나 거실로 나가자 왠지 모르게 싸늘한 냉기가 감돌았다. 나는 제사상을 내려다보며 사필귀정이라는 말을 떠올렸다. 아버지가 살아생전 죄를 너무 많이 지었기 때문에 하늘에서 제사도 받아먹지 못하게 하는 모양이라는 생각이 들어서였다.

거실 커튼을 걷자 탐스러운 눈송이가 펑펑 쏟아지고 있었다. 나는 창을 열고 맑고 신선한 밤공기를 들이마시며 눈꽃을 올려다보았다. 나도 모르게 기분이 상쾌해지는 것 같았다. 눈이 이렇게 밤새 내리면 세상이 온통 눈 나라로 변할 것 같았다. 그렇게 되면 더러운 것, 추한 것, 우스꽝스러운 것, 찌그러진 것, 모난 것, 뒤틀린 것, 망가진 것…… 모두모두 눈에 덮여 세상이 정화되고 성스러워질 것 같았다.

내가 그토록 싫어하는 과거까지 사라지면 얼마나 좋을까. 그 순간, 문득 언니의 꿈이 뇌리를 스쳐갔다. 모든 게 하얗게 변하는 꿈, 그래서 아무것도 안 보이는 꿈…… 언니의 꿈을 떠올리며 나는 아랫배에 지긋이 힘을 주었다. 어떤 일이 있어도 언니처럼 세상을 살지 않겠다는 다짐을 하기 위해서였다. 호흡을 멈추고 나는 중얼거렸다.

—무너지면 안 돼. 절대 언니처럼 무너지면 안 된다고.

지난 일요일, 갈보리 교회 사람들이 언니를 위해 기도를 해주겠다고 집으로 찾아왔다. 목사와 전도사, 그리고 몇몇 신도들이 함께 왔다. 누가 오라고 한 것도 아닌데 자신들이 자발적으로 찾아온 것이었다. 언니의 죽음이 신문에 보도된 뒤라 그들이 찾아온 배경을 이해할 만했다. 룸살롱 종업원이 술에 만취해 갈보리 교회 마당에서 얼어 죽었다는 것—다른 곳이 아니라 갈보리 교회였다는 것 때문에 그들은 찾아온 것일 터였다. 언젠가, 언니가 갈보리 교회에 다니고 싶다는 말을 했었기 때문에 나는 그들을 내치지 않았다. 내치지 않고 집으로 들어오게 하여 죽은 뒤일지라도 언니가 갈보리 교회 사람들과 교통할 수 있는 길을 마련해 주고 싶어서였다.

—여기 죄 많은 천사를 아버지 품으로 보냅니다. 외롭고 가난했던 그녀의 영혼을 거두어주시고, 지상에서 그녀를 아프게 했던 모든 상처를 보듬어주시옵소서. 아멘.

살얼음처럼 얇은 잠결에 연해 몸을 뒤치락거린다. 어디선가, 사르락사르락 하는 소리가 들린다. 또 눈이 내리나, 놀란 표정으로 퍼뜩 일어나 커튼을 열고 창을 내다본다. 하지만 눈은커녕 냉랭한 주변의 살풍경이 가슴을 저리게 할 뿐이다. 다시 잠자리로 돌아오지만 좀체 잠이 오지 않는다. 엎치락뒤치락하다가 다시 일어나 속옷 차림에 패딩 코트 하나만 걸치고 집을 나선다.

갈보리 교회 마당, 언니가 눈사람처럼 앉아서 죽었다는 자리까지

가본다. 담장 밑, 어둠이 가득 들어찬 공간에 하얗게 탈색된 여백이 보인다. 나는 언니가 앉았던 자리에 오도카니 몸을 웅크리고 앉는다. 춥고, 딱딱하고, 불편하다. 내가 그토록 싫어하는 과거가 되살아나는 것 같다. 살아온 인생 전체가 상처인 사람, 언니도 여기 앉아 그런 걸 경험했을까.

과거의 상처가 덧나기 전에 서둘러 집으로 돌아온다. 언 몸을 녹이기 위해 이불 속으로 들어간다. 나의 호흡에 귀를 기울이는 동안 온몸이 나른하게 가라앉는다. 신경 세포가 해체되듯 정신까지 혼미해진다. 어느 순간, 깜빡 정신을 놓자 사박사박, 하는 발소리가 들린다. 언니가 갈보리 교회 마당으로 눈을 밟고 들어가는 소리가 분명하다. 그 소리를 듣고 나서야 나는 비로소 희미한 미소를 지으며 깊은 잠의 나락으로 빠져 든다. 모든 게 하얗게 변하는 꿈, 그래서 아무것도 안 보이는 꿈…… 표백제처럼 하얗게 탈색된 언니가 내 손을 잡으며 은밀하게 속삭인다.

—조금만 참아, 조금만 참아.

길모퉁이 추락천사

─나는 나무 소년을 키워요. 밤에는 갈 수가 없어서 아침에 가봐야 해요. 추락천사의
아들 호야……. 저 학교 운동장에 있거든요.

─나무 소년?

─남자 친구하고 나하고 만든 아이죠. 남자 친구를 닮아서 너무 착해요. 내가 어루만
지고 쓰다듬어 주면 아이에게서 향기가 밀려 나와요. 너무 신기하죠?

나는 그녀를 길모퉁이 추락천사라고 부른다. 내가 만들어낸 말이 아니라 그녀가 자신을 그렇게 소개했기 때문이다. 하지만 그녀와 대화를 나눌 때 나는 그냥 천사님, 천사님, 하고 부른다. 그렇게 부르는 걸 그녀가 무척 좋아하기 때문이다. 좋아할 때, 그녀의 표정을 어떻게 표현해야 할지 모르겠다. 티 한 점 없이 맑은 피부에 발그레하게 홍조를 띠는 뺨, 반달 모양으로 휘는 눈매, 풋풋한 과일즙이 묻은 듯한 입술, 몸 전체에서 밀려 나오는 화사한 빛의 기운……. 천사라는 말 이외 도저히 다른 표현을 떠올릴 수가 없다. 그녀가 자신을 스스로 천사라고 표현하지 않았어도 나로서는 그렇게 부를 수밖에 없었을 거라는 말이다.

—천사면 그냥 천사지 왜 길모퉁이 추락천사인가요?

어느 날 내가 물었다. 그러자 떠먹는 요구르트 껍질을 벗기던 그녀가 아하, 하는 표정으로 눈을 찡긋해 보였다. 그녀가 눈을 찡긋할 때, 나는 가슴이 아이스크림처럼 녹아내리는 줄 알았다. 내가 가늘게 한숨을 내쉬자 그녀가 카운터 앞으로 다가와 계산대 안쪽에 서 있는 내 팔을 잡아당겼다. 밖으로 나와보라는 시늉이었다. 나는 바코드 검색기를 손에서 내려놓고 그녀가 이끄는 대로 편의점 밖으로 따라 나갔다.

그녀가 떠먹는 요구르트의 플라스틱 스푼을 입에 물고 조오기, 하는 표정을 지었다. 나는 그녀의 손가락이 가리키는 향방으로 시선을 돌렸다. 편의점 앞으로 곧게 뻗어 나가던 도로가 네 갈래로 갈라지는 사거리를 그녀의 손가락은 가리키고 있었다. 사거리요? 하고 내가 묻자 그녀가 도리질을 하며 손가락으로 우측 방향을 콕, 콕, 찌르는 시늉을 했다. 도로 양옆으로 잎새 무성한 플라타너스가 늘어서 있었다. 그녀가 가리키는 방향은 오른쪽, 그러니까 사거리에서 우측으로 올라가는 길모퉁이였다.

—저기가 길모퉁이라고요?

나의 물음에 그녀가 배시시 웃으며 고개를 끄덕였다. 하지만 거기가 길모퉁이라고 해도 나의 의구심은 풀리지 않았다. 그곳이 그녀와 무슨 상관이 있는가. 나의 빈곤한 상상력으로는 그녀가 왜 그곳을 가리켰는지 도무지 감이 잡히지 않았다. 도리 없이 나는 물었다.

—저기에 무슨 사연이라도 있나요?

내가 묻자 그녀가 고개를 좌우로 갸웃갸웃하며 나를 보았다. 말해줄 수 없다는 표정이었다. 아니, 내가 궁금해하는 걸 사뭇 즐기는 표정이었다. 속 시원히 대답이나 해줄 것이지, 하며 나는 입을 삐쭉 내밀었다. 수수께끼 놀이를 하는 게 차라리 낫겠다는 생각이 들었다. 하지만 내가 모르는 게 어찌 길모퉁이뿐이랴.

사실 나는 길모퉁이보다 추락천사에 대한 궁금증이 더 컸다. 길모퉁이는 배경이지만 추락천사는 내용이니까. 추락천사라는 말에서 나는 일반적인 내용이 아니라 비극적인 내용을 예감했다. 나는 혹시 그녀가 말하는 추락천사라는 게 죄를 지어 인간으로 환생한 천사를 의미하는가, 하는 영화적 상상력을 잠시 발휘했다. 그러니까 저 길모퉁이가 바로 그녀가 하늘에서 지상으로 추락한 장소?

—어쩌다 추락천사가 됐나요?

이번에도 나는 물었다. 내가 묻자 그녀가 입에 플라스틱 스푼을 문 채 갑자기 울상을 지었다. 미간을 찡그리며 금방이라도 울음을 터뜨릴 것처럼 위태로운 표정이 된 것이다. 나는 아차, 하는 생각이 들어 아뇨, 아뇨, 알겠어요, 양손을 내저으며 내가 뱉은 말을 주워 담으려 했다. 하지만 그녀는 이내 눈물을 글썽이며 먹던 요구르트를 손에 들고 인도를 따라 가버렸다. 나는 사라지는 그녀의 뒷모습을 지켜보며 내 머리통에 스스로 알밤을 먹였다. 바보 같은 자식, 추락한 것도 슬플 터인데 왜 추락했느냐고 묻다니!

나의 편의점 근무 시간은 자정부터 아침 8시까지이다. 2학년 1학기를 마치고 휴학한 6월 말부터 시작해 두 달이 지났으니 이제 조금 일에 익숙해져 갈 무렵이다. 하지만 언제까지 이 일을 할 수 있을지는 나로서도 알 수가 없다. 편의점 사장에게는 군대 갈 때까지만 하겠다고 했으니 영장이 나오면 그만둬야 할 것이다. 내 계획은 영장이 나올 때까지 아르바이트를 하고, 영장이 나오면 입대일이 되기 전까지 실컷 여행이나 하겠다는 것이다. 입대를 위해 휴학할 때부터 마음에 품어온 계획이다.

편의점은 지명대학교 옆에 있다. 추락천사가 가리키던 길모퉁이를 돌아 올라가면 대학교 정문이 나온다. 정문 부근은 번화하지만 내가 일하는 편의점 주변은 도로 좌우로 플라타너스가 심어져 나름대로 운치가 있는 동네이다. 하지만 이 동네에 대해 내가 알고 있는 것은 밤 풍경뿐이다. 좀 더 정확히 말해 자정 무렵부터 아침 8시까지의 풍경일 뿐이다. 근무를 위해 자정 무렵에 버스를 타고 이 동네로 오고,

근무가 끝나면 버스를 타고 이 동네를 떠나기 때문이다. 나는 스위스 그랜드 호텔 근처에 산다.

내가 그녀의 얼굴을 언제부터 알아보기 시작했는지는 잘 기억나지 않는다. 밤에 인근의 원룸이나 오피스텔, 단독 주택에 방을 얻어 사는 학생들이 자주 와서 뭔가를 사 가거나 먹고 가기 때문에 처음부터 얼굴을 기억한 건 아니다. 그나마 그녀의 얼굴을 빨리 익힐 수 있었던 것은 그녀가 편의점에 나타나는 시각이 비교적 일정했기 때문이다. 2시 5분에서 10분 사이.

정체가 뭘까.

그녀는 나에게 풀기 힘든 수수께끼 같은 존재였다. 마땅한 이유나 계기가 있어서 그렇게 된 게 아니라 나도 모르게 그렇게 된 것이었다. 화사한 기운이 감도는 얼굴과 습기가 밴 듯한 동작을 훔쳐보며 나는 때마다 알량한 상상력을 발휘하곤 했다. 혼자 묻고 혼자 답하는 은밀한 게임을 한 것이다.

—직장인일 가능성?

—제로.

—술집 여자일 가능성?

—제로.

—도서관에서 공부하다 오는 학생일 가능성?

—제로.

—남자 친구와 데이트하다 오는 여자일 가능성?

—제로.

내가 제로라고 대답하는 데에는 나름대로 근거가 있었다. 그 시각까지 직장에서 근무하다 온 사람처럼 지친 모습도 아니었고, 술에 취한 모습도 아니었고, 공부에 지쳐 어깨가 늘어진 모습도 아니었고, 남자 친구와 헤어진 뒤의 감흥이 남아 있는 표정도 아니었기 때문이다. 편의점에 들어서는 그녀의 모습에서 내가 매번 느낀 것은 졸음을 싹 가시게 만드는 애매함이었다. 정말 그녀만 나타나면 나는 마법에 라도 걸린 것처럼 정신이 맑아지는 걸 느끼곤 했다. 정체를 상상할 수 없게 만드는 기이한 신비스러움. 오죽하니 편의점 카운터에서 아르바이트하는 내가 손님에게 먼저 말을 걸어 정체를 물어야 했겠는가.

—혹시 편의점에 오는 시간이 일정하다는 거 알고 계신가요?

—아뇨.

—2시 5분에서 10분 사이에 와요.

—그게 이상한가요?

—아뇨. 궁금해서요.

—5분에서 10분 사이는 오 분이잖아요. 뭐가 궁금하죠?

—내가 궁금해하는 건 이런 거죠. 왜 날마다 그 시각에 오는가.

—그럼 당신은 왜 날마다 이 시각에 여기 있는 거죠?

나는 대답할 말을 찾지 못했다. 여자는 경계심이 가득한 눈빛으로 나를 보았다. 애초에 질문을 던졌던 내가 오히려 당황할 지경이었다. 카운터 앞에 서 있던 여자가 등을 보이고 다시 진열대 사이로 들어갔다. 끝까지 걸어가 냉장 식품 보관대 근처에서 내 시야를 벗어났다. 난 그게 무엇을 의미하는지 알 수 없었다. 반대편 천장에 설치된 볼록 거울을 보니 여자가 진열대 뒤편에 우두커니 서 있었다.

삼사 분 정도 지난 뒤, 여자가 다시 카운터 앞으로 걸어 나왔다. 걸어오는 모양새가 흡사 고양이 같았다. 살금살금 다가와 나의 눈치를 살피더니 무릎을 굽히고 낮은 자세로 나를 올려다보았다. 사람을 비정상적으로 부각시키기 위해 밑에서 위로 찍는 영화의 한 장면이 떠올랐다. 무릎을 굽힌 채 위를 향해 고개를 갸웃거리던 여자가 묘한 표정으로 물었다.

—당신은 나쁜 사람 아니죠?

―그건 나도 모르죠.

―그런 걸 왜 모르죠?

―돌아가신 할아버지가 말씀하셨어요. 자신이 좋은 사람이라고 강조하는 사람은 결코 좋은 사람이 아니다.

―할아버지는 좋은 사람이었나요?

―난 그렇게 생각해요.

―그럼 당신도 좋은 사람이네요.

―그게 무슨 논리죠?

―사랑의 학습 법칙이에요. 할아버지가 당신을 사랑하셨을 테니까요.

―처음 듣는 법칙이로군요.

―말해 줘도 사람들은 알아듣지 못해요.

―무슨 일을 하시는 분인가요?

그날 밤 그녀는 자신을 길모퉁이 추락천사라고 내게 소개했다. 그게 이름이자 직업이라는 투로 말하는 것 같았다. 그게 이름이냐고 내가 묻자 그게 이름이라고 그녀는 대답했다. 신기한 이름이라고 내가 말하자 그냥 저절로 생긴 이름이라고 말했다. 그게 직업이냐고 내가 묻자 그게 직업이라고 그녀는 대답했다. 특이한 직업이라고 내가 말하자 다른 사람들에게는 한번도 말하지 않았다고 했다. 아무튼 반갑다고 내가 말하자 이제 조금 마음이 놓인다고 뜻 모를 말을 하기도 했다. 아무튼 그녀와 나는 그렇게 해서 말문을 열었다.

며칠 뒤, 나는 길모퉁이에 서 있는 그녀를 보았다. 며칠 전, 그녀가 손가락으로 가리키던 바로 그 장소에 우두커니 서 있는 걸 목격한 것이었다. 내가 편의점으로 가기 위해 버스에서 내린 곳은 그녀가 서 있는 지점으로부터 100미터 이상 떨어진 지점이었다. 그녀가 서 있는 길모퉁이와 버스 정류장 사이에 편의점이 있었다. 즐비하게 늘어선 플라타너스 줄기와 잎새 사이로 그녀는 환영처럼 나타났다 사라지곤 했다. 플라타너스 줄기를 잡고 빙빙 원을 돌고 있었기 때문이다.

그녀는 새벽 2시경까지 길모퉁이에 서 있었다. 편의점 일을 보면서도 나는 자주 그녀를 살폈다. 카운터에서 등을 돌리면 그녀가 서 있는 길모퉁이가 대각선으로 내다보였다. 그녀는 플라타너스 줄기에 등을 기대고 서 있기도 하고, 어떤 때는 쪼그리고 앉아 있기도 했다. 목을 빼고 도로를 내다보는 걸로 미루어 누군가를 기다리고 있는 모습이었다. 하지만 2시가 되자 그녀는 정확하게 길모퉁이를 떠나 한없이 힘없는 걸음걸이로 편의점으로 왔다. 얼마나 천천히 걸어왔는가, 길모퉁이에서 편의점까지 걸린 시간이 오 분 정도였다. 어쩌면 십 분 정도였는지도 모른다. 아무튼 2시 5분에서 10분 사이.

그녀가 편의점에 나타나서 하는 일은 종잡기 어렵다. 카운터에서 일하는 내 입장에서 보면 그렇다는 것이다. 대부분의 사람들은 편의점에 오면 뭔가를 먹거나 뭔가를 산다. 하다못해 사발면을 먹거나 담배라도 사가지고 가는 것이다. 하지만 그녀는 아무것도 안 사고 아무것도 안 먹고 그냥 서 있기만 하다가 갈 때가 많다. 먹어봤자 떠먹는 요구르트 하나, 사봤자 이유식, 푸딩, 치즈스틱 같은 게 고작이다.

—이런 건 왜 사죠?

어느 날 계산을 하며 내가 물었다. 설마 그녀가 이유식이나 치즈스틱 같은 걸 먹을까, 하는 생각이 들어서였다. 그때 그녀가 아주 놀라운 대답을 했다.

—아이에게 주려고요.

나는 권총 강도라도 만난 표정으로 그녀를 보았다. 그러자 그녀가 잠잠한 표정으로 다시 입을 열었다.

—나는 나무 소년을 키워요. 밤에는 갈 수가 없어서 아침에 가봐야 해요. 추락천사의 아들 호야……. 저 학교 운동장에 있거든요.

　—나무 소년?

　—남자 친구하고 나하고 만든 아이죠. 남자 친구를 닮아서 너무
착해요. 내가 어루만지고 쓰다듬어 주면 아이에게서 향기가 밀려 나
와요. 너무 신기하죠?

　나는 그녀의 말을 들으며 동화적인 사랑을 연상했다. 무슨 말인지
구체적으로 이해할 수는 없었지만 분위기는 얼마든지 감지할 수 있
었다. 대학교 운동장에 있는 나무 한 그루를 사랑의 정표로 정하고,
나무에 이름까지 붙여주고 정성껏 돌보는 연인들……. 얼마나 낭만
적인가.

　—그럼 저 길모퉁이에서 날마다 남자 친구를 기다리는 건가요?

　—약속은 아니에요. 그냥 나와보는 거죠.

　—남자 친구가 길모퉁이를 지나가나 보죠?

　—아뇨. 나하고 동거하는데…… 야근 때문에 날마다 너무 늦어요.

　—그럼 남자 친구를 기다리러 나오는 건가요?

　—집에서 기다리기가 너무 지루해서요.

　—무슨 일을 하는데 날마다 그렇게 늦죠?

　—창업 벤처요. 웹마스터거든요.

　—이렇게 늦게까지 안 오면 집엔 언제 들어오죠?

　—자다 보면 언제 들어왔는지 내 옆에서 자고 있어요. 너무 피곤
해서 씻지도 못하고 그냥 자요. 내가 일어나서 물수건으로 얼굴을 닦
아주죠. 그럴 때 남자 친구의 얼굴이 너무 성스러워 보여요. 일에 지
쳐 잠든 해맑은 얼굴……. 얼마나 사랑스러운지 아시죠?

　—정말 부럽네요.

　어느 비 내리던 밤, 온몸이 비에 젖은 채 그녀는 편의점으로 왔다.
젖은 몸으로 우두커니 창밖을 내다보는 그녀의 모습이 왠지 안쓰러
워 커피 마실래요? 하고 내가 물었다. 그녀는 말없이 고개를 가로저

었다. 무슨 고민거리라도 있냐고 내가 묻자 크흑, 하는 소리를 내며 그녀는 갑작스럽게 울음을 터뜨렸다.

　―어쩌면 좋죠? 남자 친구 부모님이 우리 결혼을 반대한대요. 어제 남자 친구의 누나가 날 찾아와서 헤어지라고 말하고 갔어요. 헤어질 수 없는데 지금 헤어지라면…… 우리 아이는 어쩌나요?

　―학교 운동장에 있다는 그 나무 소년 말인가요?

　―아뇨. 정말 남자 친구의 아이를 가졌거든요. 의사가 임신 12주라고 말했는데……. 혼자 견디기가 너무 힘들어요.

　―남자 친구한테 말하지 않았나요?

　―아직요. 너무 바쁘고 힘들어하니까 말할 겨를이 없었어요. 하지만 이젠 어쩌죠?

　―말하세요. 아마 남자 친구가 좋은 결정을 내려줄 거예요.

　―정말 그럴까요?

　―그럼요. 난 분명히 그럴 거라고 믿어요. 내기를 해도 좋아요.

　며칠 동안 그녀는 편의점에 나타나지 않았다. 그사이 태풍을 동반한 폭우가 지나갔다. 그녀가 나타나지 않는 동안 나는 그녀를 걱정했다. 뿐만 아니라 그녀가 서 있던 길모퉁이를 나도 모르게 자꾸 내다보곤 했다. 아이를 임신한 여자, 남자 집안에서의 결혼 반대, 그녀를 찾아와 헤어지라고 말하는 남자의 누나…… 남의 일인데도 내 일처럼 마음이 무거웠다. 왠지 남의 일이라는 생각이 들지 않았다. 어느덧 내가 천사 편이 되어 있다는 걸 알 수 있었다.

　태풍이 지나간 뒤부터 갑작스럽게 날씨가 무더워졌다. 열대야 때문에 사람들이 밤에도 잠을 이루지 못하고 밖으로 몰려나왔다. 편의점에 들어와 아이스크림이나 청량음료를 찾는 사람들이 평소보다 몇 배나 늘었다. 나는 자정이 지난 뒤에도 정신없이 바빴다. 캔 맥주와 육포 따위의 마른안주를 사들고 편의점 앞에 박스를 깔고 앉아 마시는 사람들도 여럿 있었다. 어떤 때는 나도 캔 맥주 하나 따서 목이 따가울 정도로 단숨에 들이켜고 싶었다. 왠지 가슴이 답답했다. 무더위나 손님 때문이 아니라 천사에 대한 궁금증 때문이었다. 영영 안 나타나면 어쩌나.

사 일이 지난 뒤, 나는 길모퉁이에 서 있는 그녀를 발견했다. 그녀는 소매가 없는 푸른 티셔츠에 흰 반바지를 입고 있었다. 그녀를 발견하자마자 내 가슴에서 환하게 빛이 밀려 나오는 것 같았다. 그로부터 두 시간 동안 나는 한없이 들뜬 마음으로 일했다. 바코드 검색기를 움직이고 물건을 봉지에 담는 내 손놀림이 그렇게 경쾌하게 느껴질 수가 없었다. 누적된 피로가 말끔히 가시는 것 같았다. 동거하는 남자가 있는 여자에게 이 무슨 실례의 감정인가, 하는 마음이 들었지만 도리 없는 일이었다. 그것은 이성에 대해 느끼는 감정이 아니었다. 심성이 한없이 맑고 착한 사람에게서 느껴지는 깊은 감화력, 그것이 아니라면 정화 작용인지도 모를 일이었다. 세상을 맑게 하는 힘.

그녀가 편의점으로 들어왔을 때 나는 하마터면 바코드 검색기를 손에서 떨어뜨릴 뻔했다. 그녀의 얼굴이 너무 창백해 보인 때문이었다. 기력도 없어 보이고 표정도 밝아 보이지 않았다. 지난 나흘 동안 그녀에게 무슨 일이 있었구나, 나는 직감했다. 창가에 서서 우두커니 밖을 내다보는 그녀에게 나는 다가갔다.

―천사님, 어디 아픈가요?

―아뇨.

―얼굴이 창백해 보이는데요. 지난 나흘 동안 무슨 일이 있었나요?

―아주 슬픈 일이 있었어요. 수술을 받았거든요.

―무슨 수술?

―아이를 죽였어요. 남자 친구가 너무 힘들어해서요.

―어떻게…… 다른 방도가 전혀 없었나요?

—남자 친구하고 밤새도록 울었어요. 아이가 너무 불쌍해서요.

말을 하고 나서 그녀는 티셔츠 앞 단추에 걸고 있던 선글라스를 꺼내 썼다. 눈물이 흐르는 눈을 가리고 싶은 모양이었다. 나는 그녀를 어떻게 위로하면 좋을지 몰라 우두커니 서 있었다. 그녀가 다시 입을 열었다.

—포르노 시나리오를 썼으면 좋겠어요.

—왜요?

—돈을 벌고 싶어서요.

—하필이면?

—추락천사가 무슨 짓을 못하겠어요.

—남자 친구가 싫어하지 않을까요?

—아뇨. 그 친구는 내가 하는 건 뭐든지 다 좋아해요.

—아무리 그래도.

—아는 사람이 그 계통에서 감독으로 일해요. 써 오면 돈을 주겠다고 했거든요.

—돈이 문제가 되나요?

—돈을 마련해서 남자 친구하고 이민을 가고 싶어요. 멕시코나 페루 같은 곳으로요.

—아이 때문에 충격이 컸나 보군요.

—남자 친구가 너무 불쌍해요. 더 이상 두고 볼 수가 없어요.

—아무튼 힘을 내세요. 나는 뭐라고 할 말이 없군요.

그때 편의점 문이 열리고 주인 남자가 나타났다. 반바지 차림에 슬리퍼를 신고 있었다. 나는 그녀 곁을 떠나 급히 카운터 안으로 들어갔다. 주인 남자가 고개를 돌리고 묘한 표정으로 그녀를 보았다. 나는 이 시간에 어쩐 일로 나오셨느냐고 물었다. 주인은 대답하지 않았다. 인근의 아파트 단지에 살고 있어도 밤에는 좀체 안 나오는데 어쩐 일인가. 나는 오십 대인데도 삼십 대처럼 빤질거리는 주인의 눈치를 살폈다. 그녀를 보던 주인이 미간을 잔뜩 찌푸리고 나를 노려보았다. 그사이, 그녀가 고개를 숙이고 편의점을 빠져나갔다. 그녀가 나가는 걸 확인하고 나서 주인이 짜증스럽다는 표정으로 나에게 물었다.

—어이, 자네 저 여자하고 무슨 관계야?

—별 관계 아닌데요. 그냥 손님이죠.

—언제부터?

—좀 됐어요. 근데 무슨 문제라도 있나요?

—잘 들어둬. 저거 미친년이야, 미친년. 알아?

—멀쩡한 사람한테 그게 무슨 악담이죠?

—미친년이라면 미친년인 줄 알아. 지난봄엔 편의점에서 오줌도 쌌어.

—설마.

—자네가 제정신이라면 정신 차리고 감시해. 물건도 잘 훔치니까.

주인의 주장은 완강했다. 그녀가 미쳤다는 말에 나는 경악했지만 주인은 우습지도 않다는 표정을 지었다. 지난봄에 편의점에서 근무하다가 입대한 친구는 처음부터 그녀가 미쳤다는 걸 알아봤는데 나는 어째서 못 알아보는지 모르겠다는 푸념까지 늘어놓았다. 아무려나 정신 차리고 저런 미친년 들어오면 재수 없으니까 무조건 내쫓아, 하고 그는 자신의 말에 스스로 쐐기를 박았다. 그런 뒤에 비로소 이 시간에 자신이 편의점에 나타난 이유는 열대야 때문이라고 다소 누그러진 어조로 말했다. 잠이 오지 않아서 동네를 한 바퀴 도는 중이라나 어쨌다나.

다음 날부터 나는 천사와 미친년 사이에서 갈등하기 시작했다. 너무 황당해서 도무지 현실이라고 믿어지지 않았다. 제정신인 사람과 미친 사람의 차이가 뭔가, 멍하니 넋을 놓고 앉아 밑도 끝도 없는 생각에 사로잡히기도 했다. 그녀는 나와 의사소통하는 동안 특별한 이상 징후를 보이지도 않았고 별다른 피해를 주지도 않았다. 정녕 그녀가 미친 여자라면 그동안 그녀와 아무런 장애 없이 소통한 나는 뭐란 말인가.

주인이 다녀간 다음 날 밤에도 그녀는 변함없이 길모퉁이에 나타났다. 그녀를 보고 나는 안도했다. 아무리 생각해도 주인의 언사가 너무 심했다는 생각이 들었다. 지난봄에 그녀가 편의점에서 어떤 행동을 했건 나로서는 현재의 그녀를 판단의 근거로 삼을 수밖에 없었다. 한때 실수를 했다고 당사자를 평생 미친 사람으로 몰아버린다면 제정신으로 취급당할 사람이 세상에 몇이나 되겠는가.

나는 주인의 말을 무시하고 싶었다. 무시하고 싶다는 생각만 한 게 아니라 실제로 무시해 버렸다. 주인의 주장을 요약하자면, 내가 미친년이라면 미친년이야, 그걸 부정하면 배신이야, 배신! 하는 것 같았다. 요컨대 한심한 삼류 영화에서나 나올 법한 어투였다. 나는 의도적으로 주인의 말을 무시하기 위해 그녀가 편의점으로 들어왔을 때 전날과 하등 다를 바 없이 친절하게 대했다. 그녀도 전날에 비해 많이 밝아진 표정이었다.

—요즘은 장마철이라 습기가 너무 많아요.

—그래요. 밤에도 후텁지근하잖아요.

—오늘, 빨래가 마르지 않아서 내가 어떻게 했는지 아세요?

—당연히 모를 수밖에.

—놀라지 마세요. 난 오늘 빨래를 전자레인지에 구웠어요.

—먹으려고요?

—며칠을 말려도 눅눅하잖아요. 그래서 구웠더니 아주 뽀송뽀송해졌어요. 신기하죠?

스스로 생각해도 신기하다는 표정으로 그녀는 어깨를 으쓱하며 웃었다. 정말 순진하고 순수한 표정이었다. 저런 사람을 미쳤다고 하다니, 편의점 주인이 얼마나 한심한 인간성의 소유자인지 절로 알 수 있을 것 같았다. 하지만 어느 순간부터인가, 그녀를 전혀 다른 시각으로 바라보는 또 하나의 내가 느껴졌다. 어쩌면 그녀가 편의점으로 들어서던 첫 순간부터 그랬는지도 모를 일이었다. 빨래를 전자레인지에 굽는 사람이 과연 정상인가, 하고 의구심이 가득한 눈길로 그녀를 관찰하는 날카롭고 비정한 시선——그녀를 미친 여자 취급하는 편의점 주인의 시선이 내 안에서 느껴진 것이었다.

집중 호우가 쏟아지고 물난리가 났다. 도로가 끊어지고, 산사태가 나고, 집이 물에 잠기고, 사람이 죽었다. 강풍에 플라타너스 잎새가 해일처럼 넘실거리고, 광란을 견디지 못해 떨어진 커다란 잎새들이 도로 곳곳에서 시신처럼 나뒹굴었다. 단 이틀 밤 사이에 일어난 천재지변이었다. 하지만 그녀는 변함없이 길모퉁이를 지켰다. 폭우와 비바람도 아랑곳하지 않고 집요하게 추락천사 노릇을 계속한 것이었다. 그것을 지켜보며 나는 차츰 그녀를 의심하기 시작했다. 정말 제정신이 아닐지도 모른다는 생각을 하기 시작한 것이었다. 어째서 동거한다는 남자 친구는 단 한번도 나타나지 않고, 어째서 그녀는 휴일도 없이 날마다 길모퉁이를 지키는가.

폭우가 이틀째 계속되던 날, 그녀는 열꽃이 핀 얼굴로 편의점으로 들어왔다. 이마에 붉은 반점이 떠오르고 입술이 파랗게 질려 있었다. 어깨를 움츠리고 자신의 양팔로 어깨를 감싼 채 그녀는 이빨을 맞부딪치며 떨었다. 오한이 난 것 같았다. 하지만 나는 그녀에게 선뜻 말을 걸 수 없었다. 왠지 자연스럽게 말이 나오지 않은 때문이었다. 카운터 안에서 말없이 그녀를 지켜보자 그녀가 내 앞으로 다가와 먼저 입을 열었다. 턱을 심하게 떨어 말에서 진동이 느껴지는 것 같았다.

　─며칠 동안 나무 소년에게 가보지 못했어요. 이렇게 비바람이 거세게 몰아치는데…… 무사한지 모르겠어요. 괜찮을까요?

　그녀의 물음에 나는 아무런 대답도 하지 않았다. 물끄러미 그녀를 지켜보기만 했다. 그러자 그녀가 기죽은 표정으로 시선을 비끼며 자신의 양팔로 어깨를 더욱 깊이 감쌌다. 나는 그녀를 지켜보고자 하는 마음에 더욱 올곧게 그녀를 주시했다. 그녀가 비칠비칠 뒷걸음질 치며 카운터에서 멀어져 진열대 뒤편으로 사라졌다. 하지만 나는 볼록 거울로 그녀의 움직임을 예의 주시했다. 음료수 저장실 앞에 서서 그녀는 꼼짝하지 않고 있었다.

　잠시 뒤, 그녀가 손을 내밀어 생필품 진열대를 만지는 게 보였다. 나는 재빨리 카운터에서 빠져나가 그녀가 서 있는 곳으로 가보았다. 손톱깎이를 만지작거리던 그녀가 화들짝 놀란 표정으로 나를 보았다. 나는 말없이 그녀 옆에 서 있었다. 그녀가 울상을 짓고 고개를 쭈뼛거리며 슬금슬금 나를 비켜 편의점을 빠져나갔다. 그녀가 나가고 나자 비로소 마음이 편안해졌다. 무슨 변괴인가.

　폭우 뒤의 가마솥더위에 만물이 풀죽어갔다. 아스팔트에서 복사열이 피어오르고, 땡볕에 노출된 모든 것들이 흐물흐물 녹아내리는 것 같았다. 마지막 무더위라고 사람들은 말했다. 보신탕집과 냉면집이 문전성시를 이루고, 밤이면 도처에서 숯불을 피우는 연기가 도심의 상공으로 피어올랐다. 사람들은 이제 이 무더위만 지나면 조석으로 서늘해질 거라고 말하며 고기를 굽고 술을 마셨다. 땀에 절어 번들거리는 얼굴, 경계심으로 번득이는 눈빛, 짜증으로 흐느적거리는 몸짓 ─광기는 이제 일상화된 삶의 표정이었다.

　─어제, 남자 친구가 압력 밥솥을 사 왔어요. 요즘 내가 입맛을 잃어 통 밥을 먹지 못하니까 그걸 사왔나 봐요. 그걸로 밥을 하면 밥맛이 너무 좋대요. 그런데 사용법을 듣고 나자 너무 겁이 나서 도무

지 그걸 쓸 수가 없었어요. 뻥, 하고 터지면 지붕도 날아간다잖아요. 오늘 낮에 처음으로 밥을 해봤는데 너무 겁이 나서 도저히 뚜껑을 열 수 없었어요. 그래서 압력 밥솥을 통째 들어다 동네 쓰레기장에다 버렸죠. 남자 친구가 물으면…… 음, 집에 도둑이 들어왔다고 말할 거예요. 그래도 괜찮겠죠?

어느 날 밤, 추락천사가 내 눈치를 살피며 말했다. 내 눈치를 살핀 게 아니라 아예 다른 곳을 보며 말했다. 나는 그녀도 나처럼 부자연스러운 감정에 시달린다는 걸 분명하게 확인할 수 있었다. 내 속에서 그녀를 바라보는 또 하나의 시선이 느껴지던 날부터 시작된 불편한 감정—그것이 암암리에 깊어져 이제는 노골적인 것이 되어버린 것 같았다. 나는 그녀의 말을 듣고 잠시 아무런 대꾸도 하지 않았다. 말을 하고 나서 그녀도 나를 보지 않고 물끄러미 밖을 내다보았다. 어색함을 스스로 달래기 위해서인 듯 생각나면 한 번씩 요구르트를 떠먹곤 했다. 잠시 망설이다가 나는 기어이 입을 열고 말았다.

—남자 친구가 정말 있기나 한 건가요?

순간, 그녀가 힐긋한 눈빛으로 나를 돌아보았다. 그 눈빛을 어떻게 말로 형용할 수 있을까. 나는 본능적으로 그것이 회색의 눈빛이라고 생각했다. 흰 눈자위와 검은 눈동자가 한데 뒤섞여 한없이 음습하고 절망적인 기운을 뿜어내는 눈. 나는 온몸에 소름이 돋는 걸 느꼈다. 여자의 입에서 질질 요구르트가 침처럼 흘러내리기 시작했다. 곧이어 떠먹는 요구르트를 바닥에 떨어뜨린 채 그녀는 계산도 하지 않고 편의점을 빠져나갔다. 하지만 그녀가 편의점을 빠져나간 뒤에도 나는 꼼짝 않고 서 있었다. 뭔가, 봐서는 안 될 것을 기어이 봐버린 듯한 느낌 때문이었다.

내가 잘못한 건가.

아침이 올 때까지 나는 한 가지 생각에 사로잡혀 있었다. 내가 변한 것인지 그녀가 변한 것인지 도무지 가늠할 수 없었다. 하지만 분명하게 가닥이 잡히는 생각은 있었다. 그녀가 제정신이 아니라면 나라도 제정신을 차려야 한다는 것. 때문에 나는 어떤 쪽으로든 선택을 하고 결단을 내릴 필요가 있었다. 전설 따라 삼천리도 아닌데, 밤마다 미친 여자에게 휘둘릴 수는 없는 노릇 아닌가.

그날 밤, 나는 그녀를 미친 여자로 단정했다. 그녀가 나의 눈에 익던 초기부터 지금껏 줄곧 제정신이 아니었다, 하고 결론을 내린 것이었다. 내가 그녀를 겪기 이전에 이미 편의점 주인과 다른 아르바이트 생들이 그녀를 경험했다니 더 이상 의심의 여지가 없었다. 나는 고개를 끄덕이며 혼잣말을 했다.

—그래, 이제 비로소 알겠어. 내가 미친 여자에게 홀려 있었다는 거. 그녀는 처음부터 미쳐 있었던 거야. 멍청하게 내가 그걸 알아보지 못했을 뿐이지.

결론을 내리자 마음 한구석에 남아 있던 불편한 느낌이 씻긴 듯 사라져버렸다. 미친 여자의 미치지 않은 듯한 연기력이 신기하게 되새겨질 뿐이었다. 혹시 미쳤다는 것도 모르고 그녀와 밤마다 대화를 주고받은 나도 미친 건 아닐까, 하는 은밀한 불안감을 떨쳐버리기 위해 나는 세차게 머리를 흔들기도 했다. 한여름 밤의 꿈으로 치부하기에는 왠지 미묘한 구석이 있는 경험이었다. 아무려나 내일부터 그녀가 나타나면 아예 편의점 안으로 들어오지 못하게 해야겠다는 생각을 하며 나는 몇 번씩이나 혼자 고개를 끄덕거렸다. 당연한 결정 아닌가.

나의 결정과 상관없이 길모퉁이 천사는 더 이상 편의점에 나타나지 않았다. 물론 편의점에만 나타나지 않은 것이지 길모퉁이에서 아주 사라진 건 아니었다. 편의점 일을 하면서도 나는 자주 등을 돌려 길모퉁이를 서성거리는 그녀를 확인하곤 했다. 그녀는 이제 더 이상 살아 있는 존재로 느껴지지 않았다. 일정한 위치에 항상 붙박여 있는 사물, 우리 주변을 에워싼 풍경의 일부로 느껴진 때문이었다. 아무튼 나는 그녀가 편의점에 나타나 제정신인 것처럼 행세하지 않는 걸 사뭇 다행스럽게 생각했다. 그것 말고는 더 이상 생각할 가치도 없는 상대로 치부해 버린 것이었다.

수해 복구가 끝나기도 전에 다시 태풍이 왔다. 제주도에 상륙한 태풍이 엄청나게 빠른 속도로 북상하자 사람들은 망연자실한 표정으로 그것의 추이를 관망했다. 방송에서는 기상대의 오보를 탓하기도 하고, 이곳저곳의 예고된 인재에 대해 심각한 경고를 하기도 했다. 요컨대 태풍에 대해 속수무책이라는 얘기였다. 오면 오고, 가면 갈 때까지 기다릴 수밖에 없다는 것. 하기야 비바람이 초속으로 세상을 휩쓸고 가는데 인간이 달리 어쩌겠는가.

그날 나는 입영 통지서를 받았다. 정확하게 27일 뒤, 정해진 부대로 직접 입대하라는 통지서였다. 나는 그것을 오래오래 들여다보며 이것저것 구상을 했다. 수일 내로 편의점 아르바이트를 끝내고 여행을 떠나야겠다는 생각, 아르바이트하느라 만나지 못한 친구들과 술도 한잔해야겠다는 생각, 가기 전에 여자 친구나 하나 만들었으면 좋겠다는 생각 등등. 아무튼 반갑기도 하고 다소 두렵기도 한 입영 통지서를 청바지 주머니에 찔러 넣고 나는 편의점으로 출근했다. 아직 폭우가 시작된 건 아니었지만 그것을 예고하는 강풍이 심하게 휘몰아치고 있었다. 왠지 이것이 마지막 태풍일 거라는 예감이 강하게 나를 사로잡았다.

태풍이 북상한다는 예고 때문인가, 거리를 오가는 사람들의 발길이 일찍 끊어졌다. 내가 근무를 시작할 무렵, 이미 거리가 진공 상태처럼 느껴지기 시작했다. 태풍이 오거나 말거나, 나는 주머니에서 입영 통지서를 꺼내 다시 한 번 날짜를 확인했다. 논산 훈련소로 입영

하는 게 아니라 지구 보충대로 직접 입영하라는 게 왠지 마음에 걸렸다. 그렇게 입영할 경우 전방으로 떨어질 확률이 높다는 얘기를 들은 적이 있었기 때문이다. 아무려나 이래도 군바리 저래도 군바리, 어디서 어떻게 구르건 무슨 상관이란 말인가.

입영 통지서를 들여다보고 있을 때 쏴아, 하는 빗소리가 들리기 시작했다. 문득 고개를 들고 밖을 내다보았다. 굵은 빗줄기가 수직으로 쏟아지고 있었다. 곧이어 출입문이 열리고 추락천사, 아니 미친 여자가 나타났다. 나는 입영 통지서를 손에 든 채 미간을 찌푸리며 그녀를 보았다. 길모퉁이로 가다가 비를 피하러 들어온 건가?

——오늘 저 길모퉁이에서 남자 친구와 만나기로 했어요. 당신이 나에게 말했죠? 남자 친구가 있기나 한 거냐고요. 난 세상에 태어나서 그렇게 모욕적인 말은 처음 들었어요. 난 그래도 당신이 사랑의 학습 법칙을 아는 사람인 줄 알았는데…… 당신도 다를 게 없어요. 당신도 다른 사람들처럼 있어도 보지 못하고 전해도 듣지 못하는 사람일 뿐이라고요. 도대체 당신이 사랑에 대해 아는 게 뭐죠?

그녀는 다짜고짜 카운터 앞으로 걸어와 나에게 따지듯 말했다. 멍처럼 푸른 기운이 그녀의 관자놀이 근처에 떠 있었다. 주변에 푸릇푸릇한 혈관까지 떠올라 한없이 위태롭고 아슬아슬한 느낌을 주었다. 하지만 그녀는 퍼붓듯 말하고 나서 이내 편의점을 나가버렸다. 오늘은 길모퉁이에서 자신의 남자 친구를 만나기로 약속했으니 그거나 지켜보라고 시위하는 모습이었다. 등을 돌려 밖을 내다보자 그녀가 잔뜩 화가 난 걸음걸이로 길모퉁이로 올라가고 있었다.

내가 잘못한 건가.

며칠 전에 내린 결론이 흔들리기 시작했다. 정말 그녀가 길모퉁이에서 동거하는 남자 친구를 만난다면? 보나마나 그녀는 보란 듯 남자 친구를 데리고 편의점으로 올 터였다. 만약 남자 친구에게 내가 그녀를 모욕했다는 사실을 일러바치기라도 하면 시비가 붙을지도 모를 일이었다. 입장 바꿔놓고 내 여자 친구에게 어떤 놈이 그런 말—남자 친구가 정말 있기나 한 건가요?—을 했다면 나는 아마 이단 돌려차기를 하려 했을 것이다. 건방진 자식, 감히 어디다 대고!

폭우가 쏟아지는 밤, 나는 찜찜한 기분으로 시간을 보냈다. 2시가 가까워지자 나도 모르게 자꾸만 벽시계로 시선이 갔다. 빌어먹을, 그녀가 미쳤다고 단정하던 때의 쾌도난마와 같던 기상은 모두 어디로 갔는지 모를 일이었다. 편의점 주인에게 전화를 걸어 그 여자가 정말 미친 여자 맞나요? 하고 다시 한 번 확인해 보고 싶을 지경이었다. 만약 그녀가 미친 여자가 아닐 경우, 당신이 모든 걸 책임질 수 있냐고 물어보고 싶기도 했다. 그럼 주인이 뭐라고 할까? 그때에도 저거 미친년이야, 미친년, 하고 단정적으로 말할까? 왠지 모르겠지만 주인이 오리발을 내밀 것 같다는 생각이 들었다. 자기는 그렇게 단정적으로 말한 적 없다고, 청문회에 나온 철면피 정치인처럼 모든 걸 부정할 것 같았다. 빌어먹을, 도대체 뭐가 진실이란 말인가!

끼기이익, 쾅!

순간, 나는 손에 들고 있던 바코드 검색기를 떨어뜨렸다. 등 뒤에서 들려온 단말마와 같은 금속성 소음 때문이었다. 등을 돌리고 길모퉁이 쪽을 내다보자 그녀가 서 있던 부근에 차량 한 대가 인도로 튀어 올라 흰 연기를 내뿜고 있었다. 자세한 것은 모르겠으나 대강 가늠하기에 플라타너스 줄기에 정면으로 충돌한 것 같았다. 저 차량의 소유주가 그녀가 말한 남자 친구인가.

만남의 방식치고는 참으로 기괴한 것 같다는 생각을 하며 나는 정신없이 편의점을 뛰쳐나갔다. 비바람 휘몰아치는 도로를 건너 미친 듯 길모퉁이로 달려갔다. 검은 대형 세단이 길모퉁이의 마지막 플라타너스를 들이받은 채 윙윙거리는 소음을 내고 있었다. 차량의 앞부분이 반 이상 짓이겨져 있었다. 다행히 운전자는 안전벨트를 하고 있어서 크게 다치지 않은 모양 차문을 열고 스스로 밖으로 걸어 나왔다. 내가 다가가 괜찮냐고 묻자, 사십 대 초반쯤의 운전자는 손으로 목 뒤를 잡은 채 정신 나간 사람처럼 소리쳤다.

　―여자는 어디 갔어? 왜 안 보이는 거야! 달리는 차량에 그렇게 팔을 흔들며 달려들면 도대체 운전자보고 어떻게 하라는 거야? 재수가 없으려니까 별 미친년이 다 속을 썩이네, 정말!

　길모퉁이 추락천사는 사거리 한가운데로 나가떨어져 있었다. 어떻게 부딪혔기에 차량 진행 방향의 반대쪽으로 나가떨어진 건지 도무지 알 수 없었다. 확실한 것은 차량의 소유주가 그녀의 남자 친구가 아니라는 것, 그녀가 달리는 차량에 팔을 흔들며 미친 듯 뛰어들었다는 것, 그리고 그녀가 그 자리에서 즉사했다는 것뿐이었다. 쏟아지는 폭우에 그녀의 주검이 하염없이 씻기고 있었다.

　나는 사고 목격자였다. 견인차가 오고, 운전자와 그녀의 시신이 앰뷸런스에 실려 가고 난 뒤 나는 담당 교통 경찰관에게 내가 본 것에 대해 진술했다. 그 과정에서 나는 편의점 주인에게 전화를 걸어 정황을 설명했다. 내가 편의점에서 교통 경찰관에게 진술을 하는 동안 주인이 나타났다. 사뭇 못마땅하고 짜증스럽다는 표정으로 그는 교통 경찰관의 등 뒤에서 나를 노려보았다. 알 만한 표정이었다. 진술이 끝나고 경찰관이 돌아가자마자 주인이 투덜거렸다.

　―씨발, 그 미친년은 우리 편의점하고 무슨 원수가 졌나? 지가 뭔데 뒤지면서까지 사람 귀찮게 하는 거야!

　나는 주인에게 입영 통지서를 보여주었다. 다른 사람을 구하면 곧바로 그만두겠다는 말도 했다. 주인이 인상을 쓰며 내일 벼룩시장에 구인 광고를 내지 뭐, 하고 퉁명스럽게 말했다. 뿐만 아니라 나더러 지금 당장 편의점 출입문에 '아르바이트생 구함'이라는 표지를 써 붙이라고 했다. 알았다고 대답하고 나서 나는 그에게 물었다.

—만약 그 여자가 미친 게 아니라면 어쩌죠?

—어차피 죽었는데, 미쳤거나 말거나 그게 무슨 상관이야!

폭우와 강풍은 새벽 5시경에 멎었다. 라디오 뉴스에 의하면 태풍이 동해안으로 빠져나가며 소멸된 때문이라고 했다. 비와 바람이 동시에 멎자 새벽이 너무나도 적요하게 느껴졌다. 가끔 지나가는 차량의 엔진 소음이 굉음처럼 들릴 정도였다. 나는 의자에 앉아 아주 잠깐 눈을 붙였다. 사 분이나 오 분 정도, 아니면 육 분이나 칠 분 정도.

허공에서 흰 망사가 너울거리고 있었다. 그것이 차츰 내게로 내려앉아 얼굴을 덮으려 했다. 나는 반사적으로 그것을 걷어내려 손을 내저었다. 하지만 어찌된 일인지 걷어내려 하면 할수록 망사는 교묘하게 나의 얼굴을 뒤덮곤 했다. 손뿐 아니라 온몸을 움직이며 나는 망사를 걷어내려 했다. 어느 순간, 그것이 나의 얼굴을 완전히 뒤덮어 숨을 쉬기가 힘들었다. 힘든 정도가 아니라 서서히 내가 질식당하고 있다는 생각이 들었다. 팔을 내젓고 다리를 버둥거리며 나는 몸부림치기 시작했다. 하지만 그러면 그럴수록 망사는 더욱 빈틈없이 나의 얼굴을 뒤덮어왔다. 가까스로 망사를 손에 잡자 반대편에서 이상한 힘이 전해져 왔다. 힘이 느껴지는 방향으로 따라가자 망사가 길모퉁이의 플라타너스에 묶여 있었다. 하지만 다음 순간, 나는 소스라치게 놀랐다. 플라타너스가 아니라 길모퉁이 추락천사의 주검에 그것이 매어져 있었기 때문이다. 십자로 한가운데 누워 하염없이 빗물에 씻기는 가련한 주검의 목—거기 망사가 매어져 있는 것을 보고 나는 기겁하듯 잠에서 깨어났다. 속이 훤히 들여다보이는 망사로 주검과 내가 연결된 이유가 무엇일까.

아침 8시, 교대를 하고 나서 나는 지명대학교 교정으로 갔다. 태풍이 지나간 뒤의 첫 햇살이 교정으로 따갑게 스며들고 있었다. 교정은 우측의 평지 건물과 좌측의 계단식 건물로 크게 구분되었다. 나는 텅 빈 교정을 걸으며 주변의 나무를 하나하나 살펴나갔다. 평지 건물 주변에는 나무가 거의 없었다. 좌측으로 굽은 길을 따라 올라가자 계단식 건물 앞쪽에 자그마한 연못과 몇 개의 벤치, 가늘고 긴 가지를 무성하게 늘어뜨린 수양버들이 운치 있는 숲을 이루고 있었다.

나는 연못을 따라 걸으며 수양버들을 하나하나 살펴나갔다. 수양버들 중간 중간에 벤치가 놓여 있었다. 정원석을 쌓아 올린 안쪽으로 더 걸어 들어가자 녹색으로 도장된 벤치 주변에 푸딩과 떠먹는 요구르트, 치즈스틱 따위가 흩어져 있었다. 모두 내용물이 들어 있는 것들이었다. 나는 그 벤치 앞에서 걸음을 멈추고 뒤쪽의 수양버들을 찬찬히 살펴보았다. 잠시 뒤, 벤치를 돌아 수양버들 줄기 앞으로 바투 다가갔다. 거기, 수피에 이런 글씨가 아로새겨져 있었다.

—추락천사의 아들 호야, 여기 잠들다.

그날 밤 자정 무렵, 나는 추락천사의 정체를 해독했다. 편의점으로 들어온 한 쌍의 캠퍼스 커플을 통해서였다. 남자는 사발면을 먹고, 여자는 하겐다즈 아이스크림을 먹으며 주고받는 얘기가 문득 나의 귀를 사로잡은 덕분이었다. 지난밤 사거리에서 일어난 교통사고에 대해 여자가 먼저 말을 꺼냈다. 교통사고가 아니라 거기서 죽은 추락천사에 얽힌 사연이었다. 지명대학교에 이미 그녀의 죽음이 모두 알려진 뒤라고 여자는 말했다. 나는 그들에게 다가가 정중하게 물었다. 길모퉁이 추락천사, 그녀는 왜 길모퉁이 추락천사가 되었는가. 여자가 말했다.

—그 사람들도 우리처럼 캠퍼스 커플이었어요. 여자는 먼저 졸업하고 남자는 군대 제대하고 작년 가을에 복학했는데, 졸업하면 곧바

로 결혼하기로 돼 있었어요. 4학년 2학기였기 때문에 남자가 취직 준비하느라 날마다 도서관에서 늦게까지 공부했는데…… 사고가 나던 날도 밤에 여자가 먹을 걸 싸들고 찾아와 둘이 연못 주변의 벤치에 앉아 있었나 봐요. 거기서 고등학교 불량 서클 애들 일곱 명이 술 마시고 본드 하고 있는 줄도 모르고 앉아 있다가 결국 일을 당한 거예요. 남자는 일곱 명한테 맞아 내장이 파열돼 죽고, 여자는…… 말 안 해도 알겠죠? 일곱 명한테 당하고 남자의 시신과 함께 아침에야 발견돼 병원으로 실려 갔어요. 그때 여자는 임신 중이었다는데…… 더 이상 정확한 건 나도 잘 모르겠어요. 그 뒤에 여자가 미쳐서 밤마다 학교 주변을 떠돈다는 말만 들었어요. 여자는 남자가 아직 살아 있다고 생각하는 것 같다는 말을 들은 적도 있어요. 어떤 사람은 남자가 취직해서 출근했다고 말하며 여자가 돌아다니더라는 말을 하기도 했어요. 아무튼 그 사람들, 너무 불쌍해요. 나름대로 가족을 이룬 셈인데…… 남자도 여자도 아이도 결국 다 죽었잖아요. 살아남았던 여자가 얼마나 괴로웠으면 달리는 차에 뛰어들어 자살을 했겠어요.

다음 날 아침 8시 나는 다시 한 번 지명대학교 교정을 찾아갔다. 편의점에서 떠먹는 요구르트, 푸딩, 치즈스틱 같은 걸 비닐봉지에 담아갔다. 그것을 추락천사의 아들 호야가 잠든 거기, 수양버들 아래 가지런히 놓아주었다. 그것 말고 달리 내가 할 수 있는 일이 없었다. 할 수만 있다면 그녀가 미치지 않았다는 생각만 하염없이 되풀이하고 싶었다. 사랑이 뭔지 모르는 내가 그녀에게 할 수 있는 최선의 속죄가 그것이라는 생각이 들어서였다. 그곳을 떠나기 전, 나는 나무 밑에 무릎 꿇고 앉아 스위스 군용칼로 수피에 이런 흔적을 남겼다.

　　—추락천사 일가족, 여기 잠들다.

사랑보다 낯선

좀 더 시간이 지난 뒤부터 나는 그녀를 전혀 다른 시선으로 바라보기 시작했다. 그것은 내가 생각하기에도 정말 낯선 시선이었다. 따가운 햇살 속에서 허리를 굽히고 움직이는 그녀의 실체가 낯선 세계의 중심이었다. 사랑보다 낯선…… 그것은 몰입한 삶에서 느껴지는 은은한 감동이었다.

　그녀에게서 전화가 걸려온 것은 토요일 오후 4시경이었다. 나는 그때 침대에 비스듬하게 누워 내셔널 지오그래픽 채널의 다큐멘터리를 보고 있었다. 사람을 살해해서 만든다는 가짜 미라에 관한 추적 프로그램이었다. 두개골에 총구가 난 미라도 있었고, 둔기에 맞아 후두부가 함몰된 미라도 있었다. 과거의 유물을 모조하기 위해 현재의 인간을 살해하는 엽기에 놀라 나는 텔레비전의 화면에서 잠시도 눈을 떼지 못했다. 그때 전화벨이 울렸다.

　임채령?

　그녀가 자신의 이름을 말했을 때에도 나는 미라의 세계에서 선뜻 빠져나오지 못했다. 중세에는 미라를 잘게 부수어 만든 가루를 아주 중요한 약재로 쓰기도 했고, 그것 때문에 자살자나 사형수들의 시신으로 가짜 미라를 만들어 팔기도 했다는 내레이션이 여전히 귓전으로 밀려들고 있었다. 나는 엽기적인 죽음의 공간에서 빠져나오기 위해 세차게 머리를 흔들었다.

"지금 통화할 수 있나요?"

다소 불안정한 어조로 그녀가 물었다.

"괜찮습니다. 말씀하세요."

낯선 여자를 대하듯 나는 사무적인 어투로 대답했다. 그녀는 내가 시간 강사로 나가던 대학의 부교수였으나, 내가 그녀의 전화를 반가워해야 할 이유는 전혀 없었다. 나는 이미 지난 학기가 끝날 때 더 이상 강의를 하지 않겠다는 의사를 학과 조교에게 분명히 전한 터였다. 언뜻 지난 5월의 어느 날 밤, 술집 화장실 앞에서 마주친 그녀의 얼굴이 뇌리를 스쳐갔지만 그것도 나는 괘념치 않았다.

후, 하고 날숨을 내쉬고 나서 그녀가 다시 말했다.

"토요일에 이런 전화를 해서 정말 미안해요. 하지만 이렇게 할 수밖에 없는 내 처지도 좀 이해해 주세요. 이 세상에 내가 알고 있는 모든 사람을 다 떠올려봤는데, 지금 내 입장에서 선택할 수 있는 사람은 오직 그쪽뿐이었어요."

자신의 처지에 깊이 몰입한 듯 그녀는 얘기의 앞뒤를 분간하지 못하고 있었다.

"무슨 말씀인지 이해를 못하겠군요. 좀 더 구체적으로 말씀해 주시면 안 될까요? 내가 선택당했다는 게 중요한 게 아니라 무슨 이유로 나를 선택했는지 그걸 알고 싶으니까요."

"아, 미안해요. 정말 미안한데…… 그런 건 묻지 말아주세요. 그냥, 지금 내가 건네는 부탁을 들어줄 수 있는지 없는지 그것만 대답해 주면 돼요. 반드시 들어달라는 것도 아니니까 부담을 느낄 필요도 없어요. 다만 내가 그쪽을 선택하기까지의 고심은 알아줬으면 좋겠어요. 이게 얼마나 낯설고 황당한 전화인지는 누구보다도 내가 잘 알고 있으니까요."

"좋습니다. 그럼 부탁이 뭔지, 그것부터 말씀해 보시죠."

막무가내라는 생각이 들어 나는 그녀의 요구를 받아들였다. 이유야 나중에 따져도 되니 우선은 용건부터 들어보리라.

"좋아요. 그럼 말하죠. 오늘과 내일 나를 위해 시간을 내줄 수 있나요? 아니, 내가 가자는 곳으로 나를 데려다 주기만 하면 돼요."

"기사가 필요한 건가요?"

"그렇게 거칠게 말하지 말아요. 운전은 나도 얼마든지 할 수 있어요. 그렇게 상대방을 야비하게 만들고, 자신을 비하해야만 직성이 풀리나요?"

그녀는 돌연 흥분한 어조로 되물었다.

"아뇨. 그런 뜻이 아니라 뭐가 뭔지 도무지 맥락이 잡히지 않아서요. 어디로 가는지, 언제 돌아오는지도 물으면 안 되나요?"

"지금 출발하면 내일 돌아올 수 있을 거예요. 나도 오래 머물고 싶지 않은 곳이니까 볼일만 끝나면 곧바로 돌아올 거예요. 나 혼자 가면 모든 게 허물어질 것 같아서 그러는 거니까 잘 생각해 보세요. 내 부탁을 들어준다면…… 무엇으로든 내가 보답은 해드릴게요."

그녀의 황당한 제안을 받고 나서 나는 선뜻 대답을 건넬 수 없었다. 슬그머니 눈길을 돌려 텔레비전의 화면을 보았다. 어느새 가짜 미라에 관한 프로그램은 끝나 있었다. 나는 막막한 눈빛으로 허공을 올려다보았다. 고대 이집트인들의 믿음처럼 정말 미라가 후세에 생명을 다시 얻게 되는 일이 생긴다면 어떤 기분이 들까. 지금 그녀가 걸어온 전화처럼 황당한 기분이 들지도 모른다는 생각을 하며 나는 사뭇 몽롱한 어조로 이렇게 입을 열었다.

"생각할 시간을 좀 주셨으면 좋겠군요. 내가 스스로 선택했다는 느낌이 들지 않으면 설령 부탁을 들어준다고 해도 내내 마음이 불편할 것 같아서 말이죠."

"시간이 얼마나 필요하죠?"

"어쩌면 오 분, 어쩌면 오십 분…… 아무튼 그렇게 많은 시간이 필요하지는 않을 겁니다. 마음의 결정이 내려지는 대로 전화드리죠."

전화를 끊고 나서 나는 리모컨의 전원 버튼을 눌러 텔레비전을 껐다. 바다 속에 가라앉은 잠수함처럼 깊고 막막한 정적이 사방을 에워쌌다. 토요일과 일요일, 자신을 위해 나를 임대해 달라는 황당한 그녀의 요구가 실내의 중심에 깃대처럼 꽂혀 있었다. 나는 방바닥에 무릎을 세우고 앉아 골똘한 눈빛으로 허공을 올려다보았다. 나만 알고 그녀는 모르는 진실 한 가지가 붉은 신호등처럼 뇌리에서 명멸했다. 하지만 그것은 그녀와 직접적으로 연관된 일이 아니었다. 간접적으로 연관됐다고 해도 마찬가지, 그녀의 일방적인 부탁을 내가 들어줘야 할 이유는 없었다. 아무것도 묻지 말고 이틀을 할애해 달라니, 부탁 자체가 어불성설 아닌가.

마음의 결정을 내리고 나는 자리에서 일어나 창가로 갔다. 블라인드를 올리자 햇살 가득한 시민 공원이 한눈에 내다보였다. 주변의 무성한 녹음과 푸른 잔디, 인라인 스케이트나 보드를 타는 사람들의 율동이 나와 다른 차원의 풍경처럼 한없이 아득하게 보였다. 나는 길게 한숨을 내쉬고 나서 잠시 고개를 숙이고 서 있었다. 그러다 불현듯, 절체절명의 순간을 잡으려는 사람처럼 다급하게 수화기를 집어 들었다.

"들어보세요. 어떤 식으로 생각해 봐도 도무지 들어줄 수 없는 부탁인데, 아무것도 묻지 않고 그걸 받아들이기로 했습니다. 어처구니없는 일이지만…… 주말 내내 아무것도 할 일이 없다는 걸 알았거든요. 황당한 부탁보다 그게 더 황당하게 여겨져서 결정을 뒤집은 겁니다. 아무튼 나에게도 여행의 당위성은 생긴 셈이니 만날 시간과 장소를 말씀하세요. 준비하고 곧바로 출발하죠."

전화를 끊고 나는 욕실로 들어가 샤워를 했다. 샤워를 하고 나와 젖은 머리카락을 수건으로 몇 번 문지른 뒤 손가락을 넣어 가볍게 털었다. 청바지와 푸른 체크무늬의 남방을 걸친 뒤 원룸 공간을 한번 휘둘러보았다. 조금 전까지 무료하고 짜증스럽게 느껴지던 공간이 기이할 정도로 낯설게 보였다. 어쩌면 이 공간으로 영영 되돌아오지 못할지도 모른다, 하는 불길한 예감까지 뇌리를 스쳐갔다. 요컨대 미래를 예측할 수 없는 아슬아슬한 경계 지점에 나는 서 있었다.

자동차 키를 들고 출입문을 나서기 전 나는 다시 한 번 실내를 둘러보았다. 오늘 출발해 내일 돌아온다니 뭔가 준비를 해 가는 게 좋을 것 같았으나 여행에 대한 정보가 전혀 없어 뭘 준비해야 할지도 선뜻 떠오르지 않았다. 속옷이나 수건, 세면도구 같은 것들을 언뜻 떠올려보기도 했으나 도무지 걸맞지 않다는 느낌이 들어 이내 마음을 접었다. 문자 그대로 '묻지 마 여행' 아닌가.

그녀가 약속 장소로 지정한 백화점 앞에 당도했을 때, 시간은 어느덧 오후 5시가 가까워지고 있었다. 지하철역 4번 출입구 앞. 나는 비상등을 켜고 앞 유리창으로 전방을 내다보았다. 하지만 그녀는 자신이 지정한 장소에 나와 있지 않았다. 백화점 입구에 꽤 많은 사람들이 서 있었지만 거기에도 그녀는 없었다. 8월 말경의 나른한 햇살이 백화점 입구로 내려앉아 고인 물처럼 번들거리고 있었다. 나는 가볍게 머리를 흔들고 나서 시동을 껐다. 순간, 재수 없는 생각 한 가지가 뇌리를 스쳐갔다. 어쩌면 그녀가 약속 장소에 끝끝내 나타나지 않을지도 모른다는 불길한 예감.

오, 하느님 맙소사!

나는 팽팽하게 긴장한 눈빛으로 백화점 입구를 다시 한 번 눈여겨보았다. 톡톡, 그때 누군가 뒷좌석 유리창을 두드렸다. 반사적으로 돌아보니 검은 반팔 원피스를 입은 그녀였다. 어깨에 닿을 정도로 찰랑거리는 머릿결에서 의외의 생동감이 느껴졌다. 그녀는 허리를 굽힌 채 내 옆자리로 타기가 힘들다는 시늉을 했다. 차량이 지하철 입구의 벽면에 바투 붙어 있었기 때문이다. 나는 시동을 걸고 차를 앞으로 빼 그녀가 내 옆 자리로 탈 수 있는 공간을 마련해 주었다. 차문을 열고 안으로 들어오는 그녀를 보니 특별한 소지품 없이 달랑 검정 핸드백 하나만 들고 있었다.

"미안해요. 은행에 들렀다 오느라 좀 늦었어요. 그렇게 많이 기다린 건 아니죠?"

"십 분 정도."

그녀는 나에게 올림픽대로 미사리 방면으로 출발하라고 말했다. 미사리 방면으로 나간 다음에는 어디로 가느냐고 물으려다 말고 나는 조용히 브레이크에서 발을 뗐다. 어디로, 왜 가는지에 대해 묻지 말 것. 그녀와의 약속이 어느덧 나의 의식을 제어하고 있었다. 내가 유턴하기 위해 신호를 기다리는 동안 그녀는 핸드백에서 검은 선글라스를 꺼내 착용했다. 검정 원피스, 검정 핸드백, 검정 선글라스가 뭔가를 암시하는 강렬한 색상인 것 같다는 생각이 언뜻 뇌리를 스쳐 갔지만 이번에도 나는 색상의 통일성이 무엇을 의미하는지에 대해 묻지 못했다.

올림픽대로로 접어든 직후, 그녀가 엉뚱한 질문을 건넸다.

"강의를 그만뒀다면서요?"

"그만뒀죠."

"다른 직장이라도 얻은 건가요?"

"다른 직장을 못 얻는 한이 있더라도 강의를 하는 것보단 낫겠다는 생각이 들어서요."

"대학 사회에 대한 환멸인가요?"

"아뇨. 내 삶에 대한 짜증 때문이겠죠. 그런데 내가 강의를 그만뒀다는 건 누구한테 들었나요?"

　"학과 조교한테요. 연락처를 알려달라고 전화했더니 그런 말을 덧붙이더군요."

　말을 하고 나서 그녀는 고개를 돌려 창밖을 내다보았다. 더 이상 말을 하고 싶지 않다는 의사 표시인 것 같아 나도 말문을 닫았다. 한남대교를 지난 뒤부터 차량이 증가해 서행과 정체를 반복했다. 나는 창틀에 한쪽 팔을 걸치고 앉아 이 기이한 여행의 종착지에 대해 생각해보았다. 하지만 어떤 방면으로도 상상력이 작동되지 않았다. 그녀와 나 사이에 상상력을 발휘할 만한 단초가 아무 것도 없었기 때문이다.

　내가 사적인 자리에서 그녀를 만난 건 단 한 차례뿐이었다. 지난 5월, 중간고사가 끝난 뒤에 몇몇 교수와 강사가 함께 모인 술자리에서였다. 나는 고작 두 학기밖에 강의를 하지 않았으므로 다른 교수나 강사들과 데면데면한 관계를 유지하고 있었다. 강의 경력 때문이 아니라 타고난 성정 때문이라고 해야 옳을 터였다. 마땅히 집착하고 싶은 것도 없었고, 마땅히 관심을 기울이고 싶은 것도 없었다. 서른셋의 젊은 나이에 나는 이미 정신적 노파처럼 세상을 살고 있었으니까.

　그날 술자리에서 선생들은 술을 많이 마셨다. 맥주를 마시고, 나중에는 데킬라를 두 병이나 비웠다. 마약에 취한 사람들처럼 모두 낄낄거리며 흐느적거릴 무렵, 나는 화장실에 가기 위해 자리를 떴다. 물론 나도 많이 취한 상태였다. 남녀 화장실이 나뉘는 지점까지 걸어갔을 때 여자 화장실 출입문이 열리며 그녀가 나타났다. 나는 입을 벙긋 벌리며 아, 임 교수님, 하고 꾸벅 머리를 숙여 인사했다. 그녀가 몽롱한 눈빛으로 나를 올려다보다가 돌연 오른손 검지를 세워 나의 볼을 찔렀다.

　"이 보조개 파서 나한테 줘. 그냥 주기 싫으면 돈 받고 팔아도 돼. 만약 두 가지 다 거절하면 내가 지구 끝까지라도 따라가서 강제로 파버릴 거야. 이런 보조개는 여자가 달고 있어야 인생이 펴는 거야. 남자한테는 백해무익한 거라고. 알아?"

　돌발적으로 생겨난 일이었지만 술에서 깨어난 다음 날에도 난 그것에 대해 별다른 의미를 부여하지 않았다. 그녀가 서른여섯의 이혼녀라는 사실을 알고 난 뒤에도 마찬가지, 술에 취해 잠시 객기가 동한 거겠지, 하고 생각했을 뿐이었다. 그게 다였다. 그녀가 나에게 전화를 걸어와 아무것도 묻지 말고 자신에게 이틀을 할애해 달라고 말할 만한 근거를 나로서는 도무지 찾아낼 수 없었다. 설마, 내 보조개를 파내기 위해?

　차가 미사리에 당도하기 전에 그녀는 나에게 다른 지시를 했다. 중부고속도로로 유도하는 두 개의 우측 차선을 손가락으로 가리킨 것이었다. 갑자기 마음이 변한 것인지 애초부터의 계획을 이행하는 것인지 알 수 없었다. 아무려나 나는 아무것도 묻지 않고 그녀가 시키는 대로 중부고속도로로 진입했다. 휴가철이 끝나서인가, 주말 오후인데도 고속도로는 예상과 달리 소통이 원활했다. 나는 자세를 고쳐 앉으며 주행에 몰입할 준비를 했다. 그때 그녀가 다시 입을 열었다.

　"혹시 강의를 그만둔 이유를 설명할 수 있나요?"

　"그걸 설명해야 하나요?"

　"그냥 편하게 말해 봐요."

　"특별한 건 없어요. 좀 다른 삶을 살아보고 싶어서요."

　"다른 삶이란 어떤 건가요?"

　그녀의 물음에 나는 선뜻 대답할 말을 찾지 못했다. 그 순간, 내 인생이 너무 막막하고 막연하게 느껴졌다. 시속 100킬로 이상으로 시공을 가로지르는 차량의 속도감이 찰나처럼 증발하고 아주 깊은 정체감이 느껴지기 시작했다. 서른셋의 인생이 모조리 휘발되고 숨 막히는 진공 상태에 내가 가짜 미라로 남겨져 있는 것 같았다.

　나는 누구인가.

어둠이 내릴 때까지 나는 그녀의 물음에 대답하지 못했다. 중부고
속도로에서 영동고속도로로 접어들라는 그녀의 명령을 수행하고, 여
주휴게소에 들러 그녀가 커피를 사 올 때까지도 나는 과묵한 기사처
럼 운전만 했다. 휴게소로 진입하자 그녀는 식사를 하겠느냐고 내게
짧게 물었다. 내가 생각 없다고 대답하자 그럼 커피를 마시겠느냐고
다시 물었다. 내가 고개를 끄덕이자 그녀는 말없이 차문을 열고 나가
휴게소 건물 안으로 사라졌다. 나는 뒤늦게 차에서 내려 화장실로 가
소변을 보고 세수를 했다. 세수를 하고 젖은 얼굴로 화장실 벽면의
거울을 들여다보았다. 거기, 머리와 가슴이 텅 빈 기이한 인간이 서
있었다. 텔레비전에서 보았던 미라가 떠올랐다. 내 모습이 기이한 게
아니라 그것을 들여다보는 내 시선이 낯설게 변한 때문인지도 모를
일이었다.

"김밥과 호두과자를 샀어요. 여기서 식사를 하지 않으면 목적지에
당도할 때까지 별도로 식사할 시간이 없어요. 혹시 운전 중에 배가
고프면 말하세요."

휴게소에서 돌아온 그녀가 종이컵에 담긴 원두커피를 내밀며 말했
다. 나는 말없이 그것을 건네받아 선 채로 몇 모금 마셨다. 솔직히
말해 배가 고픈 게 사실이었다. 하지만 낯선 상황에 대처하는 게 우
선이라는 생각이 들어 위장을 음식물로 채우고 싶지 않았다. 게다가
식곤증은 나를 괴롭히는 고질적인 질병 중의 하나였다. 그것에 시달
리느니 허기를 견디며 맑은 정신으로 운전하는 게 백 번 나을 터였다.

"그쪽에서 생각하는 다른 삶이 혹시 죽음이라는 생각은 해본 적
없나요?"

문막을 지나자 그녀가 우측 차선을 손가락으로 가리키며 물었다.
조만간 고속도로를 빠져나가라는 요구를 할 모양이었다. 나를 '그쪽'
이라고 부르는 그녀의 특이한 호칭에 대해 물을까 하다가 에라 모르

겠다, 하는 심정으로 나는 정면 돌파를 감행했다.

"설마, 내가 죽기 위해 강의를 그만뒀다고 생각하는 건 아니겠죠?"

어이가 없다는 표정으로 나는 그녀 쪽으로 고개를 돌렸다. 그때 처음으로 그녀가 흰 치아를 드러내며 웃었다. 순간, 내 뺨을 오른손 검지로 찌르며 보조개를 파달라던 지난 5월 어느 날 밤의 그녀 얼굴이 되살아났다. 오늘, 환한 대낮에 만난 그녀 얼굴이 어째서 낯설게 느껴졌는지 비로소 감이 잡혔다. 나의 뇌리에 각인된 그녀 모습이 따로 있었기 때문이다. 그것을 알아차리자 갑자기 어깨가 나른하게 가라앉으며 등골이 서늘해졌다.

"서른여섯인 나도 날마다 다른 삶을 살고 싶다는 생각에 시달려요. 하지만 인생에 다른 삶은 없어요. 아무리 버둥거려도 근본적으로 달라지는 건 없죠. 다른 삶으로 들어가는 통로가 딱 한 가지 있는데, 그게 바로 죽음이죠. 삶의 다른 얼굴…… 낯선 인생으로 들어가는 어두운 통로."

말하고 나서 그녀는 이리, 이리, 하며 다급하게 오른쪽으로 손을 내저었다. 나는 커브가 시작되려는 지점에서 갑작스럽게 핸들을 꺾었다. 언뜻 표지판을 보니 남원주로 빠지는 지점이었다. 한동안 말문을 닫고 있다가, 통행료를 지불하고 남원주 톨게이트를 빠져나간 직후에 나는 다시 입을 열었다.

"사뭇 철학적이군요. 얘기를 들어보니 내가 강의를 그만둔 이유를 나 자신도 모르겠네요. 죽으라는 건지, 살라는 건지."

나의 말을 듣자마자 그녀는 의외다 싶을 정도로 크게 웃었다. 나는 고개를 갸웃하며 그녀를 보았다. 그녀가 부스럭거리며 휴게소에서 들고 온 봉지에서 호두과자를 꺼내고 있었다. 웃음을 멈추지 않은 채 그녀는 호두과자 하나를 꺼내 입에 넣었다. 하나, 둘, 셋…… 도합 다섯 개의 호두과자를 꾸역꾸역 입 안으로 밀어 넣고 나서야 그녀는 비로소 동작을 멈추었다.

무슨 짓인가.

나는 운전대를 잡은 손에 힘을 주며 세차게 머리를 흔들었다. 그녀의 모습에 연신 중첩되는 또 하나의 이미지를 털어내기 위해서였다. 낯선 게 아니라 익숙한 느낌에 나는 시달리고 있었다. 내 옆자리에 앉은 사람에게서 낯선 느낌이 거세된다면…… 아, 다른 건 다 참아도 그건 정말 참을 수 없다는 생각을 하며 나는 그녀를 향해 소리쳤다. 연극하지 말라는 투였다.

"제발, 나를 자극하지 마세요. 당신에게만 상처가 있는 게 아니잖아요. 왜 그렇게 도발적으로 사람을 자극하는 거죠?"

순간, 그녀가 다급한 동작으로 창문을 내리고 한 입 가득 물고 있던 호두과자를 허공으로 뱉어냈다. 톨게이트에서 빠져나가 몇 킬로미터 직진하자 우측으로 남원주 진입로가 나타났다. 내가 그녀를 보자 그녀가 눈물이 글썽글썽한 얼굴로 손사래를 치며 직진하라는 시능을 했다. 산중으로 뚫린 길이라 도무지 어디가 어딘지 분간을 하기 어려웠지만 그녀는 한순간도 방향 감각을 잃지 않고 있었다. 나는 그녀에게 다그치듯 물었다.

"지난 5월에 술자리에서 함께 마신 적 있죠?"

"있죠."

"그날 화장실 앞에서 나와 마주친 기억 나나요?"

"아뇨."

"정말, 아무것도?"

"그날은 너무 많이 마셨잖아요."

"좋습니다. 그럼 내가 말해 주죠. 그날 화장실 앞에서 마주쳤을 때, 손가락으로 내 뺨을 찌르며 보조개를 파달라고 말했어요. 그냥 주거나 돈을 받고 팔거나…… 아무튼 요구를 들어주지 않으면 지구

끝까지라도 따라가서 보조개를 파버릴 거라는 협박까지 했죠. 그래도 기억나지 않나요?"

"제발 심문하듯 말하지 말아요. 그런 건 웃으면서도 말할 수 있는 거 아닌가요?"

"문제는 전혀 다른 데 있어요. 그날 그 순간, 내가 화장실 앞에서 마주쳤던 그 얼굴, 그 표정이 나의 상처를 너무 아프게 건드려서……어쩌면 그래서 강사 노릇을 때려치우게 된 건지도 모릅니다."

"나 때문이라고요?"

여자가 놀란 표정으로 나를 보았다. 나는 아무런 대답도 하지 않았다. 내가 던진 말이 사리에 맞는 것인지 아닌지에 대해서도 자신할 수 없었다. 이성적으로 정리하기엔 너무 감각적인 문제였다. 하지만 그날 화장실 앞에서 그녀가 나의 뺨을 찌른 게 결정적인 촉매 역할을 했다는 것만은 부인하고 싶지 않았다. 어처구니없지만 사실이었다. 그날 밤 그녀가 나의 뺨을 손가락으로 찌르지만 않았다면 모든 게 달라졌을지도 모르리라.

"칠 년 동안 사귄 여자가 있었죠. 이십 대 중반부터 교제를 시작했으니 나에겐 그녀가 이성 교제의 전부라고 해도 과언이 아닙니다. 중학교 교사였는데…… 작년 여름에 헤어졌어요. 나와 사귀기 시작한 지 삼 년이 지난 뒤부터 같은 학교에 근무하는 기혼남과 또 다른 만남을 가져왔다고 그녀가 고백했죠. 작년 여름에…… 그냥 멍했죠. 헤어진 뒤에도 줄곧 멍한 상태로 살았어요. 아무것도 정리할 수 없었고, 아무것도 정리하고 싶지 않았어요. 그녀와 만나온 칠 년 세월이 한순간에 어디로 증발한 것 같다는 생각만 들었죠. 아니, 어쩌면 처음부터 내가 그녀와 교제를 해온 게 아닐지도 모른다는 생각까지 들었어요. 모든 게 너무 익숙해서…… 그래서 조금도 아프지 않았어요. 그런데, 그날…… 화장실 앞에서 누군가 손가락으로 내 뺨을 찔렀을 때…… 그 한순간에 내가 자각하지 못하고 있던 모든 고통이 한꺼번에 되살아났어요."

"손가락으로 보조개를 찌르는 게 무슨 특별한 상징이라도 되나요?"

"칠 년 전 그녀를 처음 만나던 날, 그녀도 똑같은 행동을 했거든요. 내 보조개를 손가락으로 찌르며 그걸 자기에게 줄 수 없냐고 물었죠. 내가 웃었더니 자기에게 주지 않을 거면 자기와 교제해야 한다는 조건을 내걸었죠. 한심한 일이지만 그 모든 게 인생의 허무를 보지 못하게 만드는 가소로운 인연의 위장막이죠. 빌어먹을 보조개만 없었더라면 모든 게 달라졌을 텐데…… 도대체 여기가 어디죠?"

캄캄한 어둠에 뒤덮인 전방을 내다보며 나는 물었다. 오랫동안 불빛 한 점 나타나지 않는 도로가 왠지 현실의 길이 아닌 것처럼 느껴졌다. 도대체 나는 왜 이 시간에 이런 곳을 달리고 있는가, 그녀는 무슨 이유로 나를 이런 곳으로 이끌고 있는가. 갑작스럽게 견딜 수 없는 심정이 되어 나는 그녀 쪽으로 고개를 돌렸다. 고개를 돌려 나를 마주 보던 그녀가 말없이 팔을 뻗어 나의 무릎에 손을 얹었다. 순간, 전방의 길이 끊어지는 것 같은 아뜩한 느낌과 함께 온몸에 소름이 돋았다.

"사랑보다 낯선…… 이런 시간이 좋지 않나요?"

"익숙하진 않군요."

"익숙한 것은 이미 죽음이에요. 그러니까 사람들이 본능적으로 다른 삶을 찾고 싶어 하는 거죠."

"다른 삶은 죽음밖에 없다면서요."

"낯선 시간을 살면 되잖아요. 어차피 연출하기 나름 아닌가요?"

거기서부터 그녀와 나의 대화는 중단되었다. 제천으로 나가는 표지판을 지나친 뒤에도 그녀는 더 이상 방향 지시를 하지 않았다. 나는 머릿속에 지도를 펼쳐놓고 지금 내가 달리고 있는 지점을 가늠해

보았다. 중부고속도로, 영동고속도로, 남원주 톨게이트, 충주와 제천
방면…… 아무리 연상해 보아도 그녀가 목적지로 삼을 만한 지명이
선뜻 떠오르지 않았다. 게다가 이쪽 방면은 세상을 살면서 내가 단
한번도 와보지 않은 곳이었다.

　4차선 도로가 끝나는 지점에 입체 교차로가 있었다. 거기서 우측
으로 빠져나가자 지방도로가 나타나고 곧이어 영월 방면을 알리는
표지판이 나타났다. 이십여 분쯤 더 달리자 도로 표지판이 영월과 태
백으로 나뉘는 분기 지점을 예고하고 있었다. 내가 그녀 쪽으로 고개
를 돌리자 사뭇 굳은 얼굴로 그녀는 계속 가세요, 하고 말했다. 나는
영월로 진입하는 길을 버리고 태백 방면으로 직진했다. 하지만 오 분
쯤 지난 뒤에 다시 두 갈래의 길이 나타났다. 직진 도로는 태백을 가
리키고 있었지만 우측 도로는 '상동'이라고 되어 있었다. 거기서 그
녀는 말없이 손가락만으로 우회전을 요구했다.

　"상동?"

　거기가 목적지인가, 하는 표정으로 나는 그녀를 보았다.

　"하동, 중동도 있어요. 뭘 의미하는지 알겠어요?"

　"상, 중, 하라면…… 높이?"

　"맞아요. 이제부터 한 시간 정도 험한 산길을 올라가야 할 테니 긴
장하세요. 해발 600미터 지점까지 가야 해요."

　계기판의 디지털시계가 10시 40분을 가리키고 있었다. 여기서 한
시간 정도를 더 간다면 11시 40분이 되어야 그녀가 말하는 지점에 당
도할 수 있을 터였다. 하지만 그녀는 거기가 최종 목적지라는 말을
하지 않았다. 자정이 가까워져도 당도하지 못하는 목적지가 도대체
어디인지 나는 더 이상 견딜 수 없는 심정이 되어 그녀에게 물었다.

　"상동보다 더 높은 곳의 지명은 뭐죠?"

　나의 물음에 그녀는 아무런 대답도 하지 않았다. 시간이 흐를수록

더욱 긴장하는 기색이 역력했다. 청령포 진입 표지판을 지나친 직후부터 캄캄한 산길이 시작되었다. 이십여 분쯤 달리자 고수 동굴 표지판이 나타났다. 휴게소 불빛을 지나치자 곧이어 2차선 도로가 뱀처럼 구불거리는 산길이 시작되었다. 아무리 달려도 오르막뿐인 산길은 밤을 새워도 넘지 못할 것처럼 오래오래 계속되었다. 너무 긴장한 탓인가, 운전을 너무 오래 한 탓인가. 목뒤가 뻣뻣하게 굳는 것 같아 나는 두서너 번 고개를 좌우로 움직였다. 그때, 그녀가 차를 세워달라고 했다.

무슨 일이냐는 표정으로 나는 그녀를 보았다. 그녀는 사뭇 초조한 표정으로 전방을 내다보고 있었다. 나는 천천히 브레이크 페달을 밟으며 차를 도로 우측에 정차시켰다. 차가 정차하자마자 그녀가 차문을 열고 밖으로 나갔다. 나도 전신의 근육을 좀 풀어줘야겠다는 생각을 하며 밖으로 나갔다. 맵싸한 밤공기가 선뜩하게 얼굴을 덮었다. 짙은 깻잎 냄새와 맑은 물소리가 후각과 청각을 동시에 자극했다. 힐긋 그녀가 나를 돌아보고 나서 경사진 도로 밑으로 내려갔다. 볼일을 보기 위해 계곡으로 내려가는 모양이었다. 나는 허리를 돌리고 상체를 앞으로 숙였다 뒤로 젖히며 경직된 근육을 풀기 시작했다. 문자그대로 달밤에 체조하는 격이었다.

"목적지까지는 아직 멀었나요?"

볼일을 보고 돌아온 그녀에게 내가 물었다.

"나도 몰라요. 지금은 그런 걸 생각할 겨를이 없어요. 너무 긴장돼서 소변을 참아야 하는 게 너무 고통스러울 뿐이에요."

차문 앞에 서서 그녀가 냉랭한 어조로 말했다.

"왜 그렇게 긴장하죠?"

운전석으로 들어가 앉은 뒤에 나는 다시 물었다. 실내와 바깥의 기온 차이 때문에 앞 유리창에 김이 서려 있었다. 그녀가 거기다 손가락으로 Go, 라고 쓰며 혼잣말처럼 중얼거렸다.

"긴장하지 않아도 될 일이라면 이런 고생을 왜 하겠어요."

나는 더 이상의 대화가 무의미하다는 생각을 하며 가속 페달을 밟았다. 낯선 시간이 선사하는 긴장감은 나에게도 엄청난 육체적 피로를 느끼게 했다. 그러니 자포자기의 심정으로 무지의 공간을 향해 오직 가속 페달을 밟는 일 외에는 달리 할 게 없었다. 달리면 달릴수록 현실 감각이 무뎌져 서른여섯의 그녀도 서른셋의 나도 이전과 전혀 다른 상태로 변해 가는 것 같았다. 인간적인 상태가 아니라 물질적인 상태, 혹은 에너지와 같은 상태로 그녀와 나는 서로를 느끼고 있었다. 밤이 되어 밤을 관통하는 듯한 일체감…… 그것을 어떻게 말로 설명할 수 있을까.

그때부터 나는 관성의 힘으로 운전했다. 내가 운전을 하고 있다는 자각마저 무뎌져 아무것도 느낄 수 없었다. 캄캄한 산길과 간간이 스쳐가는 불빛 따위가 헛것처럼 눈앞에서 명멸하곤 했다. 나는 한없이 차분하게 가라앉아 나를 사로잡고 있던 모든 현실적 고뇌를 온전히 망각할 수 있었다. 낯선 긴장 끝에 찾아오는 깊은 침잠의 세계로 잦아들면서 깜빡 눈을 감았다 떴다. 졸음은 아니었으나 눈앞의 풍경이 전체적으로 바뀌어 있었다. 여기가 어딘가, 밝은 불빛과 넓은 대로가 시작되는 신호등 앞에서 나는 그녀 쪽으로 고개를 돌렸다. 그녀는 어느새 손가락으로 우측 방향을 가리키고 있었다. 도시로 진입하는 길을 버리고 어둠이 빼곡한 반대편 방향을 가리킨 것이었다.

11시 40분, 해발 600미터의 고원 지대에 당도하고도 그녀의 강행군은 끝나지 않았다. 굴곡과 커브가 잦은 캄캄한 도로 옆으로 간간이 아파트 단지가 나타났다 사라지곤 했다. 음험한 철골 구조의 고가 철도 밑을 지날 때, 그녀가 선바이저를 내리고 거울을 보기 시작했다. 순간, 그녀의 목적지가 가까워졌다는 걸 나는 직감적으로 알아차릴

수 있었다. 머리를 매만지고 얼굴과 옷매무새까지 고치고 난 뒤에 그
녀는 차분한 어조로 입을 열었다.

"이제 본격적으로 연출을 해야 할 시간이에요. 저기 보이는 저 다
리를 건너 병원으로 진입하세요."

커브를 돌자마자 건너편에 커다란 병원 건물이 나타났다. 이런 산
중에 웬 병원인가, 믿어지지 않을 정도로 규모가 큰 병원이었다. 나
는 그녀가 시키는 대로 넓은 개울을 가로지른 다리를 건너 병원으로
진입했다. 다리가 끝나는 지점에서 다시 우회전하자 이십여 미터쯤
전방의 허공에 대형 아크릴 간판이 나타났다. 밝은 형광 불빛과 검은
고딕체 글자가 삶과 죽음처럼 선명한 대조를 이루고 있었다.

장례식장.

나는 우회전한 뒤에 브레이크 페달을 밟았다. 그녀의 목적지가 저
기일 거라는 직감이 확신보다 강하게 나를 사로잡았다. 검은 원피스,
검은 핸드백, 검은 선글라스의 조화가 결국 이것이었구나, 하는 단정
으로 온몸이 나른해지는 것 같았다. 내가 돌아보자 그녀가 장례식장
쪽으로 시선을 고정시킨 채 냉랭한 어조로 말했다.

"저쪽 건물 뒤쪽에 차를 세우고 기다려요. 절대 장례식장 쪽으로
는 가까이 오지 말아요."

"무작정 기다리라고요?"

"돌아오는 시간은 장담할 수 없어요. 분명한 건 날이 밝기 전에 떠
난다는 거예요."

"그동안 난 뭘 하죠?"

"뭘 하든 상관없어요. 하지만 몇 시간 지난 뒤에 다시 운전을 해야
할 테니 잠을 자두는 게 좋을 거예요."

"그쪽은 괜찮은가요?"

"뭘 묻는 거죠?"

"······긴장."

"묻지 말아요. 지금 긴장이 극에 달해 있어요. 너무 흥분돼서 미칠 것 같다고요."

떨리는 목소리로 말하고 나서 그녀는 손을 뻗어 내 허벅지를 움켜쥐었다. 살갗을 뜯어낼 것처럼 강한 악력이 느껴져 윽, 하고 나는 짧게 비명을 터뜨렸다. 그녀가 부르르 어깨를 떨고 나서 다급한 동작으로 밖으로 나갔다. 나는 뒤도 돌아보지 않고 장례식장 쪽으로 걸어가는 그녀의 뒷모습을 지켜보았다. 다른 삶, 낯선 시간, 연출된 긴장, 고산 지대의 장례식장······ 그녀가 말하는 삶의 다른 얼굴, 낯선 인생으로 들어가는 어두운 통로가 결국 장례식장인가.

나는 그녀가 시키는 대로 병원 부속 건물 뒤쪽에다 차를 정차시켰다. 온몸이 뻐근하게 경직돼 있었지만 주변의 낯선 정황 때문에 편안하게 눈을 붙일 수도 없었다. 차에서 나와 체조를 하듯 몸을 풀고 나서 천천히 병원 입구 쪽으로 걸음을 옮겼다. 개울의 물소리가 의외로 크게 귓전으로 밀려들었다. 물소리가 세찬 게 아니라 산세에 에워싸인 주변이 너무 적막한 때문인지도 모를 일이었다. 나는 다리 중간쯤까지 걸어가 장례식장 쪽으로 시선을 돌렸다. 몇몇 사람들이 장례식장 입구에 나와 서성거리는 게 보였다. 그녀는 누구의 죽음을 문상하러 온 것일까.

나는 다리 난간에 양팔을 괴고 상체의 무게를 얹었다. 그녀의 부재가 의외로 크게 느껴졌다. 몇백 년쯤 함께 살아온 사람이 갑자기 자리를 비운 것 같았다. 나는 장례식장의 불빛을 쳐다보며 천천히 걸음을 옮겨놓기 시작했다. 왠지 그곳으로 가야 할 것 같은, 가지 않으면 안 될 것 같은 기이한 의무감이 나를 이끌었다. 그녀도 제대로 모르는 내가 장례식장에 나타난다고 해서 놀랄 사람이 누가 있겠는가.

장례식장 가까이 다가가자 밝은 형광 불빛이 폭포처럼 밖으로 밀려 나왔다. 조문객을 접대하는 공간에서 나오는 불빛이었다. 대형 식당처럼 여러 개의 탁자가 놓인 공간에는 고작 서너 곳에만 조문객들이 앉아 있었다. 허공에는 창호지를 입힌 여러 개의 둥근 등이 매달려 산 자들의 고단함을 조명하고 있었다. 이리저리 살펴보았지만 그 공간에 검은 원피스를 입은 여자는 없었다.

어디로 사라진 걸까.

나는 잠시 망설이다가 장례식장 안으로 들어갔다. 복도로 접어들자 정신이 아뜩할 정도로 짙은 향내가 후각을 자극했다. 천천히 걸음을 옮기며 지나치듯 빈소를 들여다보았다. 허공에 커다란 등이 걸린 그곳에는 비교적 젊어 보이는 남자의 영정 사진이 세워져 있었다. 하지만 자정이 지난 시각이라 더 이상 빈소를 찾는 조문객은 없었다. 상주 노릇을 하는 남자 두 명과 젊은 여자 하나가 우측에 앉아 있었고, 그들 앞에 검은 원피스를 입은 그녀가 등을 보이고 앉아 있을 뿐이었다. 소복 차림의 여자가 검은 원피스를 위로하듯 한쪽 어깨에 손을 얹고 있었다. 죽은 자의 영정 사진이 한없이 선한 눈매로 그녀를 지켜보고 있었다. 그녀뿐 아니라 나까지 지켜보는 것 같았다. 이게 도대체 뭐 하는 짓거리인가, 하는 생각을 하며 나는 서둘러 차로 돌아와 의자를 뒤로 젖히고 길게 몸을 눕혔다.

……누가 가짜 미라야?

내 앞을 가로막고 선 미라가 나에게 물었다. 기겁한 표정으로 등을 돌렸지만 반대편에도 미라가 서 있었다. 주변을 둘러보니 도처에 미라가 서 있었다. 죽은 동체가 아니라 살아 움직이는 미라들이었다. 내가 저항을 포기하자 미라 중 하나가 나에게 다가와 옷을 벗기기 시작했다. 주변을 보니 미라를 만드는 시술대과 시술 도구들이 즐비했다. 나는 마지막 안간힘을 다해 저항하기 시작했다. 하지만 미라들이 완강한 힘으로 나의 사지를 포박하고 있었으므로 옴쭉도 할 수 없었다. 뇌를 꺼내기 위해 콧구멍으로 밀어 넣는 길고 뾰족한 갈고리가 눈앞에서 오락가락했다. 나는 갈고리를 손에 든 미라의 얼굴을 필사적으로 잡아 뜯었다. 의외로 쉽게, 허망할 정도로 가볍게 붕대가 떨어져 나갔다. 하지만 다음 순간, 나는 온몸이 얼어붙고 말았다. 흰 붕대 안에서 검은 원피스를 입은 그녀의 얼굴이 드러난 때문이었다.

……당신도 가짜 미라?

꿈에서 깨어났을 때, 그녀가 내 위에 앉아 있었다. 어둠 속에서 내가 머리를 들자 그녀가 쉿, 하고 내 입에 손가락을 갖다 댔다. 왜 이러느냐고 묻고 싶었지만 도저히 물을 만한 상황이 아니었다. 얼마나 잤는지, 몇 시나 됐는지 도무지 가늠할 수 없는 어둠 속에서 그녀는 긴장이 극에 달한 동작으로 나를 제압하고 있었다. 장례식장에서 나오자마자 곧바로 운전석으로 돌아와 잠을 청했는데 이게 대체 무슨 일인가.

나는 그녀의 일방적 공격에 초반부터 전의를 상실하고 있었다. 그녀의 거친 숨소리와 미치겠어, 미치겠어, 하는 말이 연해 귓전으로 밀려들 뿐이었다. 그녀는 정말 미친 여자처럼 온몸으로 진저리를 쳐대며 나의 목과 얼굴과 머리카락을 마구 잡아당겼다. 허공을 올려다보자 장례식장 공간에 매달려 있던 창호등이 그녀의 머리 위에서 음산한 빛을 발하고 있었다. 하지만 그녀가 치마를 걷고 내 위에 곧게 앉았을 때, 나는 그녀가 말한 극에 달한 긴장의 실체를 감지할 수 있었다. 삶과 죽음 사이에 가로놓인 견딜 수 없는 긴장, 그것이 삶을 지탱하게 해주는 생명력이란 걸 비로소 알아차린 것이다. 그래, 그것이 없으면 삶도 이미 죽음과 다를 바 없으리라.

태풍 같은 열정이 스러진 뒤, 그녀는 다시 차를 빠져나갔다. 나는 상체를 조금 일으키고 계기판의 시계를 보았다. 3시 20분…… 아직 관통해야 할 어둠이 까마득하다는 생각이 들어 힘없이 의자에 몸을

160

눕혔다. 허공에 아직도 빛의 잔상이 남아 있었다. 숨을 헐떡거리며 진저리를 쳐대던 그녀의 머리 위에서 빛을 발하던 창호등…… 그것은 삶의 징표인가, 죽음의 징표인가.

"빨리 출발해요. 최고 속력으로, 내가 뒤돌아볼 여유를 주지 말고 달려요."

그녀는 6시 20분에 다시 차로 돌아왔다. 돌아오자마자 황급히 나를 흔들어 출발을 재촉했다. 나는 의자를 세우고 앉아 눈을 비비며 밖을 내다보았다. 지난밤과 전혀 다른 풍경이 주변을 에워싸고 있었다. 싱그러운 녹음과 웅장한 산세, 맑은 대기와 푸른 하늘빛이 어우러져 감동적인 풍경을 연출하고 있었다. 나는 문득 떠오르는 게 있어 그녀 쪽으로 고개를 돌렸다. 새벽에 차에서 있었던 일이 현실인가 꿈인가, 도무지 분간을 하기가 어려워서였다. 하지만 나는 아무것도 묻지 않고 시동을 걸었다. 그저 싱긋, 웃음을 한번 지어 보임으로써 나 또한 긴장을 즐길 줄 안다는 걸 은근히 표시하고 싶었을 뿐이었다.

"아, 정말 죽고 싶을 만큼 후련해요. 이 끔찍스러운 긴장 뒤의 해방감…… 이젠 다시 미친 듯이 살고 싶어요. 내가 원하는 건 뭐든 할 수 있을 것 같아요. 이런 기분, 이해할 수 있나요?"

어제와 달리 그녀는 엄청나게 많은 말을 지껄여댔다. 대학 얘기, 정치 얘기, 홈 쇼핑 얘기, 다이어트 얘기, 백화점 얘기, 재건축 아파트 얘기, 벤처 사업으로 성공한 친구 얘기…… 나중에는 개그 프로그램에서 들은 썰렁한 우스개까지 주워섬겼다. 그녀와 나 사이에 유지되던 낯선 긴장감이 완전히 걷히는 것 같았다. 낯선 긴장감은 고사하고 그녀가 속물처럼 여겨져 불쾌하기까지 했다. 어제와 오늘, 어떻게 사람이 하룻밤 사이에 이렇게 달라질 수 있는가.

"망자가 누구죠?"

나는 싸늘한 어조로 물었다. 나의 물음에 그녀는 정색을 하고 나를 보았다. 단 한마디의 질문이 그녀의 달뜬 기분을 완전히 박살 냈다는 걸 알 수 있었다. 단 몇 초 만에 그녀는 어제보다 더욱 긴장한 표정을 지었다. 하지만 그녀는 내 질문을 정확히 간파하고 있는 눈치였다. 길게 한숨을 내쉬고 나서, 모든 걸 포기한 듯한 어조로 그녀는 입을 열었다.

"죽은 사람은 사 년 전에 나와 이혼한 전남편이에요. 엊그제, 집에서 목을 매고 자살했대요. 대기업 홍보실에 근무하던 사람이었는데…… 다른 삶을 살고 싶다는 이유 하나만으로 회사에 사표를 던지고, 나와 이혼하고, 고향인 이곳으로 내려와 광산에서 일을 했어요. 철학 공부를 했으면 도를 깨쳤을 사람인데…… 너무 외곬인 게 돌이킬 수 없는 흠이었죠. 아무려나 다른 삶을 살고 싶다는 소원을 자살로 성취했으니 더 이상 무슨 말을 하겠어요. 나는 그냥…… 그 사람의 일탈을 축하해 주고 싶었을 뿐이에요. 축하해 주고 미련 없이 이곳을 떠나고 싶었다고요. 단지 그것뿐이었는데…… 내 축제의 방식이 그렇게 역겹게 느껴졌나요?"

눈물을 흘리며 그녀는 직설적으로 말했다. 하지만 나는 그녀의 말을 반대로 해석했다. 삶에 대한 처절한 절규를 감지한 때문이었다. 낯설게 느껴지지 않으면 한시도 감내하기 힘든 현실, 그녀는 자신의 생명줄을 이어가기 위해 안간힘을 쓰고 있었다. 남들에게 이해받지 못해도 어쩔 수 없고, 남들에게 손가락질 받아도 어쩔 수 없는 인생 앞에서 어느 누가 초연할 수 있으랴.

그녀는 더 이상 입을 열지 않았다. 말로 표현할 수 없는 미묘한 기분에 사로잡혀 나 또한 입을 열지 못했다. 미안하다, 하고 말할 수 있는 상황이 아니었다. 미안하다, 하고 말해서 해결될 문제도 아니었다. 그녀의 기분이 다시 회복된다면, 그녀가 아무리 속물처럼 떠들고 활갯짓을 친다 해도 나는 얼마든지 받아들일 수 있을 것 같았다. 삶을 위한 본능적 몸짓을 어찌 성스러움과 속스러움으로 구별할 수 있 겠는가.

"저게 뭐죠?"

앞 유리창으로 밀려드는 따가운 돋을볕에 눈살을 찌푸리고 있을 때 그녀가 갑자기 내 팔을 잡으며 소리쳤다. 나는 반사적으로 브레이크 페달을 밟았다. 내리막이 끝나는 지점, 도로 우측에 몇 대의 승용차가 세워져 있었다. 차를 세우고 우측을 내다보니 검은 비닐에 덮인 고랭지 배추밭이었다. 차에서 내린 사람들 몇몇이 밭으로 내려가 허리를 굽히고 배추를 고르고 있었다. 현장에서 배추를 판매하는 건가, 나는 고개를 갸웃하며 그녀를 보았다. 그러자 그녀가 좀 전과 완연히 다른 표정으로 잠깐만 기다려봐요, 하고 말하고 나서 차에서 내렸다.

"아저씨, 배추 파는 건가요?"

그녀가 배추밭에 들어가 있는 오십 줄의 남자에게 소리쳐 물었다. 그러자 그가 아뇨, 이거 버린 배추밭이라고 해서 그냥 골라 가는 거예요, 하며 들어와 보라는 시늉을 했다. 언뜻 보기에는 포기가 실하고 멀쩡한 배추들처럼 보였다. 하지만 먼저 들어가 배추를 고르고 있는 몇몇 여자들의 손에 들린 걸 보니 겉잎을 여러 장 뜯어내야 비로소 먹을 만한 속내가 드러나는 것들이었다. 내가 운전석 문을 열고 밖으로 나서자 그녀가 상기된 얼굴로 내 손을 잡으며 빠르게 말했다.

"여기서 잠깐만 기다려봐요. 내가 들어가서 몇 포기만 골라 올게요."

그녀는 검정 구두를 벗어 나에게 건네고 맨발로 배추밭으로 내려갔다. 나는 도로 가장자리에 서서 그녀의 동작을 지켜보았다. 햇살이 점점 따가워지고 있었다. 입구 쪽은 이미 사람들이 훑고 간 모양 그녀는 성큼성큼 배추밭 안쪽으로 들어갔다. 몇몇 여자들이 허리를 굽히고 배추를 골라내는 곳까지 가서야 비로소 걸음을 멈추고 아래를 살피기 시작했다. 배추 한 포기가 어른에게도 한 아름은 될 정도라서 뿌리를 자르고 말라버린 겉잎을 떼어내는 일도 그리 만만해 보이지는 않았다. 하지만 그녀는 밭고랑을 따라 노파처럼 허리를 굽히고 천천히 움직이고 있었다. 요컨대 쉽사리 밖으로 나올 자세가 아니었다.

햇살이 따가워져 나는 나무 그늘로 자리를 옮겼다. 어느덧 사십 분이 지나고 있었지만 그녀는 도무지 나올 기미를 보이지 않았다. 내가 클랙슨을 울릴 때마다 한 번씩 허리를 펴고 잠깐만 기다리라는 시늉으로 나를 향해 손을 들어 보였을 뿐이었다. 젠장, 시장에 가도 싼값에 살 수 있을 텐데 꼭 저래야 하나, 은근히 부아가 치밀기도 했다. 하지만 좀 더 시간이 지난 뒤부터 나는 그녀를 전혀 다른 시선으로 바라보기 시작했다. 그것은 내가 생각하기에도 정말 낯선 시선이었다. 따가운 햇살 속에서 허리를 굽히고 움직이는 그녀의 실체가 낯선 세계의 중심이었다. 사랑보다 낯선…… 그것은 몰입한 삶에서 느껴지는 은은한 감동이었다.

한 시간쯤 지난 뒤, 그녀는 다듬은 배추 세 포기를 안고 제자리로 돌아왔다. 얼굴과 손, 장딴지와 발에 온통 진흙이 묻어 있었다. 하지만 그녀는 땀방울이 송송 맺힌 이마를 다시 한 번 진흙 묻은 손으로 훔치며 흰 치아를 드러내고 웃었다. 나는 돌연 고개를 들고 허공을 올려다보았다. 햇살 때문인가, 사물을 바로 보기가 어려웠다. 잠시 눈을 감았다 뜨고 그녀를 다시 보았다. 그러자 그녀가 더 이상 낯설게 보이지 않았다. 몇 생을 함께 살아온 사람처럼 한없이 편안하고, 한없이 익숙하게 느껴졌다. 낯선 여행이 끝나는 지점, 비로소 사람의 인력이 느껴지는 지점…… 방심한 표정으로 서 있는 나에게 그녀가 속삭이듯 물었다.

"혹시 내가 담근 김치 먹어보고 싶지 않나요?"

매미는 이제 이곳에 살지 않는다

나는 아무런 대꾸도 하지 않고 손을 뻗어 그것을 건드려보았다. 하지만 그것은 여전히 꼼짝도 하지 않았다. 엄지와 검지로 그것을 집어 들고 나서야 나는 비로소 알아차릴 수 있었다. 한때는 생물이었으나 이미 무생물이 되어버린 그것, 제 형상을 고스란히 유지한 채 죽어버린 참매미였다. 죽은 채로 말라버려 종이처럼 가벼워진 그것을 들여다보다가 나는 문득 고개를 들고 그녀에게 물었다.

"아직도 형을 기다리고 있나요?"

*

내가 마린을 만난 건 7월 중순경의 어느 날이었다. 오후 3시경에 나는 그녀의 회사로 전화를 걸었고, 저녁 7시경에 만나자는 약속을 했다. 언제나처럼 나는 용건을 말하지 않았고, 언제나처럼 그녀는 용건을 묻지 않았다. 저녁에 시간 좀 낼 수 있겠냐고 나는 물었고, 잠시 사이를 두었다가 그럴게요, 하고 그녀는 대답했다. 매우 간단하고 편리한 소통 방식이었다. 하지만 전화를 끊은 뒤에 느껴지는 감정의 여운은 의외로 깊고 짙었다. 내가 일방적이라는 사실에 내 스스로 시달리고 있는 건지도 모를 일이었다. 차라리 싫으면 싫다고 말을 할 것이지.

어설픈 감정을 애써 떨쳐버리자 무더위와 정적이 문득 나를 일깨웠다. 내가 삼각팬티만 입고 거실 한가운데 서 있다는 것도 그제야 알아차릴 수 있었다. 그녀와 통화를 하던 짧은 동안, 극도로 집중하고 또한 긴장한 때문이었다. 무선 전화기를 충전기에 꽂아두고 에어컨의 전원 버튼을 눌렀다. 그리고 23도로 맞추어진 적정 온도를 18도로 정정했다. 그러자 물속 같던 실내에 때 아닌 삭풍이 밀려 나오기 시작했다.

샤워를 하고 형의 방으로 들어갔다. 오후의 잔광이 고여 있어서인가, 들어서자마자 후끈한 열기가 느껴졌다. 침대, 옷장, 테이블, 안락의자 따위가 용도를 잃어버린 사물들처럼 막막한 자태로 제자리를 지키고 있었다. 전면에 거울이 부착된 옷장 앞에 서자 전라의 내 몸이 한눈에 들어왔다. 무표정한 얼굴로 나는 거울 안쪽의 알몸을 들여다보았다. 시간과 기억의 아귀가 맞아떨어지지 않는 것 같았다. 지금과 같은 모습으로 거울 앞에 섰던 게 두 달 전이었던가, 석 달 전이었던가.

옷장 문을 열자 가지런하게 정돈된 형의 옷가지들이 갑작스럽게 빛에 노출되었다. 깊은 동통을 느끼게 하는 뭔가가 픽, 하고 가슴에 와 박혔다. 옷장 속에 숨어 있던 형이 느닷없이 밖으로 튀어나오며 나를 후려치는 것 같았다. 물론 형의 실체는 아니었다. 어쩌면 나에 의해 감금당해 있던 형의 존재감이었는지도 모를 일이었다.

옷장에 걸린 와이셔츠를 꺼내 알몸에 걸쳐보았다. 촘촘한 간격의 푸른 줄무늬가 수직으로 흘러내린 반팔 와이셔츠였다. 진회색 바지에 감색 재킷을 걸치고 넥타이까지 골라 맸다. 그리고 옷장 문을 닫고 다시 한 번 거울을 들여다보았다. 하지만 내가 원하는 느낌은 살아나지 않았다. 내가 형을 보고 있는 것 같아 마음이 불편했다. 아니, 형이 나를 보고 있는 것 같아 선뜩한 느낌까지 들었다. 내가 원하는 느낌은 둘 중 어느 것도 아니었다. 형과 나 사이의 연결 고리를 끊어야 비로소 살아날 수 있는 어떤 느낌. 내가 원하는 것은 형과 아무런 상관도 없는 존재가 되는 것이었다.

자유로워지고 싶다, 형.

*

마린과 만나기로 한 약속 장소는 쇼핑몰 13층의 커피숍이었다. 지하 4층에 차를 세워두고 무빙 벨트를 이용해 지상 1층으로 올라갔다. 약속 시간까지는 아직 삼십 분 정도가 남아 있었다. 방법이 없겠다 싶어 1층의 잡화 매장을 한 바퀴 둘러보고 에스컬레이터를 이용해 2층으로 올라갔다. 2층의 패션 매장을 한 바퀴 둘러보고 다시 에스컬레이터를 이용해 3층으로 올라갔다. 그런 식으로 13층까지 올라가는 데 이십오 분 가까운 시간이 소요되었다. 커피숍 안으로 들어서자 출입구 맞은편 창쪽 자리에 앉아 있는 마린의 모습이 가장 먼저 눈에 띄었다. 검고 가느다란 벨트가 부착된 밝은 녹색 원피스 차림의 여자, 고개를 돌리고 창밖을 내다보고 있었지만 나는 그녀가 마린이라는 걸 단박 알아차릴 수 있었다.

"내가 늦은 건 아닌데…… 일찍 왔나 보군요."

자리에 앉기 전, 나는 선 채로 그녀를 내려다보았다. 흰 피부와 군더더기 없는 이목구비가 조성하는 화사함에 가슴이 선뜩해지는 것 같았다. 하지만 형의 방 옷장 앞에 서 있을 때처럼, 그녀를 마지막으로 만난 게 두 달 전이었는지 석 달 전이었는지 여전히 시간과 기억의 아귀가 맞아떨어지지 않았다.

"아뇨. 저도 좀 전에 왔어요."

언뜻, 길 건너편을 보고 나서 그녀가 말했다. 거기, 저녁 무렵의 농밀한 대기 속에 그녀가 다니는 회사 빌딩이 솟아 있었다. 여름철의 저녁 7시, 빛이 스러져 가는 바깥 풍경은 겨울철의 오후 5시를 닮아 있었다. 명료함과 무관한 빛의 상태, 근원을 알 수 없는 사람들, 근거를 알 수 없는 행동들이 한데 뒤섞여 세상이 사뭇 모호한 상태로 침잠하고 있었다.

잠시, 그녀와 나는 어색한 표정으로 마주 앉아 있었다. 오랜 시간의 흐름이 그녀와 나 사이에서 불현듯 되살아나 은밀한 소용돌이를 조성하는 것 같았다. 뭔가를 기다리는 듯한 자세로 그녀는 고개를 숙이고 있었고, 출구를 찾는 심정으로 나는 잠시도 그녀에게서 눈길을 떼지 않았다. 그녀에게서 건너오는 치자꽃 향기가 그나마 나에게는 위안이 되었다. 어쩌면 위안이 아니라 위험한 자극일 수도 있었다. 침대, 흐트러진 시트, 땀에 젖은 알몸, 이른 아침의 황금빛 햇살……그것이 그녀가 사용하는 향수를 접할 때마다 내가 떠올리곤 하는 반사적인 연상의 목록이었으니까.

"마지막으로 만난 게 언제였는지 기억이 나질 않는군요. 5월이었는지 4월이었는지……. 그때, 주란 유원지에 벚꽃이 피어 있었나요?"

내가 주문한 아이스티와 그녀가 주문한 커피가 탁자 위에 놓인 직후, 버릇처럼 나는 호칭을 생략하고 입을 열었다. 그녀의 본명이 무엇인지를 몰라서가 아니라 마린이라는 호칭을 사용하기 싫어서였다. 마린이라는 이국적 이름, 그것은 형이 그녀에게 붙여준 애칭이었다.

"4월 말경이었을 거예요. 달릴 때…… 차창 밖으로 벚꽃을 본 기억이 나요."

고개를 들고 다소 긴장한 눈빛으로 그녀가 나를 보았다. 하지만 이내 시선을 돌려 옅은 보랏빛 기운이 어른거리는 허공을 내다보았다. 나는 갈증을 느끼며 아이스티를 한 모금 마셨다. 하지만 그녀는 자신이 주문한 커피 잔에는 손도 대지 않고 있었다.

"오늘 내 복장은 어떤가요?"

다소 불안정한 표정으로 나는 입을 열었다. 내가 입고 나간 빛바랜 청바지와 헐렁한 네이비블루의 남방에 대해 물은 게 아니었다. 4월 말경의 그날 밤, 나는 형의 옷을 입고 있었지만 오늘은 내 옷을 입고 있다는 사실에 악센트를 부여하고 싶었을 뿐이었다. 무슨 영향이 있을까 모르겠지만.

"……좋아 보이네요."

어렴풋한 미소를 지으며 그녀는 나를 보았다. 하지만 나른한 어조 때문인가, 그녀의 미소가 나에게는 몹시 부자연스럽게 느껴졌다.

"그냥 답답해서 전화했던 거예요. 날씨가 무더워져서 그런가…… 하루하루를 보내는 게 몹시 힘들게 느껴지네요."

쓸쓸한 표정으로 말하고 나서 나는 힘없이 머리를 가로저었다.

"학교는 방학했죠?"

"방학은 했지만…… 강의는 아주 그만뒀어요."

별일도 아니라는 표정으로 말하고 나서 나는 아이스티를 한 모금 마셨다.

"그만뒀다는 건…… 앞으로 강의를 안 하겠다는 뜻인가요?"

상체를 앞으로 내밀며 다소 놀란 표정으로 그녀는 물었다.

"글쎄요, 학과 사무실에다가는 안 하겠다고 말하지 않고 못 하겠다고 말했어요. 하지만 그 차이가 뭔지는 나 자신도 잘 모르겠어요. 안 하거나 못 하거나…… 아무튼 하지 않는다는 점에서는 동일한 거겠죠 뭐."

"무슨 특별한 계획이라도 있는 건가요?"

"아뇨. 특별한 계획 같은 건 없어요. 그냥 시간 강사 노릇 하는 게 아무 일도 하지 않는 것보다 못한 것 같다는 생각이 들었을 뿐이에요. 사는 일에 짜증이 난 건지도 모르죠. 딱정벌레처럼 한껏 낮은 곳에다 몸을 붙이고 있다가…… 어느 순간 갑자기 붕 하고 날아올랐으면 좋겠다는 생각이 들어요. 그리고 아무도 모르는 곳으로……."

말을 하다가 아차, 나는 가슴이 서늘해지는 느낌에 사로잡히고 말았다. 내가 미처 의식하지 못하는 사이, 그녀는 어깨를 움츠리고 고개까지 숙이고 있었다. 어느 순간 갑자기 붕 하고 날아올라 도대체 뭘 어쩌겠다는 건가요? 잔뜩 움츠러든 그녀의 어깨가 그런 항변을 대신하고 있는 것 같았다. 그리하여 붕 하고 날아올라 아무도 모르는 곳으로 사라져버렸으면 좋겠다는 말을 하려던 나의 의도는 무참하게 휘발되고 말았다. 사려 깊지 못한 인간, 어째서 하고많은 말들 중에 그런 말을 입 밖으로 꺼낸 것일까.

감당할 수 없는 침묵이 그녀와 나를 포박했다. 하지만 그것을 받아들이는 그녀와 나의 태도에는 분명 다른 구석이 있었다. 그녀에게는 생활의 일부가 되어버린 침묵이 나에게는 견딜 수 없는 형벌처럼 느껴진 때문이었다. 그녀를 세 번째 만나던 날 나는 이미 그것을 간파해 버렸다.

비가 내리던 지난 초봄 어느 날, 그녀는 내가 출강하는 대학교 앞으로 찾아온 적이 있었다. 정문 건너편의 커피숍에서 만났을 때, 그녀는 아무런 말도 없이 내게 장미꽃 한 다발을 내밀었다. 영문을 알 수 없는 꽃다발이었다. 그래서 이것이 무엇을 의미하느냐고 나는 물었다. 하지만 그녀는 아무런 대답도 하지 않았다. 뿐만 아니라 무슨 일 때문에 이렇게 업무 시간을 쪼개 찾아온 거냐고 물었지만 그것에 대해서도 그녀는 대답하지 않았다. 그녀의 침묵이 나에게 형벌로 굳어지던 최초의 시간이었다.

—형에 관한 일로 더 이상 당신을 만나고 싶지 않아요. 그래서 온 거예요. 오해하지 말아주세요.

그날, 한 시간 가까이 침묵을 고수하며 앉아 있던 그녀가 처음이자 마지막으로 남기고 간 말이 그것이었다. 말을 하고 나서 그녀는 서둘러 커피숍을 빠져나갔다. 자리에 앉은 채 나는 석고처럼 굳은 표정으로 그녀가 던져놓고 간 말을 되씹고 곱씹지 않을 수 없었다. 하지만 나로서는 이해할 수 있는 게 아무것도 없었다. 형에 관한 일로 더 이상 나를 만나고 싶지 않다는 말, 오해하지 말라는 말, 그리고 장미 한 다발…… 형벌처럼 여겨지는 집요한 침묵 끝에 그녀가 불쑥 던져놓고 간 모든 것들이 내게는 해독 불능의 난수표처럼 여겨진 때문이었다.

7시 40분.

허공으로 네온사인 불빛이 떠오르고 있었다. 지상으로 내려앉던 어둠의 기운과 네온사인 불빛이 그녀와 내가 앉아 있는 13층 지점에서 완강한 대치 형국을 이루고 있었다. 갈증을 느끼며 나는 반쯤 남겨진 아이스티를 단번에 마셔버렸다. 하지만 그녀는 여전히 고개를 숙이고 어깨를 움츠린 채 침묵을 고수하고 있었다. 근원을 알 수 없는 분노를 느끼며 나는 창밖으로 시선을 돌려 지상을 내려다보았다. 13층의 허공과 달리 그곳에는 사뭇 비현실적으로 보이는 원색의 파도가 넘실거리고 있었다. 13층과 지상 사이의 거리를 가늠하다가 문득, 분노를 은밀하게 갈무리한 듯한 표정으로 나는 그녀를 향해 입을 열었다.

"주란 유원지로 갈까요?"

＊

4월과 7월 사이.

삼십 분쯤 달려 도시 경계를 벗어날 무렵, 어긋난 톱니바퀴가 맞물리듯 시간과 기억의 아귀가 맞아떨어졌다. 4월 말경, 그녀를 마지막으로 만났을 때의 정황이 아뜩하게 되살아난 것이다. 달릴 때…… 벚꽃을 본 기억이 나요. 그날 밤, 그녀가 벚꽃을 내다보고 있을 때 나는 취한 상태로 운전을 하고 있었다. 그냥 취한 게 아니라 머리끝까지 분노가 치밀어 위태로운 상태에 사로잡혀 있었다. 그러니 벚꽃이 피었거나 말거나, 그런 게 나의 기억에 남아 있을 리 없었다. 말할 수 있는 것과 말할 수 없는 것 사이의 경계가 너무 모호해서 견딜 수 없던 밤의 정황.

때로는 불빛 사이로, 때로는 불빛 속으로 나는 차를 몰았다. 시간과 기억이 맞물리는 아귀에 붉은 꽃물이 배어 있는 것 같았다. 주란 유원지로 가는 한산한 4차선 도로를 달리는 동안 나의 시야에서는 담홍색 벚꽃이 분분하게 흩날리고 있었다. 그리하여 7월 말경에 목도하는 4월 말경의 꽃비 사이로 절로 길이 열리는 것 같았다.

그날 밤, 그녀와 나 사이에서 문제가 된 것은 옷이었다. 내가 입고 나간 형의 옷이 문제의 빌미가 된 것이다. 카키색 재킷, 리바이스 청바지, 회색 면 셔츠—그것은 형이 평상복으로 즐겨 입던 옷가지들이었다. 내가 그것들을 입고 나간 데에는 나름대로의 이유가 있었다. 하지만 그녀는 나에게 이유 같은 걸 말할 만한 기회를 부여하지 않았다. 침묵이 일상화된 사람들에게는 상대방의 대화 욕구까지 거세시켜 버리는 기이한 힘이 내재돼 있었다. 그리하여 그날 밤 내가 혼자할 수 있었던 일이라곤 술을 마시고, 한숨을 내쉬고, 담배를 피우는 일밖에 없었다.

—형의 옷을 입고 있어도 나는 나예요. 그런데 어째서 당신은 그걸 인정하지 않으려는 거죠? 당신은 서른이지만 난 서른셋이에요. 뭔가를 배려할 줄 몰라서 이런 짓을 하는 게 결코 아니란 말입니다. 그런데 어째서 이따위 옷이 문제가 될 수 있는 거죠?

유원지 산자락에 자리 잡은 카페에서 술을 마시고 나와 나는 폭발했다. 폭발한 게 아니라 그녀의 집요한 침묵에 질려 하소연을 한 것이었다. 하지만 내가 어깨를 잡고 흔들어대는 동안에도 그녀는 변함없이 침묵했다. 고개를 돌려 나를 외면한 채 자신의 몸을 타인의 그것처럼 방치한 것이었다. 그것으로 끝, 나는 모든 걸 체념한 심정으로 운전석에 앉아버렸다. 그날 밤 내가 음주 운전을 하면서도 사고를 내지 않을 수 있었던 이유, 아마도 분노가 조성하는 극단적인 집중력 때문이었으리라.

4월 말경을 떠올리게 하는 7월 중순경의 주란 유원지. 초입의 카페촌으로 진입한 직후부터 나는 속도를 한껏 줄여 서행하기 시작했다. 어둠 속에 아로새겨진 네온사인 불빛에도 불구하고 길을 오가는 사람은 아무도 없었다. 평일이라서인가, 시간이 늦어서인가. 낯설고 기이한 풍경 속으로 접어든 것 같다는 생각을 하며 나는 다소 긴장한 어조로 입을 열었다.

"지금 몇 시죠?"

"······9시 오 분 전."

20여 미터쯤 늘어선 카페촌이 끝나는 곳에 짧은 다리가 하나 있었다. 산과 산 사이로 빠져나가는 계곡이 잘라먹은 도로를 이어주기 위한 것이었다. 도로 옆의 공지에 차를 세우고 나는 다리 건너편의 막막한 어둠을 내다보았다. 다리 하나를 사이에 두고 이쪽과 저쪽이 공존할 수 없는 세계처럼 완강하게 대치하고 있었다. 처음 와보는 곳도 아닌데 왜 이리 생경하게 여겨지는 것일까.

"건너갈까요?"

다리를 건너는 일에 깊은 상징이 깃들어 있기라도 한 것처럼 나는 물었다. 정말 그런 느낌이 들어서였다. 단순하게 다리를 건너는 게 아니라 돌이킬 수 없는 선택의 순간 앞에 서 있는 것 같다는 느낌.

"그냥······ 돌아가요."

그녀의 말을 듣고 나는 깊은 한숨을 내쉬었다. 그냥 돌아가자는 그녀의 말 때문이 아니라 더 이상 앞으로 나아가지 못하는 나 자신이 한심스럽게 여겨진 때문이었다. 문제는 지나온 길이 아닌데 어째서 나는 이곳에서 가던 길을 멈춘 것일까.

"다시 서울로 돌아가자는 말인가요?"

깊은 자괴감을 느끼며 나는 그녀를 돌아보았다.

"아뇨. 그런 게 아니라…… 왠지 저곳으로는 건너가고 싶지 않아서요."

가볍게 머리를 흔들며 그녀는 다리 건너편의 어둠을 응시했다.

"뭐가 두려운 거죠?"

"……."

대답하지 않는 그녀에게서 시선을 거두고 나는 차를 돌렸다. 다리 건너편의 완강한 어둠을 등지자 밝은 네온사인 지대가 한눈에 들어왔다. 일직선으로 뻗어 나간 빛의 터널처럼 길고 아득한 풍경의 세계. 저곳을 언제 지나쳤던가, 한없이 낯선 이방감을 느끼며 나는 빛이 스러지는 마지막 지점을 내다보았다. 사람의 모습은 여전히 보이지 않았다. 무인 지대를 떠올리게 하는 깊은 적막감이 빛의 이면에서 어른거리고 있을 뿐이었다. 카페촌의 중간쯤에 이르러 나는 핸들을 왼쪽으로 꺾었다. 푸르스름한 어둠이 고여 있는 넓은 공지를 발견한 직후였다. 주차장으로 쓰이는 곳인 듯 두 대의 승용차가 높은 돌담 앞에 주차돼 있었다. 시동을 끄고 돌담 위로 솟아오른 키 큰 미루나무를 올려다보았다. 그것은 마당의 희미한 불빛을 뿌리치고 짙은 어둠이 드리워진 허공으로 솟아올라 끝을 가늠할 수 없게 만들었다. 그때 옆 자리에 앉아 있던 그녀가 먼저 밖으로 나갔다.

예당(藝堂).

돌담 사이로 난 입구로 들어서자 넓은 마당이 한눈에 들어왔다. 하지만 예당이라는 이름과 달리 마당에는 예술적인 운치를 느끼게 하는 게 아무것도 없었다. 마당 한가운데 우뚝 서 있는 미루나무 주변에 놓인 몇 개의 야외용 탁자가 고작이었다. 마당 좌측에 있는 단층 건물은 원래 한옥이었던 것을 카페로 개조한 모양 굵은 소나무 기둥이 좌우에 그대로 남아 있었다. 기둥과 기둥 사이의 통유리를 통해 들여다본 실내는 몹시 어둠침침하고 답답해 보였다.

나는 미루나무 옆의 야외용 탁자 앞으로 걸어갔다. 그러자 건물 안쪽에서 십 대 후반쯤으로 보이는 여자애가 황급히 뛰어나왔다. 붉은 앞치마를 두르고 있는 것으로 보아 주방에서 뭔가 조리를 하다가 다급히 뛰어나온 모양이었다. 긴말하고 싶지 않다는 표정으로 나는 미루나무 옆의 탁자를 가리키며 여기 앉아도 돼요? 하고 물었다. 그러자 앉으세요, 하고 말하며 여자애가 선뜻 나무 의자를 뒤로 꺼내주었다. 나는 뒤에 선 마린을 돌아보았다. 그때 그녀는 검푸른 허공으로 솟아오른 미루나무를 올려다보고 있었다.

병맥주 두 병과 마른안주를 주문하고 나는 담배를 피워 물었다. 주위가 너무 적적해서 기이한 진공 지대에 앉아 있는 것 같았다. 가끔 무겁고 후텁지근한 대기를 비집고 등 뒤쪽에서 서늘한 산바람이 밀려 나왔다. 담배 연기가 가볍게 흔들리는 걸 보며 나는 마린을 건너다보았다. 미루나무에 매달아둔 백열전등 빛을 받은 그녀의 얼굴에 뚜렷한 명암이 드리워져 있었다. 하지만 그녀는 나를 보지 않고 고개를 옆으로 돌려 마당을 에워싼 돌담에 시선을 붙박고 있었다.

두 병의 맥주가 날라져 온 뒤에도 그녀와 나 사이의 침묵은 좀체 깨어지지 않았다. 나도 그녀식의 침묵에 어느 정도 익숙해진 뒤라 굳이 조바심을 칠 이유가 없었다. 몇 모금의 맥주를 마시고 나서 나는 다시 한 대의 담배를 피워 물었다. 하지만 그녀는 맥주를 마시는 대신 병에 부착된 상표를 조금씩 벗겨나가고 있었다. 할퀸 자국처럼 그녀의 손톱이 닿는 자리마다 암갈색의 사선이 떠올랐다. 상표의 한쪽 모서리 부분에서 시작된 훼손은 중심을 향해 빠르게 깊어져 갔다. 가해가 아니라 자해처럼 보이는 이해할 수 없는 행동이었다. 그녀의 동작을 지켜보던 어느 순간, 나는 근원을 알 수 없는 울화를 느끼며 돌발적으로 입을 열었다.

"울고 싶은 건가요?"

그 순간 툭, 하는 소리를 내며 뭔가 탁자 위로 떨어져 내렸다. 나는 반사적으로 탁자를 내려다보았고, 그녀는 상표를 긁어대던 동작을 멈추고 미루나무를 올려다보았다. 나는 탁자 위로 떨어진 엄지손가락만 한 물체를 주시했다. 투명한 날개와 검은 몸통, 희끗희끗한 무늬가 섞인 머리까지 달려 있는 곤충이었다. 암회색의 배를 드러내고 있었으나 곧이어 푸르륵 날아오를 것 같아 선뜻 손을 갖다 댈 수 없었다. 하지만 몇 초가 흐르는 사이 그것은 미동도 하지 않았다. 그때 미루나무를 올려다보던 그녀가 고개를 숙이고 탁자 위에 떨어진 그것을 내려다보았다.

"매미…… 죽은 건가요?"

사뭇 놀란 눈빛으로 그녀가 나를 보았다. 나는 아무런 대꾸도 하지 않고 손을 뻗어 그것을 건드려보았다. 하지만 그것은 여전히 꼼짝도 하지 않았다. 엄지와 검지로 그것을 집어 들고 나서야 나는 비로소 알아차릴 수 있었다. 한때는 생물이었으나 이미 무생물이 되어버린 그것, 제 형상을 고스란히 유지한 채 죽어버린 참매미였다. 죽은 채로 말라버려 종이처럼 가벼워진 그것을 들여다보다가 나는 문득 고개를 들고 그녀에게 물었다.

"아직도 형을 기다리고 있나요?"

*

새로 2시가 지난 시각, 캔 맥주 두 개를 마시고 욕실로 들어갔다. 거울 앞에 서서 물끄러미 거울 안쪽의 얼굴을 들여다보았다. 무표정,

무감각, 무감동이 너무 오래 누적돼 얼굴이 아니라 가면 같다는 생각이 들었다. 애써 표정을 일그러뜨려 보았다. 쥐어짜듯 안면 근육을 뒤틀어 울상을 짓고 싶었다. 하지만 울상은커녕 언젠가 텔레비전에서 보았던 개그맨의 역겨운 표정 연기가 떠올라 울화가 치밀 지경이었다. 울고 싶은데 어째서 울어지지 않는 것일까.

문득 주란 유원지에서 보았던 죽은 매미가 떠올랐다. 그것이 마린과 내가 앉아 있던 자리로 떨어진 게 아무래도 우연이 아닌 것 같다는 생각이 들었다. 올여름 들어 매미 울음소리를 들어본 적 있었던가. 아무리 기억을 더듬어봐도 매미 울음소리는 되살아나지 않았다. 올해가 아니라 작년 여름에 들었던 매미 울음소리가 훨씬 생생하게 기억에 남아 있었다. 출강하던 대학교 앞의 2층 커피숍에서 들었던 발악적인 ·매미 울음소리…… 그것은 매미 울음소리가 아니라 광기에 사로잡힌 생명체들의 끔찍스러운 악다구니처럼 나에게 들렸었다. 작년 7월과 8월, 무슨 조짐인지는 몰라도 도시에는 온통 미친 매미들의 발악적인 울음소리가 가득 들어차 있었다.

— 매미들이 왜 저렇게 지랄스럽게 우느냐고? 그건 소음과 대기 오염 따위의 공해 때문이야. 매미만 그런 게 아니라 나무도 마찬가지야. 남산에 있는 소나무들도 시골이나 산중에 있는 보통의 소나무들과는 비교도 안 될 정도로 많은 솔방울을 혹처럼 주렁주렁 매달고 있어. 살아 있는 모든 것들이 기형적으로 변해 가거나 변태스러워져 가는 거지. 인간이라고 해서 다를 게 뭐가 있겠어. 모조리 마취당해서 자각하지 못하는 것뿐이지.

작년 여름, 같은 학과에 출강하는 선배 강사에게서 들은 말이었다. 학교 앞의 2층 커피숍에 함께 앉아 있었는데, 바깥에서 밀려드는 매미 소리가 어찌나 그악스러웠던지 실내의 음악 소리가 무색해질 지경이었다. 그래서 도대체 매미들이 왜 저렇게 발악적으로 울어대

는 거지요? 하고 나는 묻지 않을 수 없었다. 학교 주변의 플라타너스
에 지상의 모든 매미들이 집결해 최후의 울음바다를 만드는 것 같다
는 생각이 들어서였다.

　—모조리 미쳐가는 거야. 인간도 미치고 곤충도 미치고 나무도
미치고…… 미치지 않은 놈은 오직 미친놈뿐이라는 말이 예언처럼
실현되는 시대가 온 거라고. 미친 것들의 아름다운 종말이 뭔지 알
아? 그건 자연 소멸이야. 저렇게 발악적으로 울어대다가…… 그래,
어느 날 갑자기 소리 소문도 없이 사라져버리겠지. 하지만 시간이 흐
르면 종말의 깊은 정적 속에서 또 다른 광기의 싹이 움트기 시작할
거야. 생성과 소멸, 아니 소멸을 위한 생성…… 그게 섭리라는 게 아
닐까?

　그 무렵, 선배는 영문학과의 여교수와 사랑에 빠져 있었다. 하지
만 자기보다 다섯 살이나 연상인 유부녀를 사랑하는 일에 대해 그는
그다지 진지한 편이 아니었다. 주변에 이미 소문이 퍼진 뒤라 그를
걱정하는 사람들이 많았지만, 어차피 삶이 아니면 죽음일 뿐이라는
알쏭달쏭한 말로 그는 자신의 문제를 타인의 문제로 뒤바꿔 놓곤 했
다. 술에 곤죽이 되었을 때에도 씨발, 되는 대로 가는 거지, 가는 대
로 되는 건 아니잖아, 하며 자신을 스스로 경멸하는 듯한 태도를 보
인 것이었다. 그것을 나는 위악이 아니라 겉으로 울지 못하는 자의
깊은 속울음이라고 생각했다. 처절한 운명의 절규, 산도 무너뜨리고
강도 타오르게 한다는 속울음.

　가을 학기가 시작되기 전, 선배는 어디론가 종적을 감춰버렸다.
영문학과의 여교수는 가을 학기에도 변함없이 출강했지만 그는 온다
간다 말 한마디 없이 학교를 떠나버렸다. 풍문에는 출가를 했다는 말
도 있고, 남해의 어느 섬으로 갔다는 말도 있었다. 하지만 그가 어디
로 사라져버렸건 그런 건 내게 별로 중요한 문제가 아니었다. 발악적

으로 울어대다가 사라져버린 지난여름의 매미와 그의 이미지가 별반 다르게 느껴지지 않은 때문이었다. 미친 것들의 아름다운 종말……
자연 소멸.

거실로 나와 소파에 몸을 던졌다. 후텁지근하게 달아오른 실내 공기가 비닐 랩처럼 살갗에 휩싸이는 것 같았다. 하지만 에어컨을 켜는 대신 나는 소파에서 바닥으로 내려앉아 셔츠와 반바지를 벗어던졌다. 그리고 팬티 바람으로 소파에 등을 기대고 앉아 담배를 피워 물었다.

맞은편 벽면에 붙여놓은 세계 지도가 한눈에 들어왔다. 나를 에워싸고 있는 깊은 혼돈과 의혹의 세계, 그것은 오대양 육대주의 지정학적 위치를 보여주는 단순한 지도가 아니었다. 내가 헤아리지 못하고, 내가 가늠하지 못하는 인생의 비밀이 거기에는 숨어 있었다. 그리하여 형의 행적을 추적하기 위한 지도가 아니라 내 인생의 비밀을 유추하기 위한 퍼즐로 나는 그것을 자주 바라보곤 했다.

터키의 이스탄불에서 아프리카 대륙의 짐바브웨로 수직 하강한 형의 행적. 이스탄불과 짐바브웨 사이, 지도에는 붉은 매직으로 수직선이 그려져 있었다. 물론 형의 행적이 묘연해진 뒤에 내가 그려 넣은 것이었다. 터키에서 사라진 형이 짐바브웨로 갔다는 건 형이 근무하던 회사에서 추적 조회하여 내게 알려준 사실이었다. 하지만 회사에서도 이스탄불로 출장 간 형이 짐바브웨로 사라진 이유에 대해서는 전혀 아는 바가 없다고 했다. 관리 이사라는 사람은 오히려 나에게 형과 짐바브웨 사이에 무슨 연결 고리가 있는지에 대해 물을 정도였다. 그곳에 형이 아는 사람이라도 있냐, 아니면 개인적으로 짐바브웨에 관해 형이 관심을 표명한 적 있냐, 하는 따위의 질문들.

형이 이스탄불로 떠난 건 작년 10월 말경이었다. 떠나기 전날, 저녁 8시경에 집으로 돌아온 형의 손에는 여섯 개들이 병맥주 한 팩이 들려 있었다. 맥주를 마시며 형은 이스탄불로 출장을 간다는 말을 했지만 체류 기간에 대해서는 말하지 않았다. 심심찮은 해외 출장 기간이 보통 칠팔 일 정도였기 때문에 나 또한 일정에 대해서는 묻지 않았다. 그것이 전부였다. 언제나처럼 묵묵히 앉아 서로 다른 생각을 하며 맥주를 마셨고, 어쩌다 한 번씩 입을 열어 하나마나 한 말을 주고받았을 뿐이었다. 예를 들면 마리 앙투아네트가 정말 나쁜 여자였을까? 라고 형이 묻거나, 교과서에서는 게가 왜 옆으로 움직인다고 했지? 라고 내가 묻곤 하는 식이었다. 요컨대 맥락도 없는 돌발적 발상을 불쑥불쑥 입 밖으로 꺼내 서로를 한없이 낯설게 바라보곤 한 것이었다.

짐바브웨가 도대체 뭔가.

형에 대한 추적 조회 결과를 통보받은 직후부터 나는 인터넷을 뒤지기 시작했다. 처음 그 나라 이름을 접했을 때, 나는 그것이 아득한 신화 속에 등장하는 지명이나 인명 같다는 생각을 언뜻 했었다. 교과서에서 배웠음에도 불구하고 왠지 지상에는 없는 나라 이름인 것 같다는 기이한 여운이 느껴진 때문이었다. 하지만 인터넷을 통해 짐바브웨 항목을 이 잡듯 뒤져본 뒤에 나는 깊은 허탈감에 빠져버리고 말았다. 머나먼 아프리카 대륙, 짐바브웨라는 나라와 형을 연관 지을 만한 걸 아무것도 발견하지 못한 때문이었다. 혹은 형에 대해 내가 아는 게 너무 없다는 자괴감 때문이었는지도.

수다하게 프린트한 짐바브웨에 관한 자료를 나는 읽고 또 읽었다. 너무 많은 자료를 섭렵해서 내가 마치 그 나라를 다녀온 것 같다는 착각이 들 정도였다. 글로 묘사되거나 사진으로 출력된 자료들까지 겹쳐져 그곳의 풍광이 절로 떠오를 정도였다. 하지만 형은 그 나라의 수도인 하레레에도 있을 것 같지 않았고, 불라와요, 치퉁귀자, 무타레, 궤루, 마스빙고 같은 도시에도 있을 것 같지 않았다. 도무지 그가 그곳에 있어야 할 마땅한 근거를 발견할 수 없었다. 깔끔하고 세련된 감성을 지닌 형이 오지 부락의 흙으로 지은 움집 생활을 꿈꾸었을 리 없었다. 뿐만 아니라 '그레이트 짐바브웨'나 빅토리아 호수 같은 곳을 관광하거나 사파리를 하기 위해 무작정 잠적해 버렸을 가능성도 없었다. 너무 신중하고 섬세해서 숨통이 막힐 지경인 형이 어떻게 불법 체류자가 될 수 있단 말인가.

망할 자식!

몸에서 끈끈한 땀이 배어나고 있었다. 하지만 나는 아프리카를 실감하기 위해 여전히 에어컨을 켜지 않았다. 브라질의 이구아수, 미국의 나이아가라, 에티오피아의 브루나일, 짐바브웨의 빅토리아…… 마음속으로 그런 폭포들을 떠올려보았다. 그러다가 도저히 안 되겠다 싶어 다시 냉장고로 가 캔 맥주 하나를 꺼내 들었다.

그때 전화벨이 울렸다.

문득 동작을 멈추고 벽시계를 올려다보았다. 2시 55분. 순간, 짐바브웨는 지금 몇 시일까, 하는 생각이 섬광처럼 뇌리를 스쳐갔다. 캔 맥주를 손에 든 채 나는 조심스럽게 소파 옆의 협탁 위에 놓인 전화기 앞으로 걸어갔다. 반가움과 기대감이 아니라 긴장과 초조감 때문이었다.

"그냥, 이 시간에 잠 안 자고 있을 인간이 너밖에 없을 것 같아서 전화해 본 건데…… 역시 내 예상이 틀리지 않았구나."

사립 중학교 교사 생활을 접고 학원 강사를 하고 있는 고등학교 동창이었다. 꽤 오랜만의 전화라서인가, 이름보다 가오리라는 별명이 먼저 떠올랐다.

"이 시간에 깨어 있는 사람을 물색할 정도라니 너도 신세가 꽤나 한심한 모양이로구나."

오른쪽 어깨와 턱 사이에 수화기를 끼우고 캔 맥주를 땄다. 그리

고 소파에 등을 기댄 채 거실 바닥에 주저앉아 맥주를 한 모금 마셨
다. 전화를 걸어온 사람이 형이 아니라는 사실을 다행스럽게 생각하
는 건가 안타깝게 생각하는 건가. 캔을 쥔 손에 나도 모르게 힘이 들
어가 중심 부분이 찌그러져 있었다.

"요즘 난 죽을 맛이다. 그래서 이 깊은 밤에 혼자 앉아 술을 마시
다가 문득 네가 생각나서 전화했다. 넌 살 만하냐?"

묻고 나서 꿀꺽꿀꺽 술을 넘기는 소리가 역겨울 정도로 가깝게 들
렸다.

"나도 그래. 나도 너처럼 한심하게 퍼질러 앉아서 술을 마시고 있
어."

"조또, 세상에 행복하게 사는 인간은 씨가 말라버린 모양이구나.
제발 그런 인간 만나서 행복하게 사는 얘기 한번 들어봤으면 죽어도
소원이 없겠다. 왜들 이 모양이지?"

"남들 탓할 거 없어. 네가 행복해지면 그만이잖아."

이스탄불과 짐바브웨 사이, 붉은 매직펜이 만들어낸 수직선을 노
려보며 나는 다시 한 모금의 맥주를 마셨다. 희망과 절망, 구원과 종
말 사이의 유일한 통로처럼 붉은 선이 점점 넓어지는 것 같았다. 때
로는 천상과 지상을 이어주는 신기한 동아줄처럼 보이기도 했다. 남
아공, 잠비아, 보츠와나, 모잠비크에 둘러싸인 내륙국가로 수직 하강
한 인간이 저 동아줄을 타고 다시 현실로 복귀할 가능성은 몇 프로나
될까.

"……마누라가 집을 나갔다."

"뭐?"

뭔가를 잘못 들은 것 같아 나는 반사적으로 되물었다.

"마누라가 집을 나갔다고. 가출을 했단 말이다."

"그게 다야?"

"다인지 아닌지 내가 어떻게 아냐. 어디로 갔는지 처갓집에서도 모른다고 하니 손 놓고 기다릴 수밖에 없잖아."

꿀꺽꿀꺽, 다시 술을 넘기는 소리가 들렸다.

"돌아올 거라고 생각해?"

"돌아오거나 말거나 난 무관심해. 돌아온다는 게 이미 희망이 아니란 얘기야. 결혼이라는 거…… 솔직히 말해 난 후회한 지 오래됐어. 그건 사람을 살리는 제도가 아니라 사람을 거세시키는 제도일 뿐이야. 어쩌면 나라는 인간 자체가 결혼을 해서는 안 되는 인간형이었는지도 모르겠지만…… 아무튼 가정에 대한 불성실이 아니라 나 자신의 생명력이 희미해져 가는 걸 난 도무지 견딜 수 없었어. 가정적으로 성실하다는 거, 그건 생명에 대한 긴장감을 깡그리 포기한 끔찍스러운 권태일 뿐이야. 인간이 왜 그렇게 살아야 하는 거지?"

자조적인 한숨 소리, 그리고 다시 꿀꺽거리는 소리.

"결혼은 네가 했는데 그걸 나한테 물으면 어떡해?"

"네가 부럽다는 뜻이다, 새꺄. 아직 결혼도 하지 않고 혼자 사는 네가 너무 부러워서 미칠 지경이라고. 그거 아냐? 마누라는 가출하고 늙은 모친과 어린 딸년만 남겨진 집구석…… 살맛이 나겠는가 한번 상상해 봐라. 넌 부모님까지 일찍 세상을 떴으니 더더욱 자유로울 거 아니냐. 솔직히 말해 모친과 딸년만 아니라면 지금 당장이라도 외국으로 날아버려 무기 밀매상이라도 하고 싶은 심정이다. 근데…… 형은 아직도 종무소식이냐?"

예상 못한 돌발 상황, 신세타령의 말미에서 엉뚱한 불꽃이 튀었다.

"짐바브웨가 끝이야. 어쩌면…… 집을 나간 네 와이프보다 더한 상황인지도 몰라."

"알 만하다, 알 만해. 새벽마다 벽에 달라붙어 혼자 우는 사내 심정…… 너도 나랑 별반 다를 게 없겠구나. 씨바, 조만간 만나 술이나

퍼마시고 원 없이 울어나 보자. 정말 목청이 터져라 엉엉 울어나 보
자고.”

전화를 끊은 뒤에 매미…… 하고 나는 중얼거렸다. 조만간 시간
내서 전화를 하겠다는 가오리의 얘기가 미처 끝나기도 전부터 맴맴
맴맴, 벽에 달라붙어 울어대는 매미 울음소리가 그악스럽게 뇌리를
파고든 때문이었다. 하지만 다음 순간, 주란 유원지에서 보았던 말라
죽은 매미 형상이 떠오르자 뚝, 뇌리를 파고들던 울음소리는 거짓말
처럼 멎어버렸다. 깊고 막막한 정적 속에서 매미가 아니라 인간의 형
상이 떠오르기 시작했다. 발악적으로 울어대던 지난여름의 매미들과
내 주변에서 사라져가는 인간들…… 숨 막히는 새벽의 정적이 그들
의 침묵을 반영하는 것 같아 숨이 막힐 지경이었다. 결국 현실에 남
겨지는 건 울고 싶어도 울지 못하는 인간들과 말라 죽은 매미 형상뿐
인가.

*

오전 10시경, 출강하던 철학과의 조교가 전화를 걸어왔다. 소파에
서 잠을 자다가 얼결에 전화를 받은 탓에 강진만이라는 이름을 듣고
도 선뜻 대상을 알아차릴 수 없었다. 어떤 놈이 바다로 여행을 가서
전화를 건 것인가, 하는 생각을 했던 것이다. 전라남도 강진만(灣)?
“선배님, 오후에 시간 좀 있으세요?”
“시간?”
표정을 한껏 일그러뜨리며 나는 소파에서 거실 바닥으로 내려앉았
다. 왜소한 체구와 유난히 창백한 얼굴, 그리고 검은 플라스틱 안경
테를 걸친 조교의 얼굴이 비로소 현실의 수면 위로 부상했다.
“선배님께 드릴 말씀이 있어서 그런데…… 괜찮으시면 오후에 학

과 사무실에서 뵙고 싶습니다."

"무슨 일인지 모르겠지만…… 전화로는 곤란한가요?"

한쪽 손을 들어 이마를 짚으며 나는 물었다. 그 순간, 지중해나 에게 해, 남태평양 같은 바다의 이미지가 짠하게 뇌리를 스쳐갔다. 나는 지금 갇혀 있다, 하는 걸 의식이 아니라 육체가 먼저 일깨우는 모양이었다.

"그냥, 만나 뵙고 말씀드리고 싶어서요. 나오시면 제가 시원한 냉커피 대접할게요."

왠지 모르게 귀찮고 짜증스럽다는 생각이 들어 잠시 사이를 두었다가 알았어요, 오후에 학교로 가죠, 하고 말하고 나서 나는 전화를 끊었다. 오라면 가주마, 가주면 될 것 아닌가.

거실 바닥에 누워 한잠을 더 잤다. 눈을 떴을 때 시간은 어느덧 오후 1시가 지나 있었다. 정신이 멍한 게 며칠 동안 잠만 자고 난 느낌이었다. 욕실로 들어가 찬물로 샤워를 하고 나와 차가운 녹차를 한 잔 들이켜자 어느 정도 맑은 정신이 회복되는 것 같았다.

조교가 날 보자고 한 이유가 무엇일까.

잠과 잠 사이에 덩달아 잠들어 있던 어떤 문제가 비로소 눈을 뜨는 것 같았다. 아무리 생각해 봐도 용건이 없을 것 같은 사람이 만나자고 할 때의 당혹스러운 느낌. 길 없는 벌판에서 길을 찾듯 온갖 가능성을 떠올리다가 엉뚱한 사람을 떠올리고 말았다. 내가 조교에게서 받은 당혹스러운 느낌을 생각하던 어느 순간, 내가 돌연 조교의 입장이 되어버리고 만 것이었다.

마린의 느낌이 이런 것이었을까.

내가 전화를 걸어 만나자고 할 때마다, 그녀도 지금의 나처럼 당혹스러운 느낌에 사로잡히곤 했을지도 모른다. 내가 그녀를 만나야 할 현실적 이유를 내 스스로도 설명하지 못하는데 길게 말해 뭣 하

라. 형이 사라진 직후부터 잊을 만하면 한 번씩, 지난 구 개월 동안 나는 조교 같은 짓거리를 되풀이한 것이었다. 하등 만나야 할 이유가 없는데도 기어이 만나자고 하는 짓.

설명해 봐.

차를 몰고 학교로 가는 동안에도 나는 내내 마린에 대한 생각에 사로잡혀 있었다. 그녀에 대한 내 감정의 요체를 스스로 까발리고 싶다는 생각이 분노처럼 머리를 어지럽게 만들었다. 에어컨을 한 단계 높이고 나서, 그래, 설명해 보라니까! 하고 나는 미친놈처럼 혼자 소리쳤다. 그러자 내 안에 숨어 있던 누군가, 한껏 독이 오른 어조로 은밀하게 입을 열기 시작했다.

"세상 모든 일을 설명할 필요는 없어. 설명할 수 있는 일만 일어나는 게 세상이 아니라고. 설명할 수 없는 문제에도 나름대로의 진실은 있는 거야. 난 마음이 가는 대로 살고 싶어. 그게 내가 생각하는 진실이야. 설명할 수 없는 문제를 은폐하면 선이 되나? 은폐하지 않고 그것을 드러내면 죄가 되나?"

잠시 사이를 두었다가 다시 입을 열었다.

"난 그녀를 처음 보았을 때, 이미 내 마음의 행로를 알았어. 돌이키기 힘든 길이 열리기 시작한 거야. 무엇을 어쩌겠다는 의지가 아니라 마음이 열어주는 길을 따라가고 있는 것뿐이라고. 그것이 아무리 고통스럽고 괴로워도 어쩔 수 없어. 되돌아가고 싶어도 길이 보이지 않는데 어쩌란 말이야."

진입로의 노상 주차장에다 차를 세우고 나는 걸어서 학교로 들어갔다. 방학이라서인가, 학교 주변에 늘어선 즐비한 상가 건물이 깊은 오수에 빠져 있었다. 뜨거운 태양 볕과 도로에서 피어오르는 후끈한 복사열 때문에 사물의 원근을 분간하기도 힘들었다. 모든 것이 과장되게 부풀거나 수축돼 사물의 윤곽선이 불분명해진 때문이었다.

철학과 사무실로 들어섰을 때, 조교는 컴퓨터 앞에 앉아 있었다. 열어둔 창문 바깥쪽에 전에 보지 못한 수직 쇠창살이 설치돼 왜소한 조교의 뒷모습과 묘한 조화를 이루고 있었다. 정원수와 잔디밭이 내다보이는 실내, 러닝셔츠 바람으로 혼자 앉아 헤드폰으로 음악을 듣고 있는 그에게서 언뜻 죄수의 모습이 연상됐다. 그래, 지식인이 별거냐, 지식에 대한 갈망으로 스스로 죄인이 된 인간들이지.

내가 출입문 우측의 소파에 앉자, 조교가 비로소 기척을 느끼고 뒤를 돌아보았다. 곧이어 화들짝 놀란 표정으로 헤드폰을 벗고 의자에서 일어나 잠깐만요, 하더니 책장 옆에 세워둔 소형 냉장고 앞으로 갔다. 언제 타둔 것인가, 그는 그곳에서 냉커피 잔을 꺼내 내 앞의 탁자 위로 옮겨놓았다. 그의 소심한 준비성이 왠지 부자연스럽게 느껴져 나는 엉뚱한 질문을 던졌다.

"저 쇠창살은 뭐죠?"

"아, 저거요? 방학 직후에 학과 사무실에 도둑이 들어서 설치한 거예요. 다른 건 다 놔두고 컴퓨터만 훔쳐 갔어요. 좋은 건 아니었지만…… 제 석사 논문 자료랑 학과에 필요한 서류 양식이 저장돼 있어서 요즘 애로가 많네요. 저 컴퓨터는 학과 운영비로 새로 구입한 거죠."

맞은편 소파에 앉은 뒤에도 그는 멋쩍다는 표정으로 몇 번씩이나 새로 구입한 컴퓨터를 돌아보았다.

"설마, 나를 컴퓨터 훔쳐 간 용의자로 지목해서 만나자고 한 건 아니겠죠?"

농담이었지만 나는 정색을 하고 물었다. 그러자 그가 손을 홰홰 내저으며 아뇨, 그건 말도 안 돼요, 하며 얼굴이 백지장처럼 창백해졌다. 한두 마디만 더하면 앉은 채로 혼절해 버릴 것 같아 나는 다시 한 번 정색을 하고 농담이에요, 하고 말했다. 그러자 그가 머리를 절레절레 흔들고 나서 본론을 꺼내기 시작했다.

"사실은 학과장님이 선배님을 만나보라고 했어요. 다음 학기부터 강의를 그만두겠다고 한 것에 대해 무척 마음이 쓰이시는 모양이에요. 학과장님 나름대로는 꽤 관심을 보이신다고 했는데……. 무슨 이유 때문에 강의를 그만두는 건지 선배님을 직접 만나 얘기를 들어보라고 했어요."

"……."

타 대학 출신인 내게 학과장이 개인적 관심을 가지고 있었다니, 무슨 말도 되지 않을 헛소리인가. 나는 그와 사적인 대화를 나눈 적이 단 한 차례도 없었다.

"그리고 특별한 사유가 아니라면 다음 학기에도 강의를 맡아달라는 부탁을 하라고 했어요. 지난주에 일본에 가셨는데, 돌아오시면 선배님을 한번 만나보겠다는 말씀도 하셨고요. 철학과라서가 아니라 인문학이 워낙 시세가 없는 때라서 마땅한 강사를 찾는 게 사실 쉬운 일이 아니거든요. 철학과보다 철학관이 백배 낫다고 하는 세상이잖아요."

조교가 미리 준비해 둔 냉커피를 단숨에 마셔버리고 나서 노, 하고 나는 잘라 말했다. 그리고 거절 사유에 대해서는 아프리카 대륙의 짐바브웨로 가야 하기 때문이라고 간단하게 말했다. 물론 거짓말이었다. 하지만 학과장을 만나고, 또다시 강의 권유를 받고, 그것을 고사하는 짜증스러운 과정을 거치는 것보다 지금 비켜 가는 편이 백배 낫겠단 생각이 들어 즉흥적으로 꾸며낸 거짓말이었다. 나의 간단명료한 거절 사유를 듣고 나서 짐바브웨에는 무슨 일로……? 하고 조교가 물었다.

"형이 거기 있어요. 거기서 아프리카 철학을 공부하고 있거든요."

학교를 빠져나올 때, 나는 비로소 내가 둘러댄 강의 거절 사유가 거짓이 아니라는 걸 알아차렸다. 짐바브웨로 가야 한다는 말, 형이 거기서 아프리카 철학을 공부하고 있다는 말에서 기이한 현실감이 느껴졌다. 내가 막연하게 품어오던 생각이 거짓을 빙자해 의식의 피막을 뚫고 올라온 것인지도 모를 일이었다. 형이 무엇 때문에 짐바브웨로 갔건 그런 건 중요한 문제가 아니었다. 그것이 형의 삶에서 우러난 결정이었다면 나는 그것을 형의 철학으로 존중할 필요가 있었다. 뿐만 아니라 내가 짐바브웨로 가게 된다면, 그것은 형의 철학이 아니라 나의 철학으로 마땅히 존중받을 필요가 있었다. 내가 그곳으로 가는 이유가 형을 위한 것은 결코 아닐 테니까.

횡단보도 앞에서 신호가 바뀌기를 기다리며 나는 건너편 상가 건물을 건너다보았다. 1층에 오락실이 있고, 2층에 커피숍이 있고, 3층에 당구장이 있는 건물이었다. 아무 생각 없이 건물을 바라보고 있는 동안 신호가 바뀌고 횡단보도 앞에 서 있던 사람들이 길을 건너기 시작했다. 하지만 그 순간, 나는 무엇엔가 사로잡혀 횡단보도로 발을 내딛을 수 없었다.

문득 고개를 돌려 나의 배경을 이루고 있던 즐비한 플라타너스를 돌아다보았다. 아무 소리도 들리지 않았다. 다시 고개를 돌려 건너편 건물을 바라보자 건물 하단에서 반짝, 하고 강렬한 반사광이 튀어 올랐다. 귀가 먹먹해지며 내 몸이 깊은 수렁으로 가라앉는 것 같았다. 다시 한 번 뒤를 돌아보았지만 역시 아무 소리도 들리지 않았다. 시야가 부옇게 흐려지며 서서히 주변의 물상이 스러지기 시작했다. 다급한 위기감을 느끼며 경중경중, 나는 붉은 신호등을 무시하고 캥거루처럼 도로를 무단 횡단했다.

뮤(μ).

한참이 지난 뒤, 나는 어둠침침하고 서늘한 지하 공간에 앉아 있었다. 붉은 의자와 검은 탁자, 그리고 타원형을 이룬 바가 내다보이

는 공간이었다. 내가 어떻게 그 공간으로 들어오게 됐는지, 기억이
선명하지 않았다. 빛에 노출된 필름을 현상해 들여다보는 것 같았다.
맞은편 벽면에 부착된 푸른 네온사인의 뮤(μ)라는 그리스 자모가 유
일한 실마리 역할을 했다. 횡단보도 앞에서 신호등이 바뀌길 기다릴
때 건너다보던 3층 건물, 그곳의 지하 바에 나는 앉아 있었다.

매미, 정적, 커피숍, 플라타너스.

기억의 맥락을 더듬는 동안 나는 몇 차례나 실내를 둘러보았다.
하지만 실내에는 주인도 없고 손님도 없었다. 다시 한 번 기억이 뒤
죽박죽되는 것 같아 나는 도망치듯 자리에서 일어나 지상으로 빠져
나왔다. 하지만 이마로 날아드는 도끼 같은 태양 볕과 엄청난 소음,
그리고 무절제하게 솟아오른 물상의 세계로 인해 나는 한순간에 탈
진하고 말았다.

여기가 어딘가.

*

형이 아프리카 원주민과 춤을 추고 있었다. 검은 피부와 고수머
리, 얼굴에 흰 색소를 발라 니그로이드 인종과 조금도 다르게 보이지
않았다. 창과 방패를 들고 머리에 타조 깃털을 꽂은 전사의 모습을
하고 있었는데, 어째서 나는 그게 형이라는 걸 단박 알아차릴 수 있
었는지 모를 일이었다. 놀라움과 반가움으로 가슴이 두근거렸다. 하
지만 다음 순간, 형의 놀라운 변신에 대해 나는 주체할 수 없는 분노
를 느끼기 시작했다.

망할 자식, 대체 여기서 뭘 하고 있는 거야!

그 순간, 무리에 섞여 창과 방패를 흔들어대던 형이 나를 알아보
았다. 나는 울분을 터뜨리듯 형! 하고 외쳤다. 하지만 무슨 이유 때

문인가, 나의 외침은 소리가 되어 입 밖으로 밀려 나가지 않았다. 몇 번을 되풀이해도 마찬가지, 나의 부름은 끝내 소리가 되지 않았다.

나는 손을 내저으며 무리를 향해 다가갔다. 그러자 당황한 형이 등을 보이고 달아나기 시작했다. 정글이 나타나고, 열대 식물이 찰나처럼 눈앞을 스쳐갔다. 나는 사력을 다해 달렸지만 형과 나 사이의 간격은 좀체 좁혀지지 않았다. 안타까움이 고조될수록 형과 나 사이의 거리는 더욱 멀어졌다. 결국 빛이 차단된 정글, 전방에 안개가 자옥한 지역에 이르러 나는 질주를 중단하고 말았다. 형이 어느 쪽으로 사라졌는지 더 이상 추적할 수 없었다.

형!

길 잃은 어린아이처럼 두려움과 안타까움을 주체하지 못한 채 나는 울먹이기 시작했다. 하지만 다음 순간, 살갗에서 이상한 근질거림이 느껴져 고개를 숙이고 아래를 내려다보았다. 알몸으로 선 내 육신에 이밥 낟알처럼 생긴 것들이 징그럽게 뒤덮여 있었다. 팔, 다리, 가슴, 배, 어디 한군데 빈틈이 없을 지경이었다. 손을 들어 얼굴을 만져보자 거기도 마찬가지였다. 이것들이 대체 뭔가, 끔찍스러운 공포감을 견디며 나는 살갗에 달라붙은 그것들 중 하나를 떼어내 눈앞으로 가져갔다.

뭔가.

작디작은 연질의 낟알을 들여다보다가 나는 기겁하고 말았다. 엄지와 검지 사이에 들린 그 희고 작은 물질은 매미 알이었다. 그것들이 내 몸에 수천수만 개, 아니 이루 헤아릴 수 없을 정도로 많이 달라붙어 있었다. 온몸에 소름이 돋아나는 걸 느끼며 나는 발광하듯 몸을 흔들어댔다. 하지만 그 순간부터 내 살갗에 달라붙어 있던 매미 알들이 스멀스멀 살갗을 파고들기 시작했다. 몸을 흔들어댈수록 살갗으로 파고드는 속도가 빨라져 단 몇 분 만에 그것들은 감쪽같이 자

취를 감춰버리고 말았다. 자취를 감춘 게 아니라 내 몸속으로 고스란
히 자리바꿈을 한 것이었다.

정적.

공포감에 질린 채 나는 움직임을 멈추고 서 있었다. 수천수만 개
의 매미 알이 내장과 혈관, 급기야 머릿속까지 파고드는 것 같았다.
그러던 어느 순간, 나는 정신이 희미하게 가무러지는 걸 느끼며 이명
같기도 하고 환청 같기도 한 소리를 들었다. 처음에는 섬세하면서도
단조로운 파장처럼 시작됐으나 몇 초가 지난 뒤부터 그것은 엄청난
파괴력을 지닌 소음으로 증폭되기 시작했다. 고막이 터져 나가고, 머
리통이 폭발하는 것 같았다. 양쪽 귀를 틀어막고 땅바닥을 나뒹굴었
지만 아무 소용 없었다. 그악스러운 악다구니, 발악적인 울음바
다…… 그것은 지난여름에 내가 들었던 매미 울음소리였다. 그것이
내 몸을 공명 기관 삼아 끔찍스럽게 재생되고 있었다.

형!

마지막 신음처럼 형을 부르다가 잠에서 깨어났다. 온몸에서 싸늘
한 냉기가 느껴졌다. 깊은 오한을 느끼며 나는 눈을 뜨고 주변을 살
폈다. 베란다에서 밀려드는 엷은 오렌지 빛 기운에 거실의 윤곽이 드
러나기 시작했다. 에어컨을 켜둔 채 거실 바닥에 누워 있다가 깜빡
잠이 든 모양이었다.

몸을 일으키고 리모컨을 찾아 에어컨을 껐다. 몸을 한껏 둥글게
말고 잠시 앉아 있다가 안 되겠다 싶어 불을 밝히고 물을 끓이기 시
작했다. 어느덧 자정 지나 새로 1시가 가까워지고 있었다. 뜨거운 홍
차를 몇 모금 마시자 몸에 온기가 되살아나는 것 같았다. 하지만 몸
속에 수천수만 개의 매미 알이 여전히 남아 있는 것 같아 속이 메슥
거렸다.

찻잔을 들고 다시 거실 바닥으로 가 소파에 등을 기대고 앉았다.

맞은편 벽면에 붙어 있는 세계 지도를 올려다보자 좀 전에 꾸었던 꿈이 고스란히 재생되었다. 아프리카 원주민 전사가 되어 있는 형과 내 몸속에서 부활한 작년 여름의 매미 울음소리…… 형과 매미 사이에 내가 있었다. 하지만 나는 발음 기관이 발달되지 않아 울지도 못하는 거대한 암매미처럼 무수한 알을 품고 있었다. 나를 벙어리매미로 상징하는 꿈인가.

그 순간, 낮 동안 겪었던 모호한 일들이 비로소 명료해졌다. 학교 앞 횡단보도에서 지하 카페 뮤까지, 시간을 가늠할 수 없는 동안 일어났던 일들. 장면과 장면 사이에 확실한 연결 고리가 만들어지고, 중첩돼 있던 시간과 시간 사이에 뚜렷한 갈피가 생겨나기 시작했다.

첫 장면은 내가 학교 정문 근처의 횡단보도 앞에 서 있을 때였다. 거기서 현실과 비현실 사이의 경계가 최초로 허물어지기 시작했다. 붉은 신호등이 녹색 신호등으로 바뀌던 순간, 무슨 이유 때문인가, 나는 머리털이 곤두설 정도로 싸늘하게 느껴지는 정적을 감지했다. 그래서 반사적으로 뒤를 돌아보았고, 즐비한 플라타너스를 보았고, 다시 고개를 돌려 맞은편 건물 2층의 커피숍을 올려다보았다. 작년 여름과 똑같은 정황인데 나의 귓전으로는 아무 소리도 밀려들지 않았다. 다만 깊은 정적이 이 세계를 한껏 압축해 진공 지대에서처럼 귀가 먹먹하게 느껴질 뿐이었다.

미친 것들의 아름다운 종말.

형언 못할 위기감에 사로잡힌 채 나는 순간적으로 정신의 맥락을 놓쳐버렸다. 그래서 발악적으로 울어대던 지상의 매미들이 모두 자연 소멸했을지도 모른다는 생각을 하며 정신없이 도로를 무단 횡단했다. 하지만 맞은편 건물 2층의 커피숍과 지하의 뮤 사이에 난감한 블랙홀이 도사리고 있다는 걸 그때까지도 나는 까맣게 모르고 있었다. 사라져버린 매미 울음소리처럼, 미친 것들의 아름다운 종말처럼,

어느 날 갑자기 현실에서 종적을 감춰버린 사람들이 한꺼번에 맞물리지 않은 때문이었다.

다시 한 번 깊은 오한을 느끼며 나는 손에 든 찻잔을 입으로 가져갔다. 사라져버린 매미 울음소리, 사라져버린 선배 강사, 사라져버린 형, 사라져버린 뮤의 여자…… 모두가 한동아리로 엮어져 내 몸에 무형의 사슬로 휘감겨 오는 것 같았다. 사라지지 못한 존재들을 구속하는 사라져버린 존재들의 속울음, 그것이 내 몸속에서 밀려 나오던 꿈속의 매미 울음소리가 아니었을까?

내가 뮤로 내려간 건 순간적인 기억 상실 때문이었다. 사라져버린 선배 강사에 대한 기억을 피하려다 돌연 망각의 늪지대로 빠져 든 격이었다. 뮤는 작년 여름, 폭우가 쏟아지던 늦은 밤에 선배 강사와 함께 처음으로 발을 들여놓은 곳이었다. 둘이 소주를 네 병이나 마신 뒤였고, 나보다 술을 훨씬 많이 마신 선배 강사는 이미 만취한 상태였다.

폭우 때문인가, 지하 공간에는 손님이 아무도 없었다. 오직 한 사람, 바 안에 주인인 듯한 여자가 앉아 있을 뿐이었다. 우물처럼 깊어 보이는 눈빛과 짧은 머리 모양새 때문에 언뜻 나이를 가늠하기가 힘들었다. 삭발한 지 이삼 주쯤 지난 듯 짧고 총총한 머리카락이 보는 사람의 시선을 묘하게 이끄는 것 같았다. 하지만 선배 강사와 나는 바에 앉아 맥주를 마시는 동안 그녀와 아무런 대화도 주고받지 않았다. 유부녀 여교수와 불륜에 빠진 시간 강사가 너무 엉망으로 취해버린 때문이었다.

—오늘 학과장이 내게 말했다. 영문과 유 교수 남편이 내 대학 후배다. 너 지금 내 얼굴에 똥칠하는 거냐……? 그래서 난 말했다. 마음이 가는 대로 살지 못해서 전 죄인입니다. 만약 마음이 가는 대로 살 수만 있다면, 지금 당장 학과장님 얼굴에 똥칠을 해주었을 테

니까요…… 그게 끝이다. 아무것도 제대로 시작하지 못했는데 모든 게 끝장나 버린 거다. 뿐이냐? 내가 사랑하는 유 교수님께서는 또 이렇게 말씀하셨다. 사랑을 잃어도 교수 자리를 잃을 수는 없어. 이건 내 존재의 이유이자 목적이기 때문이야……. 흐흐, 미친 것들의 아름다운 종말…… 그게 전부다, 씨발!

선배 강사가 횡설수설하는 동안 나는 술이 깨고 있었다. 무슨 이유 때문인가, 바 안쪽의 여자가 흐트러짐 없는 눈빛으로 나를 주시하고 있었다. 그 눈빛이 너무 강렬해서 의식적으로 피하고 있다가, 선배 강사가 휘청거리며 1층 화장실로 올라간 뒤에 나는 비로소 정색을 하고 그녀를 보았다. 하지만 그 순간, 나는 그녀의 두 눈에 눈물이 가득 고여 있는 걸 보고 할 말을 송두리째 잃어버리고 말았다.

그때부터 나는 다시 술을 마시기 시작했다. 맥주가 아니라 위스키를 주문하고, 스트레이트 잔을 두 개 달라고 했다. 그리고 두 개의 잔 중 하나를 그녀 앞쪽에 놓고 나는 묵묵히 술을 따랐다. 1층의 화장실로 올라간 선배 강사는 끝내 돌아오지 않았다. 바깥에 폭우가 내린다는 사실도 까맣게 잊은 채 그녀와 나는 말없이 술을 마셨다. 처음 만나 술을 마시는 게 아니라 몇천 년 전부터 지금까지 계속해서 술을 마시고 있는 듯한 기이한 지속력이 느껴졌다.

—나를 보며 왜 눈물을 글썽거린 거죠?

술병이 바닥났을 때, 술을 주문한 이후 처음으로 나는 입을 열었다. 하지만 그녀는 머리를 가로저으며 아무런 대답도 하지 않았다. 좀 더 낮은 어조로 나는 똑같은 질문을 다시 한 번 되풀이했다. 그러자 고통스러운 표정으로 미간을 찌푸리며 그녀가 신음 같은 말을 밀어냈다.

—당신 대신 울어주고 싶어서요.

그날 밤, 그녀와 내가 주고받은 말의 전부가 그것이었다. 내가 계산을 하고 밖으로 나오자 여자도 함께 따라 나왔다. 그러고는 마땅히 그래야 하는 것처럼 비를 맞으며 나를 따라 걸었다. 인적이 끊어진 길을 이십 분쯤 걸어 모텔로 들어갔을 때, 젖을 대로 젖은 몸을 내게 던지며 그녀는 비슷한 말을 다시 한 번 되풀이했다.

—당신이 흘리지 못하는 눈물, 오늘 하룻밤만이라도 내가 대신 흘려줄게요.

그로부터 일주일쯤 뒤, 뭔가에 홀린 사람처럼 나는 다시 한 번 뮤를 찾아갔다. 하지만 그날 밤 내가 안았던 여자, 나 대신 눈물 흘리며 나와 몸을 섞던 여자는 그곳에 없었다. 얼굴이 부석부석한 삼십 대 초반쯤의 여자에게 물었지만 누구를 말하는 건지 도무지 모르겠다며 의심스러운 눈초리로 나를 훑어볼 뿐이었다.

—출산 때문에 내가 보름 정도 이곳을 비우긴 했지만, 그동안은 내 남동생이 내내 여기 있었거든요. 아르바이트를 쓴 적도 없는데 여자라니…… 도대체 누구를 말하는 건지 모르겠네요. 혹 술이 많이 취해서 다른 술집을 여기로 착각한 거 아닌가요?

*

정오 무렵에 집을 나서 해 질 무렵까지 이곳저곳을 돌아다녔다. 비원에도 가보고, 삼각지에도 가보고, 여의도에도 가보았다. 버스를 타기도 하고, 지하철을 타기도 하고, 택시를 타기도 했다. 이동하는 동안에는 차를 타고, 차에서 내려 다음 장소로 이동하기 전까지는 내내 걸어 다녀 발목이 시큰거릴 정도였다.

해 질 무렵에는 마포에도 가보고, 연신내에도 가보고, 모래내에도 가보았다. 하지만 게릴라 전술을 구사하듯 도시 곳곳에서 발악적으로 울어대던 작년 여름과 달리 나는 어느 곳에서도 매미 울음소리를 들을 수 없었다. 그래서 불길한 예언의 실현을 경험하는 것 같다는 느낌에 시종 사로잡혀 있었다.

모두 어디로 사라져버린 것일까.

해 질 무렵, 나는 알 수 없는 지역의 커피숍에 앉아 있었다. 서쪽 하늘의 붉은 노을이 내다보이는 3층 커피숍이었다. 하지만 깊은 피로감 때문에 나는 내가 당도해 있는 현재 위치를 파악할 수 없었다. 차가운 아이스티를 마시고, 잠을 자듯 의자에 몸을 묻고 앉아 있는 동안 노을이 지고 어둠이 내렸다. 멀고 가까운 사물의 윤곽이 어둠에 뒤덮이자 둥실둥실 세상이 어디로인가 떠내려가는 것 같았다. 어쩌면, 하는 위기감을 느끼며 나는 퍼뜩 자세를 고쳐 앉았다. 어쩌면 하루 종일 내가 찾아다닌 게 매미 울음소리가 아니라 나의 존재 좌표였는지도 모르겠다는 생각이 들었다. 삶의 방향성을 상실하고 정처 없이 떠도는 존재, 내가 지금 머물고 있는 여기는 우주의 어느 기슭인가.

집으로 돌아오자 자동 응답기에 녹음이 되어 있었다. 하지만 그것을 들을 엄두도 내지 못한 채 나는 옷을 벗어던지고 욕실로 들어가 찬물로 샤워부터 했다. 아무 말도 듣고 싶지 않고 아무 말도 하고 싶지 않아서였다.

샤워를 마치고 나온 뒤에도 나는 선뜻 자동 응답기의 재생 버튼을 누르지 못했다. 내가 외부 세계에 무방비 상태로 노출돼 있다는 게 날이 갈수록 못마땅하게 여겨졌다. 말을 하기가 죽기보다 싫을 때에도 무자비하게 밀려드는 속수무책의 침략. 하지만 어쩌겠는가, 고개를 절레절레 흔들며 재생 버튼을 누르고 나서 나는 거실 바닥에 큰대자로 누워버렸다.

"오빠, 나 지은이야. 기억나? 작년 봄에 오빠 친구들하고 여럿이 함께 만났었잖아. 카페에서 오빠 친구 생일 파티 하던 날, 오빠가 인디언 처녀 같다고 말한 지은이…… 그동안 잘 지냈어? 난 일 년 반 만에 집으로 돌아왔어. 그냥 내가 모르는 사람들의 세상 속으로 들어가서 아무 생각 없이 살다 온 거야. 돌아오니까 내가 원래 살던 세상이 너무 낯설게 느껴져서…… 그래서 오빠한테 전화한 거야. 아무튼 반가워, 오빠. 이따 밤에 다시 전화할게.”

탁하게 갈라지는 여자 음성을 듣는 동안 나는 눈을 감고 있었다. 안개 자욱한 새벽 벌판을 떠올리게 하는 공허한 허스키 보이스, 그리고 ‘일 년 반’ 만에 집으로 돌아왔다는 말을 할 때 ‘일’을 유난히 강하게 발음하는 특징 속에서 한 여자의 모습이 의식의 수면 위로 슬그머니 솟아올랐다.

유지은.

내가 그녀를 만난 건 단 한 번뿐이었다. 그녀가 말하는 친구의 생일 파티에서였다. 친구가 단골로 드나드는 카페가 파티 장소였고, 참석자들은 친구 다섯과 낯선 여자 다섯이었다. 여자들은 모두 이십 대 중반쯤으로 보였지만 어떤 연유로 파티에 참석하게 되었는지에 대해서는 일절 실명하지 않았다. 당사자들도 설명하지 않았고 생일인 친구도 설명하지 않았다. 뿐만 아니라 파티에 참석한 다른 친구들도 그런 건 전혀 궁금해하는 눈치가 아니었다. 그런 게 뭐가 중요한가, 함께 어울려 즐거운 시간을 보내면 그만 아닌가, 하는 표정들이었다.

파티 내내 지은이는 내 옆 자리에 앉아 있었다. 그녀는 1미터 70센티는 족히 돼 보이는 훤칠한 키와 긴 생머리, 그리고 가무잡잡한 피부에 뚜렷한 이목구비를 지닌 시원스러운 느낌의 여자였다. 감정에 일말의 구김살도 없는 유쾌한 성격의 소유자처럼 그녀는 파티가 진행되는 동안 시종 즐거운 표정을 감추지 않았다. 거침없이 말하고 시원스럽게 웃는 모습에서 언뜻언뜻 푸른 갈기를 휘날리며 초원을 달리는 야생마의 모습이 연상될 정도였다.

맥주와 샴페인, 양주와 폭탄주가 좌중을 돌고 또 돌았다. 시계 방향으로 돌고, 시계 반대 방향으로 돌고, 나중에는 대각선과 지그재그 방향으로까지 돌았다. 결국 모두 취해 방향 감각을 상실한 뒤에야 그 짓거리는 중단되었다. 생일인 친구가 파티의 종료를 공식 선언했을 때 시간은 어느덧 자정이 지나 있었다. 둘씩 커플을 이루고 앉아 있던 남녀들이 휘청거리며 자리를 빠져나가기 시작했다. 애초부터 예정돼 있던 프로그램을 진행하듯 둘씩 둘씩 서로의 팔짱을 끼거나 어깨를 감싸 안고 불빛이 꺼져가는 밤의 공간 속으로 사라져간 것이었다.

지은과 나는 가장 나중에 카페에서 나왔다. 나머지 커플들이 모두 사라지고 난 뒤였다. 나는 인도에 서서 길 아래쪽을 바라보며 담배를 피워 물었다. 그때 지은이 내 팔을 잡으며 물었다.

—오빠, 우울해?

나는 잠잠한 표정으로 그녀를 돌아보았다. 그러자 그녀가 내 목에 팔을 두르며 다시 물었다.

—설마, 내가 맘에 안 들어서 그런 건 아니겠지?

그녀의 말을 듣고 피식, 나는 웃음을 터뜨렸다. 스물다섯의 입에서 거침없이 터져 나오는 감정 표현, 도무지 속수무책이라는 생각이 들어서였다. 그래서 아니, 그런 건 아냐, 하고 나는 그녀에게 말해주었다. 그러자 그럼 됐어, 하고 그녀가 흰 치아를 드러내며 환하게 웃어 보였다.

—이제 어디로 가지?

피우던 담배를 허공으로 날리고 나서 나는 물었다.

—바보, 몰라서 묻는 거야?

—그래, 몰라서 묻는 거다.

내가 정색을 하고 대답하자 하하, 하고 그녀가 눅눅한 밤공기를 뒤흔들며 돌발적인 웃음을 터뜨렸다. 그리고 그때 처음으로 그녀는 내 직업이 뭐냐고 물었다. 대학 강사야, 하고 나는 심드렁한 표정으로 대답했다.

　—오, 대학 강사? 그럼 미래의 교수님이잖아. 흠, 그렇담 문제로군. 난 학교 다닐 때부터 내내 문제아였는데, 미래의 교수님이 그런 애랑 잤다는 게 알려지면 나중에 파면당하지 않을까?

　약을 올리듯 그녀는 내 표정을 살피며 고개를 갸웃거렸다.

　—집이 어디야?

　그쯤에서 매듭을 지어야겠다는 생각을 하며 나는 지나가는 택시를 살피기 시작했다. 차를 잡아주고 나도 집으로 가야겠다는 생각을 한 것이었다. 그러자 그녀가 당황한 표정으로 시계를 보고 나서 오빠, 하고 내 팔을 잡았다.

　—어디 가서 나 좀 기다려주면 안 돼?

　—무슨 말이지?

　—어디 모텔 같은 데 가서 오빠 혼자 자고 있어. 그럼 내가 집에 들어갔다가 새벽 4시쯤 다시 올게. 우리 오빠가 성질이 더러워서 일단 집에는 들어가야 해. 엄마는 노름하러 다니기 때문에 문제가 안 되는데, 오빠는 내가 집에 안 들어가면 엄청 지랄하거든. 그럼 안 될까?

　—임마, 내가 너하고 자지 못해 환장한 놈처럼 보이니?

　—아니, 씨. 그런 게 아니라 내가 오빠하고 같이 있고 싶어서 그러는 거야. 무슨 뜻인지 알지도 못하면서 왜 그래?

　—됐어, 그냥 각자 집으로 들어가자. 그럼 간단하잖아.

　—좋아, 그럼 오빠 전화번호 알려줘.

　그것이 그녀와 나 사이의 처음이자 마지막 만남이었다. 그 뒤로 그녀는 나에게 두어 번 전화를 걸어온 적이 있었다. 하지만 두 사람 사이에 별다른 사연이 없었으므로 긴 대화를 나눌 수는 없었다. 주로 그녀가 말하고 나는 듣는 편이었다. 하지만 그녀가 들려주는 얘기에도 별반 특별한 것은 없었다. 구두와 핸드백을 샀다는 얘기, 일본에 가보고 싶다는 얘기, 친구와 바다에 다녀왔다는 얘기 등등 일상사적인 것들이 대부분이었다. 그리고 뚝, 기억할 수도 없는 어느 시기부터인가 그녀는 더 이상 전화를 걸어오지 않았다. 그것이 아마도 그녀가 말하는 '모르는 사람들의 세상 속으로' 사라져버린 시기인 것 같았다.

"······일 년 반?"

망연한 눈빛으로 천장을 올려다보며 나는 중얼거렸다. '일'을 발음하는 그녀의 악센트가 독특해서인가, 그녀가 말하는 일 년 반이라는 기간이 사뭇 낯설게 되새겨졌다. 지상이 아니라 차원이 다른 공간이나 외계에서 일 년 반을 보내고 온 것인가.

돌아왔어!

그 순간, 지은의 메시지에 담겨 있던 지극히 평범한 단어 하나가 나의 뇌리에서 강렬한 불꽃을 일으켰다. 난 일 년 반 만에 집으로 돌아왔어······. '돌아왔다'는 그녀의 말이 내 주변에서 일어나고 있는 불가해한 사라짐에 대한 구원의 메시지라도 되는 양 나는 가슴의 박동이 빨라지는 걸 느꼈다. 하지만 그것은 기대감이 아니라 불안감을 반영하는 박동이었다. 아무리 아니라고 부정해도 나 자신을 속일 수는 없었다.

형도 돌아올 수 있을까?

어느덧 구 개월이 지났지만, 나는 여전히 형이 사라져버린 이유를 모르고 있다. 이스탄불로 출장 간 형이 무슨 이유로 짐바브웨로 갔는지, 그리고 그곳에서는 어디로 잠적했는지에 대해 아는 게 아무것도 없는 것이다. 서로에 대해 아는 게 별로 없다는 점에서 그와 나는 형제라고 말하기 어렵다. 그래, 엄밀한 의미에서 그와 나는 형제가 아니다. 같은 날 같은 시각에 교통사고로 세상을 떠난 부모님이 그와 나에게 그런 서열을 부여한 것일 뿐이다. 쌍둥이도 아닌데 어떻게 형과 아우의 나이가 같을 수 있겠는가.

형은 아버지가 만든 자식이고 나는 어머니가 만든 자식이었다. 아버지의 전처는 뇌암으로 사망, 나의 생부는 음독자살. 간단히 말해 아버지와 어머니가 재혼을 함으로써 피가 다른 그와 내가 형제가 된 것이었다. 하지만 형과 나 사이에 별다른 갈등이나 문제는 없었다. 부모님이 돌아가시기 전에도 그랬고, 부모님이 돌아가신 뒤에도 마찬가지였다. 서로에 대한 무관심이 오히려 쌍방의 보호막이 되어주었다.

형과 내가 처음 만난 건 중학교 1학년 때였다. 그리고 부모님이 여행길에서 같은 날 같은 시각에 세상을 떠난 건 그와 내가 고등학교 2학년 때였다. 철길 건널목 신호 무시한 관광버스, 달려오던 열차와 충돌. 나의 기억에 남아 있는 당시의 신문 기사는 지극히 간단명료했다. 하지만 세상에 남겨진 형과 나 사이는 신문 기사처럼 간단명료하지 않았다.

형은 말수가 적고 내성적인 성격의 소유자였다. 나도 어릴 땐 그와 비슷한 성격을 지니고 있었다. 하지만 형과 함께 살게 된 뒤로 완연히 달라지기 시작했다. 그와 비슷하다는 것 자체가 견딜 수 없이 싫어서였다. 부모님이 세상을 떠난 뒤부터 나는 중심을 잃고 방황하기 시작했지만 그는 자신의 내면으로 더욱 깊이 침잠해 오직 공부밖에 모르는 인간으로 변해 갔다. 그가 경영학과에 지원했을 때, 나는 같은 대학의 철학과를 지원했다. 하지만 그는 과수석이 되었고 나는 보기 좋게 낙방하고 말았다. 일 년 재수를 한 뒤, 나는 그의 후배가 되는 게 싫어 타 대학 철학과를 지원했다. 그게 과연 무관심이었을까.

형은 직장에서도 능력을 인정받는 인물이었다. 입사할 때 총무과로 발령받았던 그가 일 년 만에 해외 업무를 담당하는 부서로 이동한 것도 그런 이유 때문이었다. 내가 보기에 그는 현실적으로 아무런 문제가 없는 인간처럼 보였다. 건강한 신체, 타고난 성실성, 확실한 직장, 사랑하는 여자…… 도대체 뭐가 문제란 말인가.

이스탄불과 짐바브웨 사이.

세계 지도에 그려진 붉은 수직선을 올려다보며 나는 길게 한숨을 내쉬었다. 한참을 바라보고 있노라니 짐바브웨에서 머물던 수직 하강선의 마지막 지점이 살아 있는 생명체처럼 꿈틀거리기 시작했다. 꿈틀거리며 조금씩 밑으로 뻗어 내려 짐바브웨를 벗어나고 있었다.

어딘가.

한 지점에 머무는가 싶어 확인해 보니 그것은 어느새 아프리카 대륙을 벗어나고 있었다. 그리고 잠시 뒤, 그것은 북대서양과 인도양 사이를 거쳐 세계 지도를 빠져나왔다. 이스탄불에서 시작해 내가 누워 있는 거실까지 수직 하강한 것이었다. 퍼뜩 일어나 앉고 싶었지만 뜻대로 몸이 움직여지지 않았다. 상징적 귀환처럼, 어느새 수직 하강선의 마지막 지점이 나의 가슴에까지 이르러 있었다.

형!

*

금요일 오전, 두 통의 전화를 받았다.

9시경에 먼저 받은 전화는 지은에게서 걸려온 것이었다. 잠을 자고 있다가, 다소 몽롱한 상태에서 나는 전화를 받았다. 며칠 전 자동응답기에 메시지를 남긴 날, 어째서 밤에 전화를 걸지 않았는지에 대해 나는 잠이 덜 깬 목소리로 먼저 물었다. 그러자 그녀가 다소 풀죽은 어조로 그냥, 그렇게 됐어, 하고 말했다. 예전처럼 생기 있고 발랄한 어조가 아니라서 나는 눈을 비비고 자리에서 일어나 벽에 등을 기댔다.

"그냥 그렇게 됐다니? 난 일 년 반 만에 현실로 돌아온 사람이 어떻게 달라졌는지 궁금해서 새벽까지 전화를 기다렸는데…… 돌아오자마자 바빠진 건가?"

"아니, 그런 게 아냐. 그냥, 이거저것 하다 보니까 깜빡한 거야. 많이 기다렸어?"

"그날 밤엔 도통 잠이 안 와서 통화를 하고 싶었어. 그래, 일 년 반 동안 어딜 갔다 왔다는 거지?"

"지금 오빠가 묻는 어투가 밥맛 떨어지는 형사 같다는 거 알아?"

"형사?"

"그래, 오빠. 그냥…… 그런 건 묻지 마. 별로 말하고 싶지 않으니까."

아주 간신히, 거의 기어 들어가는 목소리로 그녀는 말했다. 뭔가, 내가 알 수 없는 깊은 심연을 그녀가 지니고 있는 것 같다는 생각이 들어 나는 차분한 어조로 다시 입을 열었다.

"기분 나쁘게 할 뜻은 없었어. 그냥, 난 예전의 지은이를 생각하면서 말한 거야. 근데 너, 예전과는 아주 많이 달라진 느낌이 든다. 다른 사람 같아."

"그래, 그럴지도 몰라. 내가 느끼기에도 예전과 완전히 다른 사람 같으니까……. 정말 난 다른 사람이 돼서 돌아왔는지도 몰라. 하지만 어차피 세상은 변하는 거잖아. 우리가 매일 보니까 모를 뿐이지 사실은 매일매일 모든 게 달라지는 건지도 몰라. 오빠는 하나도 달라지지 않았어?"

"나?"

그녀의 갑작스러운 물음에 컥, 목이 막히는 것 같았다. 난 달라진 건가, 달라지지 않은 건가.

"달라졌다는 걸 모를 뿐이지 오빠도 많이 달라졌을 거야. 그러니까 내 전화를 기다린 거 아닌가? 예전엔 내가 전화를 걸어도 심드렁하게 받곤 했잖아."

"그래, 나도 많이 달라졌겠지. 매일 매일 마취된 것처럼 살아가니까 내가 달라졌다는 걸 자각하지 못하는 걸 거야. 그래, 이젠 뭘 할 거니?"

"모르겠어. 돌아오긴 했지만 모든 게 막막하고 불투명해. 집에 가보니까 모든 게 엉망이 돼 있어서 그냥 나와버렸어. 원룸을 하나 얻었는데…… 좀 더 기다려봐야 할 것 같아."

"뭘 기다린다는 거지?"

"……시간."

"시간을 기다리면 모든 게 절로 해결된다고 생각하는 거야?"

"아니, 그런 게 아냐. 세상에 해결되는 건 아무것도 없어. 그냥 기다리다 보면 문제가 사라지는 것뿐이야. 사라지는 걸 사람들이 해결되는 거라고 착각하는 거지 뭐. 어차피 뾰족한 수가 없으니까."

사라짐, 해결, 착각…… 그녀의 말을 듣고 있는 동안 뭔가가 잡힐 듯 말 듯 뇌리에서 어른거렸다. 하지만 철커덕, 하는 소리를 내며 뭔가가 온전하게 연결되지 않아 머릿속이 더욱 복잡해지는 것 같았다. 그때, 그만 끊을게, 하고 그녀가 말했다. 내가 전화번호를 알려달라고 말하자 휴대폰? 하고 그녀가 되물었다. 그래서 무엇이든 연락이 되는 거라면 상관없다고 말하자 휴대폰은 없어, 하고 그녀가 덧붙였다. 그리고 나서 잠시 사이를 두었다가 원룸 전화번호를 알려주었다.

가오리가 전화를 걸어온 것은 10시 반경, 내가 계란 프라이를 만들고 있을 때였다. 주방의 채광창으로 밀려든 아침 햇살이 계란의 노른자위에 금빛 박막처럼 뒤덮여 있었다. 전화를 받자마자 그는 다짜고짜 오늘 뭘 할 거냐고 물었다. 그래서 가스레인지의 레버를 잠그며 나는 이렇게 말했다.

"보나마나 널 만나게 되겠지 뭐. 지금 그 말 하려고 전화한 거 아냐?"

"새끼, 철학과 강사 때려치우고 철학관이나 운영해라."

"안 그래도 때려치웠으니 걱정 마라. 그래, 용건이 뭐야? 오늘 만나서 술 마시자는 거지?"

무선 전화기를 어깨와 턱 사이에 끼우고, 계란 프라이를 접시로 옮겨 담으며 나는 물었다.

"술 마시는 게 아니라 술 마시고 원 없이 울어보자는 거다. 그게 주목적이라고."

"근데, 오늘은 학원 강의 없는 날이냐?"

"나 학원 그만뒀다. 그래서 주머니도 두둑하니까 오늘은 내가 사마."

"학원을 그만뒀다고?"

계란 프라이가 담긴 접시를 식탁으로 옮기려던 동작을 멈추고 나는 놀란 어조로 물었다. 와이프가 가출한 탓에 늙은 모친이 아이를 돌본다는 말을 들은 게 며칠 전인데 이젠 직장까지 때려치웠다?

"갈 데까지 가보는 거지 뭐. 짧은 인생 아등바등하며 살 거 뭐 있냐. 아무튼 구질구질한 말은 나중에 만나서 하고, 저녁 6시까지 집으로 데리러 갈 테니 꼼짝 말고 집에 붙어 있어라. 알았지?"

낮 동안 나는 내내 컴퓨터 앞에 앉아 있었다. 별다른 생각 없이 인터넷에 접속해 이곳저곳을 떠돌아다니다가 '여행'이라는 검색어의 미궁 속으로 빠져 들어 시간의 흐름을 망각해 버린 것이었다. 수백 개의 여행사를 다 뒤져보고, 여행 관련 개인 홈페이지를 들쑤셔 보고, 그것도 모자라 나중에는 백과사전까지 헤집어보았다. 하지만 접속을 끊었을 때, 나는 아무것도 건지지 못한 채 일종의 공황 상태에 사로잡혀 있었다. 내가 무엇을 찾으려 했는지를 몰라서가 아니라 내가 찾고자 한 게 애초부터 없었다는 걸 비로소 깨달은 때문이었다. 지상에 없는 무엇, 인간이 만든 지도로는 갈 수 없는 곳을 내가 꿈꾼 것일까.

가오리가 집으로 온 것은 6시 10분경이었다. 외출 준비를 끝내고 있었기 때문에 나는 그와 함께 곧바로 집을 나설 수 있었다. 하늘은 잿빛으로 무겁게 가라앉아 있었고 대기에는 비를 예고하는 듯한 습기가 가득 배어 있었다. 비가 오려는 건가, 하는 표정으로 나는 아파트 현관을 나서며 하늘을 올려다보았다. 그때 앞서 나간 가오리가 야, 빨리 타, 하고 소리쳤다. 하지만 나는 아파트 현관 앞에 세워진 가오리의 차를 보고 우뚝 걸음을 멈추었다.

"이건 뭐야…… 술 마시러 갈 거면서 차는 왜 가져온 거야?"

"잔말 말고 타기나 해. 갈 길이 멀어."

그 순간, 나는 할 말을 잃고 멍한 눈빛으로 가오리를 보았다. 암회색 날빛 속에 서 있는 그가 처음 보는 사람처럼 한없이 낯설게 보인 때문이었다. 가오리라는 별명이 무색할 만큼 얼굴이 깡말라 전혀 다른 사람을 보는 것 같았다.

"어디로 가는 건데?"

좌석에 앉자마자 나는 그에게 물었다. 하지만 그는 능숙한 손놀림으로 핸들을 돌리며 엉뚱한 말을 했다.

"폭우를 동반한 태풍이 북상하고 있다는데…… 이름을 까먹었다. 생각날 때까지 그냥 가오리라고 하지 뭐."

말하고 나서 푸핫, 하고 그는 괴이쩍은 소리를 터뜨렸다.

"마치 북상하는 태풍을 마중 나가는 사람처럼 말하는구나."

"그래, 휘몰아치는 폭풍우 속에서 목이 터져라 울부짖는 기분도 그리 나쁘진 않을 거다. 악을 쓰고 울면서 붕붕 날려 가는 기분……

죽이지 않을까?"

그가 왠지 불안정한 상태에 사로잡혀 있는 것 같아 나는 더 이상 대꾸하지 않았다. 차라리 입을 다물게 하는 게 낫겠다는 생각이 들었다. 그래서 왜 학원을 그만뒀는지, 앞으로의 계획은 무엇인지 따위의 얘기는 고스란히 접어두기로 했다. 얘기를 나눌 만한 상태도 아닌 것 같고, 얘기를 나눈다고 해도 어차피 달라질 건 아무것도 없을 테니까.

"우리는 지금 서북쪽으로 가고 있다."

강변도로로 접어들 때, 한동안 침묵하고 있던 그가 묻지도 않은 말을 꺼냈다. 가거나 말거나, 관심 없다는 표정으로 나는 좌석 깊숙이 몸을 묻고 점점 무겁게 내려앉는 하늘을 올려다보았다. 평상시 같으면 아직 잔광이 남아 있을 시간인데, 지금은 믿어지지 않을 정도로 짙은 어스름이 사방에 가득 들어차 있었다. 언뜻 인터넷을 떠돌며 내가 찾고자 했던 곳, 그런 곳으로 가고 있는 것 같다는 생각이 들었다. 서북쪽 어디쯤, 지상의 지도에는 표기되지 않은 또 다른 차원의 세계가 있는 것일까.

사십 분 정도 딜러 차는 신도시로 진입했다. 여기가 서북쪽이야? 하고 물으며 나는 자세를 고쳐 앉았다. 하지만 그는 아무런 대꾸도 하지 않고 외곽도로를 이용해 다시 신도시를 빠져나갔다. 신도시가 끝나는 경계 지점에서 좌측으로 접어들자 협소한 비포장도로가 나타났다. 초입에 두서너 군데의 자동차 정비소가 있었지만, 그곳을 지나치자 돌연 드넓은 논과 무성한 숲이 나타나기 시작했다. 비포장도로를 사이에 두고 좌측으로는 논, 우측으로는 숲.

700미터쯤 진행한 뒤에 가오리는 우측의 야산 자락으로 핸들을 꺾었다. 야산 자락이 아니라 거기 자리 잡은 드넓은 공장 건물 같은 곳으로 접어든 것이었다. 산을 등지고 앉은 낡은 단층 건물이었는데, 몇백 평은 좋이 될 것 같은 마당에 야외 가설무대까지 갖추어져 있었다. 연극하는 사람들이 만든 야외극장인가, 하는 생각을 하며 나는 차에서 내려 주변을 둘러보았다.

"저기, 건물 위를 봐. 저 이상한 푯대와 접시 안테나 보이지?"

"게릴라 아지트인가?"

"웃기지 마. 저게 UFO 유도 장치래. 여기, 이 마당에 외계인이 착륙할 날이 올 거라고 믿는 사람이 이 카페 주인이거든."

"카페?"

믿어지지 않는다는 표정으로 나는 가오리를 보았다. 공장을 떠올리게 하는 건물, 간판도 없는 입구—어느 누가 이런 곳을 카페로 알고 찾아오겠는가. 어이없다는 생각이 들어 나는 머리를 절레절레 흔들었다. 하지만 인간만 손님으로 받는 게 아니라 외계인까지 손님으로 받을 준비를 하고 있다니 더더욱 기가 막힐 노릇이었다. 이상한 행성의 정신 병동이나 감옥에서 도망친 외계인들이라면 또 모를까, 아무리 생각해 봐도 저렇게 조악스러운 유도 장치에 걸려들 UFO는 우주의 어느 곳에도 있을 것 같지 않았다. 그래서 나는 오른손 검지를 머리 옆에다 대고 빙빙 돌리며 가오리에게 말했다.

"이봐, 지금 이 집 마당에 외계인이 와 있다고 주인한테 말해 봐. 혹시 아냐, 술과 안주도 공짜로 대접하면서 신처럼 떠받들지도 모르잖아."

"주인은 없을 거야. 떠도는 사람이거든."

가오리가 먼저 건물 안으로 들어갔다. 그를 따라 어두컴컴한 실내로 들어서자 허공에 매달린 몇 개의 백열전등이 가장 먼저 시선을 끌었다. 이게 카페란 말인가, 공장 건물 같다는 나의 첫인상은 여전히 지속되고 있었다. 붉은 페인트칠을 한 금속 배관과 양철 환기통이 벽을 따라 돌아가고, 실내 중앙에 커다란 밀링 머신이 그대로 남아 있는데 어떻게 이런 공간을 카페라고 할 수 있단 말인가.

공장을 개조한 카페.

그것이 내가 눈짐작으로 내린 결론이었다. 공장을 하던 건물을 적당히 개조하여 전원 카페로 바꾼 흔적이 역력해 보였다. 거칠고 기계적인 바탕에 정서적인 구조물을 가미한 공간——돌과 흙으로 만든 벽난로, 장작을 때서 사용하는 오래된 무쇠 화덕, 직접 제작한 것으로 보이는 기하학적인 모양의 테이블 같은 것들이 카페의 면모를 간신히 옹호하고 있었다.

가오리는 벽난로 앞의 낮은 탁자와 의자가 있는 곳으로 갔다. 백오십 평은 족히 될 것 같은 실내가 한눈에 내다보이는 위치였다. 낮은 의자에 앉은 뒤에 나는 비로소 실내의 바닥이 맨땅이라는 걸 알았다. 손님은 오직 한 테이블, 두 명의 아이를 데려온 젊은 부부가 전부였다. 배관과 환기통을 따라 뛰어다니는 아이들을 보자 카페가 아니라 아이들 놀이동산에 와 있는 것 같다는 생각이 뇌리를 스쳤다.

잠시 뒤, 무쇠 화덕 옆의 주방에서 서빙하는 남자가 나왔다. 머리를 뒤로 묶은 이십 대 후반쯤의 그가 가오리를 보자 반가운 표정으로 아는 체를 했다. 아, 오랜만에 오셨네요, 그동안 잘 지내셨죠, 하고 환한 웃음을 지으며 환대했다. 그러자 가오리가 미간을 찌푸리며 머리를 절레절레 흔들었다.

"아니, 전혀 잘 지내지 못했어. 빌어먹을 지구인들한테 시달리며 끔찍스러운 나날을 보냈거든. UFO 기지로 다시 돌아오고 싶어서 정말 죽는 줄 알았다니까. 근데, 캡틴은?"

"아, 오토바이 여행 떠나셨어요. 지난주 금요일 저녁 무렵에 갑자기 해가 지는 쪽으로 가고 싶다고 나섰는데…… 내내 통신 두절이네요."

"그래, 그렇게 떠나는 게 좋은 거야. 떠나는 일에 구질구질한 이유를 달 필요가 뭐가 있어. 해가 지는 쪽으로 가고 싶다…… 그게 그냥 시잖아, 시야."

끽끽거리며 가오리는 맥주와 소주, 구운 감자와 베이컨을 주문했다. 서빙하는 남자가 돌아가자 그는 손목을 들어 시계를 보았다. 나는 잠시 생각을 정리하고 나서 그에게 물었다.

"여긴 뭐 하는 곳이야? 외계인 추종자들 아지트인가?"

"아니, 외계인 추종자가 아니라 자신이 외계인이라고 믿는 사람들이 모이는 장소야. 지구가 자신의 별이 아니라고 믿는 사람들, 다시 말해 자신의 별로 돌아갈 날을 기다리는 사람들…… 나 같은 놈들이지 뭐."

말을 하고 나서 그는 씁쓸한 표정으로 담배를 피워 물었다. 그때 사방에서 쏴아, 하고 이상한 소리가 들리기 시작했다. 언뜻 듣기에 바람 소리 같기도 하고, 풍선에서 바람 빠지는 소리 같기도 했다.

"비?"

퍼뜩 정신을 차린 사람처럼 가오리는 자리에서 일어나 출입구 쪽으로 달려갔다. 나는 고개를 돌려 등 뒤쪽의 창을 내다보았다. 푸르스름한 어둠이 들어찬 창유리 위로 젖은 빗물이 겹 주름을 만들며 흘러내리고 있었다. 소리만으로도 엄청나게 세찬 빗줄기라는 걸 알 수 있었다.

그때 술과 안주가 날라져 왔다. 가오리가 없어서인가, 서빙하는 남자는 다소 경직된 표정으로 날라 온 것들을 탁자 위에 올려놓고 말없이 사라졌다. 고개를 돌려 출입구 쪽을 보았으나 밖으로 나간 가오리는 좀체 나타나지 않았다. 언제 나간 것인가, 아이들과 함께 있던 부부도 어느새 자취를 감추고 없었다. 담배를 피워 물고 후— 나는 백열전구 등빛이 고여 있는 허공으로 길게 연기를 내뿜었다.

외계로 떠난 건가.

피우던 담배를 바닥에 비벼 끄고 나서 나는 맥주병 마개를 열었다. 그때 출입문이 열리며 쏴아, 하는 빗소리가 봇물처럼 안쪽으로 밀려들었다. 반사적으로 고개를 돌리자 온몸이 빈틈없이 빗물에 젖은 가오리가 머리를 털며 자리로 돌아오고 있었다.

"너, 왜 그러는 거야? 이 빗속에 UFO가 나타나기라도 한 거야?"

나는 너무 어이가 없어 벙긋 입을 벌리고 그를 보았다. 머리카락은 젖은 채 가라앉아 헤어 젤을 바른 것처럼 빛나고 있었고, 푸른 남방과 면바지는 몸에 들러붙어 속살까지 내비칠 정도였다. 하지만 아무래도 상관없다는 표정으로 그는 덤덤하게 입을 열었다.

"아니, 그런 거 아냐. 누가 오기로 했는데, 여기 장소를 잘 몰라. 차를 가져오는 것도 아니고 택시를 타고 온다고 해서 시간 맞춰 입구에서 기다리기로 했거든."

"근데 왜 들어온 거야?"

"휴대폰으로 연락이 왔어. 한 삼십 분쯤 늦을 거니까 안에서 기다리란다. 근처에 오면 연락하겠다고 말이야."

"누군데?"

나의 물음에 어자야, 하고 그는 건성으로 대답했다. 다소 짜증스럽다는 생각을 하며 나는 맥주를 잔에다 부어 몇 모금 마셨다. 그러자 그는 소주병 마개를 따고 자작했다. 글라스에다 소주를 반쯤 부어 단숨에 들이켜고 다시 반쯤 따르니 소주 한 병이 고스란히 바닥나 버렸다. 술을 마시고 나서 그는 허겁지겁 베이컨을 집어먹기 시작했다. 구운 감자 하나를 으깨 반쯤 먹고 나서 문득 생각난 것처럼 그가 고개를 들고 나를 보았다.

"넌 안 먹냐?"

"난 지구인이야. 그런 거 자주 먹을 수 있으니까 걱정 마."

나의 말을 듣고 나서 그는 두어 번 고개를 끄덕였다. 내 말을 진담으로 받아들이는 표정 같았다. 뭔가 불안정하다, 뭔가 어긋나 있다,

하는 생각을 하며 나는 빗소리에 집중했다. 빗소리가 아니라 수직으로 쏟아지는 물소리라고 하는 게 차라리 옳을 듯싶었다. 예컨대, 낙차 큰 폭포수 소리.

8시 25분, 가오리는 휴대폰을 받고 다시 밖으로 나갔다. 그가 한 병 반의 소주, 내가 두 병의 맥주를 마신 뒤였다. 별다른 대화도 없이 빗소리에 사로잡힌 듯한 자세로 묵묵히 술을 마시거나 담배를 태운 사십 분.

그가 밖으로 나가자마자 후, 하고 나는 길게 한숨을 내쉬었다. 그때 출입문이 열리고 세찬 빗소리와 함께 왁자하게 떠들어대는 소리가 들렸다. 고개를 돌려보니 대여섯 명의 이십 대들이 비를 피하느라 앞 다퉈 안으로 뛰어 들어왔다. 헤드라이트 불빛이 실내로 밀려드는 걸로 보아 출입문 앞에다 바투 차량을 갖다 댄 모양이었다.

헤아려보니 안으로 들어선 사람은 모두 다섯 명이었다. 그들은 내가 앉아 있는 곳과 반대되는 출입문 우측의 넓은 자리를 잡고 앉았다. 일행 중 한 명이 주방 쪽을 향해 이구아나 형, 우리 왔수다, 하고 큰 소리로 외쳤다. 그러자 주방 안에서 서빙하는 남자가 나타났다. 이구아나라는 별칭을 듣고 보니 정말 그것을 닮은 것 같다는 생각이 들었다. 냉혈을 숨긴 느긋함, 태연함, 그리고 능청스러움.

가오리는 좀체 돌아오지 않았다. 답답하다는 생각이 들어 나는 자리에서 일어나 출입구 쪽으로 갔다. 가면서 보니 이십 대 중반쯤으로 보이는 청년들이 이구아나와 함께 앉아 다양한 제스처를 써가며 왁자하게 떠들어대고 있었다. 나를 본 이구아나가 가볍게 고개를 숙이며 어설픈 미소를 지어 보였다.

출입문을 열자 세찬 빗소리와 썰렁한 공기가 동시에 안쪽으로 밀려들었다. 눈을 가늘게 뜨고 밖을 내다보자 뿌연 수은등 빛을 받은 장대비가 수직으로 쏟아져 내리고 있었다. 앞을 분간하기 어려울 정도로 굵고 세찬 빗줄기였다. 산자락을 타고 흘러내린 빗물이 어느새 드넓은 마당으로 고여 들어 강물처럼 출렁이고 있었다.

밖으로 나설 엄두도 내지 못한 채 나는 도로 쪽을 내다보았다. 거기, 진입로와 도로가 맞물리는 지점에 가오리가 등을 보이고 서 있었다. 세찬 빗줄기가 휘청거릴 때마다 그의 형상이 잠깐잠깐 사라졌다 다시 나타나곤 했다. 잠시만 그렇게 더 서 있으면 고스란히 사라져버릴 것 같다는 생각이 들 정도였다. 하지만 꼼짝 않고 선 그의 뒷모습에서 깊이를 가늠하기 어려운 체념과 집념이 동시에 느껴져 나는 조용히 출입문을 닫고 자리로 돌아와 앉았다.

혼자 잔을 비우고 다시 잔을 채웠다. 아무리 마셔도 취기가 오를 것 같지 않은 밤이었다. 정신이 너무 명징해서 자칫하면 머릿속에서 유리 깨지는 소리가 날 것 같았다. 그 순간, 어째서 마린에 대한 갈망이 눈을 떴는지 모를 일이었다. 그녀와 나의 현재 위치가 우주적 거리감으로 되새겨져 도무지 견딜 수가 없을 지경이었다. 내가 머무르는 곳이 어디인지도 모른 채 빗소리에 갇혀버린 지금, 어째서 그녀가 이토록 저리게 그리운 것일까.

방향 감각을 상실한 사람처럼 나는 막막한 눈빛으로 창을 돌아보았다. 빗물이 겹겹으로 주름 져 내리는 그곳에서 실내의 백열전등 빛과 바깥쪽의 젖은 어둠이 질펀한 교접을 벌이고 있었다. 그때 출입문이 열리고 젖을 대로 젖은 두 명의 남녀가 실내로 들어섰다.

"인사해라. 나하고 같은 별에서 온 여자다."

가오리의 말에 여자는 이름 같은 건 밝힐 생각도 하지 않고 고개만 까닥해 보였다. 쇼트커트 머리, 꼬리가 위로 올라간 눈매, 얇은 입술이 한데 어울려 차갑고 냉소적으로 보이는 얼굴이었다. 옷을 입은 채 풀장에 뛰어들었다 이제 막 빠져나온 것처럼 그녀도 역시 차림새가 엉망이 돼 있었다. 헐렁한 물빛 남방과 타이트한 청바지 차림이었지만 물빛 남방은 푸른색으로 변하고 청바지는 검정에 가까운 색으로 변해 있었다. 뿐만 아니라 젖은 남방이 가슴에 들러붙어 브래지어 자국까지 선명하게 떠올라 있었다.

가오리는 비로소 안정감을 회복한 얼굴로 나와 여자에게 술을 따르고 다시 술과 안주를 주문했다. 오느라고 힘들었겠다고 가오리가 말하자 쿡, 하고 여자가 이상한 소리를 내며 웃었다. 왜 웃는 거냐고 가오리가 묻자 여자가 젖은 머리카락을 손으로 쓸어 넘기고 나서 엉뚱한 말을 꺼냈다.

"오는 길에 녹색 물뱀을 봤어. 택시를 탔는데, 비포장이 시작되는 지점에 오니까 기사가 더 이상 못 가겠다는 거야. 초입에는 벌써 도로가 물에 잠겨서 차가 건너기 힘들 정도였거든. 그래서 싫으면 관두라고 말하고 차에서 내렸지. 그러곤 아무 차나 오기를 기다리며 무작정 서 있었어. 그런데 가로등 빛에 보니까 물 위에서 뭔가 꿈틀거리며 내가 서 있는 쪽으로 다가오는 거야. 허리를 굽히고 내려다보니까…… 뱀이잖아. 녹색이었는데 물살을 거스르며 헤엄치는 모양이 너무 아름다워서 한참을 들여다보고 있었어. 아, 지금도 그 모습이 너무 선명해."

"아무튼 들어오는 차가 있어서 천만다행이었다."

"그 사람 너무 고마워서 다음에 만나 한번 자줘야겠어. 자기 같으면 그럴 수 있겠어? 다시 돌아 나올 수 없을지도 모르는 길을 처음 보는 여자가 가자면 가겠냐고."

"당연, 모르니까 가겠지."

여자가 웃기지 말라는 표정으로 냉소를 머금고 가오리를 보았다. 그러자 그가 멋쩍다는 표정으로 어깨를 으쓱해 보이고 나서 건배를 제안했다. 가오리와 여자는 소주, 나는 여전히 맥주를 고수하고 있었다. 그때 출입구 우측에서 폭발적인 웃음소리가 터져 올랐다. 돌아보니 허리를 뒤로 젖히거나 상체를 앞으로 접은 채 무리가 미친 듯이 웃어대고 있었다. 엄청난 폭우와 안온한 고립감 사이에서 일어나는 집단적 분열을 목격하는 것 같았다.

어느 순간, 여자가 가오리에게 춥다는 말을 했다. 그러자 그가 아무에게도 허락을 구하지 않고 뒤쪽의 벽난로에다 불을 피웠다. 벽난로 옆에 쌓인 장작개비를 어긋나게 걸쳐놓고 밑에다 신문지를 말아넣어 수월하게 불을 지핀 것이었다. 그러자 한여름 밤의 장작불이 꽃뱀의 혀처럼 날름거리며 갈라진 나무의 속살을 애무하기 시작했다.

"팬티도 젖었겠지?"

자리로 돌아온 가오리가 여자에게 물었다. 그러자 다 젖었어, 하고 여자가 아무렇지도 않게 대꾸했다. 하지만 그들이 어떤 사이인지에 대해 나는 아무런 궁금증도 일지 않았다. 별달리 느껴지는 것도 없고, 별달리 상관하고 싶은 것도 없었다. 오직 한 가지, 마린에 대한 저린 그리움이 탁탁 소리를 내며 타오르는 장작개비처럼 가슴에 뜨거운 불을 지피고 있을 뿐이었다.

어느 순간, 나는 술잔을 내려놓고 눈을 감았다. 어느 순간, 다시 눈을 떴을 때, 나는 가오리가 여자를 가슴에 안고 있는 걸 보았다. 젖은 몸을 부둥켜안고 있는 두 사람의 자세가 너무 불편해 보여 나는 다시 눈을 감았다. 어느 순간, 다시 눈을 떴을 때 가오리는 여자의 가슴에 손을 넣고 입술을 빨아대고 있었다. 사랑을 나누는 것이거나 처절한 몸부림이거나 미친 짓이거나, 어떤 식으로도 상관하고 싶지 않아 나는 다시 눈을 감았다. 그리고 어느 순간 다시 눈을 떴을 때, 실내는 아수라장이 되어 있었다.

무슨 일인가.

나는 반사적으로 자리에서 일어나 주변을 살폈다. 출입구 우측에 앉아 있던 다섯 명의 무리가 실내를 분주하게 오가며 정신없이 설쳐

대고 있었다. 주방으로 뛰어 들어가는 사람이 있었고, 주방에서 뛰어 나오는 사람이 있었다. 그리고 서넛은 출입문 앞에서 허리를 굽히고 정신없이 출입문 밖으로 물을 퍼내고 있었다. 뒷산에서 흘러내린 빗물이 마당을 넘어 이윽고 실내로 밀려들기 시작했다는 걸 알 수 있었다. 하지만 어디로 사라진 것일까, 가오리와 여자의 모습은 보이지 않았다.

나는 긴장한 표정으로 출입문이 있는 곳으로 다가갔다. 무리가 알아들을 수도 없는 소리를 내지르며 바가지, 그릇, 세숫대야 따위를 동원해 정신없이 물을 퍼내고 있었다. 하지만 부질없는 짓인 것 같았다. 열려진 출입문 밖을 내다보니 마당과 도로, 논의 구분이 모조리 사라져버린 뒤였다. 그때 허리를 굽히고 정신없이 물을 퍼내던 이구아나가 손에 들고 있던 바가지를 바닥에 팽개치며 악을 쓰듯 소리쳤다.

"안 돼, 틀렸어. 포기하고 어서 여길 빠져나가자. 뒷산을 넘어가면 길이 있을 거야. 지금 나가지 않으면 완전히 고립될 거라고."

나는 황망히 등을 돌리고 주방이 있는 곳으로 갔다. 하지만 주방 안에는 아무도 없었다. 주방 우측에 작은 방문이 있어 열어보았지만 거기도 마찬가지, 사람의 모습은 보이지 않았다. 방문을 닫고 다급히 등을 돌리자 좌측 벽면에 밖으로 통하는 작은 출입문이 있었다. 정신없이 그것을 열고 밖으로 얼굴을 내밀었다. 그러자 어둠과 바람과 빗줄기가 한 패거리처럼 달려들며 사정없이 면상을 후려쳤다.

아.

거기, 건물 바깥쪽 벽면에 살아 꿈틀거리는 검은 생물체가 있었다. 벽면에 등을 붙이고 한쪽 다리를 치켜들어 상대방의 다리를 휘감은 생물체, 벽면을 손으로 짚고 정신없이 허리를 움직여대는 또 다른 생명체…… 서로 다르게 살아 움직이는 것들이 처절하게 몸부림치며 세찬 비바람 속에서 끔찍스러운 사투를 벌이고 있었다.

 ─어제 서해안을 따라 시속 45킬로미터의 빠른 속도로 북상한 제 7호 태풍 올가는 전국 곳곳에 강풍과 함께 많은 비를 뿌렸습니다. 이로 인해 전봇대가 부러지고 가로수가 뽑혀 나갔으며 주택 및 건물 파손, 어선 전복, 정전 사태 등의 피해가 잇따랐습니다. 한편 사흘째 집중 호우가 계속된 서울 경기 등 중부 지방 주민들은 태풍의 영향으로 또다시 많은 비가 내리자 엎친 데 덮친 격이라며 재산 피해 등이 더욱 늘어날 것을 우려하고 있습니다.

 ─경기도 수원에 64년 기상 관측 이래 하루 최고 강수량인 333.2밀리의 비가 내린 것을 비롯, 중부 지방에 최고 400밀리까지 쏟아진 집중 호우로 산사태와 교량 붕괴 등 사고가 잇따르면서 9명이 숨지거나 4명이 실종됐습니다.

 ─오후 7시경 군포시 부곡동 저지대 30가구가 침수돼 주민 92명이 인근 고지대로 대피했습니다. 일선 시군 재해대책본부는 응급 복구반을 편성, 양수기 등을 동원해 침수 지역의 배수 작업을 벌이고 있습니다. 한편 이 시각까지 안산시 안산동과 원곡동, 수원시 망포동 일대의 50여 헥타르의 농경지가 침수된 것으로 집계됐습니다.

 ─여기는 지난 3일 동안 540밀리가 넘는 장대비가 쏟아진 경기 파주시입니다. 이번 수해 최대 피해 지역 중 하나인 문산읍을 비롯, 파평면과 적성면 등 파주 시내 곳곳은 교통 두절과 전화 불통, 정전 단수 등으로 마치 난리통을 방불케 하고 있습니다. 문산 읍내를 가로지르는 동문천이 범람하면서 문산읍 시가지의 1/3가량이 어제 오전 9시 반경부터 순식간에 물바다로 변해 버렸습니다. 문산 읍내 곳곳의 건물 옥상에서는 미처 대피하지 못한 주민들이 잔뜩 겁먹은 표정으로 옷가지를 마구 흔들며 구조를 요청했습니다. 한편 긴급 대피 사이

렌 소리에 가재도구도 제대로 못 챙기고 다급하게 인근 고지대 등으로 대피했던 주민 5,000여 명은……

　삼 일 동안 나는 단 한 차례도 외출하지 않았다. 그사이 집중 호우와 태풍이 지나갔다. 삼 일 동안 내가 했던 일이라곤 하루 종일 텔레비전을 지켜보며 누워 있거나 앉아 있거나 서성거린 게 고작이었다. 수시로 리모컨을 누르며 내가 선택한 것은 태풍 피해 상황을 집중적으로 보도하는 채널들이었다. 정규 방송과 임시 방송을 가리지 않고 악착스럽게 폭우와 태풍의 흔적을 찾아다닌 것이다.
　내가 가오리와 함께 술을 마시던 그날 밤의 폭우가 기상 관측 사상 하루 최고치의 강수량이라고 했다. 산사태가 일어나고 제방이 무너지고 개천이 범람하던 그날 밤, 주택과 도로와 철도와 농경지가 침수되고 유실되던 그날 밤…… 나는 어디에서 무엇을 하고 있었던가.
　그날 밤, 나는 끝내 가오리를 부를 수 없었다. 부르지 못한 게 아니라 한 덩어리가 되어 있는 그들을 갈라놓을 용기를 내지 못한 것이었다. 휘몰아치는 비바람 속에서 짐승처럼 울부짖으며 교접하는 인간들을 떼어낸다는 것, 단순한 용기로 해결될 수 있는 문제가 아니었다. 그리하여 그들을 버려두고 카페에 있던 나머지 일행과 함께 산을 넘어 집으로 돌아온 뒤에도 나는 나의 행동을 후회하지 않았다. 설령 내가 그들을 떼어놓지 않아서 죽음을 맞게 되었다 해도 그들이 날 원망할 거라는 생각은 들지 않았다.
　흙탕물에 침수된 읍 거리, 구명보트를 타고 구조 활동을 펼치는 119 구조대원들, 건물 옥상에 대피해 있다가 헬기의 구조 로프에 대롱대롱 매달려 이송되는 사람들의 모습을 하루에도 몇 차례씩 되풀이 보여주는 방송을 나는 지겨운 줄도 모르고 지켜보았다. 하지만 죽거나 실종된 사람들에게는 장면이 부여되지 않았다. 화면 하단에 이름만 자막 처리되거나 기자의 짤막한 설명이 덧붙여지는 게 고작일 뿐이었다. 태풍에 배가 뒤집혀 실종된 사람, 급류에 휩쓸려 실종된 사람, 산사태로 가옥이 매몰돼 사망한 사람, 날아가는 함석지붕에 맞아 사망한 사람, 쓰러지는 가로수에 머리를 부딪혀 사망한 사람…… 그것은 카메라에 포착되지 않은 죽음들, 상상의 브라운관에서 끝없이 재연되는 죽음들이었다. 비현실적이지만 엄연히 현실적인 죽음들, 믿을 수 없으나 끝내 믿어야 하는 죽음들.

사망과 실종에 관한 보도가 나올 때마다 나는 움직임을 멈추고 브라운관을 들여다보았다. 혹시 가오리의 이름을 듣게 되는 건 아닐까, 나도 모르게 신경이 곤두서곤 했다. 하지만 전원 카페의 담벼락에 붙어 섹스를 하다가 죽은 남녀의 명단은 끝내 보도되지 않았다. 물론 수해로 목숨을 잃은 사람들이 모두 보도되는 건 아닐 터였다. 그래서 태풍과 폭우가 지나가고, 곳곳에서 복구 작업이 진행되는 동안에도 나는 긴장감을 누그러뜨릴 수 없었다. 혹여 사람 눈에 잘 띄지 않는 곳에서 뒤늦게 발견된 남녀의 주검에 관한 보도가 있을지도 모른다는 초조감 때문이었다.

전화?

물론 전화를 걸어보면 생사 여부를 간단히 확인할 수 있을 터였다. 하지만 나는 끝내 가오리에게 전화를 걸지 않았다. 어차피 연결되지 않을 거라는 기이한 확신에 나는 단단히 사로잡혀 있었다. 죽었다면 당연히 연결되지 않을 것이고, 살아 있다면 의도적으로 연결을 피할 거라는 단정. 결국 단절과 연결 사이의 갈등이었다. 그가 살아 있을 경우, 나에게 자신의 무사함을 알리고 싶었다면 바로 다음 날 전화를 걸어왔을 터였다. 살아 있으면서도 전화를 하지 않았다면 그것은 이미 단절의 의사를 표명한 것이나 다름없었다. 그것은 내 쪽에서도 마찬가지, 살아 있는 그와 더 이상 교류하고 싶지 않다는 생각을 나는 분명하게 굳히고 있었다. 그것이 그에게 전화를 걸지 못한 이유, 생사 여부를 확인하지 못한 이유였다.

태풍과 폭우가 지나가 한껏 맑아진 대기, 비로드 위에 은가루를 뿌려놓은 듯한 별밤이었다. 나는 텔레비전을 끄고 베란다로 나가 참으로 오랜만에 밤하늘을 올려다보았다. 내 주변에서 사라진 존재들이 거기, 맑고 검은 밤하늘에 붙박여 은은하게 빛을 발하는 것 같았다. 어쩌면 지상에서 흘리지 못한 그들의 눈물이 건조되어 천상의 꽃가루가 된 것인지도 모를 일이었다. 저마다 다른 지상의 사연을 품고 저마다 다른 천상의 향기를 피워내는 우주의 화원…… 각성되지 않은 지상의 시간이 송두리째 우주로 빨려 올라가는 것 같았다.

불을 밝히지 않은 거실, 나는 무릎을 세우고 앉아 있었다. 어느덧 자정 지나 물밑처럼 잠잠한 세상, 거대한 짐승의 심장에 갇혀 있는 것처럼 사뭇 불안정한 박동이 사방에서 느껴졌다. 양팔로 감싼 무릎에 턱을 얹어 몸을 한껏 둥글게 말고 있는데도 안정감은 좀체 회복되지 않았다. 송곳처럼 날카로워진 신경 세포가 불쑥불쑥 살갗을 뚫고 나올 것 같아 자세를 고쳐 앉을 수도 없었다.

무엇을 견디는 것인가.

심장의 격한 박동 소리를 들으며 나는 호흡을 가다듬었다. 무엇을 견디는지를 몰라서가 아니라 알면서도 견뎌야 하는 형벌의 시간이 흐르고 있었다. 자세를 풀지 않기 위해 어금니를 악다물고 있는 동안 온몸에서 스멀스멀 진땀이 배어났다. 언뜻 형의 모습이 보이고, 곧이어 니그로이드 전사의 모습이 눈앞을 스쳐갔다. 사라져버린 선배 강사의 모습이 보이다가 뮤의 여자, 가오리의 모습까지 찰나처럼 스쳐갔다. 하지만 그들은 모두 깃발처럼 펄럭이는 무의식의 환영일 뿐이었다. 환영에 가려 보이지 않는 진짜 형상은 내 의식의 암실에 갇혀 있었다.

마린.

무거운 사슬을 벗어던지듯 나는 스스로 결박했던 몸을 해체시켰다. 무릎을 감쌌던 양팔을 풀고, 상체를 뒤로 젖히며 혼절하듯 거실 바닥에 몸을 눕혔다. 거실 바닥이 꺼지는 것인가, 내 몸이 가라앉는 것인가. 깊은 현기가 느껴져 잠시 호흡을 가다듬었다. 근거를 알 수 없는 비감과 분노가 내 몸을 빠져나가 푸른 전파처럼 허공을 꿰뚫었다. 접선해야 한다, 접선해야 한다, 너무나도 절박한 어조로 날아가는 뇌파의 메시지.

마린을 생각하며 나는 지은에게 전화를 걸었다. 마린이 아니라면 누구라도 상관없었다. 하지만 지은이 알려준 원룸 번호에서는 이상한 메시지가 흘러나왔다. 번호를 확인하고 다시 한 번 버튼을 눌렀지만 마찬가지, 결번을 알리는 사무적인 메시지만 되풀이되었다. 낯선 사람들의 세상 속으로 들어갔다가 일 년 반 만에 현실로 돌아왔다는 그녀…… 어디로 다시 사라져버린 것일까.

견딜 수 없는 심정이 되어 나는 결국 컴퓨터의 전원 버튼을 눌렀다. 그리고 이렇게도 저렇게도 할 수 없는 절박한 심정이 되어 마린에게 이메일을 쓰기 시작했다. 더 이상 제어할 수도 없고, 더 이상 해체할 수도 없는 상태에 이르러 기어이 메마른 눈물 가루를 흩뿌리기 시작한 것이었다.

마린,

당신을 사랑하지 않는 게 죄악처럼 여겨지는 밤에 편지를 씁니다. 어느 하루도 당신을 갈망하지 않은 날이 없었다고 말하기 위해, 그리고 당신에 대한 갈망 때문에 어느 하루도 괴로워하지 않은 날이 없었다고 말하기 위해 나는 이 편지를 씁니다. 섣부른 감정이 아니라 말라버린 눈물 가루가 당신을 향한 내 진술의 재료가 될 것입니다. 설령 당신을 사랑한다고 말한 대가로 마른 눈물 가루를 다시 적시는 일이 일어난다 해도 결코 후회하지 않겠습니다. 시간이 흐른 뒤에 이 편지가 아주 민망스럽게 되새겨진다 해도 또한 후회하지 않겠습니다. 이것이 지금 내가 끌어안을 수 있는 최상의 선택이기 때문입니다.

형의 여자를 동생이 사랑한다는 것을 당신은 죄악이라고 생각할지도 모릅니다. 하지만 형의 실종 문제로 당신을 처음 만났을 때, 나는 이미 죄악의 덫에 치인 나의 운명을 알았습니다. 그리고 죄악에 순응함으로써 구원에 이를 수 있는 이율배반적인 섭리 또한 느꼈습니다. 하지만 지난 구 개월 동안 당신은 죄악의 덫에 치인 나를 구원하지 않았습니다. 덫에 치인 내가 버둥거리고 몸부림치는 걸 지켜보며 당신은 침묵으로 일관했을 뿐입니다. 지상에서 나를 구원할 수 있는 유일한 존재가 당신뿐이라는 걸 스스로 부정하고 싶은 건가요.

당신을 통해 나는 죄악의 불구덩이를 관통하고 싶습니다. 그것을 통해 또한 구원에 이르고 싶습니다. 지상의 방식을 거부하는 게 아니라 지상의 방식으로는 도달할 수 없는 구원을 내가 꿈꾸고 있기 때문입니다. 죄악의 덫이 구원의 빛이 될 수 있는 통로, 그곳에 당신의 감추어진 언어가 있습니다. 그래서 당신의 침묵이 나에게는 너무 가혹한 형벌입니다.

가끔 당신의 침묵 속에서 말라 죽는 상상을 합니다. 어떤 때는 당신의 침묵 속에서 화형당하는 상상을 하기도 합니다. 하지만 그것이 운명이라면 말없이 순응할 각오가 되어 있습니다. 한마디 사랑의 언어를 기다리며 한 생애를 보내는 일이 어찌 무익하기만 하겠습니까.

사랑한다는 말의 씨앗을 심고, 사랑한다는 말의 결실을 거두기 위한 인내의 시간이 흐르고 있습니다. 당신과 나 사이, 이미 몇 번의 생애가 그렇게 지나갔는지도 모르겠습니다. 하지만 괜찮다고, 운명의 주술에 걸린 사람처럼 중얼거리며 이만 편지를 줄이겠습니다. 아무리 길게 써도 끝나지 않을 편지, 아무리 길게 써도 한 줄로 요약될 편지…… 딱딱하게 여문 말의 씨앗 한 톨을 편지에 담아 발송합니다. 이 씨앗이 부디 당신의 침묵 속에서 구원의 싹을 틔울 수 있기를 빌며.
　　─당신을 사랑합니다.

*

마린에게서 전화가 걸려온 것은 금요일 오후 6시경이었다. 이메일을 보내고 이틀이 지난 뒤였다. 기력이 쇠진한 사람처럼 한껏 침잠한 어조로 주란 유원지에서 만나요, 하고 그녀는 말했다. 무슨 말인지를 언뜻 알아차리지 못해 주란 유원지라고요? 하고 나는 되묻지 않을 수 없었다. 그러자 가늘게 한숨을 내쉬고 나서 그녀가 다시 말했다.

"나를 데리러 올 필요는 없어요. 혼자 그곳으로 가겠어요. 죽은 매미가 떨어졌던 집…… 8시에 그곳에서 만나요."

전화를 끊고 나서 나는 멍한 기분으로 창밖을 내다보았다. 베란다로 밀려든 부신 햇살 때문에 바깥 풍경에 옥양목이 뒤덮여 있는 것 같았다. 그것을 내다보고 있는 동안 이틀 전에 내가 보낸 이메일과 지난봄에 그녀에게서 받은 영문 모를 장미꽃 한 다발이 동시에 떠올랐다. 내가 그녀에게 보낸 이메일에는 사랑한다는 고백이 담겨 있었지만 그녀가 나에게 선사한 장미꽃 다발에는 단절의 의지가 담겨 있었다. 그것이 어째서 예기치 못한 상황과 맞물렸는지 모를 일이었다.

지난봄, 그녀가 학교 앞으로 찾아와 장미꽃 한 다발을 선사하고 간 이후 나는 한동안 그녀에게 연락하지 않았다. 형 문제로 다시는 나를 만나고 싶지 않다는 그녀의 말을 해석하는 데 적잖은 시간이 걸린 때문이었다. 아무튼 한 달쯤 지난 뒤, 나는 형의 문제가 아니라 나의 문제 때문이라는 단서를 달고 그녀에게 다시 전화를 걸었다. 그러자 알겠어요, 라며 그녀는 만나고 싶다는 나의 제안을 순순히 받아들였다. 하지만 그녀와 나 사이의 감정적 진전은 그것이 전부였다. 형 문제를 거론하지 않고도 만날 수 있는 토대는 마련했지만 더 이상의 진전 가능성은 도무지 엿보이지 않았다.

나는 그녀에게 무엇인가.

그녀를 향한 나의 갈망에도 불구하고 나에 대한 그녀의 감정을 나는 확신할 수 없었다. 그녀의 집요한 침묵 속에 모든 것이 은폐돼 있었다. 그런 의미에서 이틀 전에 보낸 나의 이메일은 그녀에게 충격적인 것일 수 있었다. 당신을 사랑한다는 말, 지리멸렬한 감정의 숨바꼭질에 쐐기를 박고 싶다는 폭탄선언과 다를 게 무엇이랴.

주란 유원지로 가는 동안 나의 시야에서는 지속적으로 한 다발의 장미꽃이 어른거렸다. 형 문제 때문에 다시는 나를 만나고 싶지 않다는 말과 함께 건넨 장미 한 다발—생각해 보면 아무것도 아닐 수 있었다. 그날 이후 그녀가 다시 나를 만난 것 또한 아무것도 아닐 수 있었다. 사라졌지만 여전히 기다리고 있는 애인의 동생이 만나달라는데 달리 어쩌겠냐고 그녀가 반문한다면?

그 순간, 문득 형이 현실로 돌아오는 아뜩한 장면이 뇌리를 스쳐 갔다. 그러자 장미와 침묵, 지난 구 개월 동안의 감정적 파노라마가 한순간에 빛을 잃었다. 마린에 대한 너의 갈망이 고작 그 정도였단 말이냐? 창과 방패를 든 니그로이드 전사가 가소롭다는 표정으로 나를 비웃는 것 같았다. 핸들 잡은 손에 힘을 주며 웃기지 마, 지금 무슨 미친 소리를 하는 거야! 하고 나도 모르게 소리쳤다. 설령 형이 되돌아온다고 해도 지금과 달라질 건 아무것도 없다고 나는 소리치고 싶었다. 하지만 외침 대신 애원조의 말이 나도 모르게 입 밖으로 밀려 나오고 있었다.

"이곳에는 이제 매미도 살지 않아, 형…… 제발 돌아오지 마."

　내가 예당에 당도한 건 7시 40분이었다. 약속 시간이 이십 분이나 남아 있었는데 마린은 이미 지난번과 똑같은 자리에 혼자 앉아 맥주를 마시고 있었다. 가늘고 푸른 줄무늬 남방에 청바지를 입은 모습이 너무 의외라서 나는 사뭇 놀란 눈빛으로 그녀를 내려다보았다. 단 한 번도 이렇게 캐주얼한 차림을 한 그녀를 본 적이 없었다. 게다가 혼자 술까지 마시고 있지 않은가.

　"왜 그렇게 서 있는 거죠? 나는 한 시간 전부터 이곳에 있었어요."

　나를 보지도 않고 탁자에 시선을 붙박은 채 그녀는 입을 열었다. 그녀가 먼저 입을 열었다는 사실이 너무 놀라워 맞은편 의자에 앉는 동안에도 나는 시종 그녀에게서 눈길을 떼지 않았다. 하지만 그녀의 말에서 뭔가 이상한 낌새가 느껴져 정색을 하고 되묻지 않을 수 없었다.

　"한 시간 전부터 이곳에 있었다고요?"

　"그래요, 한 시간 전부터…… 어쩌면 두 시간 전부터였는지도 모르겠어요. 아무튼 아주 오래전부터 이곳에 있었던 것 같아요. 그냥, 이 유원지를 혼자 둘러보고 싶다는 생각이 들어서 와본 건데…… 너무 힘들었어요."

　말을 하고 나서 그녀는 자신의 빈 잔에 스스로 술을 따랐다. 두 병의 맥주가 어느덧 바닥이 나 있었다. 나는 맥주를 더 주문하고 나서 담배를 피워 물었다. 아주 길고 지리멸렬한 시간이 흐른 뒤, 가까스로 처음의 위치에 당도한 것 같다는 기이한 정체감이 들어 오히려 마음이 차분하게 가라앉았다. 날라져 온 맥주를 잔에 따라 몇 모금 마시고 나서 나는 다시 입을 열었다.

　"6시경에 나에게 전화를 걸 때 어디 있었죠? 회사에 있었던 게 아닌가요?"

　"아뇨. 여기…… 주란 유원지에 있었어요."

　"무슨 말인지 모르겠군요. 그럼 오늘 회사에 출근하지 않았다는 건가요?"

"그런 게 뭐가 중요하죠? 내가 침묵하지 않고 말을 하고 있다는 게 훨씬 중요한 것 아닌가요?"

그때 처음으로 그녀는 고개를 들고 나를 보았다. 혼자 마신 두 병의 맥주 때문인가, 커다란 두 눈에 습기가 가득 고여 있었다. 그녀의 배경에 어둠이 드리워지는 걸 지켜보며 나는 더 이상 비켜 갈 수 없는 지점에 내가 이르러 있다는 걸 알 수 있었다. 어쩌면 내가 아니라 그녀가 정면충돌을 각오한 때문인지도 모를 일이었다. 피우던 담배를 끄고, 길게 한숨을 내쉬고 나서 나는 허공을 올려다보았다. 매미 울음소리도 들리지 않고 말라죽은 매미도 더 이상 떨어지지 않는 미루나무가 황당하게 허공으로 치솟아 어둠을 꿰뚫고 있었다.

"나의 침묵이 형벌처럼 느껴졌다면 어떤 말이라도 할 수 있어요. 하지만 내가 고수한 건 침묵이 아니라 입장이었다는 걸 알아주세요. 난 애초부터 할 말이 없는 여자였거든요."

"……"

"형에 대해서도 난 별로 할 말이 없어요. 이런 말 한번도 한 적 없지만…… 형과 난 특별한 사이가 아니었어요. 특별한 사이가 아니었다는 건…… 말 그대로 특별한 일이 없었다는 거예요. 내 기억에 남아 있는 형은 그저 단정하고 성실한 사람이에요. 그게 다라고요."

"……"

"당신은 나에게 형보다 훨씬 심각하게 느껴져요. 형의 조심성과는 너무 달라서 나도 모르게 감정의 중심을 잃을 때가 있다고요. 하지만 나에게도 출구는 없어요. 내가 당신을 구원할 수 있는 유일한 사람이라고 했지만…… 정작 내가 구원해야 할 사람은 당신이 아니라 나 자신일 뿐이에요. 당신이 만든 덫에 당신 스스로 치였으니까, 그것에서 당신을 구원할 수 있는 사람도 결국 당신뿐이라고요. 그러니 내가 나를 구원할 수 있게 해주세요. 제발 나를 포기하지 않게 해달라고요.”

말을 하고 나서 그녀는 단번에 잔을 비웠다. 나는 다시 한 대의 담배를 피워 물고 그녀는 자신의 빈 잔에 다시 술을 따랐다. 무슨 말인가, 나는 그녀의 말을 해독하기 어려워 또다시 술잔을 비우는 그녀를 난감한 눈빛으로 지켜보았다. 하지만 술잔을 비운 뒤에도 그녀는 더 이상 입을 열지 않았다. 그녀의 말을 해독하지 못한 나 또한 입을 열 수 없었다. 막막하고 지리멸렬한 어둠의 미로, 답답하고 숨 막히는 침묵의 여로가 끝없이 이어질 뿐이었다.

“괜찮은가요?”

“…….”

다시 날라져 온 세 병의 맥주가 바닥났을 때, 마린은 완전히 고개가 꺾여 있었다. 걱정스러운 어조로 나는 물었지만 그녀에게서는 아무런 반응도 나타나지 않았다. 상체를 앞으로 굽히고 손을 뻗어 어깨를 건드려보았지만 그녀는 끝내 고개를 들어 올리지 못했다. 자칫하면 의자에서 땅바닥으로 그대로 나동그라질지도 모르겠다는 생각이 들어 나는 황급히 의자에서 일어났다. 내가 보낸 이메일이 그녀를 이 지경으로 만든 게 아닐까, 하는 생각이 들어 나도 모르게 진저리가 쳐졌다. 정제되지 않은 막무가내의 감정이 결국 그녀를 거꾸러뜨린 게 아닌가.

계산을 하고 나는 그녀를 부축해 가까스로 차에 태웠다. 몸이 완전히 늘어져 제대로 부축을 하기도 어려울 지경이었다. 운전석 옆 자리에 앉힌 뒤에도 상체가 자꾸 모로 기울어 안전벨트를 채워야 했다. 하지만 어디로 가야 하나, 나는 시동을 걸고도 선뜻 브레이크 페달에서 발을 뗄 수 없었다.

다리.

그 순간, 어째서 나의 뇌리에 다리가 떠올랐는지 모를 일이었다.

지난번에 왔을 때 건너지 못한 다리, 오늘 밤 그곳을 건너지 못하면 영원히 기회가 없을 것 같다는 생각이 퍼뜩 뇌리를 스쳐갔다. 기어를 주행에 맞추고 브레이크에서 발을 뗐다. 그리고 조심스럽게 가속 페달을 밟으며 카페촌을 벗어나 다리가 있는 곳으로 서행했다. 지난번과 달리 다리 건너편의 어둠이 길고 긴 터널의 입구처럼 진입을 부추기고 있었다. 거기, 눈앞의 다리를 건너 캄캄한 산길을 2킬로쯤 올라가면 불빛 휘황한 모텔촌이 나타날 터였다.

나는 아무런 망설임 없이 다리를 건넜다. 하지만 모텔촌이 나타나기 직전에 핸들을 꺾어 우측의 산길로 차를 몰았다. 그리 높지는 않지만 오르막이 끝나는 지점에 호텔의 사인보드가 세워져 있었다. 경사진 길로 접어들자 멀리 검푸른 어둠에 뒤덮인 밤하늘이 전면 유리로 가득 밀려들었다. 은가루 같은 별, 구름에 반쯤 가린 하현달까지 가세해 초현실주의풍의 회화를 보는 것 같았다. 고적한 우주의 화원.

마린을 침대에 눕히고 나서 나는 한 시간 정도 호텔 방에 머물렀다. 깊은 안락의자에 몸을 묻고 앉아 담배를 피우고, 냉장고에서 캔 음료 하나를 꺼내 마시고, 다시 한 대의 담배를 피우고 나자 어느덧 한 시간이 지나 있었다. 창가로 다가가 커튼을 젖히자 다시금 우주의 화원이 나타났다. 그것을 올려다보며 아직 멀었어, 하고 나는 뜻 모를 말을 중얼거렸다. 뭐가 멀었다는 것인가, 그것은 나 자신도 모를 말이었다.

프런트로 내려가 나는 담당 직원에게 돈을 지불했다. 여자가 깨거든 택시를 불러주라고 미리 돈을 건넨 것이었다. 그러자 왜 먼저 가시는 거죠? 하고 담당 직원이 고개를 갸웃하며 물었다. 남녀 투숙객들 사이에서 일어날 수 있는 예기치 못한 사고를 우려한 모양이었다. 잠시 사이를 두었다가, 천천히 고개를 가로저으며 나는 이렇게 중얼거렸다.

"……아직 멀었어."

가오리가 죽었다.

전화가 걸려온 것은 화요일 오전 7시경이었다. 누군가 나의 곤한 잠 속으로 얼굴을 들이밀고 가오리가 죽었다, 하는 말을 불쑥 꺼냈다. 그래서 나는 그것이 꿈인지 현실인지를 선뜻 분간하지 못했다. 아, 무슨 말을 하는 거야, 지금…… 수화기를 뺨에 대고 중얼거리다가 나는 기어이 거실 바닥으로 굴러 떨어지고 말았다.

끄응, 하는 소리를 내며 나는 눈을 감은 채 간신히 몸을 일으켜 앉았다. 새벽까지 소파에서 시간을 보내다가 거기서 그대로 잠이 들었다는 걸 알 수 있었다. 그 순간, 전화를 걸어온 동창이 제발 잠 좀 깨봐, 이 자식아! 하고 발악적인 고함을 터뜨렸다. 나는 퍼뜩 눈을 떴다. 대뇌의 어디에선가 철커덕, 하는 금속성 소리를 내며 뭔가가 빈틈없이 맞물리는 것 같았다.

"가오리가…… 죽었다고?"

"그래, 그렇다니까."

"지난번 태풍 때 죽은 거야?"

"이 자식이 지금 자다가 봉창 두들기나?"

"……."

"유서 같은 걸 남기지 않아서 왜 죽었는지는 나도 몰라. 그냥 그 자식이 자주 다니던 전원 카페에서 오늘 새벽에 목을 맨 채 발견됐다는 말만 들었어. 아무튼 시신은 세브란스 영안실로 옮겼다니까 빨리 서둘러."

"전원 카페, 어디?"

“야, 그런 게 그렇게 궁금하면 영안실로 가서 죽은 놈한테 직접 물어봐!”

전화를 끊고 나서 나는 다시 소파로 기어 올라갔다. 그리고 몸을 한껏 둥글게 말고 꼼짝도 하지 않았다. 일시 정지, 일시 정지, 하는 뜻 모를 말이 연해 뇌리를 맴돌았다. 동창이 일러준 영안실 호수는 그때 이미 나의 기억에서 까맣게 지워진 뒤였다. 나의 뇌리에 각인된 정지 화면과 영안실 사이에 거대한 블랙홀이 존재하고 있었다. 비바람 휘몰아치던 그날 밤, 전원 카페의 담벼락에 달라붙어 온몸으로 울던 가오리…… 그것이 나의 기억에 남겨진 마지막 정지 화면이었다. 그런 그가 어떻게 시간과 공간을 초월하여 오늘 새벽, 그것도 동일한 장소에서 목을 맨 주검으로 발견되었다는 것일까.

——그래, 휘몰아치는 폭풍우 속에서 목이 터져라 울부짖는 기분도 그리 나쁘진 않을 거다. 악을 쓰고 울면서 붕붕 날려 가는 기분…… 죽이지 않을까?

오전 10시경까지 나는 일시 정지 상태에 사로잡혀 있었다. 내가 그것에서 가까스로 깨어날 수 있었던 것은 누군가 걸어온 전화 때문이었다. 하지만 나는 정지 상태에서 벗어나기 위해 전화를 받지 않고 집요하게 되풀이되는 벨소리만 들었다. 벨소리만 들은 게 아니라 제정신을 차리고 수화기를 집어 들었을 때는 이미 벨소리가 끊긴 뒤였다.

잠시 우두커니 서 있다가 나는 옷을 입을 시작했다. 주술적인 힘에 사로잡히기라도 한 것처럼 근원을 알 수 없는 집중력이 느껴졌다. 그래서 청바지와 남방, 모자와 선글라스를 착용하고 서둘러 집을 나섰다. 나도 모를 뭔가에 무작정 이끌려 가기 시작한 것이었다.

어느 순간 문득 정신을 차렸을 때, 나는 운전을 하고 있었다. 윤곽선이 흐려진 건물과 차량과 가로수…… 어느 순간 문득 정신을 차렸을 때, 나는 올림픽 대로를 달리고 있었다. 무감각한 흡인력을 느끼게 하는 4차선 도로…… 어느 순간 문득 정신을 차렸을 때, 나는 신도시로 접어들고 있었다. 다시 윤곽선이 흐려진 건물과 차량과 가로수…… 그리고 어느 순간, 문득 정신을 차렸을 때 나는 좁은 비포장 길을 달리고 있었다.

서북쪽.

좌측의 논과 우측의 숲을 보자 문득 방향 감각이 되살아났다. 우리는 지금 서북쪽으로 가고 있다, 하는 말도 기억에서 되살아났다. 하지만 그날과 달리 좁은 비포장 길 곳곳에는 깊은 골이 패어 차체가 심하게 요동질 쳤다. 뿐만 아니라 좌측의 논에 제멋대로 쓰러진 벼에는 태풍의 거센 무늬가 그대로 남아 있었다. 오른쪽 밀집 대형으로 쓰러진 벼, 왼쪽 밀집 대형으로 쓰러진 벼, 심지어는 소용돌이 형으로 쓰러진 벼들도 있었다. 만약 저런 와중에 사람이 버티고 있었다면 어떤 형상으로 짓이겨졌을까.

가오리.

갑자기 온몸에 소름이 돋는 걸 느끼며 나는 카페 마당으로 진입했다. 뒷산에서 흘러내린 흙탕물이 일대를 휩쓸고 간 흔적이 건물 곳곳에 지문처럼 남아 있었다. 살아 있는 모든 것들이 휩쓸려 가고, 텅 빈 구조물만 남겨진 터전 같았다. 뿐만 아니라 깊고 괴괴한 정적이 사방에 가득 들어차 차를 세운 뒤에도 선뜻 밖으로 나설 엄두가 나지 않았다. 잠시, 운전석에 앉은 채 낡고 오래된 카페 출입문을 내다보았다. 그러다가 문득 떠오르는 게 있어 고개를 들고 허공을 올려다보았다. 하지만 내가 앉은 운전석에서는 건물 옥상이 보이지 않았다.

—여긴 외계인 추종자가 아니라 자신이 외계인이라고 믿는 사람들이 모이는 장소야. 지구가 자신의 별이 아니라고 믿는 사람들, 다시 말해 자신의 별로 돌아갈 날을 기다리는 사람들…… 나 같은 인간들이지 뭐.

어쩌면, 하는 생각이 들어 나는 조심스럽게 잠금단추를 풀고 밖으로 나섰다. 하지만 어찌된 일인가, 미지를 향한 동경의 각도처럼 건물 옥상에 비스듬하게 세워져 있던 접시 안테나는 더 이상 보이지 않았다. 접시 안테나뿐 아니라 여러 개의 붉은 리본이 달려 있던 금속 푯대 또한 보이지 않았다. UFO가 착륙하기를 기다린다는 사람들이 만들어놓은 유도 장치가 감쪽같이 사라져버린 것이었다.

다소 긴장된 눈빛으로 나는 마당을 휘둘러보았다. 혹시 태풍의 여파로 안테나와 푯대가 마당으로 굴러 떨어졌을지도 모르겠다는 생각이 들어서였다. 하지만 마당의 어느 구석에서도 그것들은 발견되지 않았다. 혹시나 하는 마음으로 나는 마당 안쪽으로 걸어가 건물 우측의 공지를 살펴보았다. 흙탕물에 휩쓸렸던 잡초들이 이제는 마른 흙가루를 잔뜩 뒤집어쓰고 떼 지어 누워 있었다. 다시 등을 돌리고 반대편으로 걸어가 건물 좌측의 공지를 살펴보았다. 그러다가 우뚝, 나는 걸음을 멈추고 예기치 못한 정지 상태에 사로잡혔다.

─인사해라. 나하고 같은 별에서 온 여자다.

그곳은 벽을 등진 여자와 벽을 짚은 남자가 필사적으로 섹스를 나누던 공간이었다. 비바람 속에 서서 비바람처럼 온몸으로 울던 인간들…… 그 마지막 장면이 나의 기억에 너무 깊이 아로새겨져 스스로 목을 매는 죽음과는 도무지 중첩되지 않았다. 나에게는 그것이 삶을 향한 절규로 각인돼 있는데 어째서 가오리가 스스로 목숨을 끊었는지 모를 일이었다. 태풍에 배가 뒤집혀 실종된 사람, 급류에 휘말려 실종된 사람, 산사태로 가옥이 매몰돼 사망한 사람, 날아가는 함석지붕에 맞아 사망한 사람, 쓰러지는 가로수에 머리를 부딪혀 사망한 사람…… 그들은 모두 장면을 부여받지 못한 죽음들, 그리하여 상상의 브라운관에서만 끝없이 재연되는 죽음들이었다. 그런데, 너무나도 강렬한 장면을 부여받은 가오리가 어째서 죽었다는 것인가.

순간, 아주 기이한 생각이 섬광처럼 뇌리를 스쳐갔다. 가오리는 죽은 게 아니라 사라져버린 것인지도 모른다는 것, 그리고 그것이 UFO 유도 장치와 어떤 연관이 있을지도 모른다는 것. 심장의 박동이 빨라지는 걸 느끼며 나는 뛰듯이 건물 안으로 들어갔다. 출입문은 걸려 있지 않았지만 실내에는 아무도 없었다. 흐름을 멈춘 시간과 무거운 정적이 고여 있는 늪지대, 생명의 그림자가 사라진 다른 차원의 공간으로 불쑥 들어선 것 같았다.

뭔가에 쫓기듯 두렵고 절박한 심정으로 나는 실내 곳곳을 살피기 시작했다. 탁자와 의자, 금속 배관과 양철 환기통, 벽난로와 무쇠 화덕, 나중에는 주방까지 살펴보았다. 하지만 내가 찾고 싶어 한 UFO 유도 장치는 어느 곳에서도 발견되지 않았다. UFO 유도 장치뿐 아니라 살아 움직이는 존재는 아무것도 발견되지 않았다. 모두 어디로 사라져버린 것일까.

마린.

그 순간, 나의 뇌리에 검푸른 밤하늘이 펼쳐졌다. 지상에서 흘리지 못한 눈물이 건조되어 천상의 꽃가루로 되살아나는 우주의 화원…… 마린과 나 사이의 현재 위치가 우주적 거리감으로 아뜩하게 되살아났다. 은가루 같은 별, 구름에 반쯤 가린 하현달이 떠 있던 그날 밤, 혹시 그녀도 지상에서 사라져버린 게 아닐까.

오후 1시경, 나는 집으로 돌아오자마자 마린의 회사로 전화를 걸었다. 그리고 빛이 충만한 한낮에 지상으로 쏟아져 내리는 무수한 유성우(流星雨)를 목격했다. 통화를 하는 도중에 시작된 것인지 통화가 끝난 뒤부터 시작된 것인지는 나로서도 알 수 없었다. 멀고 아득한 공간, 천상의 눈물이 다시 지상으로 쏟아져 내리는 기이한 장관……. 그 시각, 지상에서 그것을 목도한 사람은 오직 나 하나뿐이었으리라.

"서 대리님요? 회사 그만두셨는데요."

"언제 그만두었다는 거죠?"

"지난주요."

"갑자기 사표를 낸 이유라도 있나요?"

"해외 유학 중이던 남편이 돌아와 지방 대학 교수로 부임하게 된 모양이에요."

"그럼…… 그녀가 기혼자였단 말인가요?"

"그럼요. 아이가 여섯 살인걸요."

*

아주 여러 날, 나는 시간의 언저리를 맴돌았다. 내가 시간의 언저리를 맴돈 게 아니라 시간이 그러했는지도 모를 일이었다. 이해할 수 없는 불일치, 납득할 수 없는 어긋남 사이에서 나의 현실은 무더위에 지친 풀잎처럼 생기를 잃어가고 있었다. 그것을 회복해 볼 요량으로 가끔 아파트 주변이나 가로수 길을 산책하기도 했다. 패스트푸드점이나 커피숍에 앉아 조용히 햇살의 움직임을 지켜볼 때도 있었다. 하지만 달라지는 건 아무것도 없었다. 생명을 지닌 모든 것들이 울고 있는데, 어느 누구의 울음소리도 들리지 않았다.

밤마다 한기가 느껴졌다. 아직 무더위가 완전히 꺾이지 않았는데도 그랬다. 그런 밤마다 나는 몸을 한껏 웅크리고 소파에 누워 내 주변에서 사라져버린 존재들에 관해 생각했다. 울지 못하는 존재들, 울 수 없는 존재들, 그리고 사라져버린 존재들…… 그들이 모두 말라 죽은 매미의 망령이 되어 내 주변을 떠도는 것 같았다. 형 매미, 마린 매미, 선배 매미, 지은 매미, 뮤 매미, 가오리 매미…… 그것은 이제 이곳에 살지 않는 사라진 매미들의 목록이었다.

—마리 앙투아네트가 정말 나쁜 여자였을까?

깊은 밤, 형의 말이 문득문득 기억에서 되살아날 때가 있었다. 함께 있는 동안 무감각하게 받아들였던 말들에서 뒤늦게 속울음의 여운이 느껴진 것이었다. 너무 신중하고 섬세해서 숨통이 막힐 지경인 인간, 그가 기혼녀를 사랑하면서 겪었을 내면의 고통이 어떤 순간에는 나의 경험처럼 저리고 아프게 되새겨질 때도 있었다. 하지만 인생이라는 것, 어차피 제 몫의 울음이 내장된 하많은 사연의 공명 상자가 아니겠는가.

—나의 침묵이 형벌처럼 느껴졌다면 어떤 말이라도 할 수 있어요. 하지만 내가 고수한 건 침묵이 아니라 입장이었다는 걸 알아주세요. 난 애초부터 할 말이 없는 여자였거든요.

형과 마찬가지, 마린의 말에서도 깊은 속울음의 여운이 되살아날 때가 있었다. 그녀가 기혼자라는 사실을 알게 되었음에도 불구하고 그녀를 비난과 원망의 대상으로 삼아야 할 근거를 나는 어디에서도 발견할 수 없었다. 현실적으로 감내하기 힘든 속울음을 견딘다는 점에서 인간은 비난과 원망의 대상이 아니라 가여운 동정과 연민의 대상인지도 모를 일이었다. 울지 않을 수 있는 운명의 소유자가 어디 있으랴.

형과 마린뿐 아니라 나머지도 결국 마찬가지였다. 겉으로 드러내놓고 맘껏 울지 못하는 존재들, 인간은 모두 속으로 울어야 하는 매미들인지도 모를 일이었다. 그러니 작년 여름에 내가 들었던 발악적인 매미 울음소리를 기현상으로 치부할 필요가 없었다. 뿐만 아니라 그악스럽게 울어대던 매미가 모두 어디로 사라진 것일까, 당혹스러운 표정으로 이곳저곳을 배회할 필요도 없었다. 매미 속에 숨겨진 나, 내 속에 숨겨진 매미가 달리 무엇을 의미하겠는가.

뭔가를 정리해야 할 시간이 다가오고 있었다. 그것을 위해 나는 몇 날 몇 밤 인터넷을 검색했다. 하지만 이해할 수 없는 불일치, 납득할 수 없는 어긋남은 여전히 지속되고 있었다. 인터넷이 아니라 벽면에 붙여둔 세계 지도를 들여다보아도 결과는 마찬가지였다. 내가 가고 싶어 하는 곳과 내가 가야 하는 곳 사이에서 이상한 충돌 현상이 일어나고 있었다. 어쩌면 공존할 수 없는 양극(兩極) 사이에서 일어나는 운명의 자장 같은 것인지도 모를 일이었다.

늦여름 비가 내리던 밤, 나는 오랜만에 술을 마셨다. 그리고 벽면에 붙여둔 세계 지도의 한 지점을 올려다보며 비장한 결심을 했다. 내가 가고 싶어 한 장소를 모조리 부정하고 내가 가야 할 장소를 가까스로 선택한 것이었다. 애초부터 내가 가고 싶어 한 곳은 멕시코, 서사모아, 그리스, 알제리 같은 곳이었다. 하지만 결국 내가 선택한 곳은 터키의 이스탄불에서 시작된 수직 하강선의 마지막 지점, 형의 행적이 최종 확인된 아프리카 대륙의 짐바브웨였다. 그곳이 현실과 단절을 꾀할 수 있는 결정적 포인트, 모든 걸 다시 시작할 수 있는 출발점이라는 이율배반적인 결론을 내린 것이었다.

짐바브웨 버드.

마음의 행로를 정하자 퍼드덕, 기억 속에 파묻혀 있던 새 한 마리가 세찬 날갯짓을 하며 되살아났다. 나는 양손으로 얼굴을 감싸고 오래오래 나 자신을 부끄러워했다. 나 자신과 형을 분리시키고 싶어 한 은밀한 타인 의식의 상징처럼 지난 구 개월 동안 내 서랍 속에 숨겨져 있던 짐바브웨 버드—그것은 작년 여름, 짐바브웨 원주민들의 돌조각을 구입해 전 세계에 판매하고 있는 형의 초등학교 동창생이 형에게 보내준 것이었다. 11~15세기에 있었던 그레이트 짐바브웨의 석조 유적지에서 발견됐다는 새 모양의 돌 조각.

—이걸 보고 있으면 내가 생명력을 상실한 인간 같다는 생각이 들어. 이런 것이 만들어지던 시대, 이런 것이 만들어지던 공간은 어떤 곳이었을까?

형의 말을 떠올리며 나는 서랍에서 짐바브웨 버드를 꺼내 왔다. 그리고 그것을 가슴에 품고 오래오래 세계 지도를 올려다보았다. 그러자 가슴에 품고 있던 새 모양의 돌 조각에서 따뜻한 온기가 느껴졌다. 언뜻 그것이 형과 나를 이어주는 살아 있는 새 같다는 생각까지 들었다. 형뿐 아니라 사라져버린 모든 존재들과 나를 연결해 주는 신비로운 힘이 그것에 깃들어 있는 것 같았다.

하나하나, 내 주변에서 사라진 존재들을 떠올리자 나도 모르게 눈두덩이 욱신거리기 시작했다. 그리고 다음 순간, 뜨거운 무엇인가가 얼굴에 사선을 그리며 흘러내렸다. 그 맑고 뜨거운 물줄기, 부모님이 세상을 떠난 이후 처음이었다. 언젠가 뮤의 여자가 내게 그랬던 것처럼, 이제는 내가 그들의 속울음을 대신 울어주는 것일까.

어느 순간, 나는 짐바브웨 버드를 타고 허공을 나르고 있었다. 잠들기 전까지 내가 가슴에 품고 있던 작은 돌 조각이 거대한 새가 되어 유유히 창공을 날고 있었다. 푸른 대양을 건너고, 만년설에 뒤덮인 산맥과 초원을 지나 새는 어느덧 녹음 무성한 정글 지대로 하강하고 있었다. 거기, 생명을 지닌 모든 것들이 함께 어우러진 지상에서 니그로이드 전사들이 창과 방패를 흔들며 나를 환영하는 춤을 추고 있었다. 형과 마린, 지은과 가오리, 선배 강사와 뮤의 여자…… 내 주변에서 사라진 모든 존재들이 거기 모여 있었다. 꿈 같은 현실, 현실 같은 꿈.

*

8월 마지막 날, 나는 짐바브웨로 떠났다.

화 성

화성의 행로가 아니라면 나는 더 이상 갈 곳이 없다. 캐나다로 갈 수도 없고 현실로 복
귀할 수도 없다. 나에게 남겨진 건 과거를 통해 현실로 복귀하는 일, 그리고 행운이 따
라준다면 미래의 발판을 만드는 일이다. 그 지난한 과정을 압축하고 있는 한 단어가
화성이다. 진실이 화성에 있다고, 갈 수 있으면 가서 찾아보라고……

화성 탐사 로봇 스피릿, 화성 착륙 성공!

나는 소파에 비스듬하게 누워 있다가 반사적으로 몸을 일으킨다. 명상을 할 때처럼 꼿꼿하게 등을 세우고 텔레비전 화면에서 흘러나오는 첫 번째 뉴스에 집중한다. 화성 착륙 상황을 설명하기 위한 자료 화면이 흐른다. 탐사 로봇이 화성 대기권으로 진입한 후 방열 장치, 낙하산, 역분사 로켓 등을 차례로 사용하며 하강하는 그림이다. 착륙 8초 전, 대형 에어백을 터뜨려 선체를 감싸며 화성 적도 남쪽의 구세브 분화구(Gusev Crater)에 스피릿은 착륙한다. 2004년 1월 4일 오후 1시 35분.

역사적인 순간이다. 1997년 7월 패스파인더호를 화성에 착륙시킨 뒤 두 번의 실패를 거쳐 5년 6개월 만에 다시 화성 착륙에 성공했다고 기자는 사뭇 고조된 어조로 말한다. 7개월에 걸친 머나먼 우주여행 끝에 화성에 착륙한 탐사 로봇은 구세브 분화구를 출발해 90일 동안 하루 수십 미터의 속력으로 옮겨 다니며 다양한 탐사 작업을 펼친다고 한다. 아울러 지난해 7월에 발사된 쌍둥이 탐사 로봇 오퍼튜니티도 오는 25일 스피릿의 착륙 지점과 정반대인 메리디아니 고원에 착륙해 탐사에 들어간다고 한다.

한편 스피릿이 화성에 성공적으로 착륙한 어제 이후 미 항공우주국(NASA) 인터넷 포털 사이트의 접속 건수가 무려 10억 회를 상회해 지구인들 사이에 화성 신드롬이 나타나고 있다고 기자는 덧붙인다. NASA의 지난해 접속 건수가 28억 회로서 화성 신드롬은 이미 예견된 것이라는 분석. NASA는 스피릿이 전송하는 화성 표면 사진을 위시하여 화성에 관한 각종 자료의 다운로딩 시간을 줄이기 위해 전 세계 1,300개 컴퓨터에 NASA 사이트의 웹 콘텐츠를 복사해 놓았다고 한다. 아무튼 스피릿의 착륙 성공은 30여 년 간 축적해 온 화성 탐사 경험과 기술, 그리고 8억 2000만 달러라는 천문학적 자금을 투입해 일궈낸 대단한 개가라는 평가를 끝으로 화성 착륙에 관한 뉴스는 종료된다.

뉴스가 종료된 뒤에도 나는 몸을 움직이지 못한다. 드디어, 드디어…… 하는 공허한 울림이 이명처럼 들려온다. 시간과 공간이 찰나처럼 맞물려 까마득한 우주 공간을 한순간에 가로지르는 느낌이다. 속이 울렁거린다. 뭔가 아주 끝장나거나 새롭게 시작될 때 느껴지는 깊은 내부의 진동이다. 탐사 로봇이 아니라 나 자신이 화성에 착륙한 느낌…… 감정 이입이 너무나도 자연스러워 나 자신도 놀랄 지경이다.

나는 탐사 로봇이 아니라 인간으로서 화성에 첫발을 내딛는다. 지평선 위에 떠 있는 핑크 빛 하늘, 바람에 날리는 황토색 먼지의 실루엣, 푸른빛이 감도는 바위들…… 나는 영상 5도와 영하 15도 사이를 오르내리는 화성의 붉은 지표면에 첫발을 내딛는다. 긴장과 두려움이 극에 달해 금방이라도 펑 소리를 내며 심장이 공중분해될 것 같다. 나는 더 이상 앞으로 나아가지 못한다. 무엇을 찾으러 여기까지 왔는가, 기억이 나지 않기 때문이다. 무엇을 찾으러 화성까지 왔는가.

퍼뜩 정신을 차리자 오래 갇혀 있던 날숨이 터진다. 팽팽하게 긴장을 견딘 척추도 한순간에 휘어버린다. 화성에서 지구로 추락하니 사방이 살풍경이다. 좁은 거실 곳곳에 널브러진 양말과 속옷, 바지와 남방, 신문과 잡지, 소주병과 맥주병 따위들…… 부랑자 합숙소처럼 낯설다. 하지만 저것이 나의 생존을 반영하는 극사실화이다. 화성까지 드넓어졌던 우주적 공간감이 한순간에 바늘귀처럼 좁아진다. 그래, 나는 아직 지구에 갇혀 있구나.

——화성인이 아직 살아 있단다. 시간 나면 한번 찾아가 봐라. 자신의 소재가 노출되었다 싶으면 또다시 사라질 테니 가능하면 소리 소문 없이 찾아가라. 그놈 사라진 게 벌써 이십 년 전이니 그놈 입장에서는 널 만나고 싶어 하지 않을지도 모를 일 아니냐. 나이 사십이 되니 모든 일이 왜 이리 무감각하게 느껴지는지 모르겠다. 이 정도 일이라면 천지가 떠들썩하게 떠들어대도 시원찮을 텐데…… 너한테도 알릴까 말까 몇 번이나 망설이다 전화하는 거다. 네 형편이 안 좋아졌다는 거 다 아니까 하는 말이다. 나는 연말에 홍콩 지사로 나갔다가 내년 여름이나 돼야 돌아올 테니 화성인 만나게 되면 나중에 뒷얘기나 들려줘라.

오후 1시경, 나는 화성인에 관한 정보를 제공한 첩보원의 말을 떠올리며 집을 나선다. 지난 연말부터 시작된 망설임에 드디어 종지부를 찍겠다는 작심을 한 것이다. 하지만 그것은 내가 찍은 게 아니라 화성 탐사 로봇이 찍은 셈이다. 정오 뉴스를 통해 그것을 접하지 않았다면 오늘 하루도 나는 또다시 거실에 널브러져 있었을 것이다. 라면을 끓여 먹거나 중국집에 볶음밥을 시켜 먹고, 오후에는 소주를 마시며 막막한 시간을 견디려 했을 것이다. 어쩌면 음식은 입에 대지도 않고 아예 소주를 주식으로 삼았을지도 모를 일. 이른 아침, 잠에서 깨자마자 아들 녀석이 보내온 이메일을 읽었기 때문이다. 캐나다의 토론토에서 보내온 열 살짜리의 이메일이 어째서 지척의 육성처럼 그토록 아프게 들린 것일까.

아빠, 난 이곳에 친구가 하나도 없어요. 학교에서도 동네에서도 똑같아요. 한국에서 같이 놀던 친구들 생각만 나고, 예전에 우리가 기르던 뽀삐 생각도 나고…… 어제는 꿈에서 한국 친구들하고 개를 봤어요. 학교 미끄럼틀에서 신나게 놀았는데, 갑자기 엄마가 나타나서 부르는 바람에 내가 미끄럼틀에서 떨어지는 꿈이었어요. 깨고 나서 혼자 울었어요. 아빠, 나 다시 한국에 가고 싶어요. 아빠가 와서 엄마하고 얘기해서 나 데려가면 안 돼요?

햇살은 청명하나 대기는 얼음장처럼 차다. 뿐만 아니라 스악스악, 소리를 내며 얼굴을 스쳐가는 바람도 면도칼처럼 예리하다. 작년 12월, 파주로 이사 올 때 들었던 부동산업자의 말이 생각난다. 한강과 임진강과 한탄강에 에워싸인 곳이라 안개도 많고 바람도 많죠. 평균 기온이 서울보다 훨씬 낮으니 여기서 몇 년 살다 보면 살갗이 두꺼워질 겁니다. 신도시가 된다니 기다려보긴 하겠지만, 신도시보다 통일이 되는 게 훨씬 낫지 않겠습니까? 솔직히 말해 입주하시는 집이 예전에 지어진 임대 아파트라 시설은 형편없습니다. 하지만 그 가격에 16평형 전세라도 얻은 걸 다행으로 생각하세요. 집주인을 내가 아니까 그나마 가능했지 아니면 어림도 없는 일이에요. 여기도 신도시 된다고 땅값과 아파트값이 미친년 널뛰듯 하는걸요.

서울에 남아 있던 아파트 전세금을 빼 파주로 이사한 건 캐나다로 이민을 가버린 아내와 아들을 위한 나의 마지막 배려였다. 서울에서 파주까지 멀어지는 조건, 32평형 아파트가 16평으로 줄어드는 조건으로 만들어진 차액. 따지자면 배려가 아니라 요구에 응한 것이었다. 전셋집을 정리해 가능한 빨리 송금해 준다는 게 이혼 합의 사항에 포함돼 있었다. 전세금이라도 건진 게 그나마 다행이었다. 함께 퇴사했던 다른 동료는 거리로 나앉아야 할 처지가 되었으니 말이다. 얼마나 꿈같은 불행인가.

따져보니 단 칠 개월 만에 모든 게 끝장나 버린 셈이었다. 세계로 진출하자던 원대한 포부 대신 남겨진 건 오직 파산과 파탄뿐이었다. 어쩌면 위성 통신 장비 업체를 만들어 동업하자며 전에 근무하던 회사에서 셋이 모여 모의를 꾸밀 때부터 이미 불행은 시작되고 있었는지도 모를 일이었다. 영업을 담당하던 이사가 주축이 된 일이라 국내 거래선은 물론 해외 영업망까지 이미 확보된 상태인 줄 알았는데 현실은 '문서와 말의 차이'가 얼마나 무서운 것인지를 가혹하게 일깨워주었을 뿐이다. 영업 이사가 장담하던 대부분의 일들이 황당한 흰소리였지 문서화된 서류가 아니라는 게 뒤늦게 밝혀진 때문이었다.

──이 아파트 잘못되면 우리 결혼 생활 끝장날 줄 알아!

현실적인 문제에 관한 한 아내는 나보다 민감하고 직관적인 사람이었다. 회사 설립에 필요한 자금을 마련하기 위해 소유하고 있던 아파트를 은행에 저당 잡힐 때부터 그녀는 극구 반대했었다. 결국 그녀의 예언은 맞아떨어졌고 나는 입에 재갈이 물리고 말았다. 나는 아내에게 따귀까지 맞았다. 그녀가 원하는 대로 이혼을 해주고, 그녀가 원하는 대로 모든 권한을 포기했다. 하지만 이 땅을 떠나는 마지막 날까지 그녀는 나에게 마음을 풀지 않았다. 이 다음에, 이 다음에 혹시 말이야…… 하고 나는 미래의 가능성을 열어두고 싶었지만 그녀는 끝내 나에게 기회를 주지 않았다. 도리 없이 나는 허공으로 이륙하는 비행기를 올려다보며 혼잣말을 중얼거렸다. 혹시 이 다음에 형편이 좋아지면 그때 만나서 함께 살자.

현실이 나로부터 멀어지는 동안 비현실적인 것들이 가까워지고 있었다. 파산과 파탄의 와중에서도 아주 희미하게 나는 그것을 예감하고 있었다. 작년 여름 어느 날, 아파트 단지의 공원에 나가 담배를 피우다 우연히 하늘을 올려다본 적이 있었다. 회사 설립 문제가 물거품이 된 뒤라 그때 이미 나와 아내의 불화는 극을 향해 치닫고 있었다. 아내와 함께 있는 시간이 힘들어 슬그머니 밖으로 나와 공원을 어슬렁거리던 중이었다. 8시가 지났지만 세상은 아직 빛의 기운이 완연했다. 담배를 피우다 무심코 올려다본 하늘에 유난스레 빛을 발하는 물체가 떠 있었다. 희미한 낮달 옆에서 오렌지 빛으로 반짝이는 그것이 일종의 비행 물체인 줄 알고 나는 시선을 고정시켰다. 하지만 그것은 움직이지도 않고 사라지지도 않았다. 오래잖아 어둠이 내리자 그것은 더욱 밝은 빛을 발하기 시작했다. 웬만한 별들과는 비교도 할 수 없을 정도로 밝고 가깝게 느껴져 나는 도무지 그것에서 시선을 뗄 수 없었다. 끝끝내 움직이지 않았으니 미확인 비행 물체가 아니라 미확인 발광 물체라고 해야 할 터였다. 아무려나 그것을 올려다보는 동안 나는 현실의 고뇌를 말끔히 망각할 수 있었다. 나의 관심이 우주로 뻗어 나가자 지상의 고뇌가 거짓말처럼 스러져버린 것이었다.

그날 밤 나는 집으로 돌아와 아들과 함께 미확인 발광 물체를 다시 보았다. 베란다에 서서 그것을 보라고 하자 아들은 단박 그것이 뭐냐고 나에게 물었다. 아빠도 모른다, 하고 말하자 비행접시 아니냐고 녀석은 호기심이 가득한 표정으로 나를 올려다보았다. 아홉 살, 초등학교 2학년인 그에게 우주는 온통 신비가 가득한 공간일 터였다. 지금 빛을 발하는 저것의 정체가 무엇인지 몰라도 나는 그것이 아들의 기억에 오래오래 남아 있기를 기원했다. '미확인 발광 물체를 보던 그해 여름 나의 아버지는 파산했다.'라고 각인해도 나쁠 건 없었다. 어차피 이혼하기로 아내와 합의한 뒤였으므로 녀석이 나를 망각하고 미확인 비행 물체만 기억한다 해도 도리 없는 노릇 아닌가.

미확인 발광 물체의 정체를 내가 알게 된 건 다음 날 텔레비전 뉴스를 통해서였다. 이틀 뒤인 8월 27일 오후 6시 51분, 태양계의 네 번째 행성인 화성이 5만 9000여 년 만에 지구에 가장 가까이 접근, 동쪽 하늘에서 미확인 비행 물체처럼 육안으로도 관측할 수 있다고 뉴스는 전하고 있었다. 밝기는 지구에서 볼 수 있는 가장 밝은 별인 시리우스보다 무려 3.6배나 밝다는 것. 뉴스를 보며 나는 화성…… 하고 몽유병자 같은 표정으로 중얼거렸다. 지구로부터 무려 1억 7000만 킬로미터나 떨어진 화성이 5,600만 킬로미터까지 가까워진다는 게 참으로 믿어지지 않았다. 하지만 나는 그 사실을 아들에게 알려주지 않았다. 하루 전에 보았던 것이 화성이라는 것도 알려주지 않았고, 그것이 왜 그렇게 밝게 보였는지도 말해 주지 않았다. 그 아이가 나이가 들어 스스로 가까워지는 것과 멀어지는 것의 차이를 배웠으면 좋겠다고 생각한 때문이었다. 태어나 자라는 동안에는 세상 모든 것들을 향해 다가가지만, 나이가 들면 모든 것들로부터 절로 멀어지는 인생에 대하여.

문제의 8월 27일, 서울에는 폭우가 내렸다. 당연히 지구와 가장 가까워진 오렌지 빛 행성은 확인할 수 없었다. 하지만 나는 화성이 지구에 가까워졌다는 뉴스를 접한 뒤부터 줄곧 화성인을 생각했다. 화성이 지구와 그토록 가까워졌다는 게 나로서는 예사롭게 여겨지지 않았다. 혹시나 하는 마음에 나는 자주 밤하늘을 올려다보았다. 올려다보며 오랫동안 망각하고 살아온 친구를 그리워했다. 화성 때문이 아니라 지구에서의 내 삶이 너무 고달프게 여겨진 때문이었다. 서로 위로하고 위로받을 수 있는 단 한 사람이 나에겐 절실했다. 하지만 아무리 기억을 더듬어봐도 나에겐 그런 사람이 없었다. 갓 스물, 아무런 이유도 밝히지 않고 화성인이 내 곁에서 사라진 이후 나는 늘

혼자라는 생각에 시달리며 살았다. 이십여 년 동안 그의 부재를 원망하며 살았으니 화성이 그토록 지구와 가까워졌다는 게 어찌 예사롭게 여겨졌겠는가.

내가 화성인에 관한 소식을 접한 건 그로부터 석 달쯤 뒤인 12월 초순경이었다. 지금으로부터 한 달쯤 전, 내가 서울의 전셋집을 빼 파주로 이사를 서두르던 무렵이었다. 내게 전화를 걸어온 인물은 원단 수출 회사에서 영업부장 노릇을 하고 있는 초중고 동창이었다. 그 친구처럼 초등학교부터 고등학교까지 내리 동창인 인물들이 서울에는 꽤 많이 살고 있었다. 학교 다닐 때 별명이 '첩보원'이었던 그가 전화를 걸어온 건 어찌 보면 당연한 일이었다. 교사들의 신상 정보를 비롯, 친구들의 집안 내막까지 꿰뚫고 다니는 정보통이었던 그가 세월이 흐른 뒤에도 자신의 정보 수집 능력을 유감없이 발휘한 셈이었다. 아무려나 그는 지극히 현실적인 어조로 화성인에 관한 소식을 내게 전해 주었다. 놀라지 마라, 성준이가 살아 있다, 하고 그는 말문을 열었다. 나는 잠시 사이를 두었다가 누가 그래? 하고 짧게 반문했다. 갑자기 아랫배가 팽팽하게 당겨지는 것 같았다. 친척한테 확인한 거다, 하고 그가 대꾸했다. 수화기를 바꿔 들고 오른손으로 아랫배를 지그시 누르며 나는 다시 물었다.

—도대체 그 친구가 어디 살고 있다는 거야?

—화성인이 어디 살고 있을 것 같으냐.

—화성인은 화성에 살아야 제격이지.

—그래, 정답이다. 그 친구 지금 화성에 살고 있단다.

나는 타임머신을 타고 과거의 행성으로 자주 날아갔다. 거실에 널브러져 술이 깨지 않은 상태로 갈 때도 있었고, 꿈에서 갈 때도 있었고, 잠에서 깨어나기 직전에 갈 때도 있었다. 멍하니 햇살 속에 앉아 있다가 돌발적으로 공간 이동을 경험하는 경우도 더러 있었다. 고스란히 재현되는 과거의 공간에서 나는 자주 그를 만났다. 언제나 그와 함께 나타나는 초등학생인 나, 중학생인 나, 고등학생인 나…… 거기, 세상 모든 것을 향해 다가가고자 하는 낯선 내가 있었다. 하지만 내 옆에 머물던 화성인은 지구상의 어느 곳으로도 더 이상 나아가고 싶어 하지 않았다. 그는 처음부터 끝까지 오직 화성에만 머물고 싶어 했다. 그는 자신이 화성인의 후예라고 믿고 있었고, 언젠가 다시 화성으로 가게 될 거라고 믿고 있었다. 현실에서 못 가면 나중에 죽어서라도 가게 될 거라는 믿음을 지니고 있었다.

 ─화성이 지구 같았던 시절이 있었을 거야. 그러니까 지구가 화성 같아질 날이 올지도 몰라. 화성을 생각하는 건 지구를 생각하는 것과 같아. 화성과 지구 사이에는 이상한 공분모가 있어. 하루가 이십사 시간에 가깝고, 사계절이 있고, 극지방에 얼음 층이 있고, 강물이 흘렀던 흔적을 알려주는 침식 지형이 있다는 것 정도는 문제도 아냐. 태양계 안에서 일어난 생명체의 우주적 공간 이동…… 그런 게 화성과 지구 사이에서 느껴진단 말이야. 38억 년 전, 바다가 끓어오르고 황산이 가득한 대기 속에서 지구에 생명체가 탄생했다는 학설을 난 도저히 믿을 수 없어. 그건 그야말로 설이지, 단지 설일 뿐이야. 진화론적 탄생으로도 설명할 수 없고 종교적인 창조로도 설명할 수 없는 무엇인가가 화성과 지구 사이에는 있어. 나는 언제나 그런 걸 생각해. 지구가 있기 때문에 화성을 생각하고, 화성이 있기 때문에 지구를 생각하는 거야.

 고등학교 1학년 때 성준에게서 들은 말이었다. 초등학교 시절부터 시작된 화성에 대한 그의 관심은 중고등학교를 거치며 일종의 신앙처럼 변해 갔다. 하지만 그가 광기를 드러내거나 헛소리로 화성을 신봉한 건 결코 아니었다. 그는 웬만해선 전교 1등 자리를 내놓지 않는 수재였기 때문에 그의 내면에서 익어간 화성은 과학적 근거와 독창

적 해석력으로 재구성된 또 하나의 행성이라고 해도 무방할 터였다. 그는 화성을 지구인들의 '수구초심 행성'이라고 불렀다. 고향을 찾아가고 싶어 하는 지구인들의 유전적 본능이 시간이 지날수록 강렬해져 화성에 대한 탐사가 앞으로 더욱 활발해질 거라는 해석이었다. 그는 세월이 지나면 화성으로의 여행은 물론 이민까지 가능해질 거라는 예언도 서슴지 않았다.

　—지구인들이 갈 수 있는 태양계의 행성 중에 가장 매력적인 곳이 화성이야. 지구인들에게 화성에 대한 무의식적인 향수가 있기 때문이지. 화성에 인간이 발을 딛는 건 문제도 아냐. 지구를 중심으로 한 태양계 내에서는 그런 일이 얼마든지 가능해. 왜냐하면 지구인들의 신경 다발 조직인 뉴런이 10의 14승이고, 그것을 속도 개념으로 환산하면 태양계의 마지막 기권까지 얼마든지 갈 수 있기 때문이야. 다만 태양계를 벗어나지 못할 뿐이지. 인간은 태양계에 갇혀 살게 되어 있고, 그래서 화성에 대한 탐사에 더욱 박차를 가하게 될 거라고.

　성준의 신상에 대해 내가 아는 건 고작 몇 가지뿐이었다. 그것도 그의 입을 통해 직접 들은 게 아니라 첩보원 같은 친구들의 전언을 통해 알게 된 것이었다. 아버지가 이발사라는 것, 중학교 3학년 때 엄마가 위암으로 세상을 떠났다는 것, 초등학교 5학년인 남동생이 있다는 것 정도. 나는 그의 집을 방문해 본 적이 없었다. 그도 나의 집을 방문한 적이 없었다. 우리 집으로 놀러 가자고 하거나 시험공부를 함께 하자는 나의 제안을 그가 매번 거절한 때문이었다. 집안 형편이 그리 넉넉한 것 같진 않았지만 그의 성격이 워낙 깔끔해서 구겨지거나 더러워진 옷을 입고 있는 걸 본 적이 없었다. 뿐만 아니라 남 앞에서 공부에 관한 얘기를 꺼내는 것도 본 적이 없었고 참고서나 자습서 같은 걸 가지고 다니는 것도 본 적이 없었다. 그런데도 그는 웬만해선 전교 수석을 놓치지 않았다. 그러니 그에게 장래 화성을 연구할 우주 과학자라거나 미항공우주국에서 근무할 수재라는 수식어가 따라붙는 것도 결코 무리는 아닐 터였다.

좌석 버스가 서울로 접어든다. 서울은 화성으로 가기 위해 반드시 거쳐야 하는 행성 정거장이다. 지금 화성에는 먼지 폭풍이 일고 유성비가 내릴지도 모른다. 어쩌면 그곳의 자연 조건은 내가 알고 있는 것보다 훨씬 가혹할지도 모른다. 하지만 화성을 거치지 않고 나는 다시 현실로 복귀하지 못할 것이다. 그러니까 화성은 내가 지구에 발붙이고 살아남기 위해 필연적으로 관통해야 할 관문인 것이다. 그것이 내가 지금 화성으로 가는 이유이고 또한 가야 하는 이유이다.

"내가 자란 고아원은 어둡고 춥고 외로웠다. 나는 자라면서 밤이면 별이 반짝이는 하늘을 올려다보며 그 별에 날아갈 수 있게 되는 꿈을 꾸곤 했다. 미국에서 나의 이 꿈은 실현됐다. 나에게 그 같은 '정신(spirit)'과 '기회(opportunity)'가 주어진 데 대해 감사한다."

쌍둥이 화성 탐사선 스피릿과 오퍼튜니티의 이름을 지은 아홉 살짜리 러시아 출신의 입양아가 쓴 글이다. 시베리아 북부에서 태어난 그녀는 입양 당시 건강이 무척 악화돼 시야가 잘 보이지 않았으나 엄마가 생긴 뒤 건강과 자신감을 회복, NASA가 미국 전역의 초중고교생을 대상으로 실시한 화성 탐사선 이름 공모전에서 1만 명에 가까운 응모자를 물리치고 당당히 대상을 차지했다고 한다. 자신이 살아온 불행에서 건져 올린 희망의 언어를 화성 탐사선의 이름에 새겨 넣은 것이다. 그 소녀처럼 나도 화성을 꿈꾸며 다시 한 번 삶에 대한 정신과 기회를 얻고 싶다. 내 마음도 지금 몹시 어둡고 춥고 외롭기 때문이다.

*

서울역 광장으로 들어간다. 택시 정류장에 운집한 택시가 백여 대는 족히 될 것 같다. 날씨가 추운 탓인가, 광장에 사람이 별로 없다. 몇몇이 포장마차 앞에 서서 오뎅을 먹는 게 보인다. 헌혈 차량 앞에 유니폼을 입고 선 자원 봉사자들이 발을 동동 구르며 좌우를 살핀다. 좀 더 걸어가자 역사 입구의 햇살 아래 서너 명의 부랑자가 모여 앉아 소주를 마시고 있다. 땟국이 흐르는 옷과 머리카락, 여러 날 세수를 하지 않은 모습인데도 얼굴이 불콰해져 의기양양해 보인다. 모자를 쓰고 목도리까지 한 사내는 맞은편의 깡마른 사내에게 삿대질을 해대고 있다. 언뜻 지구에서 추방당한 사람들처럼 보인다. 지구에 불시착했으나 자신들의 행성으로 돌아갈 방도를 몰라 거리를 배회하는 외계인들.

나는 전철을 타기 위해 지하도 입구로 접어든다. 입구의 드넓은 좌판에 불법 복제 DVD가 깔려 있다. 「살인의 추억」을 위시하여 최근의 개봉 영화들까지 단돈 오천 원이라고 턱수염을 기른 사내가 박수를 치며 연신 외친다. 계단 입구에 전경 둘이 서 있는데도 전혀 아랑곳하지 않는다. 아무려나 나는 낯선 행성에 불시착한 사람처럼 걸음을 재촉한다. 왜 이렇게 모든 것이 어설프고 어색하게 느껴지는지 모를 일이다. 도대체 지구에서 몇 년이나 더 살아야 친숙함이 느껴질까.

―화성이 어디인지 모른다고? 나이 사십이나 된 놈이, 그것도 서울에서 이십 년 가까이 살아온 놈이 화성이 어디인지 모른다니 말이나 되냐. 너 「살인의 추억」도 안 봤냐? 화성 연쇄 살인 사건이 일어난 화성을 모르냐고!

성준의 소재를 알려주기 위해 내게 전화를 걸어온 첩보원은 어이

254

가 없다는 듯 혀를 찼다. 그래, 나는 화성이 어디 붙어 있는지도 모르고 그런 영화도 보지 못했다, 하고 나는 퉁명스럽게 응대했다. 보고 싶어도 볼 수 없었으니까. 「살인의 추억」이라는 영화가 세상을 떠들썩하게 할 때 나는 파산과 파탄의 곤욕을 치르느라 비루먹은 개처럼 혀를 늘어뜨리고 있었다. 뿐만 아니라 지난 이십여 년 동안 나는 서울에 살면서도 어찌된 셈인지 그쪽 방면으로는 도무지 가볼 기회가 없었다. 꼭 한 번, 회사에서 영종도로 야유회를 간 적이 있었지만 그것도 단체로 관광버스를 이용해 다녀왔으니 개인적 경험과는 거리가 멀다. 이래저래 부천 부평 인천 수원 안양 안산 같은 지명에 대해 나는 무감각하다. 지리적으로나 정서적으로나 마찬가지. 그 방면에 대해 누가 무슨 말을 해도 별다른 이미지가 떠오르지 않는다. 가감 없이 말하자면 지구상의 화성보다 우주상의 화성이 나에겐 훨씬 가깝게 느껴진다는 것이다. 그런데 「살인의 추억」이라니!

나는 매표소 앞에서 수원행 티켓을 달라고 말한다. 첩보원이 나에게 확실하게 알려준 곳은 거기까지이다. 그러니 내 수첩에 기록된 '화성시 서신면'은 아직 나에게 미지의 행성일 뿐이다. 수원역 앞에 내려 제부도 방면으로 가는 좌석 버스를 타라는 말까지 첩보원은 덧붙였지만 거기서부터는 자신도 가보지 않아 잘 모르겠다는 어투였다. 첩보원이 제공하는 정보가 그렇게 어설프면 신빙성이 떨어지는 것 아니냐고 내가 말하자 그는 어처구니없다는 듯 이렇게 대꾸했다.

——이런 젠장, 뭐 주고 뺨 맞는다더니 영락없이 그 꼴이로군. 내가 첩보원 노릇 그만둔 지가 언젠데 그런 소릴 하냐. 이 정보는 고향에 있는 성준이 외숙모한테서 우리 집사람이 직접 캐낸 거다. 지난 11월에 고향에서 장인 장모 유골 모셔 이장을 했거든. 여자들끼리 주고받은 말이라 상세 정보로서는 가치가 떨어진다만 그래도 이게 어디냐. 거기 화성시 서신면이라는 데가 손바닥만 하다니 서점 하나 찾

는 건 그리 어려운 일도 아닐 거다. 길을 모르겠거든 무조건 제부도
방면으로 가면 된다더라. 제부도 당도하기 직전이라니 달리 빠져나
갈 길이 없는 거 아니냐.

나는 성준의 공소 시효에 대해 물을까 하다가 그만두었다. 그가
사라진 지 어느덧 이십 년이니 어떤 경우이건 만료되지 않을 시효가
없을 터였다. 형사법상 가장 중형인 사형에 해당하는 범죄의 공소 시
효가 십오 년이라는 것도 나는 알고 있었다. 물론 그의 행방이 묘연
해진 뒤에 알게 된 법적 상식들이었다. 하지만 곰곰 따져보면 그는
공소 시효와 아무런 상관이 없는 인물이었다. 애초부터 그에 관한 공
소가 제기되지도 않았는데 무슨 시효가 필요하겠는가.

—법적인 문제는 우리가 생각하는 것보다 훨씬 복잡할 수도 있
어. 그 친구가 나타나는 것 자체가 죄가 될 수 있다는 거다.

—나타나는 것 자체가 죄가 된다고?

—그렇지. 나타나면 안 되는 죄.

—그런 죄가 어디 있어?

—그래서 화성인 아니냐. 법적으로 그 친구는 지구인이 아니야.

—그럼 뭐냐.

—뭐긴 뭐야. 지구에 불법 체류하는 외계인이지.

고등학교 졸업반이 되었을 때부터 성준은 화성과 결별하고 있었
다. 더 이상 화성에 대해 언급하지 않았고, 더 이상 화성에 대해 묻
지도 못하게 했다. 그는 아예 말문을 닫고 침묵의 성자처럼 살았다.
주변에서는 그것을 타고난 성품으로 치부하고 있었으므로 별달리 문
제가 되지는 않았다. 하지만 대학 입시 원서를 쓸 무렵, 그로 인해서
학교가 발칵 뒤집히는 일이 발생했다. 전교 수석인 그가 엉뚱하게도
인근 도시의 수산전문대학을 지망하겠다고 선언한 때문이었다. 담임
은 물론 학년 주임과 교장까지 나서서 그를 설득했지만 결과는 달라

지지 않았다. 그를 서울의 명문 대학교로 보내 학교의 자랑으로 내세우고 싶어 했던 선생들이 그대로 물러설 리 없었다. 담임이 그의 집을 방문하고 그의 아버지도 학교에 와서 상담을 받았다. 그래도 결과는 달라지지 않았다. 어느 날, 그의 속내를 알고 싶어 내가 물었다.

─무슨 변태 심보냐?

─그냥 바다로 가고 싶어졌어. 별다른 뜻은 없어.

─화성은?

─너무 비현실적이잖아. 이젠 구체적인 대상을 찾아야지.

─그게 바다야?

─그래, 바다에도 화성이 있어. 아무도 안 믿겠지만 수심 1만 미터가 넘는 곳에서도 생명체가 살고 있고, 바다 속에서 뿜어져 나오는 섭씨 100도 가까운 열수 분화구 주변에서도 생명체가 떼 지어 살아. 거기에도 화성이 있고, 화성의 흔적이 있는 거지.

─알량한 핑계 아냐?

─지구는 어느 곳으로 가나 마찬가지야. 어차피 지구이고, 결국 지구잖아.

─그래서?

─그래서 바다로 가겠다는 거야. 우주와 가장 가깝고 우주와 가장 닮았잖아.

결국 그는 인근 도시의 수산전문대학으로 진학했다. 지방의 소도시에서 함께 자란 오랜 죽마고우들도 이제 각자의 진로를 선택하는 무렵이라 모든 것이 어수선했다. 누가 어디에 응시해 붙고, 누가 어디에 응시해 떨어졌다는 말들이 한동안 무성했다. 그 와중에 나는 서울에 있는 대학에 응시해 합격하고 한동안 친척집에 머물다 내려왔다. 물론 내려오자마자 성준을 찾았다. 하지만 전화를 건 나에게 그는 냉랭한 어조로 이렇게 말했다.

—나, 보름 뒤에 해병대 입대한다.

너무 어이가 없어서 말이 나오지 않았다. 그것이 네가 말하던 바다냐, 하고 나는 반문했지만 그는 아무런 응대도 하지 않았다. 만나서 얘기하자고 내가 제안하자 정리할 게 많다며 그것마저 단호하게 거절했다. 잠시 사이를 두었다가 내가 다시 물었다.

—너 혹시 무슨 문제 있는 거 아니냐.

—문제 없어.

—그럼 갓 스물에 해병대 입대를 왜 해.

—그럼 서른에 하냐.

—학교 입학식도 안 하고 간단 말이야?

—넌 입학식 하기 위해 대학 진학했냐.

—비꼬지 말고 진실을 말해.

—진실은 화성에 있어. 갈 수 있으면 가서 찾아봐.

그것이 성준과 내가 지구상에서 나눈 마지막 대화였다. 그로부터 보름쯤 뒤, 그러니까 2월 초순경에 그의 아버지가 핏발 선 눈으로 나를 찾아왔다. 오전 8시경, 자다가 날벼락 맞은 기분으로 나는 그의 아버지와 대면했다. 그것이 첫 대면이었다. 그는 격앙된 어조로 다짜고짜 내게 물었다.

—말해. 성준이 어디 있냐!

—성준이가 어디 있냐니…… 성준이가 왜요? 무슨 일이 생겼나요?

—너 이런 식으로 나오면 곤란하다. 자칫 잘못하면 우리 집이나 너네 집이나 아주 쑥대밭이 될 수도 있단 말이다. 나야 별 볼일 없는 이발사지만 너의 아버지는 공무원이니까 나보다 훨씬 더 피해를 볼 수도 있어. 그러니까 어서 사실대로 말해. 지금 성준이 어디 있어?

—아저씨, 전 정말 몰라요. 도대체 성준이한테 무슨 일이 생긴 건가요?

나는 세상에 태어나 갓 스물이 될 때까지 그렇게 소름 돋는 아침을 경험해 본 적이 없었다. 어느 날 갑자기 누군가 아무런 예고도 없이 현실에서 사라져버린다는 건 책에나 있는 일인 줄 알았는데 하물며 그 대상이 성준이라니…… 나는 마치 내가 성준이 있는 곳을 알면서도 시치미를 떼는 것 같아 지레 가슴이 옥죄였다. 그래서 모른다고, 정말 모른다고 몇십 번을 되풀이 말했다. 그러자 그의 아버지가 날카로운 눈빛으로 나를 노려보며 다그쳤다.

—너, 세상이 얼마나 무서운지 알기나 하냐? 말 한마디만 잘못해도 잡혀가 쥐도 새도 모르게 죽을 수 있는 세상이다. 그런데 병역을 기피하고 사라지면 어떻게 되겠어? 어제가 입대일인데 그저께 밤부터 그 자식이 사라졌다. 이 미친 자식이 세상 무서운 줄 모르고 병역 기피자가 되었단 말이다. 병무청 직원하고 헌병대에 통사정해서 앞으로 삼 일 시한을 얻었는데, 그때까지 자진 출두하지 않으면 사전 영장을 발부받아 곧바로 체포조를 가동한단다. 그러니 제발, 그 자식에게 연락이 오거나 있는 곳을 알게 되거든 무조건 나에게 전화해라. 알겠냐?

그는 몇 번씩이나 나에게 다짐을 받고 갔다. 하지만 나는 끝내 성준의 아버지에게 전화하지 못했다. 성준에게서 연락이 온 적도 없었고, 그가 있는 곳을 내가 알아내지도 못한 때문이었다. 이리저리 친구들에게 연락해 수소문을 해보았으나 그들은 하나같은 어투로 내게 이렇게 되물을 뿐이었다.

—웃기네. 성준이 행방을 네가 모르면 누가 알겠냐?

성준에 관한 소문은 도시 전체로 들불처럼 번져 나갔다. 내용은 병역 기피였지만 소문은 기피의 배경 쪽으로 터무니없이 증식하고 있었다. 원래 사상이 불순한 놈이었다느니, 고정간첩과 함께 월북했다느니, 머리가 너무 좋아 미쳤다느니…… 참으로 황당무계하고 어처구니없는 얘기가 흉흉하게 떠돌았다. 성준에 관한 문제가 아니라 갖가지 어른 세계의 뒤틀린 속내를 한꺼번에 드러내는 것 같아 나로 서는 곤혹스럽기 그지없었다. 가장 터무니없는 억측은 성준이 불순한 세력과 연계되었을 거라는 주장이었다. 이제 고등학교를 갓 졸업한 아이에게 아무렇지도 않게 사상의 올가미를 씌운 것이었다. 어릴 때부터 내가 지켜본 어른들의 세계는 늘 그런 식이었다. 누군가 긴급 조치 위반으로 잡혀갔을 때도 그랬고, 누군가 삼청교육대에 잡혀갔을 때도 그랬다. 아니 땐 굴뚝에 연기 나랴, 하는 식이었다.

대학 입학을 위해 서울로 올라오기 며칠 전, 나는 성준의 아버지를 찾아갔다. 그동안 일이 어떻게 처리되었는지 궁금해서 견딜 수가 없었다. 성준이 나타났다는 소식도 없고, 그가 잡혔다는 소식도 없었다. 성준의 아버지를 직접 찾아가 묻는 것 이외 달리 소식을 접할 방도가 없었다. 시장 뒤편의 좁은 골목 안에 위치한 옹색한 이발관으로 들어서자 그의 아버지가 대낮인데도 소주를 마시고 있었다. 나를 쳐다보는 그 표정을 마주 보자 등골이 서늘해졌다. 입 언저리를 일그러뜨리고 흘긋한 눈빛으로 나를 올려다보는 얼굴이 지난번 집으로 찾아왔던 그 사람이 아닌 것 같았다. 나는 아랫배에 힘을 주고 가까스로 입을 열었다.

—성준이 소식이 궁금해서 왔습니다.

—네가 궁금할 게 뭐가 있어.

—저는 성준이와 가장 친하게 지낸 친구입니다.

—소용없다. 다 끝난 일이니 신경 쓰지 말고 가라.

—뭐가 다 끝났다는 거죠?

—죽었으니 다 끝난 거지.

—죽어……요?

—그래, 어제 내 손으로 사망 신고까지 했다.

─도대체 어디서 어떻게 죽었다는 거죠?

─병역을 기피한 놈에게 무슨 사연이 필요해. 죽었으면 죽은 거지.

나는 성준의 아버지 말을 믿지 않았다. 성준이 죽었다는 말도 믿지 않았고, 사망 신고를 했다는 말도 믿지 않았다. 술김에, 홧김에, 되는대로 마구 지껄인 말이라고 생각했다. 시신이 발견된 것도 아니고, 사망 원인이 밝혀진 것도 아닌데 죽었다는 단정은 뭐고 사망 신고는 또 뭐란 말인가. 성준의 아버지가 내게 보인 태도가 너무 기막혀 나로서는 더 이상 입을 열 수 없었다. 자식이 행방불명되었는데 '군부 정권이 나를 칠까 봐 겁난다.'고 말할 수 있는 아비가 세상에 몇이나 될까.

나는 성준의 아버지를 욕하며 집으로 돌아왔다. 자식 걱정은 털끝만큼도 하지 않고 비굴하게 자신이 다칠까 봐 겁을 질질 내는 한심한 인간…… 그에게 침을 뱉어주지 못하고 돌아선 걸 나는 후회했다. 하지만 그날 그 주정뱅이 같은 인간이 나에게 뱉어낸 말이 모두 사실이라는 걸 내가 알게 된 건 그로부터도 며칠이 더 지난 뒤였다.

서울로 떠나던 날 아침, 나는 아버지를 통해 성준이 사망 처리됐다는 걸 알았다. 시청 공무원인 아버지가 그 사실을 모르고 있을 리 없었다. 뿐만 아니라 성준이 나와 가장 친한 친구였다는 걸 알고 있는 아버지가 그걸 간과하고 있을 리도 없었다. 아버지는 다만 시간을 기다리고 있었을 뿐이었다. 내가 고향을 떠나는 날 그것을 알려줌으로써 그 문제를 서울까지 옮겨 가지 말고 이곳에서 있었던 일로 묻어 두고 가라는 의미인 것 같았다.

나는 그런 일이 어떻게 가능하냐고 아버지에게 따져 물었다. 하지만 아버지는 더 이상 언급을 회피했다. 그저 그러려니 해라, 하는 말을 덧붙인 게 고작이었다. 아버지의 입에서 흘러나온 그 한마디 말에 나는 고스란히 얼어붙고 말았다. 하지만 그로부터 몇 년이 지나는 동안 나는 그런 일이 얼마든지 가능한 세상이라는 걸 차근차근 배워나갈 수 있었다. 죽었다는 걸 증명할 시신이 없어도 사망 처리할 수 있고, 피멍 든 주검이 나타났는데도 안 죽였다고 우길 수 있는 시대…… 탁, 하고 치니까 억, 하고 죽었다고 우기던 눈물겨운 개그 시대가 아니었던가.

전철 차창 밖으로 스산한 겨울 풍경이 스쳐간다. 즐비하게 늘어선 아파트, 도로, 차량, 다갈색으로 가라앉은 야산과 들판…… 빠르게 지나치는 물상을 한눈에 내다보니 지구의 풍경이 너무 단조롭다는 생각이 든다. 색상이 단조롭고, 형상이 단조롭고, 분위기가 단조롭다. 하지만 관통하는 역 이름에서는 하나같이 외계 행성의 분위기가 느껴진다. 노량진, 대방, 신길, 영등포, 신도림, 구로, 가리봉, 독산…… 정말 신기한 일이다. 전동차에 타고 있는 사람들의 표정도 예사롭게 보이지 않는다. 지구에서의 삶에 지칠 대로 지친 표정이 역력하다. 머리를 뒤로 젖힌 채 입을 벌리고 자는 사람, 고심거리가 가득한 표정으로 전동차 바닥을 내려다보는 사람, 팔짱을 끼고 앉아 적의가 가득한 눈빛으로 정면을 노려보는 사람, 세상 모든 일에 무관심하다는 표정으로 껌을 질겅거리는 사람…… 왠지 그들도 나처럼 화성으로 가고 있는 것 같다는 생각이 든다. 지구의 삶에 지치거나 적응하지 못해 화성으로 이주당하는 사람들…… 1호선 전철이 아니라 화성으로 가는 행성 열차인가.

—진실은 화성에 있어. 갈 수 있으면 가서 찾아봐.

이십 년 전 성준과 나눈 마지막 대화가 문득 되살아난다. 미래에 일어날 일을 예견하기라도 한 것처럼 그가 내뱉은 한마디 말이 이십 년 뒤의 오늘 나의 고단한 행로가 되고 있다. 화성의 행로가 아니라면 나는 더 이상 갈 곳이 없다. 캐나다로 갈 수도 없고 현실로 복귀할 수도 없다. 나에게 남겨진 건 과거를 통해 현실로 복귀하는 일,

그리고 행운이 따라준다면 미래의 발판을 만드는 일이다. 그 지난한 과정을 압축하고 있는 한 단어가 화성이다. 진실이 화성에 있다고, 갈 수 있으면 가서 찾아보라고……. 아무려나 나는 지금 진실과 대면하러 그곳으로 가는 중이다. 지난 이십 년 동안 나를 괴롭혀 온 진실 한 가지, 지난 이십 년 동안 내가 확인받고 싶었던 진실 한 가지. 나는 그것을 아주 또렷한 어조로 그에게 묻고 싶다.

나는 너에게 무엇이었는가.

대학 시절, 나는 방학 때마다 고향으로 내려갔다. 혹시 성준에 관한 소식이 없었나 고향 친구들에게 묻고 또 물었다. 하지만 어느 누구도 그에 관한 얘기를 들었다는 친구는 없었다. 자살했을 거라고 말하는 친구, 밀항했을 거라고 말하는 친구, 절간 같은 곳에 붙박여 살고 있을 거라고 말하는 친구…… 남겨진 건 근거 없는 추리뿐이었다. 시간이 흐르면서 나는 깨달았다. 그들에게 그런 걸 물어서는 안 된다는 것. 다만 기다리고 또한 기다려야 한다는 것. 나는 그가 화성 탐사를 떠난 거라고 생각했다. 자기 꿈을 실현하기 위한 인내의 시간, 힘들고 험난한 여정이 되겠지만 살아 있다면 반드시 돌아올 거라고.

몇 년이 지난 뒤부터 성준은 완전히 잊혀진 인물로 치부되었다. 고향을 찾아가도 더 이상 그에 대해 말하는 친구가 없었고, 그에 대해 궁금해하는 친구도 없었다. 하지만 그들은 만날 때마다 화성에 대한 얘기를 자주 했다. 성준이 말하던 화성이 아니라 경기도 화성이었다. 같은 화성인데도 불구하고 그들은 성준의 화성을 까마득하게 망각하고 있었다. 경기도 화성에서 일어나고 있는 연쇄 살인 사건에 대해 그들은 때마다 침을 튀기고, 고함을 지르고, 핏대를 올리곤 했다. 화성과 화성 사이의 거리가 얼마나 멀고 아득한지 그때 나는 새삼 깨달을 수 있었다. 그래서 그들이 경기도 화성을 놓고 왈가왈부할 때마다 나는 스페이스 셔틀버스를 타고 머나먼 태양계의 화성으로 여행을 떠나곤 했다.

—그건 절대 정신병자의 짓이 아니야. 머리가 좋은 변태 성욕자의 짓이지. 그렇지 않고서야 그렇게 침착하게 사람을 묶고, 강간하고, 살해하고, 사체를 훼손하겠어?

—야, 변태 성욕이 목적이라면 살해된 사람들의 나이가 그렇게 널뛰듯 하겠냐. 일흔하나, 스물다섯, 스물여섯, 스물셋, 열여덟, 스물아홉, 쉰넷, 열넷…… 도무지 살해 대상에 일관성이 없잖아. 변태 성욕자는 자신의 성적 취향이 너무 강해서 변태가 되는 거 아냐? 그렇다면 나이가 일정해야지.

—새꺄, 만약 나이를 바꿔 가면서 하는 게 성적 취향이라면 어쩔래?

화성 연쇄 살인 사건을 나는 처음부터 주시하고 있었다. 화성에서 엽기적인 살인 사건이 잇달아 일어나고 있다는 보도가 있고 난 직후부터 나도 모르게 촉각이 곤두섰다. 성준의 화성과 그의 행방불명에 대한 관심이 일종의 신경증으로 전이된 결과였다. 그가 사라진 뒤부터 나는 '화성'이라는 말만 들으면 무조건 하던 일을 멈추곤 했다. 피해망상증 환자와 아무것도 다를 게 없었다. 하다못해 전라남도 영광에 있는 '화성연쇄점'에 불이 나 세 명이 타 죽었다는 뉴스가 나와도 화들짝 놀라 촉각을 곤두세울 정도였다. 그러니 화성에서 연쇄 살인 사건이 일어나고 있다는데 어찌 무심할 수 있었겠는가.

결국 화성 연쇄 살인 사건은 미궁에 빠졌다. 수사를 위해 연인원 200만 명의 병력을 투입하고, 의심스러운 인물 1만 8000여 명을 수사하고, 지문과 유전자 감식 의뢰가 4만여 건을 넘었는데도 범인을 잡지 못했다. 아울러 연쇄 살인도 91년 4월을 끝으로 더 이상 일어나지 않았다. 어찌된 셈인지 그것도 80년대와 함께 막을 내린 것이다. 연쇄 살인 사건의 무대는 고작 화성군 태안읍의 반경 2킬로미터 이내

지역이었다. 거기서 6년 동안 불특정 다수의 여성을 상대로 10여 차
례의 엽기적 연쇄 강간 살인 사건이 일어난 것이다. 한 나라 전체를
범죄 대상 지역으로 설정하고 연쇄 살인을 저지른 인물들도 잡아들
이는 외국의 사례에 비추어 본다면 참으로 어처구니없는 일이 아닐
수 없었다. 안 잡는 것이냐, 안 잡은 것이냐, 안 잡힌 것이냐.

　나는 화성 연쇄 살인 사건을 처음부터 전혀 다른 각도에서 보았
다. 물론 성준의 사망 신고에서 비롯된 나름대로의 주관 때문이었다.
화성 연쇄 살인 사건의 범인이 잡히지 않는다는 건 시사하는 바가 의
외로 컸다. 이 나라의 한 구석에서 엽기적인 범죄 행각이 벌어져도
범인이 잡히지 않는다는 건 엽기적 범죄 행각의 일상화를 의미하는
것이었다. 그것이 국민의 정서에 알게 모르게 미친 효과는 누구에게
가장 큰 이득으로 돌아갔을까.

　나는 그것이 총과 칼로 정권을 잡은 부류들이라고 믿고 있었다.
그들은 정권의 기반을 다지기 위해 집권을 한 뒤에도 엽기적인 살인
행각을 계속하고 있었다. 연쇄 살인 사건이 화성에서만 일어나는 것
처럼 떠들어댔지만 사실은 정권 유지 차원에서 전국 곳곳에서 자행
되고 있었다. 시국 사범 사냥과 살해가 숱한 의문사를 몰고 왔지만
그것들은 물리적 힘에 의해 철저하게 은폐되거나 은닉되었다. 반대
로 화성 연쇄 살인 사건은 더욱 부각되고 집중적인 여론 몰이의 대상
이 되었다. 범인이 안 잡혔는데 어째서 사건은 더 이상 일어나지 않
은 것일까.

　1. 짧은 머리
　2. 165~170cm 사이의 신장
　3. 저음
　4. 갸름한 얼굴, 오뚝한 콧날, 날카로운 눈매

5. 약 245mm의 발 사이즈

6. 보통 체격

7. 24~27세 정도의 나이

8. 혈액형 B

3명 이상에 의해 목격된 용의자의 인상착의이다. 덧붙이자면 왼쪽 손목 부근에 밤알 크기의 문신 혹은 점이 있었다는 목격자의 진술도 있다. 7차 살인 사건 후 용의자가 사건 현장 주변에서 수원이 종점인 마지막 버스를 탔다는 기사와 안내양의 진술도 있다. 대부분의 사건 현장이 도로변과 인접해 있고 버스를 이용한다는 점을 감안한다면 범인이 화성 주민이 아닐 가능성이 매우 높다. 뿐만 아니라 머리가 짧다면 군인일 가능성도 배제할 수 없다. 영외에 거주하는 하사관이나 장교 혹은 방위병. 하지만 1만 8000명 이상의 민간인을 수사하면서도 군인이나 인근의 군부대를 수사 대상에 올려놓았다는 말을 나는 들어본 적이 없다. 요즘 같으면 '머리가 짧다'는 목격자의 진술만 있으면 무조건 군 수사 기관과 공조 수사를 했을 것이다. 하지만 당시에는 감히 상상도 못할 일.

나는 지금도 가끔 화성 연쇄 살인 사건의 범인에 대해 생각한다. 그 시대는 갔지만 더욱 끔찍하고 소름 끼치는 문제가 남아 있다는 걸 절로 깨닫게 된다. 목격자들의 진술처럼 그때 범인이 이십 대였다면 지금쯤 사십 대가 되었을 것이다. 결혼을 하거나 혼자 살거나 아무튼 멀쩡하게 살아 있을 가능성이 높다. 어쩌면 결혼을 해서 한두 명의 아이를 가진 가장이 되었을지도 모른다. 주말이면 가족과 함께 에버랜드나 롯데월드로 놀러 갈지도 모른다. 용감한 시민상을 받거나 자원 봉사를 하거나 청소년 선도 위원이 되거나 정치인이 되었을지도 모른다. 범인은 언제나 우리와 함께 살고 있는 것이다. 우리가 관람

하는 「살인의 추억」도 옆 자리에 앉아 함께 볼 수 있는 것이다. 얼마나 끔찍스러운 엽기인가.

　—지난 이십 년 동안 숨어 살면서 이루 말로 할 수 없는 고생을 했나 보더라. 지상의 명부에서는 이미 죽은 존재인데, 죽은 존재가 산 존재로 버티려니 얼마나 힘들었겠냐. 별의별 짓을 다 하고, 정말 안 한 게 없나 보더라. 구걸도 하고, 도둑질도 하고, 남의 주민 등록증 위조해서 방위 산업체에 근무하기도 하고, 아파트 경비원 노릇도 하고, 병원에서 나오는 시체를 수거하러 다니기도 하고, 산에 들어가 기도원 머슴살이도 하고…… 한쪽 귀가 멀었다나 어쨌다나, 아무튼 몸도 이미 만신창이가 된 모양이더라. 그러니 혹여 만나러 가게 되더라도 예전의 성준이 생각을 하고 가지는 마라. 그동안 흘러간 세월이 벌써 이십 년 아니냐.

　첩보원은 성준이 아니라 오히려 내가 걱정된다는 투로 말했다. 말하지 않아도 안다, 하고 나는 대꾸했다. 지나간 이십 년 동안 그가 겪었을 '죽은 자로서의 삶'이 어떤 것인지도 알고, 이제 더 이상 그를 어린 시절의 감상과 치기로 만날 수 없다는 것도 안다고. 내가 정녕 걱정한 것은 과거의 성준이 아니라 이십 년의 시공을 건너뛰어 만나야 하는 현재의 성준이었다. 어쩌면 과거의 그와 현재의 그를 연결하려는 시도 자체가 어리석은 짓일 수도 있었다. 이십 년이라는 시공은 그런 것이었다. 경기도 화성과 태양계 화성 사이의 거리, 화성에서 범죄를 저지르던 이십 대와 사십 대가 된 현재의 범인 모습…… 그런 걸 누가 상상할 수 있겠는가.

　「살인의 추억」이라는 영화가 세상을 휩쓸던 지난여름, 나는 이십 년이라는 시공이 은밀하게 마찰을 일으킬 준비를 하고 있다는 생각을 했다. 그것은 마치 지구의 화성과 우주의 화성이 일으키는 행성 충돌을 방불케 했다. 지구의 화성에서 십칠 년 전에 일어난 연쇄 살인 사건을 소재로 한 영화가 관객 500만을 돌파하고 있을 때 우주의 화성은 5만 9000년 만에 지구와 가장 가까운 거리로 접근하고 있었다. 그것이 무엇을 예비하는 조짐인지 나로서는 알 수 없었다. 그저 「살인의 추억」이 과거의 불쾌한 느낌을 자극하는 것 같아 영화를 보지 않으면서도 내내 마음이 불편했다. 80년대가 만들어낸 화성이라는 상처가 홍행의 대상으로 둔갑해 21세기의 문화 속으로 잠입한 듯한 느낌. 범인이 극장에 앉아 「살인의 추억」을 보며 지었을 미소를 생각하니 정말 소름이 돋을 지경이었다. 그 영화 제목, 이 세상에서 오직 한 사람만 향유할 수 있는 것 아닌가.

행성 열차가 종착역으로 진입한다. 수원역이라는 안내 방송이 나오자 사람들이 자리에서 일어나 선반의 짐을 꺼내고 옷매무새를 고친다. 여전히 낯선 풍경이다. 살아생전 처음 발을 디뎌보는 곳이니 이방감이 느껴지는 것도 무리가 아니다. 나는 다소 긴장한 표정으로 밖을 내다본다. 공간 이동을 위해 적잖은 사람들이 이쪽저쪽의 플랫폼에 서 있다. 전동차 출입문이 열리자 사람들이 썰물처럼 밖으로 빠져나간다. 진짜 화성으로 가야 할 시간이다. 나는 플랫폼을 빠져나오며 우주의 화성도 아니고 지구의 화성도 아닌 제3의 화성을 떠올린다. 가까워지는 것과 멀어지는 것 사이에 숨어버린 인생의 진실을 찾아야 하기 때문이다. 햇살이 이마를 덮자 암호 같은 말이 다시 한 번 뇌리를 스쳐간다.

—진실은 화성에 있어. 갈 수 있으면 가서 찾아봐.

오후 3시 40분, 바람이 세차다. 우주 기지를 방불케 하는 신축 수원역사 앞에 적잖은 사람들이 운집해 있다. 버스 정류장이 광장 앞에 있기 때문이다. 맞은편 백화점 건물과 역 사이에 구름다리가 연결돼 있다. 왼편의 로터리 광장에는 차량과 햇살이 가득하다. 수원역, 백화점, 로터리 광장이 삼각주 형세를 이루고 있다. 그곳으로 사람과 차량의 행렬이 끊임없이 밀려들고 끊임없이 빠져나간다. 모든 것이 부산하게 움직이지만 기이하게도 생동감이나 에너지는 느껴지지 않는다. 가깝지도 않고 멀지도 않은 중립 지대에 나는 서 있는 것 같다. 하지만 저곳으로 들어가야 한다고 나는 나를 다그친다. 저곳으로 들어가지 않으면 내가 원하는 곳으로 갈 수 없다는 마음의 채찍이다.

역 광장에 있는 관광 안내소로 서둘러 걸음을 옮긴다. 수원 화성 일대의 문화재와 관광지를 안내하기 위해 만들어놓은 그곳에는 작은 책자와 지도가 구비돼 있다. 창구 앞에 서자 산뜻한 감색 제복과 모자를 쓴 안내원이 무엇을 도와드릴까요, 하고 묻는다. 나는 버스 정류장을 내다보며 제부도, 아니 서신면 방면으로 가려면 어떤 버스를 타야 하나요? 하고 묻는다. 그러자 안내원이 여기는…… 하고 뭔가 망설이는 표정으로 서 있다가 돌연 490번 좌석버스를 타세요, 하고 말한다. 나는 안내 센터 내부에 걸려 있는 몇 점의 사진을 눈여겨본다. 수원 화성(水原華城), 화성 행궁(華城行宮), 융건릉(隆健陵)의 설경…… 안내 창구 옆에 비치된 관광 지도 한 장을 뽑아 들고 나는 다시 버스 정류장으로 간다.

십여 분쯤 지난 뒤에 490번 좌석 버스가 들어온다. 버스 상단의 운행 노선표에 '화성(시청/성지) 제부 입구'라고 쓰여 있다. 나는 버스에 오르며 머리가 짧은 기사에게 서신면으로 가느냐고 묻는다. 귀에 이어폰을 꽂고 통화를 하던 기사가 건성으로 고개를 끄덕인다. 비로소 안도하며 나는 통로 우측의 두 번째 창쪽 좌석에 앉는다. 파주를 출발할 때처럼 다시 햇살이 따갑게 밀려든다. 나도 모르게 한숨이 밀려 나오고 어깨가 늘어진다. 하지만 이젠 돌아가기도 힘든 거리라는 생각을 하며 슬그머니 커튼을 당겨 햇살을 차단한다.

고개를 숙이고 손에 들고 있던 관광 지도를 들여다본다. 안내 센터 내부에 걸려 있던 사진들이 다시 나타난다. 수원 화성의 성곽 사진과 화성 행궁, 화성 팔경 사진들이다. 화성에서 내세울 만한 여덟 개의 경치 중 으뜸으로 꼽힌 것이 융건백설(隆健白雪)이다. 정조대왕의 생부인 장헌세자(일명 사도세자)와 경의왕후로 추존된 혜경궁 홍씨의 합장릉이 융릉(隆陵), 정조대왕과 효의왕후의 합장릉이 건릉(健陵)이다. 좌우의 두 능을 합해 융건릉이라 부르는데, 주변에 빽빽하게 들어선 노송에 백설이 뒤덮이면 세인들의 마음을 무아의 지경으로 빠지게 한다고 관광 지도에는 쓰여 있다. 그래, 그토록 한 많은 부자(父子)가 한곳에 묻혔으니 백설이 뒤덮일 만도 하겠지.

버스가 유턴한 뒤 커튼을 걷는다. 더 이상 햇살이 밀려들지 않는다. 버스는 서서히 수원 시내를 빠져나간다. 오래잖아 공사 중인 도로와 포클레인과 파헤쳐진 논밭이 나타난다. 을씨년스러운 풍경이다. 공사 현장은 있는데 일하는 사람은 없다. 곧이어 교회 신축 부지가 나타난다. 그곳도 역시 현장만 있고 인부의 모습은 보이지 않는다. 파헤쳐진 붉은 황토가 얼어붙어 옹골찬 민둥산처럼 보인다. 화성, 화성, 하고 읊조리며 나는 계속 뭔가를 기다리는 눈빛으로 창밖을 주시한다. 어디까지가 수원이고, 어디서부터 화성인가.

—성준이는 자기 삶을 살고 싶었던 거야. 그저 군대 가기가 싫어서 단순하게 병역 기피를 했던 게 아니라고. 그러니 혹시 그 친구를 만나더라도 왜 병역 기피를 했느냐고 묻거나 그동안 어디서 무슨 일을 하며 살아왔는지 구차스럽게 묻지 마라. 이제는 그런 걸 묻지 않고 설명하지 않아도 얼마든지 알 수 있는 나이잖아. 결국 그 친구는 자기 인생의 화성을 찾아간 거야. 현실에서 사라지고, 사망자로 처리되고, 그것 때문에 살아서도 죽은 자로 견뎌야 하는 인생…… 그렇게 멀고 험난한 인생 여정이 그에게 화성으로 가는 행로가 된 거라고. 그런 걸 보면 인생이란 정말 신기한 거야. 난 집사람한테 그 친구 사연을 전해 듣고 그런 생각을 했어. 그 친구가 학창 시절에 그렇게 몰

두하던 화성이 결국 인생을 비유한 거였구나, 하는 생각이 들더라고. 온갖 고생을 했을 테니 이젠 그 친구도 깨달았겠지. 자신이 찾고자 하는 화성이 결국 인생이었구나, 하는 거 말이야.

성준이 몰두하던 화성이 결국 그의 인생이 되었다는 해석——그것이 그날 첩보원이 내게 했던 얘기 중에 가장 공감할 만한 부분이었다. 정작 중요한 건 병역 기피가 아니라 자기 삶을 살고자 하는 그의 몸부림이었다는 것. 그의 얘기를 듣는 동안 나는 성준의 아버지를 떠올렸다. 행방불명된 자식 걱정보다 자신이 다칠까 봐 더욱 겁내던 기이한 아버지, 자식의 생사도 모르면서 후환이 두려워 사망 신고까지 해버린 아버지…… 그 이해할 수 없던 아버지가 세상을 떠난 건 성준이 사라지고 몇 해가 지난 뒤였다. 화성 연쇄 살인 사건으로 세상이 떠들썩하던 그해 겨울 방학 때 고향으로 내려가 나는 그의 부음을 접했다. 자식인 성준이 나타나지 않아 동생 혼자 상주 노릇을 했다는 얘기, 친척들은 그래도 성준이 은밀하게 나타나지 않을까 밤을 지새우며 기다렸다는 얘기를 나는 이를 데 없이 착잡한 심정으로 전해 들었다. 특히 그 아버지가 화병으로 죽었다는 얘기는 나에게 돌이킬 수 없는 죄책감을 심어주었다. 내가 아무리 친구를 걱정한다고 해도 화병이 생겨 세상 떠난 아비 심정만 하랴 싶어서였다.

그날 밤 나는 성준을 꿈에 보았다. 어두운 밤, 그는 내가 모르는 낯선 장소에 앉아 있었다. 논두렁인지 숲길인지 언뜻 분간이 가지 않았다. 반가운 마음에 나는 그를 불렀다. 하지만 그는 뭔가에 깊이 몰입한 모양 나의 부름에도 도무지 뒤를 돌아보지 않았다. 개구리들이 떼 지어 합창하는 소리를 들으며 나는 그에게 다가갔다. 그는 여전히 나의 기척을 느끼지 못하고 있었다. 내가 어깨에 손을 대자 그가 반사적으로 뒤를 돌아보았다. 그의 입에 피가 뚝뚝 떨어지는 여고생의 유부(乳部)가 물려 있었다. 난자당한 시체와 흡혈귀처럼 끔찍한 그의 얼굴, 그악스러운 개구리 떼의 울음소리가 한꺼번에 나를 후려쳤다.

꿈에서 깼을 때 나의 두 눈에는 눈물이 흐르고 있었다. 탈진한 것처럼 온몸이 느즈러져 꼼짝도 할 수 없었다. 꿈에 본 장면과 현실 사이에 아무런 연관성도 느껴지지 않았지만 눈물은 계속 흘러내렸다. 슬픈 감정은 조금도 느껴지지 않았다. 그런데도 눈물은 좀체 멈추지 않았다. 성준에 대한 원망 때문인가, 성준의 아버지에 대한 죄책감 때문인가.

정조는 1800년 6월 28일, 고질적인 악성 종기에 시달리다 세상을 떠났다. 그때 그의 나이 마흔아홉이었다. 할아버지 영조의 명으로 아버지 사도 세자가 뒤주에 갇혀 여드레 만에 죽음을 맞이하는 것을 지켜본 충격 때문에 정조는 어릴 때부터 울화증에 시달렸다. 뿐만 아니라 왕이 된 뒤에도 신료들을 능가해야 한다는 정신적 강박에 시달렸고, 아버지 사도 세자에 관한 얘기만 나오면 갑작스럽게 마음의 평정을 잃고 비탄에 빠지곤 했다. 사도 세자가 죽음을 맞이한 5월 13일이 되면 사도 세자의 사당인 경모궁(景慕宮)에 나가 열흘씩 모든 일을 전폐하고 비통함에 사로잡혀 있을 정도였다. 아버지의 한이 자식에게 덧씌워진 격이었다. 그러니 울화증에 신경증, 강박적 사고에 시달리며 평생을 보낸 불행한 군왕이었다고 해도 결코 과언이 아닐 터였다.

정조는 1789년 10월 7일, 사도 세자의 무덤을 수원 읍치 자리로 이장했다. 수원 읍치는 팔백 개의 연봉이 꽃잎처럼 둘러싼 형국, 또는 용이 여의주를 희롱하는 형국으로 국중제일(國中第一)의 명당자리로 알려져 있었다. 아울러 사도 세자의 새 묘소를 현륭원(顯隆園)이라 개칭하고 국왕의 위격에 준하는 치장을 하였다. 그로부터 오 년이 지난 1794년 정월, 정조는 무슨 이유에서인가 1804년 갑자년을 목표로 화성 신도시 건설을 시작했다. 그리하여 화성에는 600여 칸에 달하는 대규모 행궁이 설치되고, 도시 외곽으로는 거의 6킬로미터에 달하는 웅대한 성곽이 건설되었다.

'화성(華城)'이라는 지명은 정조에 의해 명명되었다. 화성성역(華城城役)에 착수하기 일 년 전인 1793년 정월, 정조는 팔달산에 올라 수원을 내려다보며 이곳에 건설할 새로운 성곽 도시의 이름을 지은 것이었다. 하지만 화성 신도시의 꿈이 이루어지기 사 년 전, 안타깝게도 정조는 세상을 떠나고 말았다. 갑자년이 되면 십오 세로 성년이 되는 왕세자에게 왕위를 물려주고 자신은 칠순을 맞는 어머님 혜경궁 홍씨를 모시고 화성 신도시로 내려가 상왕으로서 노후를 보내려던 구상이 수포로 돌아가고 만 것이었다. 결국 정조가 죽은 뒤, 그가 모든 걸 걸었던 화성 신도시는 사라져버렸다. 살아생전, 정조가 화성에 걸었던 꿈과 기대는 이루 말로 할 수 없는 것이었다. 하지만 무엇 때문에 그가 그토록 화성에 집착했었는가에 대해서는 후세 사람들의 온갖 유추와 억측이 난무할 뿐 정작 정조 자신에 의해 술회된 적은 없었다. 과연 화성은 정조에게 무엇이었을까.

—성준이 언제부터 화성에서 살게 되었는지는 나도 모른다. 설마하니 처음부터 그곳에서 살기야 했겠냐. 정말 중요한 것은 그 친구가 왜 화성에 살게 되었는지가 아니라 왜 집을 떠나게 되었는가 하는 거다. 나도 학교 다닐 때는 정보통이라고 자부하고 있었는데…… 그 친구한테 그렇게 아픈 사연이 숨겨져 있는 줄은 정말 까맣게 모르고 있었다. 하지만 우리가 세상을 떠나기 전에라도 진실을 알게 됐으니 얼마나 다행스러운 일이냐. 그 친구가 어떤 처지에 있었는지도 모르고 밀항선을 탔을 거라는 둥, 월북했을 거라는 둥 떠들어댔으니…… 그 시절의 무지를 생각하면 지금도 등골이 오싹해진다. 아무튼 인간이란 게 이렇게도 간사한 것 아니냐.

나는 성준이 화성에 당도하기 위해 거쳐 갔을 숱한 인생의 기착지를 생각한다. 멀쩡한 사람도 감내하기 힘든 인생행로를 그는 바람처럼 그림자처럼 흘러가며 살았을 것이다. 그것을 통해 무엇을 얻고 잃었는지 나로서는 알 수 없다. 지금 머물러 살고 있는 화성이 그에게 어떤 의미로 각인되었는지도 알 수 없다. 태양계의 화성과 지구상의 화성, 그리고 정조의 화성과 성준의 화성 사이에 내재된 차별성은 도대체 뭔가.

정조 즉위 초에 나돌던 팔자흉언(八字凶言, 여덟 글자로 된 흉악한 말)이 있었다. 죄인지자 불위군왕.(罪人之子 不爲君王, 아버지로부터도 버림받은 패륜 죄인의 아들은 국왕이 될 자격이 없다.) 요컨대 그것이 정조에게 씌워진 숙명의 굴레였다. 그는 임금이 되었지만 자신의 할아버지에 의해 죽음을 당한 아버지 사도 세자에게 씌워진 '패륜 죄인'이라는 굴레에서 한시도 벗어난 적이 없었다. 그것으로 신료들과 쟁투하고, 그것 때문에 신료들을 능가하려 과로를 일삼으며 일에 몰두하였다. 즉위 초에는 적대 세력들이 정조의 침실에 자객을 넣기까지 했다. 결국 정조가 지속한 평생의 업은 패륜 죄인으로 죽음을 당한 아버지 사도 세자에게서 죄인의 허물을 벗겨내고 국왕의 지위에까지 추존하는 일이었다. 그것은 곧 할아버지 영조를 극단적으로 욕되게 하는 일이었지만 결국 정조는 왕위에 오르자마자 자신이 사도 세자의 아들임을 천명하고 사도 세자를 장헌 세자로 추존하여 부자 관계를 현실적으로 복원하였다. 그리고 천하의 명당자리로 사도 세자의 묘지를 옮기고 신도시 건설에 착수하였다. 아버지의 한을 풀어 주는 지난한 과정에서 정조에게 싹튼 것이 바로 화성이었다. 아버지를 죽게 만든 정치적 환멸에 대한 출구로서의 화성, 모든 걸 벗어던지고 자연인으로 돌아가 살고 싶은 마지막 이상향으로서의 화성…… 화성이 정조에게는 그런 공간이 아니었을까.

버스가 오르막을 넘어서자 수목 농원이 나타난다. 남양 입구 교차로를 지나 남양농협 앞에서 잠시 정차, 빨간 모자를 쓴 오십 대 여자를 내려주고 다시 출발한다. 곧이어 화성 시청 없으세요? 하고 기사가 룸미러로 뒤를 본다. 아무도 자리에서 일어나지 않는다. 나는 화성 시청이 어디 있는가, 하고 놀란 표정으로 밖을 내다본다. 가도 가도 내가 기다리는 화성은 나타나지 않는데 갑자기 시청이라니! 버스가 유턴하자 우측 야산 기슭에 우주 전진 기지처럼 거대한 화성 시청이 자태를 드러낸다. 주변에 시가지도 없고, 단독 주택도 없고, 아파트도 없다. 오직 화성 시청만 야산 중턱에 황당무계한 위용을 과시하며 앉아 있다. 문득 화성이 실체는 없고 행정 지명만 있는 공간인 것 같다는 생각이 든다. 시청 앞을 통과하자 주변 개발에 뛰어든 온갖 업소의 난립상이 한눈에 드러난다. 건축 사무소, 컨테이너, 목재, 간판, 광고, 부동산, 공인 중개사, 공구 백화점, 화물…… 그곳을 빠져나오자 남양농협 삼거리가 나타난다. 멀리, 도로 건너편의 들판에 늦은 오후의 잔광이 낮게 깔려 있다. 그 순간, 화성은 없다, 하는 말이 아뜩한 깨침처럼 뇌리를 스쳐간다.

화성은 없다!

샘터 교차로에서 다시 제부도 방면으로 가는 대로로 접어든다. 잠시 뒤 마도 교차로를 지나자 삼존리 입구가 나타난다. 그때 뒤쪽에서 돼지고개 내립시다! 하고 나이 든 할머니가 기사에게 소리친다. 곧이어 좌우로 포장마차 횟집이 즐비한 송산면 사강시장을 거쳐 다시 제부도 방면의 대로로 빠져나간다. 화성은 없다, 하는 생각에 나는 왠지 마음이 조급해진다. 석양이 뉘엿뉘엿 엿가락 같은 잔광을 늘어뜨리며 서쪽 산마루에 걸려 있다. 마음이 더욱 조급해진다. 오르막길을 넘어가자 좌우로 계단식 논이 나타나고 과수원과 비닐하우스가 잇따라 나타난다. 나는 마지막 잔광이 어른거리는 차창을 손바닥으로 짚으며 절박한 심정으로 밖을 내다본다.

　—성준이가 현실에서 사라진 건 자기 인생을 살 수 없다는 결론을 내렸기 때문이야. 생각해 봐. 화성으로 가고 싶어 한 사람이 어떻게 바다로 갈 수 있겠어. 그건 처음부터 자기 고통을 숨기기 위한 위장이었다고. 뿐만 아니라 수산전문대로 진학한 것도 철저한 위장이었어. 그 친구는 애초부터 해병대로 지원 입대하기로 아버지하고 약속이 돼 있었던 거야. 그 아버지가 누군지 알아? 해병대 출신의 의붓아버지…… 우리 중에 성준이 아버지가 의붓아버지라는 걸 알고 있었던 사람이 누구였냐. 내가 장담하는데 아무도 없었어. 성준이가 자기 고통을 얼마나 철저하게 위장하며 살았는지 이제 알겠지? 그 친구는 자신이 노출되는 게 싫어서 세상을 침묵으로 일관하며 살았던 거야. 그리고 자기 고통을 정신적으로 모면하기 위해 화성에 빠져 있었던 거라고. 그 친구 모친이 세상을 떠난 뒤부터 그 해병대 출신의 의붓아버지가 공부 오래할 생각 말라고 조석으로 괴롭혔단다. 그런 와중에서도 꼬박꼬박 전교 수석한 거 보면 정말 신기해. 의붓아버지가 자기 친자식 공부시켜야 한다고, 자기가 이발소를 해가지고는 둘 공부시키기 힘드니 애초부터 대학 갈 생각일랑 접으라고 했다니 얼마나 괴로웠겠냐. 결국 해병대 지원해 놓고 그 친구는 가지도 않을 수산전문대를 응시한 거였어. 그리고 입대 전날 조용히 자기 화성을 찾아 지구를 떠난 거라고. 뿐만 아니라 그 모든 게 자기 의붓아버지 욕먹지 않게 하려는 의도에서 행한 일이었다니 얼마나 기가 막혀. 그런 사연을 듣고 나니 정말…… 지금 그 친구가 살고 있는 화성이 우주의 화성보다 더 먼 것 같다는 생각이 들더라. 도대체 얼마나 힘든 시간을 견디며 거기까지 흘러갔을까.

　그날 첩보원의 말을 들으며 나는 방바닥에다 불혹, 불혹, 하는 글자를 수도 없이 쓰고 또 지웠다. 병신 같은 자식, 바보 같은 자식, 한심한 새끼…… 울음이 아니라 웃음이 나와 견딜 수가 없을 지경이었다. 그 순간 나의 뇌리에 정조가 떠올랐다. 정조는 죽어 화성에 묻혔는데, 화성에 뼈를 묻음으로써 뼈에 사무친 한을 풀었는데, 도대체 너는 화성에 남아 무엇을 풀려 하는가.

성림 쉼터에서 버스가 멈춘다. 지팡이를 짚고 붉은 배낭을 멘 할머니가 내린다. 허리가 몹시 휘어 상체와 하체가 거의 직각에 가깝다. 나는 황량한 주변 풍경을 내다보며 거의 절망적인 기분으로 화성은 없다, 화성은 없다, 하는 말을 연해 되뇐다. 이제나저제나 화성에 당도하기를 기다렸는데 아무리 기다려도 그것은 나타나지 않는다. 내가 꿈꾸던 화성이 모호한 것인지, 현실의 화성이 허무맹랑한 것인지 도무지 분간을 할 수 없다. 지금껏 내가 지나쳐 온 어느 공간에 화성이 있다는 것인가.

"제부도 섬에 들어갈 사람은 여기서 내려서 버스 갈아타세요. 종점입니다."

시골 면 소재지 같은 곳에다 차를 세우고 기사가 소리친다. 나는 화들짝 놀라 창밖을 내다본다. 인도도 없는 협소한 도로 옆에 단층 상가가 다닥다닥 어깨를 겯듯 붙어 있다. 어째서 여기가 종점이라고 하는지, 어째서 여기서 내리라고 하는지 나로서는 도무지 이해를 할 수가 없다. 아직 시작되지도 않았는데 벌써 끝났다고 말하는 형국이라 황당하다는 표정으로 나는 기사를 돌아본다.

"여기가 어디죠?"

서신면입니다, 서신면, 하고 기사가 귀찮다는 표정으로 대답한다. 종점이니까 다 내리라고 그가 다시 한 번 룸미러를 보며 소리치자 뒤쪽에 앉아 있던 젊은 아가씨 둘이 서둘러 앞쪽으로 걸어 나온다. 그녀들이 내 곁을 지나친 뒤에 나는 고개를 갸웃거리며 천천히 의자에서 일어난다. 뭔가, 선뜻 정리가 되지 않는다. 어디서부터 화성이고 어디까지 화성인가, 언제부터 화성이고 언제까지 화성인가.

칼날처럼 예리한 바람이 면상에 빗금을 긋는다. 나는 정류장 옆에 서서 상가 건물이 즐비한 도로를 한눈에 내다본다. 인형의 나라처럼 모든 구조물이 턱없이 낮고 단조롭다. 밖으로 나와 걸어 다니는 사람도 거의 눈에 띄지 않는다. 일자로 뻗어 나간 도로 양옆으로 200미터쯤 상가가 형성돼 있을 뿐이다. 상가가 끝나는 마지막 지점에서 좌측으로 꺾어져 다시 50미터쯤 상가가 형성돼 있다. 정말 손바닥만 한 면이다. 이런 곳에서 서점 하나 찾는 것은 일도 아닐 것 같다. 이렇게 허망하게 당도하고, 이렇게 쉽사리 만나게 되다니…… 갑자기 견딜 수 없을 정도로 허기가 느껴진다. 생각해 보니 아침에 라면 하나 끓여 먹고 지금껏 아무것도 먹지 않았다. 하지만 지금 뭔가를 먹는다는 건 아무래도 순서가 아닌 것 같다. 성준을 만나게 되면 어차피 뭔가를 먹고 마셔야 할 것 아닌가.

나는 파카의 깃을 세우고 천천히 서신면으로 걸음을 옮겨놓는다. 바람이 정면에서 불어와 얼굴을 들고 걷기가 힘들다. 차라리 바람을 등지고 걸을 수 있다면…… 비행기처럼 팔을 벌리고 바람을 등진 채 앞으로 내달리던 어린 시절이 떠오른다. 성준이 알려준 지구 탈출 속도도 생각난다. 초속 11.9킬로미터로 달리면 지구를 탈출할 수 있다고 말하던 그의 표정도 생생하게 기억난다. 바람과 흐르던 시절, 바람을 타던 시절, 바람에 실리던 시절…… 하지만 나는 지금 바람과 맞서서 걷고 있다. 세찬 맞바람에서 격렬한 저항감이 느껴진다. 그것을 견디며 걷노라니 내가 지나쳐 온 세월의 부피가 한꺼번에 느껴진다. 참으로 많은 것들이 흘러가고, 참으로 많은 것들이 달라졌다. 하지만 오래잖아 이 지긋지긋한 인내에도 종지부를 찍을 수 있으리라.

면 거리를 관통하며 좌우를 살핀다. 구멍가게, 정육점, 다방, 통닭

집, 만화가게, 분식집, 이발소, 철물점, 약국, 빵집, 미용실, 문구
점…… 상가의 외관이 하나같이 가건물처럼 보인다. 대외 선전용이
나 촬영을 위해 급조된 세트, 어쩌면 사람들이 떠나버린 폐허의 공간
인지도 모를 일이다. 상가가 끝나는 마지막 지점에 당도하지만 서점
은 보이지 않는다. 잠시 망설이다가 왼편의 경사진 길로 접어든다.
실제로 당도해 보니 50미터가 아니라 30미터도 채 되지 않을 것 같
다. 그곳을 빠져나가면 더 이상 서신면이 아니다.

경사진 길로 접어들자 왼편으로 작은 다리가 나타난다. 다리 건너
편에 비디오와 도서를 함께 취급하는 대여점이 나타난다. 대여점 앞
에 몇 명의 인부들이 모여 땅을 파고 있다. 배관 공사를 하는 것인지
모닥불까지 피우고 곡괭이와 삽으로 땅을 파헤치고 있다. 넷 중에 둘
은 일을 하고 나머지 둘은 앉아서 소주를 마시고 있다. 곡괭이를 든
사람은 계속 땅을 찍지만 삽을 든 사람은 벌겋게 상기된 얼굴로 단단
하게 얼어버린 땅을 들여다보기만 한다. 귀마개가 달린 검은 모자를
쓰고 앉아 소주를 마시던 사내가 곡괭이질 하는 사람에게 연해 핀잔
을 준다. 씨부랄, 계집질하느라 힘을 탕진했으니 구멍이 뚫리겠는감!
옆에 앉아 있던 대머리 중늙은이가 히, 하고 바보처럼 웃는다. 이빨
이 빠져 바보처럼 흉물스럽게 보인다. 그가 소주병을 들고 덜덜덜 손
을 떨며 검은 모자에게 술을 따른다. 검은 모자가 술을 받으며 세차
게 어깻짓을 해댄다. 아, 날씨 드럽게 춥네, 정말! 이런 날은 따뜻한
구들장에 자빠져 진종일 오입질이나 해야 하는 건데, 젠장!

인부들을 피해 나는 대여점 출입문을 열고 안으로 들어간다. 형광
등이 켜진 협소한 공간이 과장되게 부각돼 사뭇 비현실적으로 보인
다. 실내 중앙에 연탄난로가 설치돼 있고, 카운터에 열다섯이나 열여
섯쯤 돼 보이는 소녀가 앉아 있다. 벽 쪽의 의자에 형제로 보이는 예
닐곱 살 정도의 아이들 둘이 앉아 키득거리며 만화를 보고 있다. 내

가 안으로 들어서자 카운터에 앉아 있던 얼굴이 동글납작한 소녀가 의아하다는 표정으로 나를 올려다본다. 나는 허리를 굽히고 낮은 목소리로 소녀에게 묻는다.

"여기 혹시 민성준이란 사람 안 사니?"

소녀는 눈을 말똥거리며 아무런 대꾸도 하지 않는다. 나는 다시 한 번 묻는다.

"주인아저씨 안 계셔?"

나의 입을 빤히 쳐다보던 소녀가 양손을 빠르게 움직이며 뭔가 시늉을 한다. 무슨 뜻인가, 소녀를 보다가 아차, 하는 표정으로 나는 입을 벌린다. 소녀의 손짓이 수화라는 걸 알아차린 때문이다. 잠시 망설이다가 나는 카운터에 놓인 볼펜과 메모지로 나의 의사를 전달한다.

―여기 주인아저씨 안 계시니?

―우리 엄마가 주인인데요.

―엄마는 어디 가셨어?

―수원 고모네요. 저녁에 오신대요.

―아빠는 안 계셔?

―네.

―안 계시다는 건…….

나는 잠시 망설이다가 먼저 쓴 글씨를 지우고 다시 쓴다.

―아빠 성함이 뭐야?

―조인구.

―근데 아빠는 왜 안 계시니?

나의 물음에 소녀는 더 이상 응답하지 않는다. 나는 뭔가 질문을 잘못 던진 것 같다는 생각이 들어 어깨를 으쓱해 보인다. 서점도 아닌 곳에 들어와 이게 뭐 하는 짓인가 싶어 소녀에게 손을 들어 보이고 서둘러 밖으로 나온다. 좀 전까지 공사를 하던 인부들이 보이지 않는다. 추위 때문에 공사고 뭐고 다 걷어치우고 따뜻한 구들장 찾아 오입질하러 간 건가. 피식, 나도 모르게 헛웃음이 나온다.

다리를 건너 다시 경사진 길을 올라간다. 선 자리에서도 남겨진 상가를 한눈에 살펴볼 수 있지만 혹시나 하는 마음에 끝까지 올라가 본다. 하지만 내가 찾는 서점은 마지막 순간까지 나타나지 않는다. 상가가 끝나는 지점에 서서 서신면 밖으로 빠져나가는 좁은 길을 물끄러미 내다본다. 도리 없이 오던 길로 되돌아가야 할 판국이다.

나는 등을 돌리고 다시 걸음을 옮겨놓는다. 경사진 길을 내려가 직선 도로로 접어들자 바람에 실려 가는 느낌이 든다. 바람이 더 이상 얼굴을 후려치지도 않고 보행을 방해하지도 않는다. 걸음을 멈추지 말고 곧장 이곳을 떠나라는 암시처럼 느껴진다. 버스에서 내린 지점까지 되짚어 올라가지만 서점은 끝내 나타나지 않는다. 이상하다는 생각이 들어 정류장 주변을 살피다 뒤쪽의 약국으로 들어간다. 오십 대쯤으로 보이는 깡마른 약사가 돋보기를 끼고 앉아 신문을 보다가 고개를 반쯤 숙이고 나를 본다. 쌍화탕을 받아 들고 나서 나는 약사에게 묻는다.

"혹시 여기 서신면에 서점은 없나요?"

"서점……? 꼭 하나 있었는데 작년 여름쯤 주인이 수원으로 이사 갔죠."

"그럼 아주 없어진 건가요?"

"그 자리에서 지금도 뭐 비슷한 거 하잖아요. 비디오도 빌려주고 책도 빌려주고……. 그게 그 자리예요. 주인이 나가면서 팔고 갔는지 세를 주고 갔는지는 잘 모르겠는데……. 아무튼 그 자리가 그 자리예요."

"혹시 수원으로 간 서점 주인 이름을 알고 계신가요?"

“이름……? 아마 장석원일 거예요. 나보다 나이가 많죠. 근데 그건 왜요?”

“아뇨, 아닙니다. 그럼 혹시 지금 대여점을 하고 있는 주인에 대해서는 모르시나요?”

“글쎄요, 그건 나도 잘 모르겠어요. 바닥이 좁아도 내왕을 하지 않으면 바다 속처럼 캄캄하니 알 도리가 없죠.”

나는 빈속에 따뜻한 쌍화탕을 들이붓고 서둘러 밖으로 나온다. 이미 왕복한 직선 도로를 따라 뛰듯이 걷는다. 마음이 다급해져 주변을 살필 겨를도 없다. 직선 도로가 끝나는 지점에서 좌측으로 꺾어져 경사진 길을 다시 올라간다. 다리를 건너자 파다 만 구덩이 주변에 곡괭이와 삽, 가스 토치와 술병 같은 것들이 그대로 널려 있다. 나는 바짝 긴장한 표정으로 대여점 출입문을 당긴다. 그러나 문은 열리지 않는다. 두 번, 세 번 당기고 두들겨보아도 그것은 끝내 열리지 않는다. 출입문 틈 사이로 안을 들여다보지만 형광등도 꺼지고 소녀의 모습도 보이지 않는다. 나는 출입문에 이마를 기대고 잠시 꼼짝도 하지 않는다. 바람이 나의 등을 낚아채며 돌아서, 돌아서, 하고 은밀하게 윽박지르는 것 같다.

어쩌라는 것인가.

나는 바람이 떠미는 대로 무작정 걸음을 옮겨놓는다. 뉘엿뉘엇 해가 떨어지는 서쪽으로 길이 열려 있다. 푸른 보리밭을 지나자 왼편으로 넓은 개활지가 나타난다. 그곳으로 은빛 석양이 내려앉고 있다. 물이 빠져나간 펄 너머로 언뜻언뜻 작은 돌섬이 고개를 내민다. 화성으로 가면 화성이 사라진다, 화성으로 가면 화성이 사라진다……. 나는 정신 나간 인간처럼 중얼거리며 걷는다. 내 말이 바람에 실려 쏜살같이 지구를 빠져나가는 것 같다.

이윽고 길이 끝나는 지점에 이르자 차량 통제소가 나타난다. 때마침 관리인이 바리케이드를 치고 있다. 그곳이 제부도로 들어가는 길이라는 걸 확인하고 나는 우두커니 섬을 건너다본다. 갈 수 없느냐고 내가 묻자 밤 9시 이후에나 바닷길이 열린다고 관리인은 말한다. 나는 행로를 잃어버린 사람처럼 우두커니 서 있다가 개펄 쪽으로 돌아선다. 스러지기 직전의 낙조가 찬연한 빛을 내뿜어 펄이 온통 은 쟁반처럼 반짝인다. 나는 주변에 밀집한 횟집과 바지락 칼국수 집을 지나치며 낙조에서 내내 눈길을 떼지 못한다. 그때 누군가 다가와 대찬 동작으로 나의 팔을 낚아챈다.

"아저씨, 너무 춥고 외로워 보인다. 이 얼굴 좀 봐. 그냥 두면 금방이라도 얼어 죽을 것 같아. 우리 집에서 나하고 소주 한잔하자. 2층에 바다 쪽으로 난 따뜻한 민박도 있어. 가자, 응?"

나는 낙조를 등지고 선 여자의 얼굴을 정확하게 식별하지 못한다. 단지 가녀리게 갈라지는 음성과 검은 실루엣에 이끌려 낯선 공간으로 이끌려 갈 뿐이다. 하지만 그렇게 해서라도 화성을 볼 수 있다면, 그렇게 해서라도 화성에 다다를 수만 있다면 다른 건 아무래도 상관없다는 생각이 든다.

나는 펄이 내다보이는 창쪽 자리에 앉아 소주를 마신다. 주인인지 종업원인지 알 수 없는 삼십 대 중반쯤의 여자가 내 옆에 앉아 시종 술시중을 든다. 술시중을 드는 게 아니라 술을 따라주고 자신도 함께 마신다. 혹한의 평일이라 손님이라곤 개미 새끼 한 마리도 찾아볼 수 없다. 오직 나만 바람에 떠밀려 그곳까지 온 모양이다.

낙조는 빠르게 떨어지고 이내 어스름이 몰려온다. 주변의 다른 횟집에 하나 둘 불이 밝혀진다. 하지만 그녀는 실내의 불을 밝히지 않고 앉아 찔끔찔끔 눈물을 짜기 시작한다. 남편인가 애인인가, 아무튼 남자 얘기를 하는 것 같지만 나는 귓등으로 흘려듣는다. 흘려듣는 게 아니라 그녀의 말이 나에게 접수되지 않는다. 함께 앉아 있어도 서로가 서로에게 그렇게 먼 행성일 수 있다는 게 참으로 신기하게 여겨질 정도이다. 얼마간 시간이 지난 뒤부터 여자는 웃음이 헤퍼져 제가 말하고 제가 웃어대는 모노드라마를 연출한다. 그사이, 여섯 병째의 소주가 비워진다. 일곱 병째의 소주가 반쯤 비워졌을 때, 그녀는 나의 허벅지에 손을 얹고 허무에 찌든 목소리로 말한다.

"겨울에는 차라리 몸을 파는 게 나아. 바다가 갈라지고 닫히는 걸 지켜보는 것도 이젠 지긋지긋해. 차라리 여길 떠나 바다처럼 가랑이를 벌렸다 닫았다 하며 사는 게 나을지도 몰라. 정말이지 이렇게 사는 건 사는 것도 아니라고."

그녀가 고개를 숙이고 길게 한숨을 내쉴 때, 나는 어둠 속에 가라 앉은 심연의 섬을 본다. 그 섬을 향해 나는 처음으로 입을 연다. 하지만 아무리 중얼거려도 그녀는 나의 말을 듣지 않는다. 그녀와 나 사이의 우주적 거리가 안타까워 나는 어깨를 흔들어보지만 달라지는 건 아무것도 없다. 그녀와 내가 가까워지는 것보다 지구와 화성이 가까워지는 게 훨씬 빠를 것 같다. 하지만 나는 5만 9000년을 다시 기다릴 자신이 없다. 그래서 손을 내저으며 안간힘을 다해 말한다.

"나는 화성으로 가야 해. 거기까지 가야 내 인생으로 복귀할 수 있어. 그런데 화성은 어디로 사라진 거야. 여기가 화성의 끝이라고 해서 왔는데……. 아직도 나는 화성을 보지 못했어. 당신들이 감추고 있는 화성은 도대체 어디 있는 거지……? 이젠 나도 지쳤으니까 제발 좀 보여줘. 제발, 좀……."

한없이 깊은 적요 속에 나는 누워 있다. 티끌이 움직이는 소리도 들릴 정도로 적막한 공간이다. 사방이 완벽한 어둠에 파묻혀 아무것도 식별할 수 없다. 나는 반듯하게 누워 허공을 올려다본다. 어둠을 바탕 삼아 지워진 기억을 더듬어본다. 낙조, 소주, 여자, 눈물, 웃음……. 나는 손을 내밀어 옆을 더듬어본다. 아무도 없다. 내 몸을 만져보자 나도 옷을 입은 채 누워 있다.

여기가 어딘가.

나는 어둠 속에서 일어나 마음이 기우는 쪽으로 걸음을 옮겨놓는다. 방 안의 어둠보다 다소 푸른 기운이 느껴지는 작은 공간으로 손을 뻗는다. 차가운 유리의 감촉이 느껴진다. 나는 손을 더듬어 창을 연다. 차가운 공기가 밀물처럼 방 안으로 밀려든다. 너무 냉랭하고 신선해서 폐부가 말끔히 씻겨 나가는 것 같다. 나는 그것을 깊이 흡입하며 창가로 바투 다가선다. 푸른 별이 수도 없이 반짝이는 어둠의 공간이 끝도 없이 펼쳐져 있다. 언뜻 여자가 말한 바다가 보이는 쪽의 2층 민박이 떠오른다. 하지만 파도 소리도 들리지 않고 개펄도 보이지 않는다. 보이는 거라곤 오직 어둠이 가득 들어찬 우주 공간과 별뿐이다.

몸과 마음이 이를 데 없이 맑고 상쾌하다. 벅찬 가슴속으로 우주 공간이 가득 밀려드는 것 같다. 형언할 수 없는 감동에 사로잡혀 나는 한껏 심호흡을 한다. 우주의 기슭에 내가 발을 딛고 서 있다고 생각하는 순간, 명멸하는 불꽃처럼 별똥별이 눈앞을 스쳐간다. 아, 입을 벌리고 탄성을 터뜨리며 나는 두 주먹을 불끈 쥔다. 내가 비로소 화성의 중심에 서 있다는 확신이 벼락처럼 나를 후려친 때문이다. 내가 그토록 당도하고 싶어 한 화성, 내가 그토록 만나고 싶어 한 화성…… 오, 내 마음의 중심!

순간, 선명하게 되살아나는 얼굴이 있다. 언뜻 지나친 인물이 어째서 그 순간 되살아나는지 모를 일이다. 나도 모르게 편집된 기억이 미립자의 움직임처럼 극도로 섬세하게 복원된다. 나는 눈앞에 펼쳐진 우주의 별 밭을 내다보며 편집된 기억의 한 장면 한 장면을 놓치지 않고 주시한다. 이윽고 그것들이 파노라마처럼 연결돼 빠르게 돌아가기 시작한다.

……귀마개가 달린 검은 모자를 쓰고 앉아 소주를 마시던 사내가 곡괭이질 하는 사람에게 연해 핀잔을 주고 있다. 씨부랄, 계집질하느라 힘을 탕진했으니 구멍이 뚫리겠는감. 옆에 앉아 있던 대머리 중늙은이가 히, 하고 바보처럼 웃는다. 이빨이 빠져 바보처럼 흉물스럽게 보인다. 그가 소주병을 들고 덜덜덜 손을 떨며 검은 모자에게 술을 따른다. 검은 모자가 술을 받으며 세차게 어깻짓을 해댄다. 아, 날씨 드럽게 춥네, 정말! 이런 날은 따뜻한 구들장에 자빠져 진종일 오입질이나 해야 하는 건데, 젠장!

내 기억의 카메라가 대머리 중늙은이에게 고정돼 있다. 이빨이 빠져 바보처럼 웃던 그 사람, 알코올 중독자처럼 손을 덜덜 떨며 검은 모자에게 소주를 따라주던 사내의 얼굴이 차츰 선명하게 부각된다. 머리카락이 빠지고 이빨까지 빠진 얼굴 위로 해맑은 성준의 얼굴이 중첩된다. 이십 년의 세월이 겹치고, 경기도 화성과 우주의 화성이 겹치고, 1억 7000만 킬로미터가 겹치고, 5만 9000년의 세월이 겹친다. 오직 하나, 그와 나만 겹치지 않는다. 나는 그것이 안타까워 오열을 어금니로 짓이기며 양손으로 머리를 감싼다. 내가 그를 외면했다는 걸 더 이상 부정할 자신이 없다. 보고도 못 보고, 보고도 안 보는 현실의 거리를 어떻게 메워야 하나.

명상을 하듯 눈을 감고 시간을 견딘다. 모든 걸 잊고 어둠에 몰입하는 동안 서서히 내가 지워진다. 내가 지워지자 무한 우주 공간이 내 몸처럼 느껴진다. 무한 우주 공간의 중심에 화성이 있다. 내가 화성으로 눈을 뜨자 내가 알고 있던 모든 화성이 허망하게 스러진다. 비로소 그가 보이고 내가 보인다. 가깝지도 않고 멀지도 않은 거리에 나는 서 있다. 경계를 따라가면 얼마든지 현실로 복귀할 수 있을 것 같다. 뿐만 아니라 화성으로 인해 더 이상 흔들리지 않을 것 같다. 내일, 이곳을 떠나 다시 서신면을 지나간다 해도 나는 결코 그곳에 내리지 않을 것이다. 그의 화성을 방해하지 않고, 나의 화성을 강요하고 싶지 않기 때문이다. 사람과 사람 사이에 머무는 화성……. 그것이 내가 현실로 돌아갈 수 있는 유일한 통로이다. 사랑하기 때문에 버려야 하는 것, 그것이 누구에게나 주어진 운명의 화성이 아닌가.

지구로 돌아가야 할 시간.

사람의 마을을 찾아가는 길

1 끊임없는 자기 혁신의 행보

1988년에 시작된 박상우의 작가적 여정은 이제 열여섯 해에 이른다. 그동안 세 권의 소설집과 아홉 권의 장편소설을 냈다. 이 물리적 시간과 작품도 만만치 않은 것이지만, 그동안 그가 보여준 소설적 자기 갱신과 서사적 현재성이 무엇보다도 크게 두드러진다. 그의 소설은 매 시기 '지금 여기'의 현실을 향한 성찰과 심미화의 한 정점에 서 있었다. 절박하지만 우연처럼 모호하게 다가오는 현재에 대한 그의 고양된 자의식과 미적 형식화는 자기 충족적 언어로 떨어지는 법 없이 새로운 긴장을 획득해 왔다. 그의 소설적 행보는 끊임없이 자신의 어제와 결별하면서 오늘의 현실에 맞서는 길을 찾는 여정이었다.

이제 박상우는 네 번째 소설집 『사랑보다 낯선』을 묶고 있다. 그는 매 소설집마다 독자적인 소설 세계를 보여주었고, 그 이후 한동안 지속되고 심화될 자신의 소설적 방향을 예시해 주었다. 그렇기에 이번 소설집의 본 면목에 접근하기 위해 그가 걸어온 지난 도정을 따라 조금 우회해 보는 것도 좋으리라.

박상우의 소설적 도정의 첫 무대는 1980년대와 1990년대라는 확연하게 달라진 역사적 변곡점(變曲點)에 걸쳐 있다. 첫 창작집 『샤갈의 마을에 내리는 눈』(1990) 이래 『독산동 천사의 시』(소설집, 1995), 『호텔 캘리포니아』(연작 장편, 1996), 『청춘의 동쪽』(장편, 1999)은 한 편의 거대한 기록화처럼 보인다. 이 일련의 서사적 행보에서 그는 역사의 인간적 확장을 향한 충동이 소진되어 버린 뒤에 남은 나날의 삶을 냉정하게 점묘해 내고 있다. 그는 지상의 모든 것을 지워버릴 듯한 폭설이 내리는 '샤갈의 마을'에서 지나간 역사의 잊혀져 가는 기억과 단조로운 현존의 공허한 풍경, 그리고 다가올 미래의 어두운 징후를 담아낸다.

'샤갈의 마을' 계열 소설들을 지배하는 정조는 이른바 환멸의 낭만주의로 설명되고 있다. 하지만 이 소설들을 현재적 삶에 대한 환멸과 낭만적 일탈의 희구로만 해석하는 것은 단순하고 협소한 시각이다. 1990년대에 걸쳐 쓰인 이 소설들은 미래를 위한 전사(前史)로 기록되지 못한 채 서둘러 망각의 강안에 버려진 지나간 연대에 대한 가슴 뜨거운 기억이면서, 너 나 할 것 없이 폭력과 광기로 얼룩지고 조급한 열정과 환상으로 직조된 지난 연대에 대한 냉엄한 반성을 동반한다.

그럼으로써 박상우 소설은 예의 역사에 대한 의식적인 기억을 현재에 대한 의지적인 성찰로 연결시키는 데로 나아간다. 과거의 야만에 맞섰던 기억이 깊어질수록 빈곤한 현재에 대한 성찰적 시선은 더욱 예민해졌던 것이다. 광기와 열정의 시간이 종막을 고하고 개인적 욕망과 내면적 결핍으로 다가오는 무위의 시간 속에서 그의 소설은 깊은 단절감과 상실감에 사로잡힌 풍경을 배경으로 혼돈과 미혹에 빠져 드는 현존을 바라본다. 이는 과거의 한때 충만했으나 지금은 망각된 유토피아적 기억을 고무시킴으로써 미래를 향한 가능성이 소멸되어 버린 현실을 비판적으로 성찰하는 것이자, 지난 역사가 품고 있었던 인간적 세계에 대한 희망의 원리를 새롭게 되찾아보려는 시도이기도 했다.

그 시기 박상우의 소설은 역사의 행간에서 익명으로 마멸되어 버린 존재들의 사소했던 삶을 복원함으로써 그에 정당한 역사적 의미를 부여하는 데 인색하지 않았다. (『샤갈의 마을에 내리는 눈』) 나아가 역사에 대한 열정이 개체적 욕망의 도가니로 용해되어 버리고 미래를 위한 투쟁을 권태로운 일상으로 순화시켜 버리는 '알몸'과 '빵'의 현실, 그 속에 내재된 '자본이라는 이름의 파시스트'를 누구보다도 앞서 투시해 낸다. (『독산동 천사의 시』)

이러한 기억의 서사와 현재에 대한 고양된 자의식은 『호텔 캘리포니아』에서 극점에 도달한다. 여기서 박상우는 한때 구원처럼 꿈꾸었던 낭만적 낙원이란 결코 도래할 수 없으며 인간에겐 끝이 보이지 않는 불모의 사막만이 펼쳐져 있을 뿐이라는 각성을 통해 다시금 새로운 행보를 시작한다. 역사와 현재 사이로 흐르는 망각의 강안에서 서성거리던 그는 현재라는 광막한 인간의 사막으로 발걸음을 내디디는 것이다. 『청춘의 동쪽』은 그 단초가 되는 작품으로, 삶의 좌표와 정향점을 찾을 수 없는 현실에서 배양되는 인간의 마성과 그 존재론적인 기저에 깃든 병리성에 대한 서사적 탐구의 시발이었다.

이후 박상우 소설은 우리 시대 모더니티의 풍경 안쪽을 투시하는 데 바쳐지게 된다. 『사탄의 마을에 내리는 비』(소설집, 2000), 『까마귀떼그림자』(장편, 2001), 『가시면류관 초상』(장편, 2003)이 그것이다. 이 소설들은 한결같이 음울한 표제들이 상기시키듯이, 고립되고 권태로운 일상의 순환 속에서 자기 마멸과 타자에 대한 광기로 발산

되는 현대적 존재들의 차가운 고독과 악마성, 그리고 종말적 분위기로 가득 차 있다. 박상우 소설은 '샤갈의 마을'을 지나 '사탄의 마을'로 접어든 것이다.

비유컨대 '샤갈의 마을'에 거주하는 인물들은 과거의 인간적 연대에 대한 유토피아적 기억을 간직함으로써 환멸과 권태로 지속되는 현재를 되비추며 환멸 속에서나마 겨우 서식할 수 있었다. 그러나 죽은 영혼들의 카타콤과도 같은 '사탄의 마을'은 자기 삶과 운명에 대한 그 어떤 근거나 전망도 찾을 수 없는 것으로 나타난다. '샤갈의 마을'과 '사탄의 마을'은 낭만적인 눈과 음울한 비라는 풍토적 상거함만큼이나 극명하게 대조적이다. '사탄의 마을'은 익명화되고 사물화된 영혼들의 따분한 지옥이거나(「사탄의 마을에 내리는 눈」), 악의적인 운명의 신을 향한 반항적인 분투와 극복 의지를 거세당한 시시포스들의 세계로 규정된다.(「내 마음의 옥탑방」)

'사탄의 마을' 계열의 소설들에서 작가는 현대인들의 무의지적이고 자기 마멸적인 삶의 아수라장을 가감 없이 드러낼 따름이다. 그리고 인간이라는 어둠의 망령들이 배설하는 '욕망의 두엄더미'가 조만간 '검은 잿더미'가 될 것임을 불길하게 예감한다.(『까마귀떼그림자』) '사탄의 마을'을 지배하는 주된 정조는 반유토피아적 사유와 묵시록적 종말 의식이다. 프레드릭 제임슨이 지적한 대로 유토피아적 사유가 지나간 과거의 충만한 심적 충동에 근원을 두며 그것의 명료함과 힘을 기억함으로써 현재를 긍정적으로 만들고자 하는 욕구와 소원의 표현이라고 할 때, '사탄의 마을' 계열 소설의 인물들이 보여주는 악무한(惡無限)의 절망적 양태는 그 어떤 유토피아적 사유의 가능성도 불신하는 것이다. 이러한 반유토피아적 사유는 신이 부재한 세계에서 빚어지는 인간의 퇴폐와 아나키즘적 종말의 행태를 그린 『가시면류관 초상』의 묵시록적 종말 의식에서 최고조에 이른다. 박상우가

'사탄의 마을' 계열의 소설에서 취한 방법론은——『가시면류관 초상』에서 주인공이 스스로 고백하는 표현 그대로—— '증오의 방식으로 세상을 사랑한 죄'와 흡사한 것이었다.

그런데 묵시록적 세계 인식이란 세계의 종말에 대한 절망감의 표출인 한편으로, 새로운 세계의 출현에 대한 비전이기도 하다는 점을 상기할 필요가 있다. 본질적으로 묵시록적 패러다임은 종말적 현재에 대한 위기의식의 표현인 동시에 신이 부재한 세계에서 신의 재림을 희원하는 소망이기도 하다. 따라서 묵시록적 세계 인식은 그 궁극에서 구원에 대한 소망을 간직하게 마련이다. 『가시면류관 초상』도 궁극적으로는 악마성에 굴복한 인간 영혼이 스스로 '죄악의 연대기'를 작성함으로써 구원의 가능성을 찾으려 한다. 그렇다면 나름대로 '죄악의 연대기'를 완성하고 난 이후에도 박상우는 여전히 '사탄의 마을'에 머물러 있을까.

2 사람이 있는 풍경의 발견

『사랑보다 낯선』에서 무엇보다 새롭고 두드러지게 다가오는 것은 세계의 풍경을 바라보는 작가의 태도와 시선이 크게 달라졌다는 점이다. '사탄의 마을'에서 작가는 종말적인 세계의 풍경을 외재적인 기록자(편집자)의 냉정한 시선으로 바라보았다. 그런데 이번 소설집의 작품들에서는 그 기록자의 자리에 '나' 혹은 '그/그녀'라는 이름의 '사람들'이 자리하고 있다. 물론 '나' 혹은 '그/그녀'는 불안한 세계 속에서 끊임없이 부유하는 존재이지만 세계의 풍경을 밖에서 바라보는 것이 아니라 그 풍경 안에 들어가 있다. 요컨대 그들은 사람이 있는 풍경의 일부로 존재하며 그 풍경 속을 살아서 떠돈다.

  ‘사탄의 마을’을 통과하며 작가 박상우가 지닌 태도는 예의 종말적 세계의 풍경을 냉혹하게 바라보고 기록하는 것이었다. 그는 기록 자체의 냉정성을 위해 소설에서 서술자의 특권을 가급적 최소화하고 기록하는 주체의 자의식을 최대한으로 배재하면서 이른바 ‘증오의 방식으로’ 종말적 세계의 풍경을 편집하는 데 집중한다. 이러한 방법론은 모더니티의 폭력성과 그 속에서 배태되는 인간의 마성에 대한 성찰로서는 매우 유의미한 것이었다. 하지만 모더니티의 광기에 맞서는 출구 없는 극단의 종말 의식은 폭력적 모더니티의 보편성에 대한 역설적 수락 혹은 굴복으로 전이될 수도 있다. 모더니티의 폭력성에 과도하게 집중하는 ‘사탄의 마을’ 소설들에는 기록자의 ‘편집증적’ 피로 또한 엿보이는 게 사실이다.

  기실 ‘사탄의 마을’ 계열의 소설들은 모더니티의 광기에 대한 과도한 기록적 집착이 오히려 그것을 넘어서거나 우회할 수 있는 가능성을 간과해 버리는 아이러니를 내포하기도 한다. 세계의 풍경이 인간 영혼의 마성과 종말 의식의 프리즘을 통해서만 조합됨으로써 모더니티의 폭력성에도 불구하고 그에 맞서거나 우회하기 위해 분투하는 인간적 가능성이 봉쇄되어 버린 것처럼 보이는 것이다. 이에 따라 인간은 폭력적 모더니티의 대상으로서만 존재하게 되고, 그 어떤 관계적 소통이나 대안적 가능성이 불가능한 존재로, 그리고 고립과 괴벽, 증오, 폭력, 욕망의 발현태로만 나타나게 된다. 이는 모더니티의 공포에 대한 각성일 수 있을지라도 지극히 슬픈 정경이 아닐 수 없다.

  이와 비교하여 『사랑보다 낯선』의 소설들은 세계와 인간을 ‘기록’의 대상으로 관찰하는 것이 아니라 세계 속의 인간이 자신의 존재적 입지와 벌이는, 힘겹지만 인간적인 분투를 그리는 데 집중한다. 인간은 모더니티의 광기에 대상화된 존재로만 나타나는 것이 아니라 때로는 그에 굴복하고 좌초되면서도 힘겹게 자신의 삶과 운명의 진실을 추구하는 존재로 등장한다. 박상우 소설이 종말적 세계에 대한 대결이나 단절 의식보다는 그 속에 놓인 인간에 대한 깊은 응시와 이해를 소설의 중심에 두기 시작한 것이다. 「삼십 세 비망록」과 「길모퉁이 추락천사」, 그리고 「마천야록」에는 그와 같은 인간에 대한 새로운 이해의 시선이 관통하고 있다.

표면적으로 볼 때 「삼십 세 비망록」은 첫사랑에 대한 낭만적 회고담으로 읽힌다. 그러나 서른이라는 나이가 오기 전에 자살을 선택하는 여자가 던져주는 전언은 그리 낭만적이지만은 않다. 그녀가 자살을 선택하게 되는 동기는 의아하게도 어떤 현실적인 고통이 아니라 미래의 자기 앞에 다가올 삶 혹은 운명에 대한 두려움이다.

　　　—난 절대 오래 살지 않을 거야. 딱 서른이 될 때까지만 살 거란 말이야. 서른이 지나면 아무것도 신선하게 느껴지지 않을 거야. 타성으로 남겨진 인생을 살아간다는 건 차라리 죽음만 못해. 난 그걸 견디기 싫어. (……) 갓 스물에 이런 운명적인 힘을 깨닫고 실천해야 한다는 게 얼마나 힘든 건지 알기나 해?(11~12쪽)

그녀의 이런 발언은 그녀 오빠가 말한 "무엇에도 구애받지 않을 수 있는 마지막 나이가 서른이 아닌가."(26쪽)라는 발언과 연관되어 있다. 그녀가 서른까지만 살고 자살해 버리는 까닭은 타성에 젖은 삶, 피할 길 없는 운명의 권태로움에 굴복하고 싶지 않다는 것이다. 그것이 그녀에게는 아직 훼손되지 않은 자기만의 생을 지키는 가장 극명한 선택이 된다.

서른이라는 나이를 생의 한계로 설정하고 자살을 감행하는 여자의 선택에는 일상적 삶에 대한 공포와 거부의 논리가 작용하고 있다. 정체나 안주를 모르는 모더니티의 역동성은 아이러니컬하게도 모든 소중하고 행복한 것조차 찰나적인 무상함으로 만들어버린다. 그렇지만 모더니티의 가속도에 편승하는 순간 생은 긍정적인 변화가 아니라 타성이 되어버린다. 현대인은 모더니티의 가속도를 두려워하면서도 자신이 그 속도에서 이탈될까 봐 두려워하지 않는가. "이 세상 모든 게 빛처럼 끝없이 변하고, 깃털처럼 너무 가벼워서 금방이라도 폴폴 하늘로 날아가 버릴 것 같단 말이야. 이런 심정 이해할 수 있어?"(18쪽)라고 말할 때, 그녀는 현대적 삶의 이중성에 포섭되기를 자발적으로 포기함으로써 자신의 순수한 자아를 간직하려는 것이다. 그렇기에 그녀는 서른을 넘은 차갑고 거친 삶보다는 차라리 서른 이전에 "따뜻하고 부드러운 죽음"(18쪽)을 선택하게 된다. •

물론 그녀의 선택에 대해 과거 그녀를 사랑했던 남자('나')는 진정한 삶이란 회피나 도발이 아니라 묵묵히 견디며 자기만의 진실을 찾아나가는 데 있다고 생각한다. 그럼에도 종국에는 그녀에 대한 고정관념을 수정하고 그녀의 선택을 자기 삶 속으로 받아들이게 된다. 그녀의 배신과 자살에는 타성적 삶을 강요하는 세계의 폭력성이 존재하며, 그녀는 자기 운명의 자유를 선택했다는 것을 인정하는 것이다.

이처럼 타자를 자기화하는 것이 아니라 타자의 있는 그대로의 삶과 가치를 재발견하는 모습은 「길모퉁이 추락천사」에서도 볼 수 있다. 편의점에서 야간 근무를 하는 남자('나')는 스스로를 '길모퉁이 추락천사'라고 지칭하는 여자에게 호감을 넘어서는 우호적 감정을 갖는다. 남자는 애초 여자에게서 "심성이 한없이 맑고 착한 사람에게서 느껴지는 깊은 감화력"(124쪽)을 느끼지만, 주인 남자에게서 그녀가 '미친 여자'라는 소리를 들은 뒤부터는 그녀의 모든 행태에 대해 사시안적인 의혹을 갖게 되며, 결국 그녀를 미친 여자로 규정함으로써 그녀로부터 비롯된 감정적 혼돈을 해소해 버린다.

그런데 그녀가 교통사고로 사망하는 장면을 목격한 뒤 남자는 타성적인 사고에서 깨어나게 된다. 그녀는 타자에 대한 폭력이 일상화된 현실의 희생자일지도 모른다는 것, 그녀의 죽음에 자신 역시 관여하고 있을지도 모른다는 반성적 성찰에 도달한다. 나중에 그녀의 정체와 비통한 사연을 알게 되었을 때, 남자는 비로소 자신이 비정한 타자들의 일원임을 깨닫고 용서를 빌게 된다.

이 소설은 아무런 악의도 없이 존재하는 한 인간에 대해 비정한 타자들이 벌이는 일상의 야만성과 폭력성을 보여준다. 주인공 또한 이 야만과 폭력에 의식적이든 무의식적이든 가담하고 있다. 여기서 여자가 천사로 묘사되는 점이 주목을 끈다. 그녀는 타자에 대한 배제와 자기기만이 미만된 세계에서 무인도처럼 고립되어 있는 인물이며, 그렇기 때문에 타자들의 야만과 폭력에 가담하지 않는 존재이다. 작가는 이렇게 광기의 세계에서 고립된 섬처럼 존재하는 인물, 그럼으로써 역설적으로 인간적인 독자성을 보존하고 있는 인물을 가리켜 천사라고 부른다.

이 천사들은 광기의 세계에서 배제당하지만 그 자체로 인간적인 가치를 함축하고 있는 존재들이다. 누구나 폭력적인 타자가 될 수 있지만, 역으로 누구나 천사가 될 수 있다는 게 작가의 관점이다. 그러므로 한 인간에 대해 진정한 이해와 관심을 갖게 되면 그 속에서 악마와 천사의 양면을 볼 수 있게 된다. 이렇게 인간에 대한 적극적인 응시의 시선과 재발견을 통해 박상우 소설은 광기의 세계와 인간에 대해 새롭게 성찰하고자 한다. 이러한 태도는 '사탄의 마을' 계열의 소설적 방법론과는 확실히 다른 것이다.

박상우의 새로운 소설적 방법론이 가장 극적으로 투영되고 발휘된 작품이 「마천야록」이다. 이 소설은 어느 겨울 새벽에 서울 외곽 마천동의 한 교회 마당에서 동사체로 발견된 룸살롱 접대부 윤소진을 둘러싼 이야기이다. 소설은 '마천동 밤의 기록'이라는 표제 그대로 그녀가 동사체로 발견되기 전날 밤 그녀의 동선에서 만나고 헤어졌던 사람들이 돌아가면서 진술하는 내용을 옮겨놓는 방식을 취한다. 그들은 윤소진의 손님이었던 인터넷 쇼핑몰 상무이사(남상필), 동료 접대부(정아영), 마천동 파출소 경찰(노정석), 택시 기사(방인철), 그리고 여동생(윤인애)이다. 정작 죽어버린 그녀는 아무런 말도 할 수 없기 때문에 다섯 진술자들이 제각기 자신의 입장에서 그녀에 대해 진술한다. 그녀는 이 진술들을 통해 구성된다. 마치 변죽을 울려서 보이지 않는 중심을 가늠해 보는 식이다.

나에게 있어 인생은 정말 삼류 드라마 같은 것이다. 만약 인간의 운명을 주관하는 신이 있다면 퍼큐, 퍼큐, 하고 하루 종일 욕을 해주고 싶을 지경이다. 제발 드라마 좀 유치하게 쓰지 말라고 말이다. (39쪽, 남상필)

동거하는 남자가 있는데 돈을 벌기 위해 몸을 팔아야 한다는 게 정신적으로 쉬운 일은 아니잖아요. 그런 여자 심정을 이해할 수 있나요? 몸을 팔지 않으면 돈이 없어서 당장 집세도 못 내고, 생필품도 살 수 없는데 어쩌겠어요. 이군이 나에게 건네받는 용돈도 모두 내가 몸을 굴려서 번 돈이죠. 어처구니없지만 그것이 인생이고, 황당무계하지만 그것이 현실이에요. (56쪽, 정아영)

결국 나에게 남겨진 마지막 단어는 지존이었다. 단어가 아니라 유혹으로 그것이 태를 바꾼 것이었다. 더없이 존귀한 존재 의식——그것은 온갖 인간적인 억압에서 벗어난 의식, 아무것에도 구애받지 않는 불멸의 해방 의식일 터였다. 살아 있는 동안에는 도무지 경험할 수 없는 의식, 인간의 탈을 벗어던져야만 비로소 느낄 수 있는 의식. 나는

온전한 나를 경험하고 싶다는 유혹에 날마다 시달렸다. (70쪽, 노정석)

택시는 밀폐된 공간이오. 사람과 사람 사이를 가장 가깝게 만들어 주는 일종의 방인 셈이오. (……) 그런 의미에서 택시는 대단히 많은 것을 간단히 해결해 주는 욕망의 회전목마 같은 것이오. 택시라는 밀폐된 공간에 앉아 낯선 섹스를 꿈꿀 때, 나는 내가 살아 있다는 걸 분명하게 확인할 수 있었소. (86쪽, 방인철)

나는 과거가 싫다. 나의 과거도 싫고 언니의 과거도 싫고 우리 가족의 과거도 싫다. 과거가 싫어서 현실도 직시하지 않는다. 오직 미래만 생각하고 싶을 뿐이다. (……) 현재는 미래를 향한 징검다리이거나 간이역에 불과하기 때문이다. 현실에 목을 매고 사는 사람들에게 나는 체질적으로 염증을 느낀다. 그런 사람들은 고작 하루살이 같은 인생을 살 뿐이다. 언니를 보라. (100쪽, 윤인애)

이들 각자의 목소리는 제각각이면서도 종국에는 다성악적 화음처럼 통일된다. 이러한 서술 방식은 윤소진이라는 인물의 직접적인 자기 고백보다 훨씬 다각적인 진실을 노출할 수 있으며, 그녀에 대해 진술하는 사람들의 독자적인 내면을 드러낼 뿐만 아니라, 한 인간이 타자와 소통하고 관계 맺는 다양한 방식을 드러내는 등 복합적인 기능과 효과를 발휘한다. 다섯 진술자들의 진술은 외면적으로 경찰 조서를 위한 진술 형식을 취하고 있지만 실상은 자신에 대한 변명, 항변, 고백 등을 두루 포함한다. 진술을 듣는 대상도 일견 사건 담당 경찰인 듯하지만, 실은 불특정 다수이기도 하고, 심지어는 자기 자신이기도 하다. 작가는 확연히 다른 목소리를 내는 인물들을 윤소진이라는 하나의 매개를 통해 수렴하여 솜씨 있게 오케스트레이션된 다성악적 텍스트로 만들어낸다. 이는 읽는 이에게도 윤소진에게 접근하는 다양한 시선과 입지를 마련해 줌은 물론이다.

그들의 진술을 통해 단신 뉴스처럼 간과되었을 윤소진의 죽음은 문제적 죽음이 된다. 그들 모두는 크든 적든 그녀의 죽음에 개입되어 있으며, 나아가 그녀를 살해한 진범이 그들 각자를 포함하여 타자에 대한 배제와 자기기만을 조장하는 전 사회적 관계망임을 증거하고 있다. 이 소설은 아무리 사소한 존재라도 자신의 생존을 위해서는 홀로 인간 사회라는 우주 전체를 떠받쳐야 한다는 비정함을 보여주는 동시에, 역으로 그 존재의 생존을 위해서는 전 우주가 그 존재에게 조화로운 공헌을 해야 가능하다는 것을 이야기한다. 그렇기에 윤소진이 비록 보기 드문 '천사표' 인간이고 삶을 위해 최상의 노력을 경주했다고 해도 그것만으로는 자신의 개체적 생존을 지켜낼 수 없다는 점을 소설은 안타깝지만 냉정하게 확인한다.

이 소설에서 서사적 성찰의 초점은 한 존재의 파괴에 관여하는 전 우주적 야만의 관계망이다. 예컨대 남상필은 세상에서 실패한 자신의 분노를 윤소진을 통해 해소하려 하고, 노정석은 자신의 빈곤한 내면과 사회에 대한 적대감을 그녀에게 떠넘기며, 방인철은 그녀를 쾌락적 욕망과 자기 위안의 대상으로만 바라본다. 그녀에게 우호적 관계에 있거나 있어야 할 동료 접대부 정아영과 여동생 윤인애는 타자의 커다란 곤경보다 자신의 작은 안위만을 추구함으로써 사실상 그녀의 죽음을 방기하는 데 한몫한다. 그러므로 윤소진의 죽음은 사회 전체가 개입하고 공모한 결과라 해도 틀림이 없다.

하지만 작가가 이 소설에서 모더니티의 폭력성에 대한 고발과 비판에만 초점을 맞추는 건 아니다. 오히려 작가는 현대적 인간관계의 본질을 냉정하게 드러내면서도 '살해 공모자들' 모두에 대해 윤소진과 마찬가지로 인간적 측면에서 깊은 이해의 시선으로 바라본다. 그들은 윤소진이라는 타자에게는 가해자가 되지만 그들 각자 역시 다른 타자들의 피해자일 수도 있는 것이다. 이런 점에서 작가는 윤소진의 희생을 텅 빈 중심으로 삼아 사소하고 무기력하게 삶을 연명하는 주변적 존재들의 슬픈 초상을 그려내고 있는 셈이다. 관습화되고 맹목적인 일상의 순환 속에서 우리는 의식적으로든 무의식적으로든 피해자가 되고 가해자가 되며 결국 집단적 자기 마멸의 길로 나아가고 있다는 뼈아픈 통찰이다.

어느 순간, 깜빡 정신을 놓자 사박사박, 하는 발소리가 들린다. 언니가 갈보리 교회 마당으로 눈을 밟고 들어가는 소리가 분명하다. 그 소리를 듣고 나서야 비로소 희미한 미소를 지으며 깊은 잠의 나락으로 빠져 든다. 모든 게 하얗게 변하는 꿈, 그래서 아무것도 안 보이는 꿈…… 표백제처럼 하얗게 탈색된 언니가 내 손을 잡으며 은밀하게 속삭인다.
——조금만 참아, 조금만 참아. (112쪽)

소설의 결말에서 윤소진이 윤인애의 꿈속에 나타나 "조금만 참아, 조금만 참아."라고 속삭이는 소리는 참으로 아프다. 지상의 고통은 죽음을 통해서만 벗어날 수 있으며, 머지않아 다가올 삶의 종말을 오히려 구원으로 예비하라는 말처럼 들리는 그녀의 속삭임은 깊은 울림으로 다가온다. 이 속삭임은 자기 삶의 진실은 물론 타자의 삶에 대한 이해를 위해 고뇌하지 못하는 헛된 삶들에 대한 더없는 경고처럼 오래 울린다.

3 자기 운명을 향한 아름다운 분투

'사탄의 마을'을 벗어나 인간이 있는 풍경을 발견하고 개체적 존재를 웅숭깊게 응시하기 시작한 박상우 소설의 변모는 그동안 이루어진 소설적 여정의 연장이자 세계에 대한 성찰적 심미화의 진전된 방법으로 보인다. 물론 박상우가 새롭게 발견하고 있는 '천사표'인간들의 운명은 매우 가혹하다. 그들의 운명은 현실이라는 신의 악의에 희생되는 것으로 마감된다. 그들은 찬바람 속에 피어나 희미한 잔향만 남기고 사라지는 꽃과 같다.

그런데 박상우의 인간 탐색은 소멸하는 것의 처연한 아름다움을 통한 순간적인 각성에 머물지 않고 좀 더 치열해진다. 「매미는 이제 이곳에 살지 않는다」와 「화성」이 그러하다. 두 소설의 인물들은 일단 '천사표'가 아닐 뿐만 아니라, 자신들이 겪고 있는 존재적 위기를 적극적으로 인식하려 하고, 현실이라는 신의 악의로부터 자아의 보존을 모색하며, 자신이 가야 할 운명의 로드 맵을 스스로 작성하려고 시도한다.

먼저, 「매미는 이제 이곳에 살지 않는다」에서 주인공('나')은 지독한 자아 상실의 위기감에 휩싸여 있다. 그의 위기감은 울고 싶어도 울음이 터지지 않는 지경으로 나타난다.

거울 앞에 서서 물끄러미 거울 안쪽의 얼굴을 들여다보았다. 무표정, 무감각, 무감동이 너무 오래 누적돼 얼굴이 아니라 가면 같다는 생각이 들었다. 애써 표정을 일그러뜨려 보았다. (……) 울고 싶은데 어째서 울어지지 않는 것일까. (178~179쪽)

사람이 운다는 것도 자기가 처한 어찌할 수 없는 상황을 분명히 직감했을 때 가능한 일이다. 자신이 지금 어떤 상황에 처해 있는지도 모르고서는 울 수도 웃을 수도 없다. 그렇기에 그는 불가지한 상황에 처한 자신을 "한때는 생물이었으나 이미 무생물이 되어버린 그것, 제 형상을 고스란히 유지한 채 죽어버린 참매미"(178쪽)처럼 느낀다. 그러면서도 그는 한바탕 후련하게 울고 싶다. 울음에 대한 그의 집요한 집착은 결국 그 스스로도 인식하듯 자아 빈곤과 존재 상실에 대한 두려움의 위장에 불과하다.

　　어쩌면 하루 종일 내가 찾아다닌 게 매미 울음소리가 아니라 나의 존재 좌표였는지도 모르겠다는 생각이 들었다. 삶의 방향성을 상실하고 정처 없이 떠도는 존재, 내가 지금 머물고 있는 여기는 우주의 어느 기슭인가.(199쪽)

자신의 자아가 명료하지 않다는 것, 자신의 존재적 좌표를 찾지 못하겠다는 것, 자기 삶의 방향성이 사라져버렸다는 것이 그를 '정처 없이 떠도는 존재'로 만든다. 이러한 위기감으로 인해 그는 심각한 멜랑콜리(Melancholie)에 시달린다. 깊은 멜랑콜리 속에서 그는 자신의 자아 위기를 실종된 형의 애인 '마린'을 향한 파탄적인 애정을 통해 보상 혹은 호도하려 한다. 프로이트의 설명을 빌리면, 그의 행태는 우울증 환자에게서 빈번하게 나타나는 특징인 자기 비하, 즉 자애심(自愛心)의 추락을 반증한다. 우울증에 사로잡힌 사람은 흔히 자아 빈곤의 원인을 자신의 내부에서 찾음으로써 스스로를 쓸모없는 존재로 여기고 자학하기 십상인데, 그 역시 불가지한 것으로 다가오는 자아 상실의 위기 속에서 자신을 위험하고 오도된 애정으로 내몰고 있다.
　　한편, 그의 주변에는 "겉으로 울지 못하는 자의 깊은 속울음"(180쪽)을 지닌 인물들이 태반이다. 그들은 이미 어딘가로 사라졌거나, 지금

하나 둘 사라지고 있는 중이다. 이복형은 아프리카의 낯선 짐바브웨로 사라졌고, 선배 강사는 어딘가로 도피했으며, 친구 '가오리'는 자살하고, 우연히 만난 여자 유지은은 가출한다. 그들은 제각기 잠적, 도피, 자살, 가출을 선택하기 전에 크든 적든 자아 빈곤과 존재 상실의 위기를 겪은 우울증 환자들이다. 그리고 그들의 잠적, 도피, 자살, 가출은 주인공이 이해하지 못하고 있을 뿐 그들 스스로는 자기 자아와 운명을 찾으려는 고독한 분투와 선택의 일환이다. 단지 그와 마린만이 아직도 멜랑콜리의 덫에 걸려 헤어나지 못하고 있을 뿐이다. 종국에는 그가 사랑하는 마린마저 알 수 없는 의혹을 남긴 채 떠나버린다. 이때 자기 각성의 계기는 의외로 마린에게서 온다.

"내가 당신을 구원할 수 있는 유일한 사람이라고 했지만…… 정작 내가 구원해야 할 사람은 당신이 아니라 나 자신일 뿐이에요. 당신이 만든 덫에 당신 스스로 치였으니까, 그것에서 당신을 구원할 수 있는 사람도 결국 당신뿐이라고요. 그러니 내가 나를 구원할 수 있게 해주세요. 제발 나를 포기하지 않게 해달라고요."(229~230쪽)

마린의 이 말은 그에게 자기 인식의 열쇠가 된다. 결국 형의 애인으로 알고 있던 마린이 실은 유부녀이며 형과 특별한 관계도 아니었다는 것, 그리고 그녀 역시 자신처럼 지독한 자아 위기 속에 놓여 있음을 알게 되었을 때, 그는 현실에서 사라져간 사람들을 이해하게 되고 마음껏 울 수 있게 되며 자기 운명을 위한 어떤 선택의 순간이 왔음을 절감하게 된다. 따라서 그가 형의 뒤를 따라 짐바브웨로 가는 것은 자기 삶의 진실과 운명을 위한 선택이자 그 자유의 실행이다. 그는 아직 새로운 자아를 확립하지는 못했지만 자아 위기의 우울한 현존과 스스로 결별하는 용기를 실천한 것이며, 그럼으로써 잃어버린 생명력을 찾기 위해 "모든 걸 다시 시작할 수 있는 출발점"(239쪽)을 마련한 셈이다.

「매미는 이제 이곳에 살지 않는다」의 주인공이 자기만의 삶을 위한 출발점을 찾기 위해 오히려 현실을 떠나버렸다면, 「화성」의 주인공('나')은 그 역의 여로를 통해 자기 삶의 출발점을 모색한다. 그는 사업 실패와 파산, 이혼을 겪은 뒤 차츰 현실의 맥락에서 밀려나면서 자기 삶의 정향점을 잃어버렸다. 현실에서 멀어질수록 비현실적인 것들에 친근해지게 된 그는 기이하게도 '화성'으로 표상되는 천상에 대한 집착을 통해 자아 빈곤과 존재의 위기를 보상받으려 한다. 이를테면 그는 천상을 바라보며 자신이 가야 할 길의 지도를 밝혀줄 별빛을 그리워한다.

담배를 피우다 무심코 올려다본 하늘에 유난스레 빛을 발하는 물체가 떠 있었다. 희미한 낮달 옆에서 오렌지 빛으로 반짝이는 그것이 일종의 비행 물체인 줄 알고 나는 시선을 고정시켰다. 하지만 그것은 움직이지도 않고 사라지지도 않았다. 오래잖아 어둠이 내리자 그것은 더욱 밝은 빛을 발하기 시작했다. (……) 아무려나 그것을 올려다보는 동안 나는 현실의 고뇌를 말끔히 망각할 수 있었다. 나의 관심이 우주로 뻗어 나가자 지상의 고뇌가 거짓말처럼 스러져버린 것이었다.(248쪽)

그가 본 것은 5만 9000여 년 만에 지구에 가장 가까이 접근한 화성이었다. 그가 특별히 화성에 집착하게 된 표면적 계기는 오래전의 고교 시절 유난히 화성에 집착했던 민성준이라는 친구 때문이다. 민성준은 해병대 입대를 앞두고 감쪽같이 사라져서 "지상의 명부에서는 이미 죽은 존재"(267쪽)로 되어 있다. 그런 민성준이 경기도 화성에 살고 있다는 소식을 들은 뒤부터 그는 화성을 자기 삶의 화두로 끌어들인다.

본질적으로 볼 때 화성에 대한 그의 집착은 단순히 보상 심리도 아니고 그렇다고 한가로운 호사 취미는 더욱 아니다. 그에게 화성이라는 화두는 이렇게 해독된다. 기이한 방식으로 자기 삶을 스스로 선택하는 자유를 실행했던 민성준이 어린 시절부터 유난히 화성에 집착했다는 것, 그런데 그 민성준이 지금 경기도 화성에 의연히 살아 있다는 것, 따라서 민성준의 삶의 방식과 현존의 모습을 확인함으로써 그로부터 도무지 속수무책인 자신의 내적 곤경을 해결할 실마리를 찾고 "삶에 대한 정신과 기회를 얻고 싶다."(253쪽)는 것이다. 그런데 그에게 민성준의 소식을 전해 준 친구인 '첩보원'의 다음과 같은 말은 화성이라는 화두의 의미를 친절하게 설명해 준다.

　—성준이는 자기 삶을 살고 싶었던 거야. 그저 군대 가기가 싫어서 단순하게 병역 기피를 했던 게 아니라고. (……) 결국 그 친구는 자기 인생의 화성을 찾아간 거야. 현실에서 사라지고, 사망자로 처리되고, 그것 때문에 살아서도 죽은 자로 견뎌야 하는 인생…… 그렇게 멀고 험난한 인생 여정이 그에게 화성으로 가는 행로가 된 거라고. (……) 그 친구가 학창 시절에 그렇게 몰두하던 화성이 결국 인생을 비유한 거였구나, 하는 생각이 들더라고. 온갖 고생을 했을 테니 이젠 그 친구도 깨달았겠지. 자신이 찾고자 하는 화성이 결국 인생이었구나, 하는 거 말이야. (270~271쪽)

주인공 역시 인생이란 천상의 화성을 찾아가는 것처럼 지난한 일이라는 것, 그리고 그 화성을 찾아가려는 선택은 자신의 전 삶을 대가로 걸어야 한다는 것을 이미 깨닫고 있다. 그럼에도 그는 경기도 화성으로 민성준을 만나러 간다. 그의 화성행은 자기 삶의 새로운 출발 의지를 스스로에게 각인시키기 위한 의식적인 분투와 다를 바 없다. 때문에 그는 화성으로 가는 길에서 18세기 정조의 화성행을 떠올리는 것이다. 18세기의 정조에게 화성행이 아버지(사도 세자)의 한을 풀고 환멸스러운 정치에서 벗어나 자연인으로서의 삶을 실행할 수 있는 선택이었던 것처럼.

사실 천상의 화성과 지구상의 화성을 연결 짓고, 그것을 다시 인생과 연결 짓는 것은 매우 임의적이다. 하지만 이 임의적 관계를 통해 화성은 중의적인 의미를 지니게 되고, 인생에 대한 기표가 된다. 그렇다면 그는 지구 상의 화성에서 무엇을 발견하게 되는가. 그의 발견은 매우 아이러니컬하다. 왜냐하면 그는 막상 화성에 가서 "화성은 없다!"(275쪽)는 사실만을 확인하기 때문이다. 소읍과 작은 마을 단위로 산재되어 있는 화성은 "실체는 없고 행정 지명만 있는 공간"(275쪽)에 불과하다. 게다가 민성준이 살고 있다는 면 소재지에서 정작 그를 만나지도 못한다.

물론 그는 민성준을 만났다. 그러나 스치듯 지나쳤던 거리에서 공사를 하고 있던 인부 중의 한 사람, "이빨이 빠져 바보처럼 웃던 그 사람, 알코올 중독자처럼 손을 덜덜 떨며 검은 모자에게 소주를 따라 주던 사내"(286쪽)를 그는 무심결인 듯 지나쳐버렸다. 이 스침은 순간적이었지만 기실은 무의식을 가장한 의식적인 외면이다. 그의 외면이 회피가 아니라 삶과 현실에 대한 적극적인 재인식의 결과임은 그 스스로도 나중에야 깨닫게 된다. 이튿날 새벽, 그는 바닷가에서 천상의 별들을 보며 비로소 뒤늦은 각성에 도달한다.

내일, 이곳을 떠나 다시 서신면을 지나간다 해도 나는 결코 그곳에 내리지 않을 것이다. 그의 화성을 방해하지 않고, 나의 화성을 강요하고 싶지 않기 때문이다. 사람과 사람 사이에 머무는 화성……. 그것이 내가 현실로 돌아갈 수 있는 유일한 통로이다. 사랑하기 때문에 버려야 하는 것, 그것이 누구에게나 주어진 운명의 화성이 아닌가.
(286~287쪽)

누구에게나 다 저마다의 화성이 있다. 그렇기에 현실은 서로가 함
께 어울려 살아도 서로가 서로에게 먼 행성들의 우주와 같고, 인생은
저마다 천상의 화성처럼 결코 도달할 수 없는 꿈을 품은 채 살아갈
수밖에 없다. 그는 자기 삶에 내재된 이상과 현실의 불가피한 낙차,
자아와 타자의 불가항력적인 인력과 거리를 수락하게 된다. 이런 깨
달음과 함께 이제 그는 현실로 복귀하여 자기만의 운명을 향한 본격
적인 싸움을 시작할 수 있을 것이다.

4 마침내 '사람의 마을'에 서다

앞의 두 소설에서 박상우는 사람의 풍경을 새롭게 발견하는 데서
나아가 세계에 미만된 모더니티의 광기에도 불구하고 주어진 운명을
극복하려는 인간들의 고독한 분투를 그려내고 있다. 그들은 자신이
'가고 싶어 하는 곳'과 '가야 하는 곳' 사이에서 발생하는 거센 충돌
의 틈에 끼어 정처 없이 위태롭다. 그들이 '가고 싶어 하는 곳'은 천
상을 향해 아득하고, 그들이 '가야 하는 곳'은 지상으로 끝 간 데 없
이 막막하다. 한순간의 머뭇거림도 후퇴도 모르는 모더니티의 가속
력에 반비례하여 그들의 인간적 가능성은 나날이 퇴행한다. 이 "공존
할 수 없는 양극(兩極) 사이에서 일어나는 운명의 자장"(239쪽) 속에
서 그들은 홀로 분투하며 자아 위기와 멜랑콜리를 넘어 결국 자기 운
명의 선택으로 선회한다. 그들의 선택이 비록 실패로 귀결될지라도
그들 스스로 자기 삶의 진실을 추구하고 그 자유를 실행한 것 자체로

헛되지 않다.

그렇다면 이제 박상우 소설의 행보가 '사탄의 마을'을 벗어나 마침내 '사람의 마을'로 들어와 있다고 말해도 좋지 않을까. 이러한 판단은 소설집의 표제작 「사랑보다 낯선」에서 더욱 확고해진다. 이 소설의 두 남녀('나'와 임채령)도 현재적 상태는 「매미는 이제 이곳에 살지 않는다」나 「화성」과 별반 다르지 않다. 대학의 시간 강사인 남자는 서른셋의 나이에 스스로 "이미 정신적 노파처럼"(147쪽) 살고 있다고 느끼는 인물이다. 세계와 타자들로부터 비롯된 그의 환멸감은 스스로에 대해 살아 있는 사람을 살해하여 만든다는 '가짜 미라'로까지 여기게 만든다.

세수를 하고 젖은 얼굴로 화장실 벽면의 거울을 들여다보았다. 거기, 머리와 가슴이 텅 빈 기이한 인간이 서 있었다. 텔레비전에서 보았던 미라가 떠올랐다. 내 모습이 기이한 게 아니라 그것을 들여다보는 내 시선이 낯설게 변한 때문인지도 모를 일이었다. (149쪽)

그는 멜랑콜리 환자처럼 자아 빈곤과 자기 비하감에 사로잡혀 있다. 또한 그는 지금과는 뭔가 다른 삶에 대한 갈망을 지니고 있다. 구체적으로 드러나지는 않지만 서른여섯의 여교수 임채령 역시 마찬가지이다.

"서른여섯인 나도 날마다 다른 삶을 살고 싶다는 생각에 시달려요. 하지만 인생에 다른 삶은 없어요. 아무리 버둥거려도 근본적으로 달라지는 건 없죠. 다른 삶으로 들어가는 통로가 딱 한 가지 있는데, 그게 바로 죽음이죠. 삶의 다른 얼굴…… 낯선 인생으로 들어가는 어두운 통로." (150쪽)

그는 임채령의 급작스럽고 돌발적인 제의를 통해 그녀와 하룻밤의 우연한 동행을 하게 된다. 그 동행의 목표는 다른 게 아니라 자살한 그녀의 전남편을 문상하는 것이다. 이 우연한 동행은 두 사람 모두에게 그 자체로 낯선 것이지만, 동행의 실제적인 목적이나 그녀가 전남편의 장례식장 옆 주차장에서 그를 상대로 벌이는 카섹스로 인해 더욱 낯선 것이 된다. 생면부지에 가까운 두 사람이 이렇듯 돌발적이고 낯선 경험을 공유할 수 있는 것은 그것이 '다른 삶'에 대한 대리 만족이 되기 때문이다. 사랑이라는 것조차도 너무나 진부하고 속된 이름이 되어버린 현실에서 그들은 "낯선 시간이 선사하는 긴장감"(156쪽)을 만끽하고자 하는 것이다. 물론 이는 자기기만의 수준을 벗어나지 못한다.

그런데 의외로 이 하룻밤의 여정이 그에게나 그녀에게나 새로운 삶을 발견하는 계기를 마련해 준다. 그것은 돌아오는 길에 그녀가 고랭지의 버려진 채소밭에 들어가 오래도록 배추 뽑는 일에 몰두하고 있는 어느 순간, 그것을 바라보던 그에게로 불현듯 찾아온다.

젠장, 시장에 가도 싼값에 살 수 있을 텐데 꼭 저래야 하나, 은근히 부아가 치밀기도 했다. 하지만 좀 더 시간이 지난 뒤부터 나는 그녀를 전혀 다른 시선으로 바라보기 시작했다. 그것은 내가 생각하기에도 정말 낯선 시선이었다. 따가운 햇살 속에서 허리를 굽히고 움직이는 그녀의 실체가 낯선 세계의 중심이었다. 사랑보다 낯선…… 그것은 몰입한 삶에서 느껴지는 은은한 감동이었다. (164쪽)

이것은 그때까지 두 사람이 겪었던 여러 '낯선' 긴장들을 훌쩍 넘어서는 전혀 '다른' 삶에 대한 발견이다. 여기서 주목되는 점은 그런 발견이 지극히 사소한 순간에 이루어졌다는 것, 그리고 사소한 삶의 순간을 바라보는 '다른 시선'으로 인해 포착되었다는 것이다. 이는 다른 삶이란 '지금 여기'와 다른 공간에서 찾을 수 있는 낯선 게 아니라, '지금 여기'에 대한 다른 시선에서 발견되는 지극히 익숙한 것이라는 소박한 발견이다.

죽음과 지옥이 다른 데 있는 게 아니라 '지금 여기'에 있는 것과 마찬가지로, 생명과 천국은 다른 데 있는 게 아니라 바로 '지금 여기'에 있다. 이러한 깨달음으로부터 그는 어제까지 자신이 살았던 자아의 지옥을 "비로소 사람의 인력이 느껴지는 지점"(164쪽)으로 재발견하게 된다. 낯선 여행 속에서가 아니라 낯선 여행이 끝나는 지점, 즉 어제와 다를 바 없는 현실에서 말이다. 이것이 재발견인 까닭은 이미 있었던 현실의 의미와 가치를 새롭게 인식했기 때문임은 말할 것도 없다.

결국 이 소설은 주어진 현실에서 다른 삶의 가능성을 찾고, 추구하고, 견지하는 것이 가능하며, 오히려 거기에 더 큰 의미가 내재되어 있음을 이야기한다. 이전에 박상우 소설은 '샤갈의 마을'에서 단조로운 현존의 공허한 풍경과 다가올 미래의 어두운 징후들을 보았다. 그리고 '사탄의 마을'에서 그의 소설은 종말을 향해 치닫는 자멸적인 영혼들과 자기 운명에 대한 의지를 잃어버린 시시포스들을 불러 모았다. 그 과정에서 작가 박상우는 천상을 향해 수직으로 세워진 꿈의 매혹을 통해 현실의 빈곤을 되비추기도 하고, 지상으로 끝없이 펼쳐진 수평적 삶의 환멸을 극단의 방식으로 해부하는 데 몰두하기도 했다. 그런데 이제 그는 낯익은 현실에서 은은한 감동을 주는 끌림을 본다. 이 '사랑보다 낯선' 끌림을 찾아 그는 '사람의 마을'에 당도한 것이다.

'샤갈의 마을'과 '사탄의 마을'은 '사람의 마을'에 이르기 위한 고통스럽지만 불가피한 우회의 과정이었는지도 모른다. 수직적인 천상의 매혹에 비추어 보면 수평적인 지상의 현실이란 늘 결여된 세계로 인식되고, 인간의 발목에 채워진 숙명적인 족쇄처럼 경험되게 마련이다. 완전하고 드높은 천상의 매혹이 깊을수록 자신이 처한 지상의 결여된 현실은 더욱 절망적으로 보이게 된다. 이 양가적 아이러니와 역설적 자의식이 그동안 작가 박상우의 소설에서 모더니티의 비극성을 예각적으로 인식하고 표현하게 만들었다고 할 것이다. 그러나 이제 박상우 소설은 현실을 결여와 족쇄로서만이 아니라 인간이 끝끝내 살아내야 하는 운명의 거점으로 새롭게 바라본다. 이로부터 기인한 결과겠지만, 이번 소설집에는 이전 소설들에서 볼 수 있는 가파른 인식과 충격을 동반하는 긴장 못지않게 삶의 풍경을 천천히, 그러나 깊이 응시하는 만보(漫步)와 그로부터 우러나오는 깊은 공명이 깃들어 있다.

'사람의 마을'에서 이루어지는 작가 박상우의 사려 깊은 행보는 두 가지 심미적 방향 혹은 효과로 집약되고 있다. 그의 소설들은 수락할 수도 그렇다고 굴복할 수도 없지만 명백한 현실로서 존재하는 현대적 삶의 논리와 그 속에 놓인 인간들의 찰나적 현존의 풍경을 포착함과 동시에, 그 속에서 자기만의 삶의 진실과 온전한 자유의 실천을 꿈꾸는 인간의 아름다움과 가능성을 적극적으로 발견해 내고 있다. 이 '새로운' 소설적 공간과 미적 방법론은 상당 기간 지속되고 탐구될 만한 유효성을 지닌 것으로 보인다. 다만 여기서 '새롭다'는 표현에 주저와 유보를 남겨두는 까닭은 지금까지 그래 왔듯 앞으로도 그의 소설적 행보가 결코 '사람의 마을'에서 정주하지만은 않을 것이기 때문이다.

김민수(문학 평론가)

작가의 말

　모든 작가들이 처음 섰던 자리에 이제 비로소 당도한다. 샤갈의 마을, 사탄의 마을, 그리고 사람의 마을. 이렇게 오래 에돌아 예까지 오는 과정이 아프게 되새겨진다. 하지만 그 과정에서 배우고 터득한 게 나의 소설적 자산이다. 그것을 등에 걸머지고 이제 사람의 마을로 전입한다. 전입신고서에 소설가가 아니라 농부라고 기입하고 싶다. 소설에 진실해진다는 건 그것을 가감 없이 받아들이는 것. 소설에 대한 편견을 버리니 손에 호미 한 자루가 들려 있을 뿐이다. 개간하고 경작할 땅이 무궁무진하니 사람의 마을에서도 한세월이 한나절같이 지나갈 것이다. 하지만 서둘지는 않으리라. 정작 중요한 게 소설도 아니고 작가도 아니란 걸 깨치고 나면 한나절도 이미 사라져버린 뒤일 터이니. 다만 오래오래, 지금처럼 시나브로.

사랑보다 낯선

1판 1쇄 펴냄 2004년 6월 5일
1판 2쇄 펴냄 2005년 2월 25일

지은이 박상우
펴낸이 박맹호 · 박근섭
펴낸곳 (주)민음사

출판등록 1966. 5. 19. (제 16-490호)
서울 강남구 신사동 506번지 강남출판문화센터 5층 (135-887)
대표전화 515-2000 / 팩시밀리 515-2007
www.minumsa.com

값 9,000원

© 박상우, 2004. Printed in Seoul, Korea

ISBN 89-374-8044-1 03810

ISBN 89-374-8044-1 03810

© 박상우, 2004. Printed in Seoul, Korea